Verlag Bibliothek der Provinz

Axel Ruoff
IRRBLOCK
Roman
herausgegeben von Richard Pils

ISBN 978-3-99028-979-2

A-3970 WEITRA 02856/3794
www.bibliothekderprovinz.at

Cover: *Zerbrochener Abguss eines von J. P. Kleiweg de Zwaan (1875–1971) abgeformten Gesichts eines Mannes der Insel* [Pulau] *Nias (vor der Westküste Sumatras). Um 1910, zur Zeit der niederländischen Kolonialherrschaft in Niederländisch-Indien (dem heutigen Indonesien).*
Foto: Johannes Schwartz. Gestaltung: Erich Goldmann

Axel Ruoff

IRRBLOCK

Roman

Aprenderão! Aprenderão!
Dominarei esta terra.
Botarei estas histéricas tradições em ordem!
Pela força, pelo amor da força!
Pela harmonia universal dos infernos,
chegaremos a uma civilização!

Sie werden lernen, sie werden lernen!
Ich werde die Erde beherrschen
und diese hysterischen Traditionen einer Ordnung
unterwerfen.
Durch Gewalt, durch die Liebe zur Gewalt!
Durch die universelle Harmonie der Hölle
werden wir eine Zivilisation!

Glauber Rocha, Terra em transe (1967)

Während die Augen sich noch erwartungsvoll an das Halbdunkel gewöhnten, das kein künstliches Licht erhellte, entfaltete eine graue Fläche, die sich vor den dunklen Holzwänden abzeichnete, bereits ihre hypnotische Wirkung auf den näherkommenden Besucher, dessen Blick die Bewegung schwirrender Partikel auf sich zog und nicht wieder losließ, er nahm ein Gewimmel aufgeregter Materie wahr, die ausschwärmte, sich aufbauschte und wieder zusammenballte, aufgebrachte Kleinstlebewesen kreisten dicht durcheinanderwirbelnd wie magnetischer Staub um einen Kern, der sie an eine Form band, die langsam Volumen gewann und sich immer wieder in rasende Unruhe auflöste. Das Auge konnte die gegeneinanderstoßenden Teilchen von wechselnder Größe und Farbigkeit nur schwer fassen, die sich wanden, streckten und wieder zusammenzogen, die an- und abschwollen, an Ausdehnung gewannen und verloren. Richtete sich der Blick auf einen Punkt, schien die sich abzeichnende Oberfläche von zahllosen Öffnungen, unendlich vielen Poren übersät, die sich in Hitze und Feuchtigkeit rhythmisch weiteten und verengten, als wollten sie zur Außenwelt hin aufbrechen, ohne dass der Blick unter die Haut zu dringen vermochte, auf der sich kleine, seltsam geformte, ein- und mehrgliedrig geschuppte, gepanzerte oder nackte Wesen hin- und herbewegten, winzige, länglich ovale, runde, drachenähnlich gezackte und rautenförmige Existenzen, von denen manche mit Fühlern oder Beinchen ausgestattet waren, andere nur aus einem Rumpf bestanden, Mikroorganismen, die sich gedrängt hin- und herschoben, sich beiseitestießen und aneinander vorbeidrückten, übereinander stiegen und untereinander durchschlüpften, verkeilt und unbeweglich stehen blieben, von anderen Teilchentierchen eingezwängt, an die Oberfläche oder in den Untergrund gedrückt wurden, ein lebendiges, überfülltes Mosaik, in dem die Einzelteile sich hoben und senkten, spreizten und auftürmten, als ginge etwas, dem Boden und Wände wie ein Tuch waren, so darunter hindurch, dass die Steine gerade nicht ganz aus Form und Fassung fielen, was zweifellos nichts mit der wirklichen Anatomie von irgendwelchen Lebewesen zu tun hatte, sondern nur Versuche von Auge und Gehirn waren, das Wahrgenommene zu erfassen, einzuordnen und zu begreifen. Anstatt die Beobachtung zu schärfen, Denk- und Sehvermögen zu konzentrieren, verfiel der Besucher in nachlässige, fahrig faule Phantasien, die weniger über den sich vor dem Betrachter aufbauenden Block als das bedürftige, verarmte Innenleben und die mangelnde, ungeübte Empfindsamkeit des Beobachters aussagten, der sich schwindlig abwendete und versuchte, seine Augen auf einen Umriss, auf eine umfassende Form und Gestalt zu fokussieren, die vagen Umrisse, das poröse, ungewisse Volumen auf ein Bild festzulegen, dessen farbliche Veränderungen suggerierten, der Gegenstand sei lebendig, es gehe ein Zucken durch ihn hindurch und er werde sich im nächsten Moment auf sein Opfer stürzen, keineswegs um es zu begraben, sondern zu verschlingen.

Die Grautöne der Flechten verschwammen, wenn sie nicht zurückgeschnitten wurden, ins Oliv-, Türkis- und Blaugrün, das von schwachen violetten und rosafarbenen Schlieren durchzogen wurde und, von anderen Farben überhaucht, unter einem gelbgrünen, bräunlichen oder rötlichen Schleier lag, wobei die Farbigkeit oft durch weißen Niederschlag wie von Salzkrusten und Kalkflecken gedämpft wurde, der je nach Witterung schwächer wurde, die grauen Grün- und Blautöne verdunkelten sich dann und spielten mehr ins Braungrau, dessen schwarze oder beige, rote oder orange Anteile aufleuchteten. Immer wieder trat ein Untergrund hervor, der, grün wie oxidiertes Metall, alles zu überschwemmen drohte, und Troll hatte dann den Eindruck, er schaue auf ein Becken trüben, quarzähnlichen Wassers, das von verschiedenfarbiger, schäumender Flüssigkeit aufgewühlt und durchströmt wurde.

Verweilte der Besucher so lange in dem Verschlag, bis sich seine Augen an das Zwielicht gewöhnt hatten, konnte er sich dem Anblick des Irrblocks nicht entziehen, viele, die sich dem gewaltigen Gesteinsbrocken näherten, reagierten ungläubig, verwirrt, ja erschreckt und zogen sich rasch wieder zurück, weil sie nicht glauben konnten, was sie da sahen, die, die blieben, suchten Anhaltspunkte, um Gestalt, Material, Herkunft und Bedeutung zu erklären, die sie sich bald zurechtphantasierten, bald mit Sicherheit zu erkennen glaubten. In die Betrachtung versunken zweifelten sie dann wieder, Sinne und Hirn gerieten ins Schwimmen und für einen Moment kam die ungehaltene Einbildungskraft des Menschen, seine besserwisserische, ichbezogene Wiedererkennungswut, sein unbewegliches, an einzelnen Widerhaken der Vergangenheit festhängendes, sich blutig reißendes Gedächtnis zur Ruhe, in gebannter Faszination staunten die Besucher über diesen seltsamen Gegenstand und schlossen schließlich nicht mehr aus, an einem Wunder teilzuhaben, sich weder in einem Museum, einer Werkstatt noch einem Laboratorium zu befinden, sondern an einem heiligen Ort, der dem Irrblock geweiht war. In das Gehirn des verirrten Besuchers hatte sich der Gedanke eingeschlichen, dass der Findling im Gegensatz zum Rest des Museums nicht bloß ein museal kultischer, sondern ein wirklich magischer Gegenstand sei.

Der Verschlag, in dem der Irrblock untergebracht war, glich einer riesigen Scheune, die auf dem Museumsgelände wohl nicht das älteste, aber das vernachlässigtste, ja heruntergekommenste Gebäude war, das von vielen Besuchern nicht als Ausstellungsraum erkannt wurde, als wäre die gewaltige, fensterlose Baracke nur aufgebaut worden, um eine Atmosphäre des Alten, Vergangenen und Abenteuerlichen zu verbreiten, der idyllische Hinterhof vor dem Verschlag glich der ländlichen Kulisse eines abseits gelegenen, verwahrlosten Tempels, zu dem ein beinahe vergessener Pilgerweg führte. Auch die roten, unverputzten Ziegelbauten des Museums, die als einzige des Viertels noch aus dem 19. Jahrhundert stammten, waren renovierungsbedürftig, teilweise verfallen, sie wirkten rückständig und entbehrlich, ohne ihren amtlich offiziellen und etwas geheimniskrämerischen Charakter verloren zu haben. Wie der Verschlag, in dem der Hilfsgärtner Hermann Troll arbeitete, boten die mehrstöckigen Bauten der Sammlung trotz ihrer mächtigen Größe einen fast dörflichen Eindruck, was man nicht im Zentrum einer mitteleuropäischen Großstadt, sondern eher an deren Rand oder auf dem Land erwartet hätte, wohin auch die im Hinterhof wachsende, über hundertfünfzig Jahre alte *Ulme* gepasst hätte, bei deren Anblick sich Hermann Troll vorstellte, der Verschlag sei einmal eine Mühle und das Museum die Ruine einer Burg oder eines Klosters gewesen, aber laut dem Kustos der Sammlung hatte hier nie etwas Ähnliches gestanden. Im Frühjahr schien die ausladende Baumkrone wie auf einer leuchtend rosa Wolke zu schweben, wenn die *Blutpflaumen* blühten, die dicht um die *Ulme* herum und auch am Verschlag entlang wuchsen, Troll hatte diese Bäume, deren Blätter je nach Jahreszeit und Lichteinfall wein- oder schwarzrot, rotbraun oder dunkelviolett leuchteten und metallisch glänzten, zuerst für Blutbuchen gehalten, die jedoch keine kirschenähnlichen, süßen Früchte getragen hätten. Wenn im Frühjahr die Bäume blühten, bevor sie Blätter austrieben, fühlte sich Troll in einen japanischen Garten, an einen Shintoschrein versetzt, während die Auswüchse und Wülste des knotig verschlungenen Ulmenstamms und dessen grob vernarbte, rissige Rinde eher an ein indisches Baumheiligtum denken ließen.

Sobald Troll in die Haut stach und zu schneiden begann, trat glänzende Feuchtigkeit aus und die Flechten reagierten farbig, ohne dass deren Veränderungen vorherzusagen waren, die völlig unauffällig, kaum wahrnehmbar sein konnten, manchmal verdunkelten nur unscheinbare Schatten die Oberfläche, ein anderes Mal zerriss der graue Schleier und es zeigten sich schreiende Farben, der Untergrund flammte rötlich violett, weinrot wie geplatzte Adern oder Fruchtkörper auf, leuchtete giftig grün-, zitronen- oder schwefelgelb, weißgelb bis gelborange, grell waren dann die Farben, die in dieser Stärke, Leuchtkraft und Ausprägung sonst höchstens bei Mineralien, Blütenpflanzen, Reptilien und Vögeln vorkamen, aber nicht bei Flechten, auch wenn sie für ihre nahezu überirdische Farbigkeit bekannt waren, die ein paar Stunden nach dem Zurückschneiden verblasste und am nächsten Tag fast wieder verwachsen war.

Die in das Dach des Verschlags eingesetzten Glasscheiben waren dicht mit Moos, Humus und verfaulenden Blättern bedeckt und ließen kein Tageslicht durch, Troll hatte manchmal das Gefühl, in einem verdunkelten Terrarium zu arbeiten oder, wenn ihm beim Anblick der Flechte schwindlig wurde, in einem Aquarium, als krabbelte er in dieser – seinen Lebensraum nachstellenden – Einrichtung herum, manchmal kam es ihm auch so vor, er wäre in einem kleinen, beleuchteten Gewächshaus ausgestellt, wie die drei Moos bewachsenen Schädel neben den gestampften und gemahlenen Schädelknochen in Glasfläschchen, die mit „Gewalttätig zu Tode gekommen", „Unfallopfer", „Gehängter" und „Unglücklich Gefallener" beschriftet waren. In einer verglasten Holzvitrine des Museums waren Hirn- und Schädelschalen zu sehen, in denen man Medikamente hergestellt und aufbewahrt hatte, als vornehmstem Teil des menschlichen Leibes seien, hieß es, dem Schädel im Mittelalter besonders starke heilende und magische Kräfte nachgesagt und Heilmittel aus menschlichen Körperteilen oder solchen Pflanzen hergestellt worden, die auf Menschenknochen gewachsen seien, zum Beispiel aus Hirnschalenmoos, das über potenzierte Lebenskraft verfügen sollte. Heilende Wirkung wurde auch einem in einem anderen Raum des Museums ausgestellten, wenige Zentimeter großen, transparenten Schädel aus Bergkristall zugeschrieben, der aus Südamerika oder Madagaskar stammte, aber in Idar-Oberstein geschliffen worden war, wie Troll der ausnahmsweise gut lesbaren Beschreibung entnahm. Besucher behaupteten, sie hätten von dem kleinen Kopf übersinnliche Botschaften erhalten, der auch erleuchtende Wirkung haben könne, und fragten, ob von dem Irrblock Ähnliches zu erwarten sei, was Troll nicht bestätigen konnte, der an der sich ändernden Verfärbung des Glasdachs bestenfalls Witterung,

Tages- und Jahreszeit ablesen zu können meinte, wenn er auf der obersten Ebene des Gerüsts arbeitete, dessen Konstruktion aus Metallverstrebungen, Leitern und Holzbrettern aufgestellt worden war, um den Irrblock zugänglich zu machen, es konnte auf Rädern um den Findling herumgeschoben werden und ließ sich wie ein Flügelaltar öffnen, aber auch ganz entfernen. Der Verschlag glich einem Geräteschuppen und hätte angesichts der Lichtverhältnisse ein Untergeschoss sein können, der dunkelbraun gebeizte Raum war unübersichtlich, der Grundriss verwinkelt, die Raumaufteilung unklar und die dunklen Ecken waren mit einer Menge an Dingen vollgestopft. Der Irrblock schien in einem überdachten Innenhof zu stehen, an dessen Wänden balkonähnliche, mit Leitern zugängliche Zwischengeschosse eingezogen waren, auf denen man Zwischenwände, in den Raum gebogene Apsiden, Regale, Wandschränke, hochsitzartige Aufbauten und andere Konstruktionen aus Holz errichtet hatte, die weit über Kopfhöhe dennoch die Aufmerksamkeit des Betrachters vom Irrblock ablenkten, denn auf den Abstellflächen lagerten längst nicht mehr gebrauchte, scheinbar uralte Geräte für Haus und Hof, landwirtschaftliche, umgebaute und zweckentfremdete Maschinen, überdimensionale Werkzeuge wie Spaten, Schaufeln, Mistgabeln, Rechen und andere krallenartige Geräte, die an das Nebengebäude eines Gehöfts erinnerten, Heckenscheren und Hacken waren zu erkennen, Vorrichtungen zum Sägen, metallbeschlagene Räder, Rahmen und Holzgitter, riesige Kämme, Äxte, Beile und morgensternähnliche Dreschflegel, Speere, Spieße, lange, dicke Handbohrer mit Holzgriffen und Metallstangen und andere eigenwillige Geräte an langen Stielen. Neben Schnitt-, Stutz- und Häckselwerkzeug standen da auch Mäh-, Dresch- und

Heuwendemaschinen mit Messerkränzen, Klingenreihen oder spitzem Drahtgewirr, Geräte, bei denen man sich fragte, wie sie dorthin gekommen waren, ob sie an Flaschenzügen, Kränen oder auf Hebebühnen nach oben transportiert worden waren. Aus der Entfernung war vieles nicht in seiner Verwendung zu bestimmen und mit Säcken und Planen abgedeckt, die oberen Balkone waren teilweise leer und hätten in Theaterlogen umfunktioniert werden können, da sie auf und über Augenhöhe des Irrblocks angebracht waren und den Anblick von oben ermöglichten, wenn die Flächen nicht bestuhlt wurden, hätten die Zuschauer gebückt stehen müssen, um der einer Obduktion nicht unähnlichen Vorführung zu folgen.

Schädel von Heiligen waren in einem fensterlosen, ganz mit Kacheln ausgelegten Raum des Museums zu sehen, ihre Augäpfel, Pupillen und Augenbrauen, Nasenlöcher und Lippen waren mit Stickereien, Perlen, Granaten, Silber und Gold in verschiedenen Formen wiedergegeben, die die Gesichter gleichzeitig darstellten und schmückten, sodass Augen, Nase und Mund in dem Zierrat aus Drahtgespinsten, Schnüren, farbigen Glassteinen, Brokat und anderen Stoffen kaum zu erkennen waren. Wie die Schädel unter dem exzessiven Schmuck verschwanden, war der Irrblock vollständig von Flechten überwachsen und glich aus der Entfernung einem gewaltigen Blatt, in das angeblich ein Findling eingeschlagen war, der an eine riesige Abart der sogenannten Lebenden Steine denken ließ, die im Süden Afrikas heimisch, stammlos und kahl, nur einen einzigen, kreiselförmig oder zylindrisch geformten Trieb bildeten, der sich in zwei ungleich große, glatte Blätter teilte, während der Irrblock in der Mitte nicht gespalten war, auch die Flechten waren keineswegs gleichmäßig eben und glänzend, wie es aus der Ferne schien, sondern von vielfältiger Unregelmäßigkeit. Anstatt in Bärten, bizarren Miniatursträuchern oder einfachen Stiften zu wachsen, überzogen rissige, körnige und schuppige Flecken und Krusten die großen, gewellten Hautflächen, verästelte Furchen, Spalten und Falten zeichneten die Oberfläche, die von einem feinen Netz farbiger, aderähnlicher Fäden und durchsichtiger Schnüre eingebunden, von einem dichten Überwurf von ineinander verschlungenen Linien und Wülsten bedeckt war, die an Verwachsungen oder Narben erinnerten. Ursprünglich seien die Flechtenkörper, war Troll vom Kustos erklärt worden, voneinander getrennt, wie Flecken über den Findling verteilt gewachsen, mit der Zeit hätten sie einen Vorhof aus Haut gebildet, der sich immer weiter ausgedehnt habe, bis die Flechten zusammengewachsen seien und den Stein ganz bedeckt hätten. Die anfangs schmalen, leicht transparenten Ränder der Flechten hätten sich in Ringen blassen, weißlichen Grüns ausgebreitet, da die schnell wachsende Haut nur langsam Farbstoff habe bilden können, die Ringe seien mit der Zeit dunkler, fast blau, türkisgrün geworden und ineinander verschwommen, die Muster der ausufernden, gallertartigen Häute hätten leicht milchglasig wie dickflüssige Schlieren und Wirbel verfließender Glasur ausgesehen, die glänzend schillernden Oberflächen wie tellurisch kosmische Visionen gestrahlt, von ungewöhnlicher Farbigkeit hätten sie an Meeresgetier, wie Rochen, Schollen, Quallen oder Kraken, an riesige Muscheln, Schneckenhäuser oder Panzer anderer Schalentiere und Insekten erinnert, die sich massenhaft auf dem Stein niederließen und festsaugten, die wuchernden Flechten seien in Aureolen zu rosettenartigen, rundlich anschwellenden Körpern angewachsen, mit spiralförmig gewundener, sich verheddernder Maserung.

Kein Schild erklärte die Funktion des Gebäudes, das man für einen seit Langem verlassenen Trakt oder eine Lagerhalle des Museums halten konnte, mancher Besucher betrat den Verschlag nur zufällig oder aus Neugier, auf der Suche nach einer Toilette oder dem Ausgang öffneten Museumbesucher die Tür und standen dann vor dem Findling, den manche gar nicht als solchen erkannten, vor allem wenn gerade zum Eingang hin das Arbeitsgerüst aufgebaut war, das ihnen als Hinweis ausreichte, dass sie sich in einen Abstellraum verirrt hatten, andere meinten das Schild übersehen zu haben, das darauf hinwies, dass der Raum wegen Restaurierung geschlossen war oder eine Sonderausstellung vorbereitet wurde, wieder andere sahen in dem Verschlag eine Werkstatt, in der Sammlungsstücke gereinigt, konserviert oder restauriert wurden, in der neue Köpfe gesichtet, eingelagert oder für den Ausstellungsraum vorbereitet wurden, schließlich wies eine Tafel am Museumseingang daraufhin, dass die private Sammlung wuchs und im Fundus bereits eine Vielzahl von Exponaten lagerte. In dem Nebengebäude hätte auch eine Versuchsanordnung der Forschungsabteilung aufgebaut sein können, um Untersuchungen am Irrblock durchzuführen, der dann kein gewöhnliches Ausstellungsstück, sondern in einem eigenen Raum untergebracht war, weil sein ungeklärter Zustand besonderer Kontrolle bedurfte.

Troll pflegte einen gewaltigen Stein, über dessen Natur in wissenschaftlichen Kreisen Uneinigkeit herrschte, ein seltsamer Stein war das, an dem er sich täglich abarbeitete, damit dieser Brocken nicht verwilderte, zur Unkenntlichkeit verwuchs, eine seltsame Arbeit war es, die er täglich verrichtete, auch wenn sie auf den ersten Blick der normalen Tätigkeit eines Gärtners glich, der Pflanzen zurückschnitt, Unkraut jätete und Wildwuchs entfernte, der sich lange Zeit ohne menschliches Eingreifen hatte ausbreiten können, bei längerem Zuschauen ähnelte diese stutzende Pflege jedoch eher einem Kult, der auf dem bearbeiteten Untergrund eine überraschend farbige Wirkung zeitigte. Troll war es gewohnt, dass ihn Besucher, die sich in den Verschlag verliefen, nach seiner Arbeit fragten, in ihm einen Konservator, Restaurator oder Wissenschaftler erkannten, den sie nach dem Gegenstand seiner Pflege und Forschung fragten, Troll hüllte sich dann in Schweigen und sagte, er dürfe keine Auskunft über seine Tätigkeit geben und die Besucher sollten sich an die Museumsleitung wenden. Eigentlich war er Gärtnergehilfe, da er aber den Eindruck gewonnen hatte, dass der Kustos seine Arbeit schätzte, da er sich ihm in weltanschaulichen Fragen anvertraute und auch mit Kritik an der Leitung des Kopfmuseums nicht zurückhielt, sah sich Troll als den unterschätztesten und unterbezahltesten Mitarbeiter, der als einziger am lebenden Objekt arbeitete, dem eigentlichen Herzen des Museums, wo er, vom Rest der Sammlung getrennt, Erkenntnisse eigener Art zutage förderte.

Aufschneider nannte Troll den Kustos, obwohl er gar kein Aufschneider war, er leitete die wissenschaftliche Erforschung und Pflege der Sammlung und war für alle Köpfe des Museums, deren Konservierung und Restaurierung zuständig, legte aber nie Hand an den

Irrblock, Troll hatte nie einen anderen als den einen Kustos zu Gesicht bekommen, der jedoch immer von einem Wir sprach, das vielleicht nur die Redensart eines Vorgesetzten war, eigentlich gar keine Mehrzahl von führenden Mitarbeitern meinte, sondern nur seine eigene, direkt dem Sammler unterstehende Autorität betonen sollte, als wäre er der oberste einer Vielzahl von Sammlungsmitarbeitern, und Troll fragte sich, ob die anderen überhaupt existierten oder eine fiktive, vorgeschobene Instanz waren, da leibhaftig nur der eine auftrat. Manchmal sah Troll zwar eine Gestalt durch die Räume huschen, kurz aus der Ferne grüßen und eilig wieder verschwinden, die auch ein anderer Mitarbeiter als der Kustos, der Hausmeister oder der Portier hätte sein können, aber dem Kustos doch sehr ähnlich sah, dessen fleischige Gestalt unverwechselbar schien, der große Mann wirkte leicht geschminkt, immer irgendwie verkleidet, er trug, als hätte er das Kleidungsstück von einem sehr beleibten, kurzarmigen Vorgänger übernommen, einen breiten, in Falten fast bis zu den Knöcheln herabhängenden, weißen Kittel mit zu kurzen Ärmeln, den er – im Gegensatz zu Ärzten – geschlossen, wie einen Trenchcoat mit Gürtel trug und bei dessen Anblick Troll Lust bekam, unter die Knopfreihe zu schauen und die Art des Hosenverschlusses zu überprüfen, vielleicht um zu sehen, ob das auch nur eine weitere Verkleidung war, oder um den Kustos später an seiner Straßenbekleidung eindeutig zu identifizieren. Obwohl der Kustos Troll mit durchdringendem, richtendem Blick ansah und es schwer, eigentlich unmöglich war, seine Erklärungen und Anweisungen infrage zu stellen, trat er in dem Kittel nicht priesterlich auf, gab sich überraschend verständig und rückte wenigstens scheinbar vom eigenen Standpunkt ab, als wäre nicht nur alles, was mit der Kopfsammlung zusammenhing, zu hinterfragen, sondern als würde er an seinem Sachverstand, ja seiner ganzen Existenz zweifeln und wären sein Wissen, seine Macht und tätlichen Möglichkeiten bloß Phantasien des Untergebenen. Der Kustos vermittelte Troll jedenfalls den Eindruck, er müsste seine Äußerungen nicht so ernst nehmen, vor allem seinen kritischen, ja ausfälligen Bemerkungen über den Sammler nicht allzu viel Gewicht beimessen, sodass der Hilfsgärtner während des Gesprächs alle Fragen und Zweifel wirklich vergaß, die später jedoch umso größer waren. Troll hielt den Kustos zu allem fähig, gehörte er doch zu dem Wir einer unsichtbaren Kustodenschaft, die die kontrollierende und ausführende Instanz des Kopfmuseums war und in der Hierarchie hoch genug stand, um gemeinsam mit dem Sammler endgültige Entscheidungen zu treffen. Da müsse man erst den Kustos fragen, das müsse er entscheiden, der Kustos kenne die Anfänge, habe – auch wenn er etwas anderes behaupte – Zugang zum Archiv und Akteneinsicht, nur er kenne den Willen des Sammlers, könne die Dringlichkeiten beurteilen, Symptome von Eigenheiten, Gewohnheiten und Normalitäten unterscheiden, nur er habe den Überblick, sagten der Hausmeister und der Portier fast im Chor, auf die beide kein Verlass war, sie verweigerten jede Anteilnahme, jedes Handanlegen und lehnten jede Form von Verantwortung ab, bis der Kustos zwischen den Köpfen erschien und sie die Einwilligung und Anweisung von höchster Stelle erhielten. Troll, der sich über die beiden erhaben und ihnen gleichzeitig ausgeliefert fühlte, wusste, dass er sich als Hilfsgärtner nicht einbilden musste, irgendjemandem in irgendeiner Form überlegen zu sein, dass er vor allem nicht von sich behaupten konnte, frei von dem Gefühl, ja von dem unangenehmen, zersetzenden, lebensverneinenden Bedürfnis zu sein, von jemandem überwacht und kontrolliert zu werden, jemandem zu unterstehen, ja ausgeliefert zu sein, vielleicht würde er nie diese Härte im Magen loswerden, dieses Brett im Bauchraum, auf dem die ihm Überlegenen, die ihm Vorgesetzten, die über ihn Entscheidenden herumtanzten, auf- und abgingen, als wäre er eine der Stufen, auf denen sie nach Belieben hinauf- und hinuntersteigen konnten. Angesichts dieser drei Gestalten, der des Kustos, des Hausmeisters und des Portiers spürte Troll die schmerzliche Sinnlosigkeit seines Freiheitsdranges, was nichts anderes hieß, als dass er niemals von seiner Blindheit, von seinem blinden Anrennen gegen den Irrblock befreit würde, dem sich blutig Schlagen an Hindernissen, die nicht erlaubten, dass sich dieser Freiheitsdrang überhaupt noch als solcher wahrnehmen, geschweige denn verwirklichen ließ. Ob die natürliche Kopfform einfach nicht die richtige zum Denken sei, fragte sich Troll, als er in einem kapellenähnlichen Raum stand und Turmschädel betrachtete, denen, laut dem Kustos, im Kindesalter ringförmige Prothesen, Bretter, Bandagen oder Hauben angelegt worden seien, um die Stirn oder das ganze Vorderhaupt abzuflachen und die Schädeldecke zuzuspitzen, als könnten sich die Gedanken so weiter in die Höhe schrauben.

Wenn Troll sich an den Portier wandte, um zu fragen, wo der Kustos zu finden sei, den er nicht erreichen könne, ob er Hilfe vom Hausmeister zu erwarten habe, Werkzeug, Hilfsmittel oder Material bekommen könne, um etwa das Gerüst oder eine undichte Stelle des Verschlags zu reparieren, oder ob man ihn beim Umgang mit aufdringlichen Besuchern unterstütze, gab der Portier hinter dem metallgerahmten Fenster immer unwillig und zu leise, seine Raucherstimmbänder schonend, durch das gläserne Sprechsieb eine ausweichende Antwort, während sich seine Augen nicht von seinem Gegenüber lösten, es fixierten und die Reaktionen und Absichten aus den Gesichtszügen des Fragenden im Voraus ablasen, als wäre er in der Kopfsammlung in die Schule der Physiognomie gegangen und hätte es zu Höchstleistungen auf diesem Gebiet der Menschenkenntnis gebracht, so schien es wenigstens Troll, der sich zwang, sein Gesicht so ruhig wie möglich zu halten und undurchschaubar auszusehen, bis er vor Anspannung zitterte und Nackenschmerzen bekam. Dann begann er, gereizt Fragen zu stellen und mit schärferer Stimme Informationen zu verlangen, und der Portier sprach mit lauterer, deutlicherer und wärmerer Stimme, wurde immer freundlicher, während seine Augen immer größer, sein Blick mitfühlender und leerer wurde, sein Verhalten und Gesichtsausdruck waren immer das Gegenteil seines Gegenübers, zwei-, dreimal oder öfter wechselte die Stimmung und in dem Moment, wenn der Portier sanft geworden war, und jeden Widerstand aufgegeben zu haben schien, trat der Hausmeister schwitzend, etwas hektisch durch die Hintertür der Portiersloge ein, als wäre er per Knopfdruck gerufen worden. Der Portier winkte ihn, ohne ihn anzusehen, zu sich und forderte ihn auf, seinen Platz einzunehmen, zwinkerte ihm zu und sagte, der Herr, wie sei doch gleich der Name, der während des Gesprächs noch nicht gefallen war, aber längst hätte bekannt sein müssen, der Herr Troll habe eine Frage, die ein Portier offensichtlich nicht zufriedenstellend beantworten könne, was einem Hausmeister möglicherweise gelingen werde, der diese Institution selbstverständlich mindestens genauso gut vertrete und über die Vorgänge in diesem Haus genauso gut Bescheid wisse, dann verabschiedete sich der Portier mit einem so ernsten Gesichtsausdruck, dass sich dahinter nur hämische, zutiefst verachtende Überheblichkeit verbergen konnte. Troll musste die Zähne zusammenpressen, um nicht laut loszulachen, denn das Gespräch ging, sobald sich der Hausmeister auf dem rollenden Drehstuhl niedergelassen hatte und die Höhe auf seine Beine eingestellt hatte, von vorne los, sobald Troll die Frage erneut formuliert hatte, zog der Hausmeister seine Augenbrauen nach oben und grinste, als könnte nur ein Unwissender, nur einer, der noch ganz und gar nichts mit der Kopfsammlung zu tun gehabt habe, eine solche Frage stellen, und machte schon durch sein Grinsen klar, dass der Aufwand einer Antwort viel zu groß und hier in der Eingangshalle angesichts eines offensichtlich ungeduldigen Mitarbeiters nicht zu bewältigen sei, um manchmal plötzlich doch aufzuspringen und das Erfragte zu besorgen, herbeizuschaffen oder zu erledigen. Oft empfahl er Troll aber, einen Termin beim Kustos zu vereinbaren, da die Probleme der Belegschaft freilich nicht in die Vollmacht eines Hausmeisters oder Portiers fielen, er könne übrigens – wie jeder Mitarbeiter oder Besucher – an der Portiersloge ein Frage- und Bewertungsformular ausfüllen, verrieten doch Enttäuschung und Misstrauen in seiner Stimme, dass sich hinter seiner Frage eine Beschwerde, ja großer Unmut verberge und es höchste Zeit sei, seine grundsätzliche Unzufriedenheit mit dem Arbeitgeber und den Arbeitsverhältnissen auszusprechen, damit entsprechende Gegenmaßnahmen ergriffen werden könnten. Wenn er gar Hass im Leib habe, sei es doch naheliegend, dass er ihn am Irrblock abreagiere, den ein schlecht gelaunter Hilfsgärtner nicht mehr optimal pflege, aber der Hausmeister wolle ihm nicht unterstellen, dass er seine Arbeit schlecht ausführe, er sei gar nicht befugt, seinen Fall einzuschätzen, sonst würde er sein Amt missbrauchen und sich in Dinge einmischen, die ihn nichts angingen.

Am Morgen seines zweiten Arbeitstages war das, was Troll am Vortag als das Nasenbein des Irrblocks erkannt zu haben glaubte, so schief, dass es sich über Nacht abgesenkt haben musste und unmöglich gestern genauso ausgesehen haben konnte, er fragte sich, ob dieser Stein überhaupt ein Nasenbein gehabt oder er sich das Gesicht nur zusammengereimt hatte, das über Nacht bläulich angelaufen war, und jedes Mal, wenn er den Verschlag wieder betrat, anders aussah, plötzlich stachen Schrunden, Linien, farbige Flecken oder andere Einzelheiten, die ihm vorher nicht aufgefallen waren, aufdringlich aus der Flechtenhaut hervor. Anfangs hatten ihn solche Veränderungen erschreckt und er hatte unverzüglich den Kustos verständigt, der Troll beruhigte, dass das zugewachsene Ungetüm nicht so leicht aus der Fassung zu bringen sei, aber ihn für seine Aufmerksamkeit lobte, da bei einem solchen Stück Vorsicht angesagt sei und dessen Veränderungen genau zu beobachten seien. Bereits am Abend war Troll neugierig, wie sich der Irrblock am nächsten Tag zeigen würde, Hugo Dunkel, ein Mitarbeiter der benachbarten Verkehrsschule, hatte nicht Unrecht, wenn er sagte, dass Troll verzweifelt versuche, einer Logik, um nicht zu sagen einer Bedeutung der Erscheinungen und Veränderungen des überwachsenen Gesteinsbrockens auf die

Spur zu kommen, so wie ein Priester den Vogelflug oder Wolkengebilde deute, und wirklich fuhr Troll jeden Morgen auf dem grünen, von seinem Vater geerbten Rennrad, dessen Lenker er wie ein Geweih nach oben gedreht hatte, um sich bequemer abstützen zu können, zum Kopfmuseum und gab auf dem Fahrrad sitzend die Vorhersage des Findlingsbefindens bekannt, bei der er wie ein Radiosprecher seinem Publikum zuerst den Zustand des Irrblocks am Vorabend und die Veränderungen der letzten Woche ins Gedächtnis rief, um dann über die aktuelle Lage Vermutungen anzustellen und eine Prognose abzugeben, wobei er Vorzeichen früherer Entwicklungen miteinbezog. Während seines mittäglichen Besuchs bei Hugo Dunkel auf dem Nachbargrundstück und später auf der Heimfahrt rechtfertigte er sich dann für seine Fehleinschätzung, korrigierte sie oder hob stolz die Richtigkeit seiner Vorhersage hervor, belegte sie mit Details, die er bei der Arbeit beobachtet hatte. Sein Denken war auf seltsame Weise vom Irrblock besessen, was Hugo Dunkel eine unterhaltsame und gleichzeitig kindische Form von Pflichtbewusstsein, Abhängigkeit und Aberglaube nannte, er fand es weniger rührend als beunruhigend, wie Troll sich so von diesem Ungetüm vereinnahmen ließ. Anstatt für seine Mutter, die wie Dunkel im nahegelegenen Altersheim lebte, oder seine in ihrem medizintechnischen Institut sitzende Lebensgefährtin Ariana Erzählenswertes zu sammeln, dachte Troll oft schon während, ja manchmal vor seiner Arbeit an Dunkel als seinen idealen Zuhörer, überlegte, wie er ihm vom Zustand des Steinbrockens berichten könnte, er fasste in Worte, was er tat, sah und hörte, was ihm auffiel oder geschah, um in der Mittagspause sofort mit dem Sprechen beginnen und von dem Irrblock erzählen zu können.

An manchen Tagen roch der Verschlag, als ob er einmal als Stall gedient hätte, vor allem wenn das Wetter umschlug, Feuchtigkeit und Luftdruck zu- oder abnahmen, Regen oder Hitze lange andauerten, wurde der Geruch stärker, an den Hermann Troll sich nie ganz gewöhnte, anfangs hatte er sich beim Eintreten geekelt, weil es nach Fell, Leder und feuchtem Metall, Heu, Stroh, lehmig fauligem Wasser und Ausscheidungen roch, was zu ertragen gewesen wäre, wenn nicht ein schärferer Geruch nachgedrängt hätte, der kaum wahrnehmbare, aber den Geruchssinn ständig reizende Gestank von verschwitzten, mit Urin und Kot verschmierten Haaren, verbranntem Horn und verdorbenem Futter, den das Gehirn mit Bildern von kaltem Fleisch in heruntergekommenen Raubtierkäfigen illustrierend abzuschwächen versuchte. Die Holzwände hatten die Gerüche aufgenommen und gaben sie je nach Witterung mehr oder weniger stark wieder ab, an sehr heißen Tagen konnten sie so durchdringend werden, dass nicht klar war, ob die Tiere noch lebten oder schon tot waren, wie lange sie schon verendet oder geschlachtet herumlagen und ob es überhaupt nach der Verwertung und Verarbeitung von Tierfleisch, -organen und -häuten roch, wenn die Nase nämlich genauer prüfte, was da vor sich ging, veränderte sich die Kulisse, der Geruch wurde süßlicher, beißender, stieg aus Gemeinschaftsräumen auf, aus Klassenzimmern, Aufenthalts- und Wartezimmern, Kirchengemeindesälen, Kellerwerkstätten, Räumen zur Leibesertüchtigung, Umkleidekabinen, Sanitäreinrichtungen, Gebetsräumen, Gefängniszellen und Hinterzimmern, Kabuffs und Abstellkammern, deren Geruchsspuren auch mit den im Museum eingesetzten alkoholischen Lösungen und Formaldehyd nicht ganz vertuscht werden konnten, als wären sie im Gegenteil wie museale Stücke darin konserviert worden. Die Nase konzentrierte sich auf die Gerüche der Chemikalien, die sich mit denen von alten, schlecht konservierten Ausstellungsstücken mischten, die angestaubt in Lagern standen und von Museumskäferlarven zerfressen wurden, um die Ausdünstungen von Lebendigem und Totem nicht ertragen zu müssen, von denen Troll nicht zu sagen vermochte, ob sie aus dem Irrblock, der Erde oder dem Holz des Verschlags aufstiegen, Schwaden ungesunden Morasts, giftiger Sumpf- und Moorgebiete, eines für den Menschen ungeeigneten Milieus. Er fragte sich, was seine Sinne überhaupt wahrzunehmen vermochten, was ihnen entginge, als sich ein haarloser, lehmbeschmierter Kopf, der mit tonbraunen, geschwungenen, parallel laufenden Linien symmetrisch bemalt war, offensichtlich über seine Begriffsstutzigkeit lustig machte, ihm schien der Schalk im Nacken zu sitzen, er zwinkerte, blinzelte wild und verdrehte die halbgeöffneten, Wimpern gezähnten Augen, deren Pupillen und Iris in schwarzen, quer über den Augapfel ausfransenden Tuschestrichen verlaufen waren, unvorstellbar, welchen Ausblick die in den Augenhöhlen liegenden Kaurischnecken gewährten, unvorstellbar, was die geweiteten Nasenlöcher dieses breiten, oval zulaufenden Schädels ohne Kinn und Hals rochen, gierig waren sie aufgerissen, um möglichst viel eines unglaublichen Duftes einzusaugen, während sich die schmalen, eingefärbten Lippen, über die ein breiter, zungenähnlich abgerundeter Strich verlief, zwischen tonfarbig umkreisten Mundwinkeln leicht vorstreckten.

Flechten dringen auch in Gebiete vor, die für andere Organismen lebensfeindlich sind, sie besiedeln Hitze-

und Kältewüsten, überstehen extreme Temperaturen und starkes Licht, ohne zu vergehen, indem sie nahezu ihre gesamte Feuchtigkeit verlieren und bei vielen Arten in ausgetrocknetem Zustand die Rindenschicht dicker und dadurch lichtundurchlässiger wird. Sobald Tau, Regen oder Luftfeuchtigkeit den Stoffwechsel beleben, werden die Flechten aus dieser Ruhestarre geweckt, ohne durch den extremen Wechsel von Trockenheit und Feuchtigkeit Schaden zu nehmen, sie sind anspruchslos, jedoch vermögen die meisten Flechten nicht, sich an verschmutzte Luft und verunreinigte Böden anzupassen, und sind nicht nur in städtischen Gebieten vom Aussterben bedroht, da die wenigsten Arten von zu warmem und zu trockenem Klima profitieren können, referierte Troll aus seinem neuen, erst vor Kurzem erschienenen Flechtenatlas, den er mitbrachte, um Dunkel verschiedene Arten zu zeigen und manchmal daraus vorzulesen. Da stünden Sätze, sagte Troll, wie „Die Flechte benötigt hohe Luftfeuchtigkeit und ist in letzter Zeit aus vielen Gebieten verschwunden", und das solle ein Bestimmungsbuch sein, das sei eine Sammlung von Todesanzeigen, der Naturführer einer vergangenen Zeit, die kaum zwanzig Jahre zurückliege, ein Buch, das die Welt als eine untergegangene beschreibe. Die Luftqualität sei zwar in vielen Städten schlecht, meinte Troll lachend, der Verschlag aber eine Nische, deren Mikroklima das außergewöhnliche Wachstum wenn nicht hervorrufe, so doch zulasse, schließlich könnte die in diesen Landstrichen keineswegs typische Flechte auch aus einem anderen Erdteil nach Europa gelangt sein, sich unter den neuen Bedingungen unverhältnismäßig wohlfühlen und bald die einheimischen Arten durch ihr expansives Verhalten herausfordern. Das Gewächs des Irrblocks, dessen unmäßige Kraft Troll immer noch beängstige, setze alle natürlichen Maßstäbe außer Kraft, anstatt der jährlichen zehn bis zwanzig Millimeter vergrößere es sich täglich um mehrere Zentimeter. Angesichts einer solchen Geschwindigkeit des Wachstums, das möglicherweise durch das Zurückschneiden noch angeregt werde, sei es unmöglich, von einer gewöhnlichen Flechte zu sprechen, die sonst weder kriegerisch expansiv noch verdrängend äußerst langsam wachse und nicht auf raschen Raumgewinn und Flächendeckung aus sei. Die Pflege dieses Ausstellungsstücks konnte Troll kaum allein bewältigen, hatte er die obere Flechtenhaut einmal rundherum von dem Irrblock beseitigt, begann die Arbeit von vorne, denn das Wachstum der Flechte war so ungewöhnlich schnell, dass der Findling, obwohl der Hilfsgärtner nicht aufhörte, den Wildwuchs abzutragen, schon längst wieder ganz unter diesem Kriechtier der Pflanzenwelt verschwunden war, das noch tiefer in das Gestein eingedrungen wäre und es zersetzt hätte, wenn Troll den Flechtenbefall nicht regelmäßig entfernt hätte, der ungestutzt immer weiterwuchs, immer dicker wurde, zu gallertartigen, rotstichigen Polstern anschwoll und schließlich aufplatzte, sodass aus den Brüchen und Rissen grünlich gelber oder weißer Saft herauslief, andere Blätter vertrockneten, verhärteten und verholzten, brachen ab und rissen Löcher in den Findling.

Vom Museum ziehe es ja wieder ganz schön herüber, sagte Hugo Dunkel lachend und spielte auf den Geruch des Verschlags an, der nur an manchen Tagen in der Umgebung wahrnehmbar war und auch auf das Nachbargrundstück herüberzog, auf dem Dunkel arbeitete, Troll widersprach energisch, der Verschlag rieche leicht modrig, die zirkulierende Luft reiche aber sehr wohl aus, dass die Einschnittstellen, die die Bearbeitung des Irrblocks hinterlasse, vernarbten, zur Heilung sei kein direktes Sonnenlicht nötig, der Verschlag werde nicht beheizt, sei dennoch nicht besonders feucht und auch im Winter wärmer, als man erwarte, was wahrscheinlich auf die Flechte zurückzuführen sei. Dunkel könne sich bei einem Besuch selbst davon überzeugen, dass in dem Verschlag ein einzigartiges Milieu entstanden sei, das nicht rekonstruiert werden könnte, eine Unterbringung des Findlings an einem anderen Ort, wie es von Anwohnern gefordert werde, wäre für den Irrblock verhängnisvoll, eine Umsiedlung würde das Mikroklima zerstören, das leicht aus dem Gleichgewicht zu bringen sei, Troll sei ja nicht ohne Grund verboten worden, chemische Reinigungsmittel einzusetzen, die bei Dächern und Hauswänden zur Entfernung von Flechten üblich seien, da sie das Milieu des Irrblocks zerstören würden. Das bloß oberflächliche, mechanische Abtragen der Flechte sei nicht einer Liebhaberei oder den botanischen Vorlieben des Sammlers, sondern dem Widerspruch von Natur- und Denkmalschutz geschuldet, die an einem Ausstellungsstück nur schwer zu vereinbaren seien, habe der Kustos Troll erklärt, der in seiner Eigenart ungeklärte Irrblock sei nämlich wie die ganze Anlage des Kopfmuseums als Kulturgut zu erhalten, gleichzeitig stehe auch die einzigartige, bisher unbekannte Flechtenart unter Schutz, die den Findling aber zu zersetzen drohe, was die Anwohner wenig interessierte, die forderten, den Irrblock entfernen und den Verschlag, am besten das ganze Museum abreißen zu lassen, das auch Abgeordnete des Bezirks nicht für erhaltenswert einstuften, die forderten, es müsse nur ein Investor gefunden werden, der dort Eigentumswohnungen errichte. Um eine gewisse Wohnqualität zu garantieren, werde mit großem Nachdruck als vorläufige Lösung die Renovierung des Verschlags gefordert, den die Mauer von der Umgebung nicht genügend abschirme, da sie weder den Gestank eindämme, noch Ungeziefer und anderes Getier, das sich in dem alten Holzgebäude eingenistet habe, zurückhalte, angeblich seien auch Sporen der Flechte gefunden worden, die sich bald im ganzen Stadtteil ausbreiten werde, was gar nicht stimme, so Troll, das Zurückschneiden der Flechte verhindere ja gerade, dass Stücke der Flechte fortgetragen würden und sich Pflanzen und Tiere, zum Beispiel Käfer, Schmetterlinge oder Spinnen, Würmer, Schnecken, Eidechsen oder Kröten ansiedelten, Mäuse und Ratten, die angeblich im Irrblock ihre Nester bauten, habe Troll nie gesehen. Mehr als der Geruch, die mangelnde Hygiene und das Vordringen der Flechte fürchteten die Anwohner die angebliche Wirkung des Irrblocks, Dämpfe, die aus dem Verschlag austräten, versetzten, so hieß es, in beunruhigende, überschwängliche Gefühlslagen, zwängen Bilderketten in die Köpfe, die durch die Emanationen des Irrblocks überwältigt, davon abhängig würden. Solche Vorwürfe seien eine Ausrede, das Misstrauen gelte eigentlich einer angeblich hinter dem Kopfmuseum stehenden Organisation, die der undurchschaubare, offensichtlich einflussreiche Sammler repräsentiere, den die Anwohner aus unbestimmten Gründen loswerden wollten, da sie das Gefühl eines Hinterhalts, von illegalen, irgendwie verwerflichen Machenschaften hätten, die nicht zu belegen seien. Daher versuchten sie, anders gegen die unbeliebte Nachbarschaft vorzugehen, und führten sogar Prozesse, die immer zugunsten des nicht öffentlich in Erscheinung tretenden Sammlers endeten, der anscheinend über enorme Geldmittel und Beziehungen zu Stadtpolitikern verfügte. Zu solchen Gerüchten gehörten auch Phantasien, wie Geheimgänge zwischen dem Kopfmuseum und den umliegenden Ämtern und Gebäuden, unterirdisch könne man angeblich zu dem fast zwei Kilometer entfernten Krankenhaus gelangen, über einen anderen Geheimweg solle der Keller der protestantischen Kirche und weiter der Bunker unter dem zerstörten Flakturm erreichbar sein, was möglich, aber höchstens von historischer Bedeutung war und die Vorstellung beflügelte, dass sich etwas unter der Tür durchschieben, durch Spalten und Ritzen eindringen, sich einnisten und hinterrücks unrechtmäßig Besitz ergreifen wollte, dieses Etwas war mächtig, ohne sich als mächtig zu erkennen zu geben, und musste ausgehoben werden, wenn man nicht übermannt, ausgesaugt oder verschlungen werden wollte, diesem Etwas musste die Haut abgezogen werden, damit Licht darauf falle und sichtbar werde, was sich da verstecke, wer es da hintenherum treibe, wer von den anderen profitiere, seine Leitungen gelegt, Gänge gegraben und Netze gezogen habe und aus dem Hinterhalt lauere, überwache, beeinflusse und lenke.

Ohne das Schneidemesser in das Flechtenfleisch zu stoßen, hatte Troll beim bloßen Anblick des Irrblocks ein so starkes Empfinden von Haut, dass es ihn fröstelte und ihn das Gefühl ergriff, dieses Gewächs habe sich des Steins bemächtigt, dieses übertriebene, vulgäre, heiße Wachstum der Flechte, die sich über den Findling hermachte, ließ ihn so erschaudern, dass er sich fragte, wie ihn dieses schmarotzende Naturding, dieses sich geil aufspreizende Wuchern so berühren konnte und warum er sich doch auf die Seite des Findlings schlug und die ungehörig ausufernde Pflanze züchtigte, in

Form zwang. Hugo Dunkel warf Troll vor, er sei sentimental und naiv, ergehe sich in hysterischer Gefühlsduselei, in bedeutungsschwangerem Kitsch von Leben und Wachstum, von Wunder und Unbegreiflichem, Troll, der diesen Irrblock anbete, habe eigentlich ein gewalttätiges Verhältnis zur Welt, das nicht ohne Messer auskomme, Dunkel würde Trolls Arbeit anekeln, der sich doch einiges zusammenphantasieren müsse, um so etwas durchzuhalten, er habe wohl Feldherrngefühle und nur im Angriff gewännen die Dinge für ihn Wirklichkeit. Troll lachte und sagte, er sei ja auch in der Liebe ein recht sentimentaler Hund, so zarte Haut, so zart und dünn seien die nachwachsenden Flechten, dass sie ihn manchmal fast zu Tränen rührten, er frage sich dennoch, was diese Arbeit aus ihm mache, anfangs habe er vom Zurückschneiden dieser aggressiven Pflanze Ausschläge bekommen und seine Haut sei in Pusteln aufgeplatzt, die bald austrockneten, aber – wie Dunkel ja sehe – Narben hinterließen, was ihn aber nicht davon abgehalten habe, weiterzuarbeiten, er sehe die Anforderungen seiner Arbeit auch unter sportlichen Gesichtspunkten, fühle sich nach jedem Arbeitstag, als hätte er ein Abenteuer bestanden, und seine Freunde würden über die Cowboymiene, die er manchmal zum Bier aufsetze, lachen. Seiner Lebensgefährtin Ariana sei die Flechte unerträglich, nach der er so penetrant rieche und schmecke, dass für sie eine Nähe in irgendeiner Form schließlich ausgeschlossen sei, sie habe keine Lust mehr, mit so einem Flechtenuntier über Umwege geschlechtlich zu verkehren, denn er gleiche einem stinkenden Ableger dieser Pilzbraut, an der er sich aufgeile. Anfangs habe sie versucht, darüber hinwegzuriechen, diese Anflüge des Pflanzlichen anziehend, ja erregend gefunden, damit sei es jetzt vorbei, habe sie ihm mitgeteilt, bevor sie zu einem Kongress nach Athen aufgebrochen sei. Er solle seine Gefühle zu Flechten und Frauen überprüfen, habe sie zu ihm gesagt, so fürsorglich, wie er sich um den Stein kümmere, so messernd, wie er der Flechte zu Leibe rücke, habe er für Frauen höchstens rudimentäre Gefühle, die sich auf Rettung und Eroberung bezögen, aber nicht weiterreichten und sich auch nicht weiterentwickelten, sie wisse nicht, auf welcher Entwicklungsstufe er stehen geblieben sei, jedenfalls spiegele sein Verhältnis zu dieser widerwärtigen Flechte, wahrscheinlich zur Natur überhaupt, sein Gefühl für Frauen wider. Mit solchen aggressiven, selbstherrlichen Gefühlen, die Frau aus den Armen des Gorillas zu reißen, das Baby aus dem Bauch der toten Mutter herauszuschneiden, lasse sich kein stabiles Verhältnis zu einem Menschen aufbauen, vielleicht zu einem Haustier, einem Sportgerät oder einer Weichtiersammlung, aber nicht zu einer Frau, der er am Ende auch noch das Fleisch vom Gesicht reißen würde, weil er denke, die süße Wesentlichkeit der Frau stecke unter ihrer Haut.

Um Abfallprodukte von Kopfoperationen handele es sich bei den gelochten Stücken und Scheiben von Schädeldecken keineswegs, denn die Verbrennungsspuren ließen auf eine Feuerbestattung schließen, behauptete der Kustos, mit groben Schlägen seien die im Kopfmuseum ausgestellten Knochen erst nach dem Tod in rundliche Form gebracht, durchbohrt und danach geschliffen, geritzt und poliert worden. Angesichts der Löcher in den Knochenscheiben, die Troll zuerst für Lotusfrüchte gehalten hatte, erinnerte er sich daran, dass er als Kind Insektendoktor gespielt hatte, dessen Behandlung weder Leben rettete noch Leiden linderte, denn anders als bei gewöhnlichen ärztlichen Maßnahmen waren die Kleintiere schon tot oder mussten bereits am Anfang der Operation ihr Leben lassen. Das kindliche Interesse galt vor allem dem Bauchraum, dem Inhalt und Mechanismus der Innereien, zu denen der Junge mit Fingernagel oder Stöckchen, seltener Taschenmesser oder Rasierklinge vordrang, vorsichtig ritzte er die Bauchhaut, während er den Körper des Insekts mit zwei Fingern, einem Zahnstocher oder einer Nadel festhielt, nichts war vor seinem chirurgischen Eifer sicher, obwohl das, was er zutage förderte, oft unscheinbar, immer unansehnlich und unbestimmbar war, wenn er überhaupt etwas hervorholte, das Rückschlüsse auf ein Innenleben ermöglichte, und den Insektenkörper nicht einfach zerquetschte, aber er ließ sich von solchen misslungenen Versuchen nicht entmutigen, sondern war von der Idee besessen, diesen kleinen Lebewesen den Bauch aufzuschlitzen, ohne bei seinen Operationen Ekel zu empfinden, nur danach wusste er nicht, wie er die Überreste des höchstens noch an seiner Farbe erkennbaren Körpers beseitigen sollte, die Erregung des Erforschens wich dann einem trockenen, ausgelaugten Gefühl der Schuld, das bald wieder von der Aufregung verdrängt wurde, endlich das Geheimnis dieser kleinen Tiere zu lüften. Troll erinnerte sich nicht genau daran, was er in den Leibern zu finden hoffte, ob es etwas war, was er sich vorgestellt, gesehen oder wovon er gehört hatte, eine Übersicht von Organen in Bewegung oder einen anatomischen, farbenfroh leuchtenden Geheimplan, auf dem er Unerforschtes, Bedeutendes entdecken würde, Röntgenbilder hatte der Junge gesehen und deren tiefe, bläulich dunkle Darstellungen der Knochen waren ihm zwar geheimnisvoll erschienen, aber anstatt Pläne, Wasserzeichen oder

Durchschriften des Innenlebens lieferten sie nur ungenaue Abbilder. Wenn ihn nicht der Wunsch antrieb, das, was er in dem fremden Körper sehen würde, auf den eigenen Körper übertragen zu können, als gäbe es eine Verwandtschaft zwischen Mensch und Insekt, folgte er einem bilderlosen Gefühl und erlag der neugierigen Lust, ins Innere dieser Körper vorzudringen, ihnen Gewalt anzutun, der Sehnsucht nach tiefgehender Handgreiflichkeit, um die eigenen Körpergrenzen zu überschreiten und das eingefleischte Misstrauen zu überprüfen, das Eigentliche finde woanders, nicht im eigenen Leib, sondern in dem der anderen statt. Der Junge hatte ja keine bestimmten Fragen, wie etwa den Stachel einer Wespe oder die Flügelgelenke eines Nachtfalters freizulegen, er wollte vielleicht nur den Moment erleben, in dem das Schneidewerkzeug auf die Körperoberfläche traf, sie durchtrennte und das Insekt sein schönes Kleid und seine Gestalt verlor, vielleicht war die angebliche Suche nach irgendetwas in den Leibern nur der Vorwand dafür, sehen zu können, wie sich die Umhüllung öffnete und das Gehäuse der äußeren Erscheinung entstellt wurde, deren Glanz und Farbigkeit immer verheißungsvoller war als das, was dann im Inneren zu sehen war, dessen Anblick die Erwartung einer Strafe, ja eines Fluches folgte.

Das Museumsgelände war von einer Mauer umgeben, die an die Einfriedung eines Tempels oder Friedhofes erinnerte, aber auch die eines süditalienischen Barockpalazzos hätte sein können, von dessen mit Stuckornamenten verzierter Fassade die dunkelorange Farbe abblätterte, dann wären auf einer von Säulen getragenen Terrasse und im Garten Büsten und Skulpturen durch die faustgroßen Löcher in der Mauer sichtbar gewesen, die aber meistens von Gestrüpp zugewachsen waren, während an anderen Stellen das bis zum Boden herausgebrochene Mauerwerk mit Metallgittern und Stacheldraht gesichert war. Im unteren Teil der Mauer lagen die Backsteine bloß, da entweder der Verputz abgesprungen oder nur im oberen Teil aufgetragen worden war, wobei es so aussah, als wäre der steinige Mörtel einfach über die Mauer geschüttet worden und, anstatt bis zum Boden zu fließen, auf halbem Weg getrocknet. Der schmale, bewachsene Streifen zwischen der Mauer und dem Teer des Fußweges machte auf Troll einen melancholischen, rührenden Eindruck, verkrüppelte Bäumchen, etwa Ahorn, Birke oder Esche, wuchsen neben üppigen Brennnesseln, wie man sie in stillgelegten Fabrikanlagen oder an Bahngleisen fand, Klettenlabkraut, Klatschmohn, Goldrute und Getreide, und Troll hatte sich gefragt, wie all die Pflanzen in die Stadt gekommen waren, ob die Stadt verwilderte und bald von Bärenklau, weißen Wicken und Disteln überwachsen wäre. Er war kein Pflanzenkenner, hätte aber, wenn ihn der Kustos gefragt hätte, was an der Mauer um das Schädelmuseum wuchs, einiges aufzählen können, für seine Augen sah nicht jede Pflanze gleich aus, er konnte Taubnesseln von Brennnesseln, Gräser von Getreide unterscheiden, die Grünpflanzen verschwammen ihm jedoch zu Grünzeug und Unkraut, in dem er manchmal doch Wilden Wein, Efeu oder selten eine Klematis erkannte.

Troll suchte in der Mittagspause die benachbarte Verkehrsschule auf, für die Hugo Dunkel, ein ortskundiger, historisch gebildeter Rentner, ehrenamtlich arbeitete, er aß dort lieber zu Mittag als auf dem Museumsgelände, das ihm zu abgeschlossen von der Welt vorkam, und wenn ihm schon bei der Arbeit das Atmen schwer wurde, versuchte er, sich daran zu erinnern, dass es ja da draußen keine andere, sondern dieselbe Welt gab und er von seinem Nachbarn Hugo Dunkel nur durch eine Mauer getrennt war. Die beiden Grundstücke von Museum und Verkehrsschule, hatte Dunkel Troll erzählt, seien nicht immer geteilt, sondern einmal ein Stück Land gewesen, das darauf errichtete Gebäude sei nur auf der einen Hälfte abgerissen worden, um dort vorübergehend einen asphaltierten Sportplatz und dann die erste Verkehrsschule im Ostteil der Stadt anzulegen, Troll wollte nicht recht glauben, dass das Grundstück in zwei gleich große Hälften geteilt worden war, 3000 Quadratmeter war zwar eine große Fläche, dennoch erschien ihm der fast unbebaute Schulgrund für all die Gebäude des Museums zu klein, auch wenn er deren wirkliche Ausmaße nicht abschätzen konnte. Dunkel gab zu Bedenken, dass die Maße eines Grundstücks nicht dessen Natur, Bedeutung und Wirkung wiedergeben könnten, er stimme Troll nämlich zu, dass die Kopfsammlung, obwohl die beiden Hälften gleich groß seien, seinem Empfinden nach eine viel größere Grundfläche habe, sie schüchtere ihn ein und wirke bedrohlich, die Altbauten schöben sich in den Vordergrund, höben sich auffällig, ja abweisend von den Platten- und Neubauten ab, während die Verkehrsschule leicht zu übersehen sei, die ja keineswegs eine kleine oder provisorisch angelegte Grünanlage sei. Nur wegen der wild wachsenden Randbepflanzung von hohen Bäumen und Büschen werde sie leicht für ein vernachlässigtes, brachliegendes Grundstück oder einen verwilderten Park gehalten, der vielen gar nicht auffalle und leicht für den Garten der angrenzenden Kindertagesstätte, einer Grundschule oder für das Trainingsgelände der am Kopfende liegenden Turnhalle gehalten werde, und gerade auf dieser merkwürdigen Insel zwischen Hochhäusern, Kindergärten und einem Altersheim, inmitten von Beeten, Büschen und Laubbäumen, habe Dunkel das Gefühl, mit beiden Beinen auf dem Boden zu stehen, verspüre keine Unruhe mehr, die ihn seit seinem Einzug in das Altersheim nicht mehr losgelassen und ihn zu langen Spaziergängen durch die Stadt gezwungen habe. Seit er hier arbeite, sei er noch mehr draußen, sehe, wie die Anlage von den städtischen Gärtnern gepflegt werde und sich mit den Jahreszeiten verändere, im Winter, wenn keine Übungen stattfänden, vermisse er diesen kleinen Park, in dem er Vögel, Kaninchen und manchmal Füchse beobachte, er könne Pflanzen studieren, sammle Blätter, Kräuter und Früchte, zum Beispiel Hagebutten, um Tee daraus zu kochen, worüber Troll lächeln musste, weil ihm Dunkel immer als ein typischer Stadtbewohner erschienen war, zu dem seine etwas grobe Physiognomie eigentlich nicht passte.

„Bartflechte, Blattflechte, Gallertflechte, Gelbflechte, Haarflechte, Hornflechte, Kernflechte, Krustenflechte, Kuchenflechte, Lappenflechte, Lederflechte, Leimflechte, Lochflechte, Lungenflechte, Moosflechte, Nabelflechte, Napfflechte, Pustelflechte, Scheibenflechte, Schildflechte, Schönflechte, Schriftflechte, Schuppenflechte, Schüsselflechte, Schwielenflechte, Staubflechte, Strauchflechte, Warzenflechte“, las Hugo Dunkel aus dem Inhaltsverzeichnis des Bestimmungsbuchs vor, das Troll wieder mitgebracht hatte, weil es Dunkel gerne durchblätterte, der fragte, worum es sich denn nun beim Gewand des Troll anvertrauten Findlings handele. Um eine Horn-, Moos- oder Strauchflechte jedenfalls nicht, antwortete Troll, ebenso wenig um eine

Bart- oder Nabelflechte, auch als Krusten- oder Blattflechte lasse sich der Bewuchs des Irrblocks nicht eindeutig bestimmen, der, belehrte Troll seinen Nachbarn, aber Eigenschaften der sonst kleinwüchsigen Gallertflechte aufweise, die Cyanobakterien, also Blaualgen, seltener grau, meist düster, schwärzlich bis dunkelolivgrün färbten. Dunkel solle sich eine Mischung aus verschiedenen Flechten vorstellen, man habe es mit einer Übergangsform von ziemlich unterschiedlichen krustigen und blättrigen Arten zu tun. Gewächse, die sich nicht eindeutig einordnen ließen, seien bei den Flechten nicht ungewöhnlich, die übrigens zu den Pilzen gezählt würden, ihre Systematik sei noch unklar und unvollständig, erklärte Troll, eine genaue Eingrenzung der Verwandtschaftsverhältnisse sei sehr schwierig, bisher unmöglich, die Flechten träten in einer unglaublichen Vielfalt auf, die in ihrer Gesamtheit noch lange nicht erfasst, geschweige denn klassifiziert sei. Die Flechtengattungen seien in Untergruppen unterteilt, die Gewächse von sehr unterschiedlichem Aussehen enthielten, selbst wenn sie derselben Gattung angehörten, ähnelten sie sich in Form und Farbe kaum, sodass die Bestimmung der Flechten vor großen Schwierigkeiten stehe, nur mikroskopisch und molekulargenetisch zu leisten sei, sagte Troll, der sich einiges Wissen über Flechten in der Hoffnung angeeignet hatte, die Flechte, an der er sich täglich abarbeitete, eines Tages bestimmen zu können.

Die Fußwege um das Museum waren nicht mit Betonplatten, sondern wie die Straßen mit Asphalt befestigt, der mit grobem Splitt gemischt war, als wäre der Stadt das Geld ausgegangen, Gras brach durch den Straßenbelag, Männer lungerten in ihren Autos herum, die sie vor der Mauer des Museums im Halteverbot geparkt hatten, und taten so, als ob sie die Passanten nicht sähen, sie blickten starr geradeaus und streckten plötzlich kurz die Zunge heraus, als wollten sie sich darauf beißen, ließen sie kurz heraushängen, streckten die Spitze etwas in die Höhe und zogen sie wieder zurück oder küssten kaum wahrnehmbar in die Luft, manchmal tauchte ein Mann oder eine Frau am Straßenrand auf und stieg zu ihnen in den Wagen, mit dem sie ein paar Runden drehten. In anderen Autos lagen entspannt Paare auf zurückgedrehten Sitzen mit heruntergelassenen Fensterscheiben, rauchten manchmal Zigaretten oder Marihuana, legten sich die Hände auf die Oberschenkel, rutschten übereinander und küssten sich, was Troll an südliche Orte erinnerte, die im Gegensatz zu nördlicherem Klima solche Entspanntheit zuließen, er war neugierig, wie weit die Autoinsassen sich annäherten, eifersüchtig auf eine solche geschlechtliche Unbekümmertheit in der Öffentlichkeit, die er sich in einem Park noch vorstellen konnte, aber ein Auto erschien ihm selbst in dieser kaum befahrenen Nebenstraße wie ein Präsentierteller.

Eine Bedienung namens Rosa, auf deren Backe die Narbe einer Bisswunde glänzte, machte sich jeden Mittag mit einem Tablett auf den Weg von der Cafeteria des Altersheims, wo sie arbeitete, zum Kopfmuseum, um den Hausmeister und den Portier mit Kaffee und Kuchen zu beliefern und mit ihnen ihre Mittagspause zu verbringen, was Troll mit Misstrauen beobachtete, ohne sich aber zu trauen, selbst eine Bestellung aufzugeben, da Rosa wohl nur entnervt die Augen verdreht und schnippisch gegrinst, er aber nicht gewagt hätte, darauf zu bestehen. Der Hausmeister und der Portier waren Troll zuwider, er konnte nicht begreifen, dass Rosa sich vor den beiden nicht ekelte und ihre Nähe suchte, zweifellos war die Kaffeelieferung, die, wie Troll mutmaßte, mit einem großzügigen Trinkgeld belohnt wurde, nur eine Ausrede, diese beiden Männer zu treffen, die, auch wenn sie sich in ihrer Erscheinung ganz und gar unterschieden, so aufeinander eingespielt waren, dass sie nahezu austauschbar waren und jederzeit den Platz wechseln konnten. Der Portier, der bewegungslos auf seinem Stuhl saß, wurde beweglich, wenn ihn der Hausmeister ablöste, der dann auf dessen Stuhl bewegungslos die Haltung des Portiers einnahm, sonst ließen sie sich schon von Weitem an ihrem Gang unterscheiden, der Portier, wenn er einmal aufstand, schob bei jedem Schritt die Knie so nah aneinander, dass Troll dachte, er wolle sich das eine Knie in die Kniekehle des anderen Beins schieben, der Hausmeister machte hingegen mit seinen drahtigen O-Beinen vorgebeugt gehetzte, kurze Schritte und glich einem ehemaligen, jetzt rund um die Uhr alkoholisierten Radrennfahrer, dem sein Rad unter dem Hintern weggefahren war. Während er schwitzend zu Fuß kam, nur einmal hatte Troll ihn auf einem Fahrrad gesehen, auf dem er so steif im Sattel saß und sich mit so eckigen Bewegungen fortbewegte, dass er ihm schon hinterherrennen wollte, um ihn bei dem abzusehenden Sturz aufzufangen, fuhr der Portier in einem kleinen Auto, das immer neben dem Eingang des Kopfmuseums parkte und aus dem einmal ein weißer Stoffzipfel heraushing, der ohne Zweifel das Ende des Schürzenbandes von Rosa war, der ein Mann, wie Troll sich vorstellte, in kopfloser Erregung in die Backe gebissen hatte, keineswegs als sie sich gegen seine Annäherungen zur Wehr setzte, sondern ihn mit ihrer Durchtriebenheit um den

Verstand gebracht hatte. Allzu gern hätte er diesen weißlichen, unförmigen Hautwulst, der sich in seinen Träumen mit Blut füllte, einmal berührt.

Das Museum und die benachbarte Verkehrsschule schienen in zwei völlig verschiedenen Stadtteilen, Städten, ja Ländern zu liegen, es war nicht vorstellbar, dass sich die beiden Grundstücke in unmittelbarer Nachbarschaft befanden, bis hin zur Einfriedung unterschied sich die Verkehrsschule grundsätzlich vom Kopfmuseum. Während eine Mauer das Museumsgrundstück einschloss, auf dem nur im Hinterhof des Verschlags Pflanzen zu finden waren, begrenzte ein fast drei Meter hoher Maschendrahtzaun die Anlage zur Verkehrsübung, die eine Hecke von Hainbuchen, Haselnuss- und Hagebuttensträuchern, Flieder und Forsythien umgab, hinter der in gleichmäßigem Abstand gepflanzte Pappeln, Ahornbäume und Ebereschen standen, deren Stämme wie der Zaun von Efeu bewachsen waren. Trotz der vielen Pflanzen lag die Verkehrsschule im Gegensatz zum Kopfmuseum ganz offensichtlich in einer Großstadt und passte als Grünfläche oder kleiner Park in die Umgebung der Parkplätze und der bis zu elf Stockwerke hohen Hochhäuser, die in den letzten zehn Jahren renoviert oder wie das Alters- und Pflegeheim neu errichtet worden waren, in dem Hugo Dunkel und Trolls Mutter lebten. Wenn Troll sie nach der Arbeit besuchte, war die Anstrengung, die er auf sich zu nehmen hatte, nicht der kaum fünfminütige Fußweg, sondern er hatte das Gefühl, die Distanz vom Stadtrand zum Stadtzentrum bewältigen zu müssen, er kam sich wie ein Landei vor, das nicht an städtisches Verhalten gewöhnt und den Erfordernissen der Stadt nicht gewachsen war, als wäre er es, der in Dunkels Verkehrsschule sich noch einmal hätte nachschulen lassen, seine Reaktionsgeschwindigkeit, Selbstkontrolle und beobachtende Teilnahmslosigkeit hätte trainieren müssen. In der Umgebung der Kopfsammlung schienen ihm die Glieder noch richtig zusammengewachsen, sobald er jedoch am Zaun der Verkehrsschule entlangging, nahm er in Nacken, Schulterblättern und Armbeugen Verwachsungen und Versteifungen wahr, die nichts mit dem Weg zu seiner Mutter zu tun hatten, sondern jenen Empfindungen entsprachen, die Dunkel angesichts des ihm im Rücken liegenden Kopfmuseums beschrieb, und Troll verspürte plötzlich die Notwendigkeit, sich sportlich zu trainieren, ja sich in jeder Hinsicht körperlich und geistig auf Vordermann zu bringen.

Solange Irene Troll im Haus der Familie gewohnt hatte, war sie immer misstrauischer, launischer, ja bösartiger geworden, Troll hatte sie kaum noch besucht, weil ihre Gemütsschwankungen und Ausfälligkeiten, die er nie von ihr erwartet hätte, für ihn nicht mehr zu ertragen waren, er hatte damit gerechnet, dass sie Alzheimer wie ihre Mutter bekommen würde, die nach einer Phase plötzlich guter Laune und fröhlichen Humors in einem Loch der Verzweiflung versunken war, aber es war anders gekommen, seine Mutter machte eine Wandlung durch, die ihn staunen ließ, denn er erkannte die Frau, seit sie im Altersheim untergekommen war, kaum noch wieder. Nach schwerer Krankheit war sie lebensfroh, wenn auch nicht unbedingt ausgeglichen, sah jünger, gesünder und glücklicher aus, obwohl sie früher immer gesagt hatte, ein Altersheim sei ein Abstellgleis, auf dem man nicht mehr viel zu erwarten habe, hatte sie von einem Tag auf den anderen die Entscheidung getroffen, in das Heim umzuziehen, als ihr dort ein Platz angeboten worden war. Troll hatte sie gar nicht mehr zu Entscheidungen fähig gehalten, sie war nie ein entscheidungsfreudiger, sondern vielmehr ein entscheidungsunfähiger Mensch gewesen, sie musste sich auf diese Entscheidung lange vorbereitet haben und hatte sich auf die Warteliste des Altersheims setzen lassen, wie Troll erst erfuhr, als sie ihren alten, seit Jahrzehnten gewohnten Lebensraum, der auch der ihres Mannes gewesen war, wirklich verließ. Ihre schwer erträglichen Gefühlsschwankungen waren möglicherweise nur Anläufe zu der Entscheidung gewesen, den Wohnort der Familie hinter sich zu lassen, die sie allen Erwartungen zum Trotz nicht der Zeit und den Angehörigen überließ, sie löste sich selbst von ihrer Vergangenheit und begab sich in die Obhut dieser Institution, in der sie sich, solange es ihre Körper- und Geisteskräfte zuließen, frei bewegen konnte und in der Troll sie fast täglich besuchte, was vorher ganz und gar undenkbar gewesen wäre.

Troll, der sich keines speziellen Messers bediente, um die Flechten zu entfernen, träumte von einer spitzen, langen Klinge, die mit großer Schnelligkeit über den Irrblock wanderte und deren glänzendes Metall sich auf- und absteigend zu verlängern und zu verkürzen schien, wenn die scharfe Schneide in seiner Hand plötzlich nach unten rutschte und sich langsam wieder nach oben schob, er stellte sich vor, wie sie sich durch seine Hände auf- und abbewegte, plötzlich wie bei einem Schwertkampf in der Luft rotierte, wenn er die Spitze ansetzte, um einen neuen Schnitt zu beginnen oder Verhärtungen abzulösen, dann hätten sich die Besucher gewundert, wie er dieses gewaltige Messer beherrschte, so geschickt und präzise damit hantierte. Trolls Arbeit verlangte gerade wegen des einfachen Werkzeugs, dass er die Beschaffenheit des Irrblocks genau kannte und Unregelmäßigkeiten sofort registrierte, dass seine Hand auf Widerstände achtete und spürte, worauf die Klinge traf und was sie durchtrennte, er hatte ein genaues Empfinden für das Material ausgebildet, das je nach Stärke mit anderem Widerstand und Gewicht über die Klinge glitt, er versuchte, nie zu dicke Streifen abzutragen, nicht zu schaben, zu schnippeln, zu reißen oder der Flechte zu tiefe Schnitte oder gar klaffende Wunden zuzufügen, was ihm nicht immer gelang und Hugo Dunkel, der dieses Gemetzel mittelalterlich fand, dazu veranlasste, von einer computergesteuerten Schnitttechnik zu phantasieren, wie es von moderner Chirurgie zu erwarten sei, sollte eine mit rotierenden Schnittmessern, Kameras und Sonden ausgestattete Vorrichtung die Steigungen und Gefälle der Gesteinsoberfläche unter der Flechtenhaut berechnen und jede Veränderung neu einscannen und speichern. Troll durchtrennte die Oberhaut nicht auf Teufel komm raus in einem Zug, er unterbrach den Schnitt, legte eine kurze Pause ein, atmete, um das Material nicht mit dem Auge, sondern seiner empfindlichen Hand zu prüfen, eigentlich hätte er blind schneiden können.

Irene Troll, deren Sturheit und Durchtriebenheit vor ihrem Umzug in das Altersheim fast teuflisch geworden waren, hatte jeden Entschluss mit einer Halsstarrigkeit und Geistesschärfe vereitelt, die nicht zu einer resignierten, verwirrten Alten passten, als die Troll seine Mutter zu sehen begonnen hatte, er hielt es nicht aus, dass sie jede spontane Bewegung, fast jede Lebensregung aufschob und erstickte, und konnte nur noch ein zersetzendes, lebensfeindliches Misstrauen erkennen, das alles von sich wegstieß, um nichts und niemandem nahezukommen, nicht reagieren, nicht handeln zu müssen. Entscheidungen zögerte sie hinaus, egal, ob die Frage war, wie man den Nachmittag verbringen oder sie ihr Leben ändern könnte, trotz ihrer vielen Einfälle gelang es ihr nicht, eine Lösung zu finden, die nicht nur sie selbst, sondern alle zufriedengestellt hätte. Bis ihr Entscheidungsvermögen schließlich gelähmt war, wog sie das Für und Wider verschiedener Vorschläge ab, die sie in immer feinere Widersprüche zerlegte, je kleinlicher sie wurde, desto schlechter wurde ihre Laune, um dann erleichtert und voll Begeisterung wieder die Vorzüge einer Möglichkeit zu verteidigen, bei der sie Geldfragen mehr oder weniger vernachlässigen konnte, da sie genug Vermögen hatte, das ihr auch die kostspielige Entscheidung, ins Altersheim zu gehen, erlaubte, über deren Preis sie sich sehr wohl im Klaren gewesen war. Die wenigstens anfangs realistische Planung einer Entscheidung war vor allem ein aufregendes Gedanken- und Redespiel, bei dem sie möglichst viel durchexerzierte und das Gefühl hatte, mehr erfahren zu können als bei der Verwirklichung einer dieser Wahlmöglichkeiten, diese Freude, alles in der Vorstellung erleben zu können, ohne sich wirklich vom Fleck bewegen zu müssen, hielt nicht lange an, die Haarspalterei, das Suchen nach Ungereimtheiten machte die Mutter auf die Dauer kurzatmig, nervös und ungeduldig, sie wurde rechthaberisch und versuchte, mit autoritärem Auftreten ihrer lebenslangen Unruhe Herr zu werden. Unglücklich über ihre entscheidungslose Existenz war sie an ihrer Unfähigkeit verzweifelt, die Dringlichkeiten und Notwendigkeiten ihres Lebens und ihre Vorlieben klar genug zu ordnen, sich entschlossen gegen ihre eingeflüsterten Gefühle und Geisterstimmen, wer und wie sie sei und zu sein habe, wem sie was schuldig sei, zur Wehr zu setzen.

Trolls empfindliches Gehör erfasste das feine Geräusch des in die Haut eintretenden Messers und dessen Bewegung gegen den Widerstand der Flechte, dieses Geräusch setzte sich kaum von dem seines Atems und des Stoffes seiner Kleidung ab, wurde fast von dem Knarren des Gerüsts, dem Tuscheln der Besucher und den Geräuschen des Innenhofes übertönt, die die Akustik des Verschlags, wie alle Laute der Außenwelt, verzerrte und unkenntlich machte, als kämen sie aus dem Irrblock, Troll musste sich zwingen, nur auf das Schneiden zu achten, sich nicht ablenken zu lassen, das Ohr musste sich mit dem Tastsinn, der Empfindlichkeit von Haut, Muskeln, Sehnen und Knochen verbünden, vor allem wenn er die Ohren ähnlichen Auswüchse des Irrblocks bearbeitete, die sein Schneidegeschick am meisten herausforderten, sein Messer fuhr über die aus dem Rumpf hervorstehenden, flügelähnlichen Gesteinsflächen und folgte deren Windungen, sodass Flüssigkeit austrat und die Muschelauswüchse purpurn glänzten. Wülste, die Lippen glichen und, aus welchen mikroklimatischen Gründen auch immer, nur dünn bewachsen waren, rührte Troll fast nicht an, sparte sie aus, schnitt um sie herum, als erwartete er, dass diese Rundungen eines Tages zittern, sich bewegen und sich schließlich zum Ausstoßen von Tönen und Silben formen würden, um einen Ausspruch zu tun, als hätte die Bearbeitung des Irrblocks nur das Ziel, ihn zu diesem einen Orakelspruch zu bewegen, der aus diesen umgarnten, aber stummen Lippen kommen sollte, die bis dahin keine Luft ausgestoßen, nichts von sich gegeben hatten, was auf eine innere oder unterirdische

Bewegung hingewiesen hätte. An welch heiligen Ort war die Reise gegangen, fragte sich mancher Besucher angesichts eines solchen stummen Orakels, das auf so unschöne Weise zum Sprechen gebracht werden sollte, an gar keinen, antwortete Troll, keine Heiligkeit weit und breit, kein Ort, der Erleichterung oder Vergebung bringen könnte, kein Weg, der zur Heilung oder Aufhebung irdischer Logik führte.

Da die meisten Räume des Museums durch Treppen verbunden waren, stiegen die Besucher bei der Besichtigung der Sammlung so oft hinauf und hinunter, dass niemand, auch wenn er sich noch so konzentrierte, sagen konnte, in welchem Stockwerk, ja ob er sich über oder unter der Erde befand, die Räume und Gebäude gingen ineinander über, schoben sich über- und untereinander, kreuzten und bogen sich, waren ungewöhnlich geschnitten, fielen ab und stiegen an, sodass die Besucher die Orientierung verloren und die Besichtigungsroute vergaßen, die sie durch das Museum genommen hatten und auf die sie keine Aufsichtsperson, kein Hinweisschild zurückführte. Anstatt auf Innenhöfe gaben die Ausstellungsräume den Blick nur auf Lichtschächte frei, durch die wohl gar kein direktes Tageslicht fiel, helles Weiß, Lichtstreifen oder -muster konnten künstliche Beleuchtung oder Reflexionen sein. Selbst wenn durch ein Fenster ein Ausblick möglich gewesen wäre, hätte niemand, der die ausgestellten Köpfe betrachtete, überhaupt noch einen Gedanken an die Außenwelt fassen können, sogar Staub, Blätter, Äste und Moos, die die Lichtdächer verdunkelten, waren kein Indiz mehr für eine Außenwelt, an der man in irgendeiner Weise teilhatte. Und wenn die Besucher dann plötzlich ins Freie traten und im Hinterhof vor dem Verschlag standen, nahmen sie den Himmel nicht als Himmel, sondern als farbige Oberfläche wahr, die die Augen mit ihrer Helligkeit ungehörig herausforderte, dass sie sich die Hände vor die Augen hielten oder Sonnenbrillen aufsetzten, und anstatt bei der *Ulme* und den *Blutpflaumen* Schatten zu suchen, sofort den Irrblock aufsuchten. Die große Zahl der bereits gesehenen, äußerst unterschiedlichen, ausdrucksstarken Köpfe hatte die Augen und die Vorstellungskraft so ermüdet, dass der Hinterhof eine willkommene Pause hätte sein können, aber die Besucher überquerten eilig den Innenhof und traten in den Verschlag ein.

An wenig verheißungsvollen Tagen sah der Irrblock wie rohes Fleisch aus, schaurig war er gehäutet anzusehen, wenn sich das Flechteninnere beim Einschneiden kurz gelblich madenfarbig und dann grauweiß verfärbte, als verfiele der Körper, der schlagartig bläulich violett aufleuchtete und in Purpur verschwamm, der prächtige, geschundene Leib erstrahlte glänzend in herrschaftlichem Rot, als wäre er das gequälte Haupt des gemarterten Erlösers, bei dessen furchterregendem Anblick manche Zuschauer Grauen erfasste, Fremde bekamen Angst vor diesem unverständlichen Ritual, das an ein Schlachtfest oder eine Opferung erinnerte, und ergriffen vor dem für sie unfassbaren Aberglauben die Flucht. Auch Besucher, die in den anderen Räumen der Kopfsammlung bereits Schrumpfköpfe, skalpierte Schädel und andere verunstaltete und konservierte Köpfe gesehen hatten, waren so auf die Vorstellung eines Kopfes fixiert, dass sie meinten, die Häutung eines gewaltigen Hauptes vorgeführt zu bekommen, was zu schockierten Reaktionen, Missverständnissen und Gerüchten führte, es war von einem Kult die Rede, der nachvollzogen und wiederbelebt werde, es könne nicht angehen, dass ein Mensch im 21. Jahrhundert in einem Holzverschlag einen blutigen Götzen, einen gehäuteten Fetisch anbete, Wissenschaftliches sei hier eine Ausrede, was auch immer der Sammler damit verfolge. Solches Gerede hatte dem Ruf des Irrblocks nicht geschadet, ihn vielmehr bekannter gemacht, zu Trolls Leidwesen nicht als ernstzunehmende Existenz, sondern als Kuriosität, deren eigentliche Bedeutung verkannt wurde. Mutigere, weniger leichtgläubige Betrachter fragten, was für ein Monstrum das sei, das der Schäler bearbeite, ob es wirklich aus Fleisch und Blut oder aus einem täuschend ähnlichen Material bestehe, die Unebenheiten der Flechtenhaut waren von schriftähnlichen Strukturen durchzogen, diese bedeutungsvollen Pusteln, Pickel und Blasen, Grübchen, Quaddeln und Pockennarben hatte der Betrachter bei einer Pflanze nicht erwartet, zuerst erinnerten sie ihn an die gefurchte Haut von Dickhäutern und Reptilien, und je grauer, weißlicher, rosiger und feiner gemustert diese blattartigen Lappen waren, desto mehr ähnelten sie aufgeworfener Menschenhaut, die rau aufsprang und sich geschwollen ablöste, in Schrunden und Schwielen verhärtet, zu Knorpel verwachsen war, Verfärbungen, dunkle, braungraue Flecken ähnelten Pigmentstörungen, die leicht behaart, filzig, fast pelzig sein konnten, verwaschen, grünlich, bläulich grau sah die Flechtenhaut aus, als ob sie unter der Erde oder unter Wasser gewachsen, nicht die einer Flechte, sondern einer Wasserleiche wäre.

Wenn der Besucher des Kopfmuseums, Eintritt war nicht zu entrichten, gleich neben der Portiersloge eine schmale Treppe aus hellgrau lackiertem Holz hinaufstieg, gelangte er in einen Raum, der einem fensterlosen

Flachbau ähnelte, einem Pavillon, in dem es ein Leichtes gewesen wäre, die Wände einzutreten, eine Idee, auf die der Besucher kam, wenn er die staubigen, erdig braunen Fußabdrücke sah, unter denen die nicht tapezierten Wände eingedrückt, eingebrochen und gesplittert waren, sodass Glaswolle unter den demolierten Rigipsplatten hervortrat. Einem Schrumpfkopf mit langen schwarzen Haaren, dessen Stirn spitz zulaufend bis zum Scheitel kahl war, waren durch die obere der zugenähten Lippen Holzstücke gestochen, an denen Schnüre wie lange Barthaare weit über den mit einem Holzring eingefassten Halsansatz hinunterhingen, die Augen hatte man ebenfalls vernäht und zwischen den Fäden bogen sich Haare hervor, als wären Wimpern und Brauen durch die Nähte gewachsen. Auch die Augenbrauen eines anderen bärtigen, jedoch glatzköpfigen Schrumpfkopfes, dessen Ohren wie die einer polierten Bronzebüste glänzten, waren so lang und buschig, als wären sie nach dem Hirntod durch mutwillige Behandlung zu verspätetem Wachstum angeregt worden. Während Trolls Blicke über zugenähte Lippen und Augen, über lang herabhängende, mit Federn geschmückte Haare irrten, erklärte ihm der Kustos, Schrumpfköpfe seien zur Konservierung ausgekocht worden, geschmückte Kopftrophäen habe man hingegen geräuchert, bevor die Gesichtszüge von außen ausgeformt und nachmodelliert worden seien, mit Baumharz oder einer ähnlichen dunklen Masse habe man diesen Köpfen ein neues Gesicht gegeben und sie gleichzeitig mumifiziert.

Wenn Troll auf dem Weg zu seinem Arbeitsplatz an den Schrumpfköpfen vorbeikam, die – laut den Angaben des Kustos – aus Südamerika stammten, erinnerten ihn die langen schwarzen Haare an einen Fotoband über die am Rio Xingu lebenden Indianer, den er sich zu seiner Konfirmation gewünscht hatte, um seine Faszination für ein kraftvolles, wildes und spirituelles Leben, seine Hoffnung auf eine Existenz unter anderen Bedingungen nicht zu schnell ausbluten zu lassen, er hatte mit der Lektüre von Romanen und Sachbüchern versucht, seine Freude am Indianerspielen bis hinein in die Pubertät zu retten. Hatten als Kind die Indianerstämme Nordamerikas seine Phantasie beschäftigt, stellte er sich jetzt vor, wie er in den brasilianischen Regenwald aufbrach, mit dem Schiff über den Rio Xingu befördert und durch das Dickicht des Urwaldes geführt wurde, um zu einem der Indianerstämme vorzudringen, die in dem Buch beschrieben wurden. Den letzten Stück des Weges bis zu dem Dorf, für das er sich entschieden hatte, würde er – wie Jesus von Gott verlassen – allein gehen, bis er aufgegriffen und gefangen genommen würde. Unter Todesandrohung, vielleicht in Fesseln wollte er dann zu den versammelten Dorfbewohnern sprechen, was ein Stammesangehöriger, der ihn sofort ins Herz geschlossen und seine ehrlichen, ehrenwerten Absichten durchschaut hätte, übersetzen würde. Dieser Dolmetscher, der nur von Heinrich Harrer höchstpersönlich bei dessen Expedition zwanzig Jahre zuvor so gut Deutsch gelernt haben konnte, würde immer wieder nachfragen, was der Eindringling genau meine, würde dessen leidenschaftliches, um Asyl bittendes Plädoyer unterbrechen, um sich bestimmte Ausdrücke und Redewendungen erklären zu lassen, aber eigentlich war der Junge davon überzeugt, dass seine Rede gar nicht übersetzt werden müsste, da sein Aussehen und Auftreten genug Vertrauen erwecken würden, selbst wenn es die Kolonialeuropäer den Indianern eigentlich gründlich ausgetrieben hatten. In seiner Ansprache würde es um die Unerträglichkeit des Lebens in der europäischen Zivilisation und die dringliche Rückkehr zur Natur und zu einem einfachen Leben gehen, das sich dem Wesentlichen zuwendete, womit er selbst die Krieger in Erstaunen versetzen und zutiefst berühren würde, weil endlich ein Weißer, ein Bleichgesicht vom Stamm der unbelehrbaren, affig behaarten Grobiane sie verstand, aussprach, was ihnen auf der Seele brannte, Hilfe bot er ihnen an und war bereit, ihre Lebensweise anzunehmen, wie ein bekehrter Sünder, der Leiden auf sich nahm, um freigesprochen zu werden, seine Schuld abzutragen und wiedergutzumachen, was die Europäer angerichtet hatten: Ich bin ein anderer, als ihr denkt, ich bin einer von denen, die noch schlimmer sind, als ihr ahnt, aber ich bin nicht so wie sie, gehöre nicht zu ihnen, sondern zu euch, rettet mich vor meinem Untergang, dann stehe ich euch zur Seite! Um Mitleid und Gnade vor Recht zu erbitten, die Gelegenheit zu bekommen, seine Ehrlichkeit zu beweisen, stilisierte er sich als Opfer, das – von der Zivilisation missgebildet und missbraucht – den *Eingeborenen* körperlich und moralisch unterlegen war, durch seine Redegewandtheit wollte er seinen Zuhörern jedoch das Gefühl vermitteln, irgendwie intellektuell überlegen zu sein, um ihnen und vor allem sich selbst einzureden, etwas anderes zu bringen als ansteckende Krankheiten. Er komme, um sie vor einer Zivilisation zu warnen, deren Erfahrung er ihnen voraushabe und deren Gefahren sie nicht einschätzen könnten, um ihnen mitzuteilen, wie gnadenlos verroht und verrottet die moderne, industrialisierte Welt sei und wie sehr sie ihre Lebensweise schätzen und schützen müssten. Sein Wunsch, alles zu riskieren, sich selbst aufzugeben, nährte eine Mischung aus missionarischem Stolz eines Auserwählten, Erregung an Exotischem, Erlösungshoffnungen und Selbstmitleid, schon als Kind hatte Troll den frommen Wunsch gehabt, unentdeckte, unerforschte Orte zu erreichen, die vorher kein Bleichgesicht betreten hatte, und in eine Gemeinschaft aufgenommen zu werden, die er schließlich bei den Indianern finden würde. Diese Ehre wurde nur ihm zuteil, weil er, aus welchem Grund auch immer und sei es nur, weil sein Gefühl es ihm sagte, anderen Europäern moralisch und an Erkenntnis überlegen war, er würde nicht nur an einem besseren, außergewöhnlichen, ja ausgezeichneten, weil vom Aussterben bedrohten Leben teilhaben, sondern in geheimes, vielleicht schamanisches Wissen eingeführt werden, das bald verloren wäre, als Schüler eines Medizinmanns oder dank der Freundschaft mit einem Indianerjungen würde er erleuchtende, Denken und Fühlen grundsätzlich umkrempelnde Erfahrungen machen. Seine jugendlichen Gefühle strebten, die eigene und jede andere Wirklichkeit ignorierend, nach Überlegenheit und Einzigartigkeit, seine ohnmächtigen Allmachtsgefühle ließen ihn auf die Brüste und Geschlechter der indianischen Mädchen und Frauen starren, die, nur mit einer Art Fadenschmuck bekleidet, wie die Männer keinen Lendenschurz trugen, als könnten ihn indianische Pin-up-Girls von seinem sich erhebenden Geschlechtstrieb befreien oder in Liebe und Lust einweihen. Er musste sich wie einer der indianische Frauen vögelnden Missionare vorgekommen sein, die sich einredeten, nur so könne dieser Stamm vor dem Aussterben bewahrt werden, und sich als Väter aller Indianerkinder, aller missachteten Geschöpfe fühlten, deren sie sich erbarmt, die sie bekehrt und auf den rechten Weg gebracht hatten.

Wenn der Besucher durch die Ausstellung ging, konnte er sich kaum vorstellen, dass er sich durch ein einziges Gebäude, durch Räumlichkeiten bewegte, die nur zu einer Institution gehörten und nur einer Nutzung gewidmet waren, manche Zimmer waren so unterschiedlich hergerichtet und ausgestattet, dass sie in verschiedenen Bauten, zu verschiedenen Zeiten hätten zu finden sein müssen, andere glichen einander haargenau. Die Türen, sollten sie nicht ausgehängt worden sein, waren aus Holz, in derselben Farbe gestrichen und nummeriert, sie befanden sich auf beiden Seiten breiter Gänge, die in der Mitte ein – von einer hohen Metallbalustrade umgebener – Lichtschacht teilte, durch den man die Türreihen in den anderen Stockwerken sehen konnte, es hätten Kabinen einer Badeanstalt sein können, die einmal mit Wannen für Anwendungen ausgestattet gewesen waren oder zum Umkleiden gedient hatten, auch wenn sie nicht immer gekachelt waren und oft Holz-, seltener Linoleumboden hatten, sie waren so heruntergekommen, dass sie eher an Zimmer eines Stundenhotels oder Zellen eines Gefängnisses erinnerten als an die eines Klosters oder Schlafräume eines Internats, Notunterkünfte hätten es sein können, in denen ein oder mehrere Tische, Bänke, Schemel, kleine, schmale Regale und Betten aus Holz, manchmal Klappbetten, selten Kachelöfen standen. Von den Wänden waren Farbe und Verputz abgesprungen, sodass sich brüchige, löchrige Schichten mit unruhiger Maserung gebildet hatten, die meistens Glühbirnen unter Emailleschalen beleuchteten, während andere, größere Räume auch Neonröhren ausleuchteten. Verwundert standen die Besucher vor Tischen mit Näh- oder Stanzmaschinen zur Herstellung von Schnürösen und anderen Vorrichtungen für Strick- und Handarbeiten, vor Wäschetrommeln und -trögen, vor Gitterbetten in einem vollständig eingerichteten Zimmer einer Krankenstation, vor Bücherregalen und Tafeln, Archivschränken und Schreibtischen in Verwaltungs- oder Direktionsräumen und anderen Kammern und Sälen, deren ehemalige Funktion noch eindeutig zu erkennen war, ohne jedoch einen erkennbaren Bezug zu den Ausstellungsstücken zu haben, und der Besucher fragte sich, ob er sich verlaufen habe, in einen falschen Raum eingetreten, unrechtmäßig eingedrungen sei. Mit einer gewissen Genugtuung meinte er, sich plötzlich in einem Gebäude von öffentlicher Bedeutung zu befinden und Zeuge von etwas zu werden, was von allgemeinem Interesse sei und die öffentliche Ordnung und Moral bedrohe, denn die umfunktionierte Örtlichkeit schien unangemessen genutzt, ja möglicherweise missbraucht zu werden und gleichzeitig den Exponaten an diesem ihnen unwürdigen Ort Unrecht zu widerfahren. Räume und Köpfe schienen in keinerlei Zusammenhang zu stehen, sich gegenseitig nicht zu erklären oder zu kommentieren, dem Betrachter blieb überlassen zu beantworten, was Gebeine in einem Unterrichtsraum, einer Bibliothek oder einer Wäscherei, einem Bade- oder Krankenzimmer, einer Küche, Werkstatt oder in Lagerräumen hinter immer vergitterten Fenstern verloren hatten, ob hier Kulissen aufgebaut worden waren oder man die Einrichtung so vorgefunden hatte. Troll hätte die Köpfe – wie auch sich selbst – lieber in nachvollziehbaren, objektiven Verhältnissen von Raum und Zeit, Geographie und Geschichte, Kultur und Religion verortet gesehen, wenn er täglich, da es keine Abkürzung zu seinem Arbeitsplatz gab und es dem Kustos vorbehalten war, die schwer zugängliche Tür in der Rückwand der Mauer zu öffnen, durch die Kopfsammlung ging.

Die Welt seiner Eltern, der von ihnen in Anspruch genommene Lebensraum waren Hermann Troll ganz und gar künstlich erschienen, er hatte das Gefühl gehabt, in Glaswolle zu leben, die seine Haut zerkratzte und das Atmen schwer und schädlich machte, da diese künstliche, bis in die kleinsten Regungen gekünstelte Existenz immer eine Form der Selbstverleugnung, Selbstaufgabe und Selbstzerstörung war, selbst in die sogenannte Natur wagte er kaum allein zu flüchten, weil er sich unzurechnungsfähig und verstümmelt vorkam und sein Gefühl der Einsamkeit und Leblosigkeit in einer Landschaft unerträglich wurde, die schön, auch beeindruckend sein konnte, aber nie unberührt und überwältigend wild war, wie es der brasilianische Regenwald sein würde. Ein etwa dreißig Quadratmeter großes Rasenstück mit Gänseblümchen, Löwenzahn und Breitwegerich versuchte der Junge daher, zu seinem Spielplatz zu machen, der an den Querseiten von einer Hainbuchenhecke und einem Reihenhausvorgarten und an den Längsseiten von einer Lebensbaumhecke hinter grünem Maschendrahtzaun und einem Teerweg begrenzt wurde, der, für Pkws gerade breit genug, an den Eingängen der Reihenhäuser, auch dem seiner Eltern, auf der einen und Gärten einer weiteren Häuserzeile auf der anderen Seite entlangführte. Dieses Rasenstück war aber zu schmal, zu nah an dem angrenzenden Wohnhaus und der Straße und vor Blicken zu ungeschützt, um darauf herumtollen oder sich in irgendeiner Weise ausgelassen verhalten zu können, dennoch wollte der Junge dort allein Robinson auf der einsamen Insel spielen, dessen Geschichte er noch nicht gelesen hatte, aber zur Vorbereitung seines Spiels sah er sich noch mal die Bilder der Kinderbuchfassung seines Bruder an, ohne genau zu wissen, wie es dem

Schiffbrüchigen ergangen war, als er auf dem engen Stück Grund wie auf einer Bühne die Verlassenheit des Engländers in der Wildnis darzustellen versuchte. Er war davon überzeugt, dass der Mann es eigentlich verdient hätte, vom Meer verschlungen zu werden, vertrugen sich doch dessen Künstlichkeit mit dieser wunderbaren, fernen Insel nicht im Geringsten, und das Beste, was diese Wildnis tun konnte, war, sich dieses unehrlichen, skrupellosen, vorlauten und besserwisserischen Eindringlings zu entledigen, bevor er sich für sein Unglück rächen und sich die Insel und deren Bewohner untertan machen würde, deren neidisch beäugte Eigenschaften er sich einzuverleiben hoffte, so wie ein Krieger das Gehirn eines mächtigen, mutigen und doch besiegten Gegners verspeiste, um dessen Mut und Macht zu gewinnen, und anschließend den Schädel schmückte und rituell verarztete, um von der rachsüchtigen Seele des Feindes nicht belästigt oder umgebracht zu werden, die mit dem Jungen ein leichtes Spiel gehabt hätte, da ihm alles ausgetrieben worden war, was an wilder oder guter Natur in ihm übrig geblieben war, sonst hätte sie ihm ein unbeschwertes oder wenigstens artgerecht erfolgreiches Verhalten bei der Annäherung an seine Artgenossinnen eingegeben, sonst hätte doch eine innere Stimme zu ihm gesprochen, ihm wie Heiligen und Propheten in Form von Eingebungen und Träumen Anweisungen gegeben, auf die zu hören die Menschen verlernt hätten, erklärte ihm seine Religionslehrerin in der zweiten oder dritten Grundschulklasse, als er sie fragte, was man tun müsse, damit Gott oder dessen Engel zu einem sprächen. Die Lehrerin hatte gesagt, diese Quellen seien verschüttet, könnten aber wieder zum Fließen gebracht werden, wenn die Menschen auf ihre innere Stimme achteten, sich anstrengten, sie wahrzunehmen, was der Grundschüler, während der Rest der Familie im Wohnzimmer versammelt war, auf dem Flur des Elternhauses tat, wo er unter Pferdedressurbildern auf einem Telefonbänkchen saß und darauf wartete, dass auf dem knallrot und giftgrün gemusterten Kissen sein inneres Telefon klingeln und eine Verbindung mit dem Überirdischen hergestellt würde, dessen übermittelte Zeichen eines bisher unbekannten Alphabets für ihn entzifferbar wären. Aber hatte diese Religionslehrerin nicht auf ihre Art in Worte gefasst, was der Junge als eine taube, herz- und sinnlose Existenz empfand, jederzeit war er daher bereit, mit ihr, den anderen Kindern und einem wild blökenden, meckernden und bellenden Zug von Nomaden und Tieren – wie sie es einmal für einen Erntedankgottesdienst probten, aber nie aufführten – in ein Land aufzubrechen, in dem sie gemeinsam sesshaft werden könnten, auch wenn es ihm unvorstellbar erschien, dass ihn eine neue Landschaft von Grund auf ändern, ihm eine lebendig machende Oase sein könnte. Dass der uralte Abraham, als er auf das Land Kanaan wie ein Feldherr herabblickte, verstarb, erschien dem Grundschüler nicht tragisch, hatte er doch ein abenteuerliches, suchendes Leben geführt, das ihm all das ausgetrieben haben musste, was den Neuanfang in dem verheißenen Land ver- oder behindert hätte, und das also die Voraussetzung einer neuen Existenz gewesen war, die den alten Menschen abgestreift hatte. Dennoch war er gegenüber diesem Abraham misstrauisch, der eben genau auf Befehl dieser inneren Stimme bereit gewesen war, das Messer gegen seinen Sohn zu erheben, um ihn abzuschlachten, wie dann den Widder, der sich im Gestrüpp verfangen hatte und einfach die Rolle des Opfers übernehmen konnte, während sein Sohn plötzlich begnadigt worden war, was weniger überraschend als unerträglich unstimmig war, denn in der Geschichte hätte es um mehr als einen Beweis des Gehorsams gegen ein grausames, willkürliches, an Belangen von Mensch und Welt vollkommen uninteressiertes, Gott genanntes Etwas gehen müssen. Wie sollte dieser Sohn so schnell ein Recht aufs Weiterleben erwirkt, sich gebessert und verändert haben, dass ihn der Vater nicht mehr töten musste, der ihn vor allem deswegen hätte umbringen müssen, weil sein ganz und gar missratener, lebensunfähiger, gegen die Tradition verstoßender Sohn sonst Unheil über die Welt bringen würde, woran aber gar nicht der Sohn, sondern der Vater und die vorhergehende Generation die Schuld trugen, die der rachedurstige Vater mit dem Opfer zu sühnen hoffte, denn es bedurfte eines neuen Sohnes, eines neuen Menschen, um einen lebensfähigen, lebenswerten Stamm zu gründen, der zur Natur zurückkehren und in einem Land leben würde, in dem Milch und Honig flossen. Der Vater hätte den Kopf des Sohnes dann häuten und ausstopfen können, um ihn als Götzen der Unschuld, Jugend und Lebendigkeit anzubeten, die ihm selbst fehlten und daher unerträglich waren, für die er seinen Sohn hasste, er hätte ihn unschädlich machen müssen, um sich für seine eigene heimatlose Künstlichkeit zu rächen, bevor der Sohn sich ihm ungehorsam entziehen und sein Lebenswerk scheitern würde.

Die Ausstellungsstücke des Kopfmuseums waren keine Plastiken, die den menschlichen Kopf bloß darstellten, keine Gipsabgüsse oder Nachbildungen von Köpfen aus anderem Material, sondern angeblich vor allem echte, konservierte und überarbeitete Köpfe, eine Sammlung von Schädeln aus verschiedenen Teilen der Welt, sie waren mit Etiketten, Zetteln oder Karteikarten verschiedener Größe versehen, die wohl Informationen über Herkunft, Alter, Materialien und deren Verarbeitung, das Erwerbungsjahr und den Fundort des Kopfes hätten enthalten sollen, aber meistens nur in Bruchstücken oder gar nicht zu lesen waren. Diese nicht zu entziffernde Beschriftung war oft von Hand verfasst, seltener getippt oder gedruckt und schien mehr der Atmosphäre als einer Erklärung zu dienen, eine einheitliche, leserliche Beschilderung war offensichtlich nicht im Interesse des Museums, das keine anatomische Sammlung war, die über Aufbau, Funktionsweise und Entwicklung, Krankheiten und Missbildungen des menschlichen Kopfes aufgeklärt hätte, die Stücke waren weder zu pädagogischen noch zu medizinischen Zwecken präpariert worden, ebenso wenig sollten Bräuche einer bestimmten Kultur oder bestimmte Formen von Kult und Schmuck vorgeführt werden, schon gar nicht in lokalgeschichtlicher Perspektive, da offensichtlich außereuropäische Exponate überwogen. Eine Ordnung, wie die Schädel ausgewählt und angeordnet waren, war nicht zu erkennen, die Ausstellungsstücke waren weder handwerklich nach Techniken der Bearbeitung noch thematisch, weder geographisch noch chronologisch geordnet. In einigen Räumen der Sammlung waren zwar Schädel gleicher und ähnlicher Machart und Herkunft gruppiert, ohne dass jedoch eindeutige Zuordnungen und Erklärungen erhellende Bezüge hergestellt hätten. Obwohl die Räume die drückende, erpressende Atmosphäre einer pädagogischen Anstalt verbreiteten, fehlte eine wissenschaftliche Aufbereitung und Aufarbeitung, die nicht verschwieg, was hier gezeigt wurde, unter welchen Gesichtspunkten diese Stücke so mir nichts, dir nichts vor dem Besucher aufgereiht wurden, der bei den Schaustücken immer wieder zweifelte, ob es sich um einen menschlichen oder tierischen Kopf, ob es sich überhaupt um einen Kopf handelte oder ob etwas aus Haut und Knochen zusammengeflickt worden war, um damit Geister zu beschwören. Die Ahnung, dass zum Beispiel Köpfe, die ihre zahnlosen Münder aufrissen und das Gesicht verzogen, aus Tierhaut und Menschenhaar nachgebildet waren, bestätigte sich, als einer von ihnen deutlich lesbar mit Faultier beschriftet war, mit dessen Haut – dem Kustos zufolge – dieser falsche Schrumpfkopf hergestellt worden war, als für die hohe Nachfrage in Europa nicht mehr genügend menschliche Köpfe zur Verfügung standen.

Die Sammlung von Köpfen habe auf Dunkel einen derartigen Eindruck gemacht, dass er dort nie im Leben wieder eintreten wolle, er habe das Gefühl gehabt, in eine Falle gegangen zu sein, als er das Kopfmuseum betreten habe, wozu er glücklicherweise keinen Grund mehr habe, auch wenn Troll ihm sicher übel nehme, dass ihm dieses Gebäude, wo Troll arbeite, düster und verkommen vorkomme, ja zuwider und unerträglich sei, während er sich auf der Grundstückshälfte der Verkehrsschule, wo er selbst arbeite, wohlfühle, das Miniaturverkehrsnetz der im Kreis führenden Fahrbahnen, Rad- und Fußwege, die Kreuzung in Originalgröße mit Ampelanlage und die Grünflächen kämen ihm wie ein behüteter, entschärfter Ausschnitt der Welt vor, auf dem meistens Kinder unter der Aufsicht von Erwachsenen Leben nachspielten, ohne der Wirklichkeit des Straßenverkehrs ausgeliefert zu sein. Der Raum für den theoretischen Unterricht war in einem Betonpavillon untergebracht, in dem sich zugleich Dunkels Büro befand und auch die Schutzhelme aufbewahrt wurden, neben einem Bauwagen und einem Toilettenhäuschen stand eine Garage mit sechzig verschiedenen Gefährten, von Dreirädern über Rollern bis zu Lastenrädern und Tretautos, die kostenlos ausprobiert und benutzt werden konnten, wobei Besucher und Kursteilnehmer Tipps bekamen, wie zum Beispiel Kinder ohne Stützen leichter Radfahren lernten. Bei Geschicklichkeitsübungen und Bewegungsspielen wurden Kinder, Jugendliche, aber auch Erwachsene und alte Menschen unterwiesen, sich im Straßenverkehr ordnungsgemäß zu bewegen, zu unterlassen, was zu einem Unfall führen, Gesundheit und Leben kosten konnte, sich in Gefahrensituationen richtig zu verhalten und möglichst schnell zu reagieren. Nach dem theoretischen Unterricht mussten die Verkehrsschüler zeigen, dass sie die Verkehrsregeln befolgten, wenn sie zu Fuß Straßen überquerten, mit dem Rad abbogen und über Kreuzungen fuhren, um am Ende einen Fahrradführerschein zu bekommen, wobei der unterrichtende Polizeibeamte nicht aufhörte, das Misstrauen gegen rücksichtslose Autofahrer zu stärken und die Teilnehmer anzuhalten, lieber auf die Vorfahrt zu verzichten, als ihr Leben zu riskieren. Die Kinder würden zwar zu Selbstkontrolle und Disziplin erzogen, aber eine Verkehrsübung sei noch lange keine Militärübung, die einen Ausnahmezustand vorwegzunehmen versuche, sondern vollziehe vielmehr den alltäglichen Ernstfall des Straßenverkehrs nach, bei dem vorausschauendes, konzentriertes Fahren überlebenswichtig sei, während auf dem Verkehrsübungsplatz eine nach erklärbaren Regeln funktionierende Welt gespielt werde, die so sicher und vernünftig eingerichtet sei, dass auch dann niemand zu Schaden komme, sollte er sich nicht an diese Regeln halten, niemand bezahle einen Aussetzer oder Geistesabwesenheit mit dem Leben oder gerate bei diesem Probelauf in Gefahr, auch wenn solche Zuwiderhandlungen von der Staatsgewalt ermahnt, Verkehrswidrigkeiten beanstandet würden, müsse sich keiner auf dieser eingezäunten, künstlichen Verkehrsanlage Verletzungen zuziehen. Troll musste Dunkel zustimmen, dass diese zwischen Straßenschildern im Kreis laufenden, sich kreuzenden Straßen rührend unwirklich aussahen, und fragte sich, ob diese Arbeitsumgebung nicht eigentlich seiner Natur mehr entspräche als der Verschlag des Kopfmuseums.

Ein Kustos habe sich um den Erhalt einer Sammlung zu kümmern, er sei eigentlich gleichzeitig Wissenschaftler, Restaurator und Kurator in einer Person, in dem Kopfmuseum stehe jedoch allein die Pflege der Sammlung im Mittelpunkt seiner Aufgabe, erklärte der Kustos Troll, der sich angesichts des Zustands der Ausstellung fragte, wie diese pflegende Tätigkeit eigentlich aussah, während der Kustos betonte, dass er auch Leiter des Labors sei, das sich noch im Aufbau befinde, wie überhaupt noch der Rahmen wissenschaftlicher Forschung zu schaffen sei, was schwierig werde, der Sammler lasse sich zwar vor dem Erwerb von Stücken meistens von ihm beraten und lege ihm Gutachten über die Köpfe vor, die ihn interessierten, er weigere sich aber, Untersuchungen mit neuester Technik zu genehmigen, für die er nicht einmal selbst die finanziellen Mittel zur Verfügung stellen, sondern nur zulassen müsste, dass entsprechende Anträge gestellt würden, die aber, so fürchte der Sammler wohl, mit weiteren Nachweisen und Verpflichtungen verbunden sein könnten, die er wegen der nicht absehbaren Folgen für den Ruf und Bestand der Sammlung vermeide, wobei der Kustos dem Museumsinhaber nicht unterstellen wolle, dass er die Stücke auf illegalem Weg erstanden habe und deren Herkunft verschweigen wolle, der Sammler verwehre ihm aber den Zugang zum Archiv, in dem wohl Auskunft zu bekommen wäre, wie die Köpfe in die Sammlung gelangt, wer sie sich wie und wo angeeignet habe. Es sei unprofessionell, bedenklich, ja verdächtig, dass ihm, dem Verwalter der Sammlung, solche Informationen vorenthalten würden, was sein Misstrauen gegen den Sammler schüre, der anonym bleiben wolle und von dem man nicht einmal wisse, woher sein Vermögen stamme, ob er diese Sammlung geerbt oder selbst aufgebaut habe. Als Arbeitgeber könne er diesem Mann nicht vorwerfen, ihn unangemessen zu bezahlen, aber erfolgreich sei seine wissenschaftliche Karriere so nicht fortzusetzen, die doch regelmäßige Forschungsarbeit verlange, zu der eine solche Sammlung eigentlich verpflichte, an die Wissenschaftler aus aller Welt Anfragen richteten, um Auskünfte und Zugang zu Sammlung, Depot und Archiv zu erhalten. Er selbst sei über die Evolutionsbiologie und seine Beschäftigung mit der Vielfalt der Arten zur Anthropologie und Ethnologie gekommen, in diesem Museum sei er aber vor allem mit dem Abstauben und Katalogisieren der Bestände beschäftigt, von denen bisher ja nur ein Bruchteil der Öffentlichkeit zugänglich sei und über die er sich zu strengstem Stillschweigen verpflichtet habe. Er mache also dem Beruf des Kustos alle Ehre, der – entsprechend der Wortherkunft aus dem Lateinischen – die Sammlung bewache, sie weniger vor dem Verfall als vor öffentlichem Zugriff bewahre.

Troll hatte trotz seines Alters noch eine Ausbildung beginnen wollen, für die ein Praktikum nachzuweisen war, er hatte noch etwas Praktisches, einen Beruf erlernen wollen, vielleicht weil ihm seine Eltern auf Spaziergängen und Wanderungen in die Pflanzenkunde eingeführt hatten, war er auf die Gärtnerei gekommen, die ihm im Nachhinein wie ein Kompromiss vorkam, denn er hatte nicht aufs Land ziehen und eher in einer Gärtnerei am Stadtrand, etwa im Westen der Stadt, in der Nähe von Schlössern, Fluss und Seen arbeiten wollen, dann hatte er aber die Anzeige des Museums gelesen, in der ein Praktikant gesucht wurde, der bei Interesse auch Erfahrungen im musealen Bereich und als Laborhilfskraft machen könne, was Troll als ein ungewöhnliches und interessantes Angebot erschienen war. Bei dem Vorstellungsgespräch hatte er sich lange mit dem Kustos unterhalten, der ihn gewarnt hatte, dass die Arbeit keine übliche Tätigkeit eines Gärtners, sondern eher die eines Hilfschirurgen sei, der selbstständig arbeiten müsse und von ihm wenig Unterstützung zu erwarten habe. Während seiner abgebrochenen biologischen Ausbildung habe er vor allem im Labor experimentiert und keine Feldforschung betrieben, die ihm vielleicht eine Vorstellung von Natur als einem ökologischen Gesamtzusammenhang vermittelt hätte, anstatt ihm jede Übersicht, jedes Gefühl für Lebewesen zu nehmen, was Troll zweifellos bei seiner Arbeit brauchen werde. er selbst sei also kein Spezialist auf dem Gebiet der Botanik und müsse gelegentlich Lichenologen und auch Geologen konsultieren, die ihm ihre Sichtweise auf Gewächs und Findling darlegen und eine Diagnose von deren Verhältnis erstellen sollten, woran der Sammler offensichtlich kein Interesse habe, der Irrblock sei wie ein Ausstellungsstück zu behandeln und zu pflegen, damit er nicht ganz zuwachse, sich nicht zu sehr verändere und vor allem kein Aufsehen errege, der Irrblock dürfe ihnen nicht über den Kopf wachsen, habe der Sammler lachend gesagt, daher könne der Kustos nur Spekulationen über dieses ungewöhnliche Phänomen anstellen. Eigentlich war ihm die Flechte wohl gleichgültig, die er eher zu vernichten wünschte, um die zugewachsene Gestalt des Findlings zu sehen zu bekommen, der für ihn das eigentliche, bedrohte Ausstellungsstück war, jedenfalls war der Kustos ganz und gar kein Gärtner, bei dem er in die Lehre hätte gehen können. Troll hatte erwartet, dass er einen Museumsgarten oder eine Anpflanzung von Stauden, Rosen und vielleicht Kräutern zu pflegen hätte, dass ihm beigebracht würde, Pflanzen zu setzen, zu wässern, zu düngen und vor Krankheiten zu schützen, Unkraut zu jäten und zu bekämpfen, was aber schließlich nicht zu seinen Aufgaben gehörte, er wurde auch nicht darin unterwiesen, einen Kompost- oder Misthaufen anzulegen und umzusetzen, Hecken zu schneiden, Bäume zu verschulen und Gewächse zurückzuschneiden, die anderen den Lebensraum zu nehmen drohten, wenn das auch in gewisser Weise auf die Flechte zutraf, die sich schließlich nicht wie ein Moosteppich abziehen ließ. Troll ging beim Beackern des Findlings auf, dass er väterlicherseits erst zur zweiten, mütterlicherseits zur dritten Generation gehörte, die in der Stadt aufgewachsen war, und eigentlich erst die erste, die ohne ständigen Kontakt mit dem Land groß geworden war, mit der Zeit begriff er, dass seine Arbeit als Hilfsgärtner Handgriffe seiner Eltern, Großeltern und Urgroßeltern ausführte, die Landwirt, Apothekerin, Tierchirurg und medizinisch-technische Assistentin gewesen waren, dass er Handgriffe ausführte, die die seiner Vorfahren hätten sein können, etwa die seines Großvaters, wenn er ein Pferd oder Zootier am Schädel operierte, dennoch konnte Troll nur schwer das, was er tat, als Wirklichkeit begreifen, schien es ihm doch, als arbeitete er sich eher an den Wünschen und Alpträumen dieser Vorfahren ab, anstatt deren Nachfolge anzutreten. Seine Handgriffe wirkten keineswegs ungeschickt, aber im Vergleich zu der Fingerfertigkeit seiner Ahnen und der Tradition, in der sie standen, erschienen sie lächerlich und unbedarft, wie er sich auch fühlte, wenn er sich vorstellte, sie beobachteten ihn bei seiner Arbeit, dann verkrampfte er wieder seine Schultern, als wollte er sich selbst köpfen, wäre noch nicht richtig geboren und hätte die Möglichkeiten und Talente, die ihm mit der Geburt gegeben worden waren, noch nicht einmal erahnt. Es waren keine Handgriffe, die er sich von jemandem abgeschaut oder erlernt hatte, keine, die ihm von klein auf gelehrt und in Fleisch und Blut übergangen waren, auf denen weitere Erkenntnisse hätten aufbauen können, was verpasst worden war und ihn von der Erfahrung und dem Wissen früherer Generationen abschnitt, und es erschien ihm dann als Strafe für seine entwurzelte Unwissenheit, dass er sich an diesem Irrblock abarbeiten musste, wie ein Sünder in der Hölle, den der Teufel abgeholt hatte, ohne jemals von Gott oder Heiligen gehört zu haben, dann überfiel ihn das Gefühl, so großen Schaden anzurichten, dass die Folgen jeden Natur- und Denkmalschutz ad absurdum führen würden.

Wenn Trolls Mutter bei ihrer Arbeit eine chemische Lösung angesetzt hatte, war es auf Genauigkeit und das Einhalten der Rezeptur angekommen, aber schon beim Kuchenbacken hielt sie sich kaum an vorgeschriebene Mengen, jedes Mal war sie neugierig, ob bei Abweichungen das Gleiche herauskommen würde oder etwas, was sie nicht geahnt hatte, aber vielleicht spannender als die angeblich richtige Lösung war, der sie wie allen Vorschriften und Definitionen misstraute, die vorgaben, die Welt im Griff zu haben. Akribisch war Irene Troll im Unterlaufen dessen, was die Leute für Perfektion hielten, zu der sie schon wegen ihrer Ungeduld nur bis zu einem gewissen Grad fähig war und der auch ihre Vorstellung von Natürlichkeit und Empfindsamkeit widersprach, sie ekelte sich vor verstümmelnden Eindeutigkeiten, zuwider waren ihr Menschen, die behaupteten zu wissen, was es mit einer Sache auf sich habe, wie es sich mit Lebewesen, Dingen und dem Lauf der Welt verhalte, als verfügten sie über ein Werkzeug, das, von ihren Schwächen und Unzulänglichkeiten unbeeinflusst, klare Bedeutungen und Funktionen lieferte. Wenn jemand etwas beschrieb oder feststellte, hatte sie gleichzeitig enttäuscht und aufbegehrend das Gefühl, das könne doch nicht alles sein, die Äußerungen seien unzureichend, beruhten auf ungenauen, oberflächlichen Beobachtungen und Gedanken, alles unterlag unvorhersehbaren, ja ungeahnten Wirkungen, die der Mensch zu übersehen und zu kontrollieren glaubte, aber weder seine sinnliche Wahrnehmung geschweige denn sein Denken reichten aus, Vorgänge der inneren oder äußeren Natur annähernd zu deuten und zu begreifen, sie war der Überzeugung, dass nichts auf der Welt einfach sei und sich auf kleinliche, kleinlaute Richtsprüche reduzieren lasse, auch wenn sie selbst von festgefahrenen Gewohnheiten, Regel- und Gesetzmäßigkeiten, von Wahrscheinlichkeiten und Kausalitäten wusste, aber der anmaßende Anspruch, diese erschöpfend zu durchschauen, brachte sie in Rage. Von selbst ernannten Sachverständigen ließ Irene Troll sich anfangs etwas einschüchtern, machte ein aufmerksames und gleichzeitig skeptisches Gesicht, zögerte, formulierte ihre Gegenargumente vorsichtig oder etwas ungeschickt, um bald die Sprechgeschwindigkeit und Argumentationskraft zu steigern, dann konterte sie, war flink und wendig, setzte sich und den anderen unter Druck und trieb ihn in die Enge, in den Zweifel und ins Labyrinth des sich verzweigenden Widerspruchs, um das Denken und die Haltung dieses – wie sie sich ausdrückte – verknöcherten Rechthabers zu zersetzen. Sie führte dann eine blendende Maskerade auf, konnte konservativ, Kommunisten hassend oder basisdemokratisch, sektiererisch, buddhistisch oder urchristlich oder eben genau das Gegenteil sein, wenn es dazu diente, Podeste und zementierte Standpunkte zum Bröckeln zu bringen, war sie gerne eine weltfremde Realistin, eine rauchende Nichtraucherin, die, der Naturmedizin zugetan, die pharmazeutische Industrie unterstützte, oder eine gewaltbereite Pazifistin. Ihr schelmischer Zug um den Mund zeugte von Witz und der Lust zu zerstören, da alles auch anders hätte sein, an einem anderen Platz hätte stehen können, musste alles, damit sie ihren Glauben an die Welt zurückgewänne, verschoben oder zerteilt werden, um in anderer Gestalt, an mehreren Plätzen gleichzeitig zu sein. Nichts sei zuverlässig, nichts glaubwürdig, nichts sei das, was es zu sein scheine, nämlich flach und leicht vom Wind wegzutragen, alles verberge Masse und Gestalt oder täusche solides Volumen vor, dessen Schein sie zerstören wollte, um die vielseitige, vielschichtige Faltigkeit offenzulegen, durch die die Welt in ihrer eigentlichen Natur greifbar würde, die sie auf Konsistenz, Standfestigkeit und Haltbarkeit untersuchte. Immer wieder verlor sie den Faden, ihre Argumentation franste aus, sie wurde fahrig und grob und sagte dann, um den in Aufregung versetzten Gesprächspartner zu beruhigen: „Ja, Sie denken so, und ich denke anders, aber deswegen müssen wir uns ja nicht hassen!“

Der Irrblock weckte einen Wust von Gefühlen, verlangte einen ungewöhnlichen Aufwand an innerer Beteiligung, die niemandem erspart blieb, die Besucher wurden unruhig und von einem Unbehagen ergriffen, das in Ärger oder Wut umschlagen konnte, die plötzliche Erregung verlor sich in Resignation, Melancholie oder musste irgendwie abreagiert werden, Neugier und Begehren riefen eine Gedankenflut hervor, die einzuholen versuchte, was man hier vor Augen hatte, die Sinnesorgane riefen Empfindungen und Gedanken zur Hilfe, um sich gegen den Irrblock zur Wehr zu setzen, Frösteln, Aufregung und Ekel trieben die Besucher dazu, sich der Außenwelt zu versichern, an der sie Anteil nehmen wollten, sie suchten schützende Gesellschaft, wurden gesprächig und waren auf menschliche Nähe aus, was Troll angesichts dieser riesigen Kuriosität etwas lächerlich erschien, er beobachtete auf den Gesichtern, wie das Innenleben sich an diesem Ding verfing und wie an einer Falle daran klebte. Die anderen Ausstellungsstücke legten den Besuchern nahe, dass es sich auch bei dem Irrblock um ein echtes Körperteil handelte, das nicht durch ein geologisches Wunder oder die Wirkung der Flechten, sondern durch eine spezielle menschliche Technik vergrößert worden war und dessen Volumen vielleicht nur künstlich aufrechterhalten wurde, anstatt eines Schrumpfkopfs wäre der Irrblock dann ein moderner Schwellkopf gewesen, dem über Schläuche Flüssigkeit, Luft oder Gas zugeführt wurden, die ihn aufschwemmten und aufblähten, wenn nicht Chemikalien den Schädel so hatten anschwellen lassen, dass ihm wegen seiner Größe ein eigenes Gebäude zugeteilt worden war. Die Besucher, die den Verschlag erreichten, hatten schließlich schon so viel Beunruhigendes und Haarsträubendes gesehen, dass ihnen dieses Stück zwar überdimensional, aber nicht aus dem Rahmen des Museums zu fallen schien. Nach dem Irrweg durch die Kopfsammlung standen sie, mit den vielen bereits gesehenen Gesichtern im Kopf, vor dem Irrblock und begriffen, dass die anderen ausgestellten Köpfe die Vorbereitung auf dieses letzte Ausstellungsstück gewesen waren, über das sich die schleierhafte Erinnerung an die anderen Schädel legte, da der Verschlag keine Erinnerung an eine Außenwelt, an eine andere Zeit oder einen anderen Raum zuließ, stiegen Schatten der Innenwelt auf, der Besucher zog dem Irrblock Strumpfmasken seiner Phantasien und Ängste über, die längst nichts mehr mit den Köpfen zu tun hatten und durchscheinenden, nicht eindeutig zu identifizierenden Erinnerungshäuten wichen, durch die schließlich die eigene Vergangenheit in vergessenen Bildern aufstieg.

Der Junge blickte auf die Reihe wohlgeformter, von Gürteln aus feinen, weißen Schnüren bekränzter Geschlechter, auf deren glatter brauner Haut, als wollten sie sich über jede Art der Körperbehaarung lustig machen, keine Schamhaare wuchsen, als Bilder unschuldiger Ehrlichkeit wurden diese Mädchen und Frauen in Szene gesetzt, die nichts versteckten, denen nichts peinlich war und die sich zeigen konnten, wie sie waren, ohne sich schämen zu müssen, diese glücklichen Körper konnten ihre Lebendigkeit und Freude, all ihre Bedürfnisse und Empfindungen, Lust und Schmerz ohne Verkrampfung ausdrücken. Wenn Troll sich vorstellte, ein indianischer Fotograf hätte einen Bildband über das Leben seiner Familie, seines Ortes und Landes zusammengestellt, beunruhigte ihn, welchen Eindruck die Menschen eines fernen Kontinents von seinem Leben und seiner Kultur gewonnen hätten, wie der Alltag, Zusammenkünfte, die wenigen Feste hätten dokumentiert werden müssen, um den fremden Betrachter zu beeindrucken, ihm das Leben in Deutschland ebenso abenteuerlich, herzergreifend, würdevoll, schön und ausdrucksstark wie das im brasilianischen Regenwald vorzuführen. Er betrachtete die Fotos der ringenden Männer und Frauen, die sich umarmten und Kämpfe ausfochten, er betrachtete genau die Körper der Mädchen, der jungen und älteren Frauen, deren Alter er nicht bestimmen konnte, ihre Gesichter und Körperformen, die Größe ihrer Brüste, Brustwarzen und Geschlechter, sah ihre haarlose Scham, die Erhebung des Venushügels und die großen, glatt gewölbten Lippen an, zwischen denen keine Hautfalte, kein Rand der inneren Schamlippen hervortrat, das Geschlecht, dessen dunkler, ebenmäßiger Spalt sich nach oben hin in einer Höhlung rundete, glich einer polierten Holz- oder Steinskulptur, der zeichenhaften, ja idealen Darstellung einer Vulva, bei deren Anblick sich der Junge wünschte, den Kopf, all sein Wissen, seine verkümmerten Gefühle und Empfindungen, seine Sprache zu verlieren, die im fernen Brasilien ja doch niemand verstehen würde, wo er so viel zu erlernen hätte, um seine Sinne und Muskeln dem neuen Leben im Regenwald anzupassen, wo er, wehrlos und ungeschickt wie er war, keiner schützenden Mutter bedürfte, sondern einer Geliebten, die ihn herausfordern und über sich hinauswachsen lassen, ihn belächeln, sich über ihn ärgern und an ihm verzweifeln würde. All seine Lebensunfähigkeit ließe sich nicht verstecken oder bemänteln, wäre so offensichtlich, dass er von Anfang an durchschaut wäre und sich ausliefern müsste, endlich und endgültig würde er die Erfahrung der Liebe machen, einer Liebe, die ihn existentiell verwandeln und ihm endlos viel abverlangen würde. Die Erfahrung, endlich geliebt zu werden, würde ihn aber nicht verschrecken, er könnte die Liebe erwidern, ohne das Gefühl zu haben, grundsätzlich missverstanden zu werden, was angesichts der geographischen Entfernung und des Unterschieds seiner Herkunft umso wunderbarer und erlösender wäre, wenn er nämlich lieben lernen, geliebt werden würde, könnte er auch sterben, müsste den Tod nicht mehr fürchten.

Während der Arbeit durften keine unruhigen, erregenden Gedanken die Finger verunsichern, schon gar keine Ängste, die die Hand antrieben, schneller zu arbeiten, nichts durfte das Gehirn so beschäftigen, dass es störend zwischen Augen und Hand trat und die gedankenlose Schnittbewegung unterbrach oder zittrig machte, anstatt gewissenhafter Leere stellte sich in Trolls Kopf eine Verbindung zwischen der Bewegung der Hand, des Messers, der sich ablösenden Flechten und seinem Denken her, das ständig Bilderfolgen auf die abgelöste Pflanzenhaut projizierte, als ob es sie belichtete und dadurch Bilder sichtbar würden, die Troll nicht vom präzisen Schneiden ablenkten, sondern seine Finger entspannten, Klinge, Haut- und Filmstreifen waren nicht voneinander zu trennen und er fragte sich, ob es wirklich der Anblick und der Geruch des Irrblocks waren, die in seinem Kopf diese Bilder auslösten, die nicht unbedingt zu seinem erinnerten oder phantasierten Bildschatz gehörten und die Möglichkeiten seines Erinnerungs- und Vorstellungsvermögens überstiegen, scharfe oder verschwommene Bilder wurden sichtbar, die nicht immer erkennbar aus der eigenen Lebenszeit stammten, sondern aus einem fremden Gedächtnis aufzusteigen schienen, er sah einen Film, der manchmal schneller, manchmal langsamer lief, manchmal farbig, manchmal schwarz-weiß, langweilig oder spannend war, und dessen Bilder, anders als im Kino, einmal breiter, einmal schmaler wurden, sich verzerrten und in die Länge zogen, wie mehrfach belichtet von anderen Bildern überlagert, vor- oder rückwärts laufend legten sich Filmstreifen übereinander, sodass zeitweise nur noch Farben, Formen und Perforation zu sehen waren, die mit der Struktur der Flechte verschwammen und Troll an einen im Museum ausgestellten schwarzgrau verkohlten Schädel erinnerten, dessen Augäpfel samt Pupillen eingebrochen waren und den Blick auf zwei weitere, tief im Inneren des Kopfes sitzende Augen freigaben, deren Augäpfel sich auf weiße Balken zusammengezogen hatten, als säßen zwischen diesen zweiten, tiefer liegenden Augenlidern Zähne, die all das verspeisten, was die Augen während eines Lebens gesehen hatten, um all das Wahrgenommene zerbeißend zu schmecken und bis in die letzte Falte des Gedächtnisses samt Sehorganen zu zersetzen.

Die Bedienung, die Troll im Altersheim meistens in weißem Kittel antraf, trug im Kopfmuseum die klassische Kellnerinnentracht, die sie, wie Troll vermutete, nur für die beiden Herren vom Kopfmuseum anzog, er fragte sich, ob sie unter der weißen Schürze wie üblich eine große, schwere Geldbörse, Block und Kugelschreiber verstaut hatte und ihr kurzer schwarzer Rock deshalb nie richtig saß, den sie immer, wenn Troll sie sah, am Bündchen fasste und auf Linie brachte, nachdem sie das Tablett mit Kaffee und Kuchen auf einem Mäuerchen abgestellt hatte, ohne sich darum zu scheren, in dieser Verkleidung gesehen zu werden, ohne

Zweifel oder Hemmungen zu haben, schob sie ihre Unterbekleidung zurecht, nahm das Tablett wieder in beide Hände und trug es leicht vorgebeugt, den Blick auf die Getränke gerichtet, die bei ihrem beschwingten Schritt überzuschwappen drohten. Außerhalb des Altersheims bewegte sie sich, wie Troll beobachtet hatte, auffällig ungeschickt, vielleicht waren es Träumereien oder Erwartungen, die ihren Blick starr werden und sie ihren Kopf nach vorne strecken ließen, oder drohten ihr im Gegenteil doch Zögern, Unentschlossenheit, gar Schuldgefühle die professionelle Haltung zu verderben, die sie aber, kaum hatte sie die Vorhalle des Kopfmuseums betreten, annahm, mit einer schnellen Handbewegung fuhr sie über ihre Schürze, schwang das Tablett auf eine Hand und ging zielstrebig auf das Fenster der Portiersloge zu, vor dem sie die Hand in die Seite stützte und lachend rief: „Da bring' ich euch eure Stärkung!" Wie verabredet saßen der Portier und der Hausmeister ganz nah zusammen in der Loge und lachten gleichzeitig auf, taten überrascht, wie sie dazu komme, ihnen etwas vorbeizubringen und sie zu verwöhnen. Sie habe sich erlaubt, sich während ihrer Mittagspause bei ihnen zum Kaffeetrinken einzuladen, dagegen hätten sie doch sicher nichts, hörte Troll sie sagen, während er durch die Vorhalle schritt, um zu Dunkel hinüberzugehen, und die beiden auf die Tortenstücke schielenden Hausangestellten schienen noch näher aneinanderzurücken und strahlten den weiblichen Gast so breit an, dass die Mundwinkel ausgiebig Einblick ins Gebiss dieser Naschkater gaben.

Irene Troll konnte sich nicht kurz fassen, konnte nichts Lapidares von sich geben, sich nicht auf eine einfache Aussage beschränken, ein Sprechakt, so vieldeutig er auch war, genügte nicht, wenn sie etwas erklärte, musste sie sich gleichzeitig versichern, dass der Zuhörer aufmerksam folgte und ihre Erklärungen auch verstand, die den Zuhörer als Kritik, Belehrung oder Anweisung trafen und ihn zu einer anderen Lebensführung anleiten sollten, alles, was sie sagte, war so vorgetragen, dass ihr Interesse und Mitgefühl nicht zu überhören waren, und wenn sie Ratschläge gab, Hilfe anbot und auf Risiken hinwies, gab sie immer vor, aus eigener Erfahrung zu sprechen. Überbrachte Irene Troll Glückwünsche, mussten es solche sein, die ihren Zweck erfüllten, also den Beglückwünschten von einer Unpässlichkeit, einem Missgeschick oder Übel befreiten, mit Hilfsangeboten war es ihr genauso ernst wie mit Höflichkeiten und Small Talk, sie ließ es nie bei Floskeln bewenden, witterte im Gleitmittel sozialer Selbstbefriedigung Eitelkeiten und Selbstverliebtheiten, die sie zu entlarven hatte. Sie ertrage dieses Getue, dieses fadenscheinige Getue nicht, sagte Irene immer, die beim Sprechen den Widerstand der Menschen spüren musste, Plaudern, ein fließendes, leichtes Gespräch, ein Geplänkel, waren nicht ihre Art, höchstens Köder, die sie auswarf, Umwege, einkreisende Schleichwege, sie hielt nichts von angeblicher Effektivität in der Kommunikation, nichts von deren Rationalisierung, sie konnte nicht einfach sprachlich luftdicht verpackte Information abliefern, unpersönlich, kurz und wie verlangt beraten, ebenso wenig Befehle geben, weil sie eindimensionales Sprechen, klare Machtverhältnisse langweilten. Ein Klatschweib war sie nicht, auch wenn sie auf dunkle, schmerzliche Erfahrungen der Leute aus war, um sich einzureden, ihre Hilfe werde gebraucht, ihre eigenen Ängste seien nicht unbegründet und sie sei dem Leben nahe, es ging ihr nicht darum, auf dem Laufenden zu sein, Neues oder Skandalöses auszuplaudern, sondern zu sehen, was einem in der Welt zustoßen konnte. Im Alltäglichsten erkannte sie unbewusste Botschaften und Bekenntnisse, im scheinbar Bedeutungslosen durchschaute sie Schwächen und Unzufriedenheiten, denen sie auf den Grund ging, während sie einfühlsam den Leuten nach dem Mund zu reden schien oder vorgab, sich jederzeit auch vom Gegenteil überzeugen zu lassen, erkundete sie Probleme, Fehler und Wehrlosigkeiten des Gegenübers, um sich schließlich an einer Schwachstelle festzubeißen, als wollte sie Lebendiges zwischen ihren Zähnen halten. Sie gratulierte also wie gewöhnlich, fragte nach dem Wohlergehen der Familie und horchte den anderen aus, bis sie einen wunden Punkt gefunden hatte, den sie immer enger umkreiste, um schließlich die eigentlichen Glückwünsche anbringen zu können, was den bereits ungeduldigen Jubilar verstimmte, der sich den Festtag nicht vermiesen lassen und nicht an Unangenehmes in seinem Leben erinnert werden wollte. Troll bewunderte die ungenierte, manchmal dreiste Art seiner Mutter, den Leuten zu widersprechen, sie auf Unstimmigkeiten in ihrem Denken und Handeln hinzuweisen, die ebenso scheinbar Belangloses wie Lebensbedrohliches betreffen konnten. Die Spannungen waren unvermeidlich, wenn sich der Angesprochene ihre Aufdringlichkeit nicht gefallen ließ, kam es zu einer Auseinandersetzung oder die Unterhaltung stockte, da ihr übereifriges Hinterfragen zwangsläufig als Misstrauen gedeutet wurde, wurden Atmosphäre und Münder säuerlich trocken, und die Mutter versuchte zu bemänteln, die betrübliche Lage mit armlangen Gesten zu relativieren, beschwichtigend griff sie mit den Händen in die Luft, als wäre durch das

Gespräch die Welt immerhin handhabbarer geworden, um bald das Gegenüber von Neuem einzukreisen, das sich zu Erklärungen und zur Verteidigung genötigt sah, wenn sie es in die Zange nahm und so lange zappeln ließ, bis es sich seine verzweifelte, widersprüchliche Existenz eingestand und bereute. Bei ihrem Widerspruchsritual war sie die Priesterin, die durch Zerlegen und Sezieren heilte, wenn ein Mensch ehrlich genug war, sich bei ihrer Eingeweideschau als hilfe- und heilungsbedürftig zu erkennen, was unangenehm und schmerzhaft war. Alles war auf irgendeine Weise in seiner Existenz fraglich, in seiner Bedeutung ungeklärt, in seiner Gestalt ungereimt, alle waren einsam und von Welt und Gemeinschaft abgetrennt, ihr bescheidenes Auftreten sollte darüber hinwegtäuschen, dass sie ein Gefühl von Freiheit spürte, wenn sie gegen selbstgewisses Auftreten und feste Gewohnheiten, Überzeugungen und angeblich endgültiges Wissen vorging, für die Zwänge, die ihr eigenes Leben bestimmten, an anderen Rache übte. Sie traue niemandem, vor allem sich selbst nicht, sie gehe mit allem und jedem ins Gericht, vor allem mit sich selbst, und Troll fragte sich, ob sie auch ihre Lebensumstände, die gesellschaftlichen und politischen Verhältnisse infrage stellte, in denen sie lebte, ob ihre Widerspruchswut die großen Widersprüche zerwühlte, indem sie sich in die kleinsten verbiss.

Flechten seien eine Lebensgemeinschaft aus Algen und Pilzen, die, vor allem Schlauchpilze, den größten Teil des Flechtenkörpers ausmachten, sie bildeten gewöhnlich dessen Form und Farbe und bestimmten das Wachstum, während Grün- oder seltener Blaualgen, letztere seien eigentlich Bakterien, den Pilz mit Nährstoffen und Kohlenhydraten versorgten, indem sie

Photosynthese betrieben, der Pilz, dessen Fadengeflecht die Algenzellen umhülle, schütze sie davor, schnell auszutrocknen oder gefressen zu werden, Pilze und Algen, deren Zusammenleben eine ganz neue Gestalt hervorbringe und neue Lebensräume erschließe, seien praktisch untrennbar. Troll habe sich sein Wissen vor allem angelesen, das er sich nicht durch Beobachtung bei seiner Arbeit aneignen könne, sowieso müssten seine die Flechte betreffenden Kenntnisse unzureichend, sie als Forschung zu bezeichnen, anmaßend und lächerlich erscheinen, er sei dem Kustos unterlegen, der über größeres Fachwissen und ein Labor verfüge, aber selbst mit modernster technischer Ausrüstung sei die Klassifizierung und Zuordnung der Flechte des Irrblocks gar nicht endgültig möglich, die in ihrem gewaltigen Umfang vielfältige Eigenschaften verschiedenster Flechten vereinige, Troll gehe davon aus, dass sie nicht nur aus einer Algen- oder Bakterienart bestehe, es gebe durchaus Flechten, in denen mehrere Algen und Pilze beobachtet worden seien, wobei es sich dann um parasitäre Beziehungen handeln könne.

Während ihrer Zusammenkünfte im Hinterhof, wo sie unter der *Ulme* auf der Mauer oder zwischen den *Blutpflaumen* auf der Bank unter dem Vordach des Verschlags saßen, erzählte der Kustos Troll, dass er regelmäßig von dem Archiv der Kopfmuseums träume, das wirklich existiere, denn der Sammler habe mehrfach von Dokumenten, Analysen und Forschungsberichten gesprochen, die höchstwahrscheinlich erlauben würden, die Stücke in den Ausstellungsräumen und Depots genauer zu bestimmen, ihm aber, wie gesagt, nicht zugänglich seien. In seinen Träumen hingegen war es plötzlich vielen Forschern erlaubt, sich wissenschaftlich mit der Kopfsammlung zu beschäftigen, sie waren auf den Gängen unterwegs und versuchten, zum Archiv zu gelangen, folgten den Wegweisern durch das Museum, dessen Anlage einen so komplizierten Grundriss hatte, dass die Archivbesucher, denen der Überblick über die verschiedenen Gebäude des Komplexes fehlte, glaubten, sie würden vorsätzlich an der Nase herumgeführt, da ihnen die verschlungenen Gänge unsinnig vorkamen, in denen sie sich verirrten, auch wenn sie schon mehrfach im Archiv gewesen waren, fanden sie den Eingang nicht wieder, ohne auf die Wegweiser zu achten. Um sich zu orientieren, da sich der Weg nicht im Gedächtnis behalten ließ, hielten sie Ausschau nach dem nächsten metallenen Hinweisschild, auf dem ein gewelltes, am oberen und unteren Rand in entgegengesetzte Richtung gerolltes Papier, also wohl ein altes Dokument abgebildet war, das aber, je öfter und länger der Archivsucher es ansah, in seiner Bedeutung immer unklarer wurde, alles Mögliche darstellen konnte, außer einem Schriftstück, das auf das Archiv hinwies, konnte es auch ein architektonisches Detail sein, das für Sehenswertes stand, ein geschwungenes Tuch, das auf eine Wäschekammer oder ein Textilmuseum hindeutete, wenn es nicht Gebäck war, das den Weg in die Cafeteria wies, eine Klorolle, die für Toilette, oder ein Stuckornament, das für die Werkstatt der Restauratoren stand. Wenn ein Wegweiser ins Gesichtsfeld kam, fiel dem Besucher wieder ein, dass er links oder rechts abbiegen, eine Treppe oder nur ein paar Stufen hinauf- oder hinabsteigen, einen langen Gang entlang- oder eine Wendeltreppe hinuntergehen, unter Lichtschächten hindurch, über Gitter oder an Fenstern vorbei, die den Blick auf Bretter- oder Steinwände freigaben, weitergehen musste, die Wegführung oder die Konstruktion des Gebäudes widersprach aber zu sehr dem menschlichen Raumgedächtnis, war geradezu gegen das räumliche Auffassungsvermögen des Menschen geplant, sodass sich die Frage aufdrängte, zu welchem Zweck der Grundriss erdacht worden war und wer die Pläne dieses Labyrinths gezeichnet hatte. Jeder, der sich vorgenommen hatte, den Weg höchst konzentriert im Gedächtnis zu behalten, ermüdete und vergaß sogar, dass er sich in den Kopf gesetzt hatte, den Weg auswendig zu lernen, längst hatte er den Wegweisern die Führung überlassen, und erst wenn er vor der Tür des Archivs stand, wurde ihm klar, dass er sich in seinen Gedankengängen verloren hatte. Von einer solch mächtigen Architektur hätte man erwartet, dass sie die Benutzer zu einem bestimmten Denken, zu Erkenntnissen, ja Erleuchtungen führen könnte, aber die Kraft des Gebäudes schien eher zerstreuend auf die Sinne und Gedanken zu wirken, anstatt deren Kraft zu bündeln und der Forschung zugutekommen zu lassen. Die Archivgänger waren bei der Ankunft am Eingang des Archivs so erschöpft, dass sie vergeblich nach einer Sitzgelegenheit Ausschau hielten, und schliefen dann an den Tischen des Lesesaals ein oder starrten mit müden Augen und leeren Köpfen auf die Papiere, die sie auszuwerten gehofft hatten

Wie die Geschlechter der Indianerinnen vermaß der Blick des Jungen die Köpfe und Gesichter, die Breite der Augen, Nasen und Backenknochen, begutachtete die Kopfformen und den Haarwuchs, als gälte es nicht nur die Unterschiede zu seinem bemitleidenswerten Körper, sondern eine Schönheit zu erfassen, die seine Erregung angesichts dieser Leiber begründen konnte, denn es war nicht nur Wollust, sondern Bewunderung, ja Ehrfurcht und Sehnsucht nach einer versagten, unerreichbaren Idylle, Scheu und Trauer, dass ihm selbst all das vorenthalten war und nie zuteilwerden würde. Das Vergleichen der Körper sollte auch zur Erkenntnis innerer Schönheit und Moral, überhaupt der inneren Qualitäten der abgelichteten Menschen führen, deren edler Charakter sich in den Gesichtszügen und ihrem Körperbau spiegeln musste, was sich – wenn auch weniger zärtlich und verträumt – schon bei der Musterung von Ponys während der Ferien auf einem Bauernhof bewährt hatte, als der Junge sich eines der Pferde zum Reiten hatte aussuchen sollen und den Tieren bestimmte Eigenschaften und Qualitäten zugestand, auf die er von ihrem Aussehen schloss. Er meinte bei den Pferden menschliche Gesichtszüge und Bewegungen wiederzuerkennen, die Hinweise auf das Innenleben erlaubten, vielleicht gefiel ihm auch deswegen eines der Mädchen, der die langen schwarzen Haare wie ein Mähne ins Gesicht fielen, das kaum zu sehen war, besonders gut. Verschlagenheit diagnostizierte er bei keiner der Frauen und Mädchen, meinte jedoch ein feuriges Gemüt zu erkennen, ein unbekümmertes, draufgängerisches Temperament, Witz und Nachdenklichkeit, er versuchte, die Gesichter einzuschätzen, einzustufen, welches er schöner, liebenswerter oder vertrauenserweckender als die anderen empfand, welche Frau in ihrer Entblößung die schönste war, die er dann erwählen würde und die ihn, wie er sich in seinen Phantasien versinkend vorstellte, längst erwählt hätte.

Bis jetzt habe der Sammler weder bildgebende Untersuchungen noch überhaupt bildliche oder plastische Reproduktionen seiner Sammlungsstücke erlaubt, also auch nicht den Einsatz der Computertomographie, die mit Hilfe von Röntgenstrahlen oder Neutronen Schnittbilder der Köpfe liefern könnte, auf denen auch organisches Material sehr differenziert abgebildet werde, diese beliebigen Schnittebenen, die sich nicht überlagerten, ermöglichten, den inneren und äußeren Aufbau eines Gegenstands zu erforschen, ohne ihn mechanisch zu zerlegen und zu zerstören, außerdem könnten mit 3D-Druckern Kopien übermodellierter Schädel hergestellt werden, anstatt Gips- und Silikonabgüsse anzufertigen, vor allem aber wäre es möglich, die ursprüngliche Form von zerstörten oder bearbeiteten Schädeln virtuell wiederherzustellen, sogar digital deren Gesichter zu rekonstruieren, zum Beispiel das eines Jungen, der eines gewaltsamen, offensichtlich inszenierten Todes gestorben sei, was bedeute, dessen Gesichtsausdruck und Blick kurz vor seinem Tod nachzubilden, wobei sich über den wissenschaftlichen Wert solcher Reanimation eines mutmaßlichen Ritualopfers und anderer Jahrtausende alten Toten streiten lasse. Ebenso untersage der Sammler die chemische Isotopenanalyse, die zeigen könne, ob etwa dieser getötete Junge zur Dorfgemeinschaft oder zu einer feindlichen Gruppe gehört habe, diese Untersuchungstechnik werde erst seit einigen Jahren auch in der Rechtsmedizin eingesetzt, wobei die Ergebnisse keineswegs eindeutig und verlässlich seien, im Idealfall könnten Mikrobiologen und Geologen den ganzen Lebenslauf eines Toten nachvollziehen, aus den in Knochen, Zähnen und Haaren gefundenen Daten ließen sich Abstammung und Herkunft eines Menschen ermitteln und die Ortswechsel während seines Lebens, also ein geographischer Lebensweg nachzeichnen, der zum Beispiel von bajuwarischen Gräberfeldern an die Ostsee, nach Böhmen und bis hin zu den Hunnen führen könne, so ließe sich erfahren, wo, in welcher Landschaft jemand gewohnt, womit er sich ernährt habe und woher seine Nahrung gekommen sei. Sowohl die Geographie und Geologie eines Lebensraums, als auch die Lebensweise schlügen sich im Köper nieder, der mit Luft, Wasser und Nahrung seine Umgebung in sich aufnehme, die, wenn der Wohnort häufig gewechselt werde, schwerer nachzuweisen sei, da sich die Lebensräume dann im Körper überlagerten, wie es vor allem in den letzten dreißig Jahren zu beobachten sei. Bei solchen Untersuchungen würden Atome verschiedener Elemente untersucht, die auf der ganzen Welt vorkämen, deren Atomarten sich aber in ihrem Gewicht unterschieden und daher geographisch zugeordnen ließen. Da der Kustos auf keine dieser Methoden zurückgreifen könne, habe er sich allein auf genaue Beobachtung und mikroskopische Analysen zu verlassen, die schon einige Erkenntnisse lieferten, an Knochen und Zähnen ließen sich, wenn sie zugänglich seien, Geschlecht, Körpergröße und Sterbealter ablesen, auch Erkrankungen, Mangelerscheinungen und Folgen physischer Gewalteinwirkung seien an Knochen zu erkennen, manchmal würden so die Lebensumstände oder sogar einzelne Szenen eines Lebens, etwa ein Unfall, ein Kampf oder die Todesursache, ablesbar. Aber Auge und Mikroskop reichten eben nicht aus, um die einzelnen Stücke genau zu erfassen, zu denen hier ja meistens Vergleichsobjekte fehlten, wie sie etwa bei der einem Gräberfeld vorlägen, wo man die einzelnen Funde vergleichen könne, um sie zeitlich und geographisch so genau wie möglich zu bestimmen. Die Schädel der Sammlung seien nicht schwer beschädigt oder zerstört, müssten also nicht rekonstruiert werden, zuerst seien die verwendeten Materialien, die meist schon bekannten Herstellungsverfahren und die Herkunft zu ermitteln, um dann Bedeutung und Zweck in einem bestimmten kulturellen und gesellschaftlichen

Zusammenhang zu erforschen, erklärte der Kustos, der einem Verkäufer glich, der seine Integrität unter Beweis zu stellen versuchte, indem er den Kunden möglichst ausführlich beriet, aber gleichzeitig wegen moralischer Zweifel an seinen Geschäften sichtlich um Fassung rang. Da fragte sich Troll, ob er es nicht gewesen sein könnte, der sich, weil ihm keine anderen Untersuchungen genehmigt wurden, an einem glänzenden hellbraunen Schädel mit abgekauten Lippen zu schaffen gemacht hatte, dessen glasierte Tonfassung abblätternd aufbrach, da die eine Augenhöhle in einem dunklen, verschwollenen Sehschlitz eingebrochen war und die andere so aussah, als wäre sie mit einem Messer nachgezogen worden.

Dunkel sei nicht der Leiter der Verkehrsschule, sondern für Verleih und Aufsicht zuständig, er gebe keine Kurse in Verkehrserziehung, die ein Hauptkommissar der städtischen Polizei leite, dem die Verkehrsschule unterstehe, er arbeite ehrenamtlich, habe eine kurze Fortbildung in Fahrrad- und Kettcarreparatur und Verkehrssicherheit erhalten und dürfe den Kindern das Fahrradfahren beibringen, er wolle so unterstützen, dass das Gelände zu öffentlichen Zwecken genutzt werde und man sich Problemen des modernen Lebens stelle, auch wenn Verkehrserziehung keineswegs der einzige Weg sei, den Lebensgefahren des Straßenverkehrs zu begegnen. Die Ampeln, Verkehrszeichen und nachgestellten Verkehrswege auf dem Schulgelände, die an eine Modelleisenbahn erinnerten, gaukelten die geregelte, wohlbehütete Unbeschwertheit einer Welt vor, die keine Vergangenheit habe, denn beim Anblick der Verkehrsschule sei die Geschichte dieses Ortes gar nicht vorstellbar, trotz des vielen Grüns nicht einmal der Weinberg, den es hier bis vor etwa zweihundert Jahren gegeben habe, vom Ende des 12. Jahrhunderts bis Anfang des 19. Jahrhunderts sei hier wirklich Wein angebaut worden, dann habe sich das Klima geändert. Dennoch sei es natürlich ganz irrational, so zu tun, als gäbe es keine Vergangenheit, so eine Verkehrsschule sei ja kein verwunschener Ort, auch wenn sie etwas verwildert und verträumt zwischen den anderen Grundstücken liege und Verkehrserziehung etwas von einer Märchenstunde habe, in der die Kinder lernten, dass das Leben grausam sein könne, dass es gelte, sich zu verteidigen, den Feind richtig einzuschätzen und die eigene Schwäche einzugestehen, ein Nachlassen der Aufmerksamkeit, ein Regelverstoß könnten tödlich sein. Die Kinder folgten dem Unterricht zwar scheinbar aufmerksam und diszipliniert, lernten aber nicht unbedingt das, was sie sollten, wenn sie auf dem Fahrrad wie auf einem Pferd säßen und sich vorstellten, im Wilden Westen den Herausforderungen der Landschaft und den Widrigkeiten des Klimas zu trotzen, oder sich angesichts des Polizeibeamten wie Verbrecher oder Geheimagenten vorkämen, die die Aufgaben besonders gut erfüllten, um nicht aufzufallen oder das polizeiliche Vertrauen zu gewinnen, ein Kind nehme vielleicht vor allem das Gefühl eines märchenhaften Abenteuers, den Stolz auf den Verkehrswimpel und den Händedruck eines mehrere Sterne tragenden Hauptkommissars mit, in dem es Old Shatterhand erkannt habe.

Der schlaksige Hausmeister, der bei heißem Wetter meist mit bloßem Oberkörper unter seinem Overall herumlief, verzichtete auch bei hohen Temperaturen nicht auf seine orangebraune, runde Fellmütze mit zwei Schwänzen an der rechten Seiten, die Troll wegen Form und Farbe an zwei Mettwürste erinnerten, die elegante, nach oben hin in die Breite gehende Rundung wurde durch die hoch abstehenden Fellhaare betont, und Troll überlegte jedes Mal, wenn er den Hausmeister sah, ob es sich nicht eigentlich um eine Kopfbedeckung für Damen handelte, auch wenn der Hausmeister damit wie ein verirrter Trapper aussah, der bereits ein paar Brandys intus hatte, so unvorsichtig breitbeinig, wie er durch das Gelände stiefelte. Troll war sich sicher, dass der Hausmeister, sobald er den Vorhang der Portiersloge zugezogen hatte, der durch die Hintertür eingeschleusten Bedienung die Pelzkappe aufsetzte, die auf ihren Locken riesig wirken musste, deren treibholzgraubraune Farbe Troll abgelebt vorkam, als hätte Rosa einen entbehrungsreichen Siedlerzug überstanden und versuchte, sich in der Gesellschaft der beiden Männer ihre Enttäuschung aus dem Kopf zu schlagen, was nicht, wie Troll zu erkennen meinte, über eine tiefe Kraftlosigkeit und Verzweiflung hinwegtäuschen konnte, die, wie die mangelnde Selbstdisziplin der beiden Männer, nur Indizien eines grundsätzlich verlotterten Lebens waren. Rosa zog, stellte er sich vor, die zurückgeworfenen Pelztierschwänze wie zwei Zöpfe nach vorne über ihre Schultern, von denen ihr Kleid rutschte, und die Fellenden reichten genau über die beiden Brustwarzen, was gar nicht sein konnte, da die beiden Fuchsschwänze, wie Troll bei der nächsten Begegnung feststellte, zu kurz waren, dann wunderte, ja ärgerte er sich darüber, dass Hausmeister, Portier und Kellnerin seinen Kopf so beschäftigten und ihm auch nach der Arbeit plötzlich Bilder von den dreien in den Kopf schossen. Der Portier stand dann hinter dem Hausmeister, der seinen Platz am Empfangsfenster eingenommen hatte, beugte sich über die Pelzwürste von dessen Mütze und versuchte, Mörtel oder etwas anderes Getrocknetes, Verklebtes aus den Haaren zu lösen, indem er es zwischen seinen Fingern zerrieb, um dann den Staub aus dem Fell zu schlagen und sich diese zu kurz geratenen Schwänze durch die Hand gehen zu lassen, bis kein Staub mehr in den Haaren zu sehen war, dann lächelte der Portier zufrieden, fast stolz zur Kellnerin hinunter, die auf dem Boden mit dem Rücken an der Heizung saß und an ihren Fingernägeln knabberte, sich an den Rippen kratzend aufstand und den Hausmeister mit dem Ellenbogen vom Drehstuhl des Portiers schob.

Dass der Junge über das Leben vor und nach der Eroberung des nord- und südamerikanischen Kontinents, von europäischen Siedlern, über Kriege, die Zerstörung der indianischen Kultur und Reservate gelesen hatte, änderte nichts an seiner Vorstellung der Indianer, der *Eingeborenen*, denn wurde nicht auch Jesus in den Weihnachtsliedern der *eingeborene* Sohn genannt, der die Welt retten und den alten Menschen zu Grabe tragen konnte? Auch wenn sich der Junge Jesus nicht als Indianer vorstellte, sollten ihn die *eingeborenen* Ureinwohner, deren Art zu denken, zu fühlen und zu leben grundsätzlich von der europäischen Kultur abwich, rettend und erlösend zu den Ursprüngen, vor die zivilisatorische Missbildung zurückführen, die er als Robinson auf der Insel zwischen den Reihenhäusern am eigenen Leib so tief empfand, dass die Rettung offensichtlich nicht von innen, sondern nur von außen kommen konnte, denn es war Sehnsucht in ihm, aber nicht der Mut zum Ausbruch, zur Flucht, die er einmal mit Freunden geplant und geprobt hatte, aber er stellte sich im Gegensatz zu Clemens, seinem besten Schulfreund, und dessen Bruder als zu feige, zu vernünftig heraus, den romantischen

Traum vom Vagabunden mit der harten Wirklichkeit eines einsamen, verwahrlosten Lebens auf der Straße zu vertauschen, auf alle weiteren Möglichkeiten des zivilisierten Lebens zu verzichten, da er ahnte, dass es sich als *Eingeborener* unter deutschen Zuständen nicht leben ließe, ohne vor die Hunde zu gehen. Aus dem Dunkel der glänzenden Seiten des Fotobandes stiegen die indianischen Frauen und Männer voll Würde auf, die in der Natur aufgewachsen waren und deren glücklich und sanftmütig strahlende Gesichter von einem Leben ohne Angst zeugten, ihre Augen würden den Jungen anders anblicken, als er es gewohnt war, und sich ihm auf bisher ungeahnte Art nähern, diese Menschen litten offensichtlich nicht an den inneren Widerständen und Blockaden, die ihn daran hinderten, sich ungezwungen zu bewegen, einem anderen Körper nahezukommen, ohne sofort zu erstarren und sich eine Rolle, einen Auftrag zuweisen zu müssen, um seine bloße Anwesenheit zu entschuldigen, die er bereits als Aufdringlichkeit empfand. Um jede körperliche Nähe zu vermeiden, wollte er sich einer auserkorenen Mitschülerin wenigstens schriftlich erklären, einen ausführlichen Abschiedsbrief an dieses heimlich geliebte Mädchen verfassen, dem er, bevor er aus der Welt schied, in selbstmitleidigem Ton seine bisher verschwiegenen Gefühle und seine unverstandene Existenz offenbaren würde, die wenigstens im Nachhinein begriffen werden oder als warnendes Rätsel in aller Munde sein sollte, was für die Adressatin unzumutbar und unverständlich gewesen wäre, da sich die Geständnisse in keinem Blick, keiner Geste, keinem Wort angedeutet hatten. Er aber bildete sich ein, er werde, wenn er den Brief nicht schriebe, unverstanden und unbemerkt vergehen, wie er auch bei seiner Ankunft am Rio Xingu von einem Jaguar zerrissen, von einem tödlichen Pfeil getroffen oder von den Spitzen eines Uferrochen hätte erstochen werden können, aber eigentlich gerettet werden wollte und müsste, denn er war der zu opfernde und doch zu rettende Heilsbringer, dessen gedemütigte Seele die Indianer um einen Körper, eine Welt bitten würde, in der sich vereinigte, was getrennt worden war, wiedergefunden werden konnte, was verloren gegangen war. Die Lebensumstände, unter denen er litt, ließen sich zwar beschreiben, analysieren und kritisieren, an den Kern des Missverhältnisses zwischen menschlichen Bedürfnissen und Möglichkeiten und der gesellschaftlichen Wirklichkeit war aber weder gedanklich noch sprachlich, geschweige denn handelnd heranzukommen, nur aus der Empfindung und dem Erleben heraus konnte sich die nötige Erneuerung des ganzen Menschen ereignen. Er glaubte an die Erneuerungskraft und durchgreifende Verwandlungsfähigkeit des Körpers, auch des seinen, der allein wegen der Sehnsucht, erlöst zu werden, ein Anrecht darauf hatte, das er anderen seines Volkes und Kontinents absprach, die ihn daran hinderten, seiner Lage zu entkommen. Er sehnte sich danach, von dem Zwang befreit zu werden, ständig bewerten, den anderen misstrauen, ihren Charakter, ihr Glück und Unglück, ihre Erfolge und Misserfolge, ihre Vorlieben und Leidenschaften hinterfragen zu müssen, was nur dem Gefühl der eigenen Minderwertigkeit geschuldet war, denn auch er selbst war unter den allgemein herrschenden Umständen aufgewachsen, von denen alle gezeichnet waren, glaubte aber, sich darüber erheben zu können, nicht ganz verloren zu sein, solange er noch als Richter auftreten und Urteile fällen konnte. Anstatt sich mit anderen zu solidarisieren, zu versuchen, sich gemeinsam gegen die erbärmliche Künstlichkeit zu wehren, suchte er nach Beweisen, dass sie der Gemeinschaft gar nicht würdig und der Erlösung nicht wert waren, dass sie ihn einkreisten, um sich seiner zu bemächtigen, ihn zu kontrollieren. Er aber war auserwählt, die Rückkehr zu einem natürlichen Leben, in dem das Wesentliche zählte, zu vollziehen, er hatte das Glück, an den Rio Xingu aufzubrechen, um im Namen der scheiternden, seine Kinder opfernden Zivilisation in den Schoß der Natur zurückzukehren, er würde sich das Weihnachtslied *Es ist ein Ros entsprungen* zum Vorbild nehmen und einen Stamm gründen, der die Zivilisation erneuern würde, stellte er sich vor, während er auf die Aufnahmen der englischen Fotografin blickte, auf die wie an einer Kette aufgereihten, wohlgeformten, sanft geschlossenen Schöße und meinte, die fremde Haut zu spüren, die er allzu gern berührt, sich selbst übergezogen hätte.

Nichts konnte Irene Troll so stehen lassen, wie es war, nichts, selbst die Schönheiten der Natur, die ihr so viel bedeuteten, für die sie so viel Gefühl aufbrachte, blieben unkommentiert, im Alltäglichsten deckte sie besessen immer neue Widersprüche auf, die unversöhnbar das Leben von Dingen und Menschen bestimmten, wie falsch oder zum Verzweifeln es auch war, Gefühle und Ansichten waren nichts Einzigartiges, Stichhaltiges oder Haltbares, um ein Gespräch oder eine Begegnung jemals abzuschließen, hätte man ganz anderer Empfindungen oder Gedanken, ganz anderen Wissens bedurft, nichts Endgültiges konnten die Sätze sein, die ihr zur Verfügung standen, diese überladenen Wortreihen, die all diese Vorläufigkeiten und Eventualitäten transportierten, sollten so lange ausgesprochen werden, bis sie sich auflösten, selbst wenn das Gespräch endlos hätte weitergehen müssen, um all die wurmstichigen Sprüche und Sätze und die daran hängenden Vorurteile, Denk- und Gefühlsfaulheiten auszustoßen, all das innere Gehampel und Gehabe musste ans Tageslicht kommen, um zu verschwinden. Gnadenlos sprach sie alles aus, was ihr durch den Kopf ging, ohne Rücksicht, ob Troll es hören wollte oder nicht, damit sie sich um die Sprache bringen und auf die Welt kommen würde, übte sie sich in der Zersetzungskunst der Sprache, die den Schein von Worten, Gedanken und Gefühlen auflöste, der wenig mit der erlebten Welt zu tun hatte, sondern die Last von Konvention, Gewohnheit und Vergangenheit war. Sie hatte Mitgefühl mit der gegängelten, gequälten Natur, waren die Dinge doch von der Verfügungsgewalt des Menschen misshandelt, von dessen Deutungen, Überzeugungen und Phantasien zugerichtet, sie wollte wissen, was an menschlichem Gerede und Wissen wirklich war, um die sich auftürmenden Wortschachteln zu zerfetzen, die einengten, Sicht und Atemluft nahmen und Hirn und Herz verstopften, musste das Reden beschleunigt und das hemmende Denken ausgeschaltet werden, um aussprechen zu können, was ausgesprochen werden musste. Wenn die meisten Menschen das Dunkle, Unangenehme und Störende verschwiegen, anstatt es in die Welt zu entlassen und Platz für etwas anderes zu schaffen, taten sie so, als ob es nicht existierte, und schwiegen sich tot, Versprachlichen bedeutete Befreiung. Als könnte man sich leer reden, an einen Punkt gelangen, wo die Widersprüche endeten, Ruhe einkehrte, hatte Irene Troll es sich zur Aufgabe gemacht, alles, was ihr in den Kopf kam, auszusprechen, von welcher Bedeutung, Dringlichkeit oder Intimität auch immer es war, der Redefluss, der aus ihr hervorbrach, schien keine Reaktion, kein Zuhören zu brauchen, da das Ausdrucksbedürfnis angesichts ihres immer regeren Kopfgeschehens immer größer wurde. Sie drohte, das Auffassungsvermögen des Zuhörers und ihr eigenes zu überfordern, wenn sie im fliegenden Wechsel über mehrere Angelegenheiten sprach, plötzlich von einer zur anderen sprang und gleichzeitig auch noch Vorgänge in der Umgebung beschrieb und kommentierte. Auch wenn Troll dann oft dachte, Irene habe bereits vergessen, worüber sie gesprochen hatte, kam sie immer auf all das zurück, worüber sie zu sprechen angefangen hatte, soweit er sich daran erinnern konnte, denn er hatte aufgegeben, all das Angedachte und Angesprochene im Kopf zu behalten, was sie erörterte, woran sie sich abarbeitete, Troll wusste nicht, ob sie nur denken konnte, wenn sie sprach, jedenfalls konnte sie besser, ja mehrspurig denken, während sie naturgemäß nur einspurig sprach, der Mund war der Motor des Denkens und nicht umgekehrt, sie musste sprechen, um ihren Kopf in Gang zu setzen und zu halten. Wenn zwei oder mehrere Gedanken in ihren Kopf schossen, konnten nicht alle gleichzeitig weiter, geschweige denn zu Ende gedacht und formuliert werden, sie kollidierten in Kopf und Mund, gerieten durcheinander und konnten nur abwechselnd in Bruchstücken gedacht und ausgesprochen werden, Überlastung war an der Tagesordnung, wenn die Antriebswelle, die Mund und Gehirn verband, stockte, brachen die Sätze ab, die Mutter setzte zu neuen an und fügte schnell dem vorherigen etwas hinzu, nahm Worte oder nur Silben wieder auf, sodass der Kampf verschiedener Gedanken im Gesicht der Mutter zu bestaunen war, bis einer die Oberhand gewann und sie wieder klar formulierte Sätze äußerte, in die sich schon bald wieder andere Gedanken einflochten, die schließlich ein neues Knäuel bildeten, ausfransten, abrissen und zu einem Strang verwoben werden mussten.

Troll besuchte Dunkel fast täglich, ohne ihn je zu einem Gegenbesuch zu drängen oder zur Mittagspause in den Innenhof des Verschlags einzuladen, nur einmal hatte Dunkel, der den Berichten über Trolls Arbeit neugierig zuhörte, seinen Fuß in das Kopfmuseum gesetzt, das zu besuchen ihm lange gar nicht in den Sinn gekommen war, obwohl er den Eingang des Museums gekannt hatte und fast täglich daran vorbeigegangen war, ohne jedoch die geographische Verbindung zu der benachbarten Verkehrsschule herzustellen, wo ihm das Kopfmuseum im Rücken lag und er sich nur hätte umdrehen müssen, um den Blick über die etwa zweieinhalb Meter hohe Mauer auf das Museum zu richten, das er aber immer übersehen oder für irgendein Gebäude gehalten und nicht als das ihm bekannte Museumsgebäude erkannt hatte, das ihm nie geheuer gewesen war, ohne über die Machenschaften dieser Einrichtung Genaues zu wissen, er hatte nur Gerüchte gehört, die seinen Eindruck bestätigten. Die Atmosphäre sei lebensfeindlich, zwinge sein Denken, ja seine ganze Existenz in eine Richtung, nämlich rückwärts, schon nach wenigen Räumen sei er wieder umgedreht, ihm habe der kurze Besuch der Kopfsammlung gereicht, die er in jeder Hinsicht zweifelhaft finde und auf den ersten Blick als ahistorisch verschleiernd, unwissenschaftlich verbrämt durchschaut habe, das Kopfmuseum sei von dumpfem Kitsch, wovor sich Dunkel ekele. Er habe keine Abneigung gegen Geschichtliches oder Vergangenes, aber gegen alles, was sich als Vergangenes aufspiele, gegen pseudohistorisches Theater, vor allem in einer Stadt, die sich mit ihrer Geschichte touristisch brüste, einen jeden mit ihrer Vergangenheit bedrohe, unter Druck setze, die richtigen Zahlen und Gefühlsbezeugungen parat zu haben, mit angeblich Wissenswertem bedränge, das ein überfordertes, kaltgestelltes Gedächtnis verinnerlichen sollte, einem werde die Pistole der Erinnerung auf die Brust gesetzt, um mit herbeizitiertem Vergangenem die Gegenwart zu ersticken, die verscherbelt werde.

Möglichst viel sollte sich in ihre Angelegenheiten mischen, ihre ganze Umgebung hätte Irene Troll am liebsten in ihren Redestrudel hineingerissen, bei einer Sache zu bleiben wäre eine sinnlose Beschränkung gewesen, wie viel lustiger, lustvoller und erkenntnisreicher war es, ihren Sprachfluss mit allem, was ihr sinnlich erreichbar war, anzureichern, sie forderte Austausch, sprach und fasste an, damit sich ihr zuwandte, wer ihr begegnete, was sie wahrnahm und worauf sie traf, das konnte eine Luftbewegung, eine Temperaturschwankung, der aus der Küche aufsteigende Essensgeruch, ein Sonnenstrahl, ein Rotkehlchen auf der Balkonbrüstung, eine vertrocknete Geranie, ein Schrei aus dem Nachbarzimmer, ein Satz aus dem Radio, Lärm von der Straße, Gebell, ein Hupen oder eine lautstarke Vollbremsung, das Geräusch eines elektrischen Rollstuhls oder ein Schwarm Papierflugzeuge sein, die Kinder vom Dach des gegenüberliegenden Hochhauses fliegen ließen. Auf einem Spaziergang war kaum vorwärtszukommen, Troll erwischte sich, wie er auf vorbeilaufende Hunde und aufgeplusterte Tauben eifersüchtig wurde, denen die Mutter größere

Aufmerksamkeit als ihm schenkte, Familie und Verwandtschaft waren nur noch ein kleiner Ausschnitt des Lebenszusammenhangs, der als ganzer die Zuwendung der Mutter herausforderte, alles begehrte benannt und beschrieben, kommentiert und angesprochen zu werden, auf alles galt es hinzuweisen und Rücksicht zu nehmen, sie redete gleichberechtigt über alles und jeden, zu allem und jedem, alles sollte durch sie zur Sprache und zu Wort kommen, die Einteilungen in ansprechbar und unzurechnungsfähig, sprachmächtig und sprachlos, empfindlich und gefühllos lösten sich auf, in ihr verschmolz und verschwamm alles zu einer erkennenden Einheit, alles gewann Leben durch sie, alles belebte sie. Sie drohte, sich in einem rauschhaften Gefühl der Allverbundenheit aufzulösen, sie hatte an einem Allzusammenhang teil und genoss, sich ihrer Beschränktheit zu entäußern, um sie in lebendige Fülle zu wenden, sie war immer im Gespräch, redete mit Tieren, Pflanzen und Steinen und begegnete allem, was ihr in den Weg kam, freundlich aufmunternd und doch fordernd, sie vergaß alle sozialen Unterschiede, unterhielt sich genauso mit Professoren, Chefärztinnen, Theaterdirektoren und Pfarrerinnen wie mit Klofrauen, Bratwurstverkäufern, Hundehaltern und Bettlerinnen, von denen jeder auf seine Art der Welt kundig war, während sie über Menschen herfiel, die ihr unmoralisch, verlogen und degeneriert vorkamen, über solche, denen sie misstraute, redete sie lautstark in der 3. Person, machte besserwisserische, bissige Bemerkungen, die die anderen hören konnten, ohne direkt angesprochen zu sein. Ein passives, abwartendes Verhältnis zur Welt sei ihr unerträglich, so eine stille, beklommene, sich von den Menschen abwendende Haltung, die sich zwangsläufig in Attitüden und Plattitüden erschöpfe, finde sie langweilig und ungesund, aber gleichzeitig irritierend, ja unheimlich und gefährlich, sie müsse solche Leute aufscheuchen, wer nichts zu verbergen habe, der nehme am gesellschaftlichen Leben teil, äußere sich, sei offen und optimistisch und halte mit nichts zurück. Früher hätte sie sich nicht getraut, in aller Öffentlichkeit anstandslos vorlaut und unverschämt zu sein, jetzt stieß sie ihre Umwelt vor den Kopf und die Leute fürchteten ihren Gefühlsüberschwang, ihre spitzen Kommentare und ihren Witz, ihr Denken hatte an Geschwindigkeit gewonnen, sie hatte nicht genug Lippen und Münder für all die Zungen, in die sich die ihre spaltete und von denen jede etwas anderes zu benennen, zu kommentieren, zu sagen hatte. Dann verlor Troll die Lust, der launischen Unstetigkeit seiner ehemaligen Erziehungsberechtigten zuzuhören, von altklug bis sentimental kam sie ihm peinlich und unzurechnungsfähig vor, oft verlor er die Geduld, wollte sie auf einen Gedanken festnageln, indem er sie unterbrach oder ihr scharf widersprach, mit solchen Angriffen auf die Arena ihres Geistes erreichte er aber genau das Gegenteil, ihr sprechender Austausch mit der Welt, ihre Denk- und Sprechbewegungen wurden immer schneller und vervielfältigten sich. Troll versuchte herauszubekommen, mit wem sie eigentlich sprach, wogegen sie ansprach und aufbegehrte, was sie zerreden, welche Zwänge sie zersetzen wollte, sie war ein Schlachtfeld sich widersprechender Beweggründe, auf dem viele Scharmützel, Grabenkämpfe und Gefechte gleichzeitig stattfanden, deren Stoßrichtung und Fronten gar nicht zu durchschauen waren, sie aber hatte dabei Kräfte gebündelt, hatte ihre Entscheidungsschwäche überwunden und war ins Altersheim umgezogen, um ihre Disziplinlosigkeit, ihren Mangel an

Motivation, aus den bestehenden Lebensbahnen auszubrechen, ihre Bequemlichkeit und Feigheit, die sich aus einem Gefühl von Sinnlosigkeit, Ohnmacht und Schuld gespeist hatten, hinter sich zu lassen.

Einer mondgesichtigen Kopfhaut, die auf einen Kürbis gespannt war, hing die Zunge über die weit geöffneten Lippen, die wie ein Einweckgummi abstanden und nach Wasser zu lechzen schienen, angesichts der Zunge dieses wächsernen, fleckigen Hautballons erinnerte sich Troll daran, wie er es den Jungen seiner Klasse hatte zeigen und sich ihren engstirnigen, künstlichen Ritualen nicht hatte unterordnen wollen, bloß um zu ihrer Gruppe zu gehören, deren Gebaren ihm steinzeitlich, menschenunwürdig, ja tierisch vorkam, als sie bei einem Spaziergang auf das Freiland hinter dem Schulzaun eine Bande gründeten, bei deren Beitrittsritual die Zunge des Neulings die eines der beiden Anführer berühren musste. Die begleitende Kunstlehrerin sah amüsiert zu, wenn sich die Zungen der Jungen nicht im Mund-, sondern im Luftraum trafen und es dem neuen Mitglied anschließend erlaubt war, den Lagerbezirk zu betreten, der zwischen Haselnuss- und Holunderbüschen gelegen, von umgestürzten Weidenstämmen, -strünken und abgebrochenen Ästen eingegrenzt war. Die Bandenmitglieder, zu denen mit einer Ausnahme nur Jungen gehörten, da die Mädchen das Bandenspiel uninteressant, die massenhafte Leckerei abstoßend fanden, liefen oder saßen herum, ohne etwas zu tun, was die Bezeichnung einer Bande verdient hätte, die sich in der Vorstellung des Jungen durch zielgerichtetes Eingreifen und heimliche Machenschaften, aber nicht durch solches orientierungs- und gefahrloses Herumhängen auszeichnete. Wie Sektenführer mussten die beiden Anführer ihrem Gefolge mit ihren Zungen einen berauschenden, Träume und Phantasien anregenden Saft verabreicht haben, der im heiligen Hain der Eingeweihten Verkehr mit dem Göttlichen ermöglichte, wie die vom süßen Saft des Lotos benebelten Genossen des Odysseus glaubten sie, im Paradies angekommen zu sein, und verschoben die Heimkehr, vergaßen die Heimat und schließlich überhaupt die Möglichkeit einer Rückkehr. Der Junge hätte sich gern einem der Mädchen auf Zungenlänge genähert, aber nicht den zwei Anführern, die sowieso nicht zu seinen Freunden zählten und durch ihr aufmuckendes, unruhiges Benehmen zu den Schülern gehörten, mit denen – wie er dem Verhalten von Eltern und Lehrern entnehmen konnte – der Umgang eher zu vermeiden war, obwohl der eine Kirchenbauer hieß und hier seinem Namen alle Ehre machte, indem er wirklich eine sektenähnliche Gemeinschaft ins Leben gerufen hatte, außerdem trug er den Vornamen eines der Evangelisten, sein Mitanführer den des ungläubigen Apostels, der sich von seinem Erlöser abgewandt hatte und einer eigenen Heilslehre gefolgt war. Dennoch schien es dem Jungen schließlich doch erstrebenswert, in die Gruppe aufgenommen zu werden, zu der überraschenderweise mittlerweile alle Jungen der Klasse, selbst sein eigenwilliger Freund Clemens, gehörten, schon um nicht vor der Baumabsperrung allein mit der Lehrerin zu stehen, der er bereits die Seiten seines Schreibblocks gezeigt hatte, den er als einziger der Klasse mit nach draußen genommen hatte, um die Linien mit Buchstaben zu füllen, ohne dazwischen Abstände zu lassen und überhaupt darauf zu achten, dass die Schriftzeichen sinnvolle Kombinationen ergaben. Er reihte die Buchstaben aneinander, die ihm gerade in den Sinn kamen, versuchte abzuwechseln oder wiederholte absichtlich Buchstaben, fügte möglichst viele Konsonanten oder Vokale aneinander, die schwer lesbare Zungenbrecher und lustige Lautfolgen ergaben, die die Lehrerin, als sie ihn als letzten Jungen außerhalb des Bandenbezirks mit Papier und Bleistift beschäftigt sah, vorzulesen versuchte, was den Jungen auf die Idee brachte, sich der Bande als Schreiber anzubieten. Ohne eine Vorstellung zu haben, was es zu schreiben geben sollte, stellte er sich vor, er würde geheime Zaubersprüche komponieren, die die Bandenmitglieder zu murmeln hätten, um die Wirkung des beglückenden, erleuchtenden Zungensaftes zu verstärken, Orakelsprüche, die sie vor Gefahren schützen und ihnen eine glückliche Zukunft weisen würden, heilende Worte, die befreiten, und sei es aus dem leidigen Schülerleben, Wunderworte, die richtig betont nichts benannten, sondern auf wundervolle Art wirkten, zu deren Niederschrift die kaum lesbare, an magische Zeichen erinnernde Handschrift von Clemens eigentlich besser geeignet gewesen wäre als die seine. Zumindest überzeugte die beiden Anführer der Vorschlag sofort und sie nahmen ihn in die Bande auf, ohne seine Zunge an den ihren zu reiben, wurde er dank Bleistift und Papier durch die Baumschranke gelassen, hinter der seine Zaubersprüche ihre Wirkung nicht mehr entfalten konnten, da die Lehrerin zum Aufbruch rief, als wollte sie verhindern, dass sich die Schüler, der Wirkung seiner Buchstabenreihen ausgesetzt, weigern würden, ins Schulgebäude, ja ins schulische Leben überhaupt zurückzukehren, als hätte der Wundersaft der Zungen und die Wunderkraft der Wörter den Schülern eine ganz andere, grundsätzliche Bildung zuteil werden lassen, die den Besuch irgendeiner Schule erübrigt hätte, weil die Kinder im Unterholz des Haselnuss-, Holunder- und Weidenhains mit Kräften der Natur in Berührung gekommen wären, von denen sie die Schule und Erziehung abgeschnitten hatten. Und jetzt stand Troll vor diesen Köpfen, die er nicht einschätzen konnte und denen er sich gerne zum Fraß vorgeworfen hätte, weil sie ihn zwangen, sich an die Bilder des Fotobuches über die Indianer am Rio Xingu zu erinnern, was ihm unangenehm, ja peinlich und schmerzhaft war, denn er war seinen Ursprüngen, der sein Leben bestimmenden Künstlichkeit in keiner Weise entkommen oder auf den Grund gegangen, aber die Köpfe bewegten ihre Kiefer nicht, setzten nicht zum Angriff an, auch die Schädel mit abgeschlagenen Hinterköpfen, denen wie verhexten Vögeln ovale, spitz zulaufende Feuersteinklingen als Schnäbel aus den Gesichtern ragten, stürzten sich nicht auf ihn, um ihn zu zerhacken und ihm die ebenso riesigen, flachen Klingen ihrer Zungen ins Herz zu stoßen, die fast die ganze Breite des Mundes ausfüllten und die sie so angestrengt hervorstreckten, dass die riesigen Pupillen aus ihren Augenhöhlen hervortraten und ihn eulenähnlich, verschlagen anstierten, um wenigstens durch ihre hämischen, lüstern gierigen Sehlöcher den auf ihnen lastenden Fluch auf ihn zu übertragen.

Plötzlich wiederholten sich Köpfe, die auch in anderen Sälen ausgestellt waren und Kopien sein mussten, wenn die bereits gesehenen Schädel die Originale und nicht auch nur Reproduktionen waren, was Troll herauszufinden versuchte, indem er lange von einem Zimmer ins andere ging, um die Stücke genau anzusehen und zu vergleichen, ob er erkennen könnte, welche Exemplare Nachbildungen waren, ob sich die Schädel wirklich glichen oder er nicht doch Abweichungen oder Fehler im Material bemerken würde, die Köpfe, deren Gruppierung vorher noch einer gewissen Ordnung zu folgen schien, standen jetzt durcheinander, als ob die Geschichte nach Belieben immer wieder anders erzählt werden könnte und sich ständig wiederholte, Troll versuchte, bei zwei identisch anmutenden Schädeln mit kreisförmig, blau bemalter Stirn herauszufinden, ob sich die Einschläge neben der mit einer Frucht verstopften Augenhöhle und die Pflanzenbänder, mit denen Unter- und Oberkiefer verschnürt waren, haargenau glichen, zwei dunkelbraun verklebten Schädeln ohne Unterkiefer waren Schnüre über Augen und Stirn gewickelt und an beiden Schläfen je ein Vorhängeschloss angebracht, die für Trolls Augen bis zu den Rostflecken genau übereinstimmten. Er verglich, ob die Schneidezähne von zwei kleinen, schwarz angelaufenen römischen Silberschädeln mit beweglichen, offenstehenden Unterkiefern gleich stark abgewetzt waren oder ob zwei Köpfe, deren vordere Zähne aus den Kiefern herausgebrochen waren, wirklich bis in die kleinsten Brüche und Strukturen dieselbe erschreckend rote Tonschicht bedeckte, mit der ein Teil des Gesichts nachmodelliert war, schließlich meinte er bei den rot verschorften, von einer weißlichen, ockerbraunen Masse umgebenen Augen kleinste Unterschiede zu erkennen. Die zwei Versionen des mit einem gewaltigen Eisendorn durchstoßenen Hinterhauptes, die Ritzungen und die Krakeleien der Schädelnähte sahen für ihn jedoch gleich aus, das auch laut Kustos mit bloßem Auge nicht zu identifizierende Original habe als Beuteschädel einst eine Hauswand oder einen Eingangsbalken geschmückt, denn mit einem Ahnenschädel wäre man wohl anders umgegangen. Ununterscheidbar waren für Troll ebenso die beiden kleinen, männlichen

Holzfiguren mit großen geschlossenen Augen, denen ein erdig verklebter Schädel so über Beine, Geschlecht und Bauch gebunden war, dass die Zähne des Schädels dem Mann an der Kehle saßen, während zwei andere Figuren für seine Augen den gleichen kieferlosen Schädel wie einen herabhängenden Buckel oder ein Geschwür auf dem Rücken trugen, immer wieder lief Troll zwischen zwei Schädeln mit Holzplatten in den Augenhöhlen und einem Nasenhorn, das sich bedrohlich aufrichtete, hin und her, begutachtete zwei Trinkgefäße, an die verzahnte Schädel ohne Unterkiefer gebunden waren, und sah sich genau die Schädel einer dreiköpfigen Familie an, die 6000 vor Christus in einer Höhle auf der Schwäbischem Alb bestattet worden war. Mit müden Augen stand er vor Schädeln, die mit Muscheln, großen Metallstücken und Bändern geschmückt waren, Schädeltrommeln und Bettelschädelschalen, neben geschwärzten, mit Kaurimuscheln und Kerzen verzierten Köpfen und einem Schädel, den Bleieinlegearbeiten wie flechtenähnliche Tätowierungen überzogen, erblickte Troll wieder den Miniaturschädel aus Alabaster, von dem der Kustos behauptete, er veranschauliche die Theorie der Wahrnehmung und Seele von Leonardo Da Vinci, die Troll genauer erklärt haben wollte, da lachte der Kustos schrill, stierte ihm in die Augen und rief, die Augen seien das Tor zu Seele. Troll konfrontierte ihn damit, dass Ausstellungsstücke zwei-, ja dreimal ausgestellt seien, aber dennoch für ihn echt aussähen, worauf der Kustos zur Antwort gab, er könne, selbst wenn er wollte, nicht für Aufklärung sorgen, da er die ausgestellten Köpfe nicht auf ihre Echtheit überprüfen dürfe und daher nicht mit Sicherheit feststellen könne, ob es sich um eine Kopie oder Fälschung handele, die nicht unbedingt zu Ausstellungszwecken, sondern, alte Kulturtechniken imitierend, einmal zum Verkauf hergestellt worden sein könnte, wie es bei Schrumpfköpfen zu einer Zeit geschehen sei, in der man an Tote leichter habe herankommen können und es einen Markt für solche Absonderlichkeiten gegeben habe, an deren Echtheit die Käufer zweifellos geglaubt hätten, denen die Vorstellung, den Kopf eines einmal lebendigen Menschen zu besitzen, wohl Nervenkitzel bereitet habe, solange er nicht zur eigenen Familie gehörte.

Troll nahm sich immer wieder vor, den Hausmeister zu fragen, wie er zu dieser außergewöhnlichen Mütze gekommen sei, obwohl er gegen den Mann einen unbestimmten Groll hegte, der ihn, wie er sich einredete, nicht angemessen behandele und sich im Kopfmuseum sowieso alles herausnehmen könne, diesem verschwitzten, mit Hetze seine Faulheit kaschierenden Hausmeister sagte Troll eines Tages wirklich, dass die Mütze bemerkenswert sei und er den Mut bewundere, täglich diese Kopfbedeckung zu tragen, die – er müsse entschuldigen – doch bestimmt von seiner Mutter stamme. Der Hausmeister lächelte, als hätte Troll ihn durchschaut, und sagte, dass dieser Hut, denn es handele sich selbstverständlich nicht um eine Mütze, sondern einen Pelzhut, ja offensichtlich nicht der eines Bikers oder Truckers sei, von denen doch dickere Fellschwänze getragen würden, sondern ein Damenhut, der ihm wirklich von seiner Mutter vermacht worden sei. Während der Hausmeister sonst immer kurz angebunden war, Troll möglichst auswich und vermied, ihn auch nur anzusehen, wurde er jetzt gesprächig und vertraute Troll an, dass dieser Hut ein Familienerbstück sei, das sein Vater seiner Mutter aus dem Fell eines Fuchses habe anfertigen lassen, den er, als Stadtjäger tätig, eigenhändig geschossen habe, als das Tier den Menschen durch seine Angriffslust gefährlich geworden sei. Der Hausmeister bezweifelte, dass der Vater den Fuchsschwanz nicht in voller Länger an die Mütze habe anbringen lassen, weil er beschädigt gewesen sei, sondern weil ein solches gewaltiges Anhängsel nicht zu einer Frau passe, der Kürschner habe den Hut stattdessen mit diesen zwei kürzeren Fellwürsten verziert, in die er den Schwanz des gejagten Tieres geteilt habe. Als Kind habe ihn die Perfektion des Kürschners beunruhigt, der das Fell so perfekt verarbeitet habe, dass keine Ränder, keine Unregelmäßigkeiten zu sehen seien, er hätte gern Stücke der Ohren, Kiefer, Vorder- und Hinterläufe und sogar Krallen gesehen, die ihm bewiesen hätten, dass es wirklich ein einmal lebendiges Tier gewesen sei, aber der Kürschner habe alle Spuren des tierischen Körpers verschwinden lassen, sodass er nicht sagen könne, ob er die zweite Fellwurst etwa aus dem oberen Teil des Schwanzes oder doch aus Fellresten zusammengesetzt habe. Jedenfalls habe sein Vater seiner Mutter keinen gewöhnlichen Fuchshut geschenkt, der auf dem Kopf dieser kleinen Frau mächtig ausgesehen und von ihr mit großem Stolz getragen worden sei, auch er habe sich ihn schon als Kind heimlich aufgesetzt, um sich als Trapper und Indianerfreund zu fühlen, der Troll in seiner Kindheit wohl auch gewesen sei, was diesen peinlich berührte, er fühlte sich durchschaut und ihm kam nicht nur der Geruch des Hausmeisters aufdringlich vor, als hätte er ihn als Aufnahmeritual in seine Bande zum Zungenkuss aufgefordert.

Troll hatte einmal ein Foto seiner Großmutter als Mädchen in die Hände bekommen und war von ihrer

Schönheit überwältigt gewesen, die er in seiner Familie nicht erwartet hätte und ihn an eine südeuropäische oder orientalische Prinzessin oder eine indianische Häuptlingstochter erinnerte, auf dem Schwarz-Weiß-Foto nahm der Junge etwas wahr, was ihm bis dahin in seiner Verwandtschaft entgangen war, er stellte sich vor, die Großmutter hätte aus einem fremden Land in die aus Schlesien stammende Familie des Großvaters eingeheiratet, sie wäre eine Prinzessin aus dem 13. Jahrhundert, die mit dem mongolischen Heer an die Oder gelangt und mit siebenhundert Jahren Verspätung plötzlich im Stammbaum aufgetaucht wäre, ihre dunklen Augen, die wie ihre schwarzen Haare etwas Indisches hatten, musste mehr als der Anblick brandenburgischer Felder und der Berliner Görenalltag um 1910 zum Leuchten gebracht, ihr Lächeln sich noch über etwas anderes als den üblichen Schabernack gefreut haben, ihr Gesicht spiegelte eine Welt von Göttern, in die sie blickte und von der eine deutsche Familie nichts wissen konnte. Die Großmutter, deren fremdländischer Eindruck auf späteren Fotos ein großer Leberfleck auf der Oberlippe verstärkte, den sie sich wohl irgendwann hatte entfernen lassen, erkannte der Enkel aber in dem Mädchen sehr wohl wieder, ihr Lächeln und ihre Eleganz, ihre verschmitzten Augen und ihre dunkle Haut, die vielleicht nur dem vergilbten Abzug geschuldet war. Die Großmutter war jedenfalls meistens gebräunt, da sie sich mit einem orangen Koffersolarium bestrahlte, wenn die Farbe verblasste, die sie auf einer ihrer vielen Weltreisen, wie sie zu sagen pflegte, in sonnige, ferne Länder bekommen hatte, aus denen sie Postkarten schrieb, Briefmarken, Batikbilder von Giraffen und Elefanten, geschnitzte Nashornschlüsselanhänger, arabisch beschriftete, mit leuchtenden Farben verzierte Teller, kleine Zierfiguren oder ein Salatbesteck aus Holz mit Antilopengriffen, wertvolle Steine und anderes mitbrachte, was – selbst wenn es sich dabei auch schon für den Jungen um offensichtlich touristische Mitbringsel handelte, die nützlich oder auch unterhaltsam sein sollten – wenigstens aus diesen fremden Ländern stammte, danach roch und eine gewisse Atmosphäre verbreitete, die ihm unbekannt war. Immerhin in Mexiko erstand die Großmutter, die nicht bis nach Brasilien kam, einen silbernen Zuckerlöffel, der, mit einem aztekischen Labyrinth verziert, einen grünen Stein als Griff hatte, und nach ihrer Rückkehr zeigte sie dem Enkel Fotos von den Pyramiden der Maya auf Yukatan und den riesigen Steinköpfen, die sie dort gesehen und fotografiert hatte und die dem Jungen nicht mehr aus dem Kopf gingen. Die Reiselust der Großmutter, die Art, von ihren Weltreisen zu sprechen, die nach Expedition, Abenteuer, aber auch Lebensfreude klangen, und ihr offensichtliches Glück, unterwegs zu sein, bestärkten den Enkel in seiner Vorstellung, ein besseres, ja das eigentliche Zuhause müsse irgendwo anders, an einem anderen Ende der Welt zu finden sein, wohin auch die geheimnisvolle, undurchschaubare Schönheit der Großmutter wies, deren Spur in die Fremde zu verfolgen war, um mit ihrem Ursprung auch den seinen bestimmen zu können. Erst später erfuhr der Junge, dass der Großmutter ihre vom Vater geerbten dunklen Haare verhasst gewesen waren, die ihr ein unangenehm auffallendes, ausländisches Aussehen verliehen, dass sie nichts lieber als blonde Haare auf dem Kopf gehabt hätte, auf die sie nicht nur bei ihrem Mann, sondern auch bei ihren Töchtern stolz gewesen war, als wäre ihr so unbescholtener Ruf wiederhergestellt worden.

Die Härte des Kustodenakzents gab dem Gesagten einen autoritären, gleichzeitig aufdringlichen, rechthaberischen, ja bedrohlichen Ton, der keinen Widerspruch, und sei es aus Unkenntnis, ungenauem Zuhören oder Missverstehen, zuließ und jeden Zweifel im Keim erstickte, die Worte, deren Aussprache etwas Militärisches, etwas über Tod und Leben Entscheidendes hatten, bekamen eine solche Schwere, dass die Satzteile auseinanderzubrechen drohten, innere Regungen waren nicht einmal an den Mundwinkeln oder Fingern des Sprechenden zu erkennen. Eine Schlächtergestalt war der Kustos aber keineswegs, wie die Härte der Aussprache erwarten ließ, sondern eher unscheinbar und zurückhaltend, wenn auch etwas geduckt und misstrauisch, er blickte Troll mit wachen, farblos stechenden Augen an, die mehr tierisch als menschlich waren, dieser Kustodenakzent war so stark, dass Troll unwillkürlich genauer den Sätzen lauschte, ob denn das Gesagte Hand und Fuß habe, ob jemand, der mit einem so starken Akzent sprach, überhaupt der deutschen Grammatik mächtig sein könne oder ob sich eine korrekte, gar perfekte Grammatik nicht automatisch reinigend auf die Aussprache auswirken müsste, erforderten doch solche Grammatikkenntnisse in der Praxis ein tiefes Verständnis der deutschen Sprache, das die Aussprache nicht vernachlässigen durfte. Die Sätze bildeten sich in dem Kustodenmund zögernd, manchmal entstanden längere Pausen, die Silben und Buchstaben wurden in die Länge gezogen, dennoch war die Grammatik einwandfrei, die Syntax nicht zu kompliziert, klar und gut verständlich. Beim Bewerbungsgespräch hatte Troll den Akzent des Kustos als russischen identifiziert, woran ihm Zweifel kamen, als er später am Telefon dessen Stimme hörte, die ihm seine Anstellung bestätigte und plötzlich ein türkisch gefärbtes Deutsch zu sprechen schien, sodass Troll dachte, er habe sich vielleicht beim ersten Mal getäuscht, als er mit dem Kustos direkt gesprochen hatte, dessen Stimme, wenn ihn seine Erinnerung nicht täuschte, fernmündlich ganz anders klang, vorausgesetzt, dass es sich um denselben Kustos handelte, mit dem er auf jeden Fall das gleiche Vorwissen teilte und die Ähnlichkeit beim Wiedersehen allzu groß war. Schließlich meinte Troll in der Stimme des Kustos, die sich nicht verstellt haben konnte, einen dritten Akzent zu erkennen, zuerst nahm er durch den russischen Akzent wieder den türkischen wahr, der sich, von dem russischen überlagert, durch diesen hindurch bemerkbar machte, wobei unklar blieb, ob der eine wirklich türkisch und der andere eindeutig russisch war und nicht noch andere Akzente auf das Deutsche abfärbten, denn je länger er der Kustodenstimme zuhörte, desto mehr vernahm er einen weiteren Akzent, der die zwei ineinandergreifenden Akzente unterspülte, als ob wirklich mehrere Kustoden aus dem einen sprächen, artikulierte sich der Kustos in einem Deutsch, das wie mehrere fremde Muttersprachen gleichzeitig ausgesprochen wurde. Troll fragte sich, ob er diese Abweichungen nur in die Sprechweise des Kustos hineinhörte, der doch ein ganz vorschriftsmäßiges Deutsch, wenn auch mit einer auffälligen, vielleicht auch noch dialektgefärbten Betonung und besonderer Stimme sprach, die Troll nicht geheuer vorkam, ihn verunsicherte, ja ihm Angst machte. Die verschiedenen Sprachen, die als mehr oder weniger wahrnehmbare Akzente in Erscheinung traten, erforderten eine hohe Konzentration und schienen auch den Kustos beim Sprechen zu stören, ihn abzulenken, von seinen Sätzen abbringen zu wollen, er vermochte dennoch, sie immer in seinen Sprechfluss einzubinden, ohne sie ganz zum Schweigen bringen zu können, sodass sie in seiner Aussprache nach- und mitklangen, wie Störgeräusche, die die Bedeutung der Wörter, die in ihrer ungewohnten, gegen die Regeln ausgesprochenen Form neu zu leben begannen, verzerrten oder schärften. Nachts in Trolls Träumen nahm die Verwirrung der Akzente babylonische Ausmaße an, wenn plötzlich spanische, latein- oder südamerikanische Laute zu hören waren, die sich dem Deutschen übergestülpt hatten, das von südwestafrikanischen Anklängen zerknittert, von amerikanischen wieder glattgebügelt und von arabischen perforiert wurde, sodass sich ein französischer Akzent in den Vordergrund schieben konnte und von einer Berbersprache verwischt wurde. Beim Aufwachen wunderte sich Troll, dass er im Schlaf wusste, wie Papuasprachen klangen, dass er allein am Akzent afrikanische Sprachen voneinander unterscheiden konnte, die aneckten und sich gegenseitig stützend übereinanderlegten, um in wechselnder Mundart klingende Reste deutscher Sprache unter sich zu begraben, die dann ein vietnamesischer Akzent auseinanderzog, sodass die ausgesprochene Fremdsprache Deutsch weitere fremde Akzente durchdringen konnten, die Troll, als verfügte er über ein absolutes Gehör, indianischen Sprachen zuordnete. Ein Akzent verleibte sich den anderen ein, einer schlüpfte in den anderen, maskierte sich damit, ein Akzent- und Stimmengewirr, ein Chor von gedehnten und gepressten Buchstaben und Silben, von aufgerauten, abgestumpften, zugespitzten, verdrehten, in die Höhe oder Tiefe gezogenen oder ausgelassenen Sprachlauten, von Missklängen, Irrtönen, phonetischen Verstellungen und Tarnungen, man musste nur lange genug warten, bis sich das von allen möglichen Akzenten durchdrungene Deutsche verwandeln würde, wenn es nicht von all diesen anklingenden Sprachen zerrieben würde. Mit dem Sinn drohte auch das nach deutschen Sprachregeln verbundene Lautmaterial zerredet zu werden, ohne dass Troll die Akzente aller Sprachen und deren dialektale Färbungen erkennen konnte, die dazwischenfunkten, andere untermalten, über- oder verstimmten, durchfurchten, bremsten, stauten, um sich hindurchzuschlängeln, und so die Ausführungen des Kustos über den Rand des Verständlichen drängten, seine Worte lösten sich in einer Wolke von Akzenten auf, die das Deutsche jederzeit aus den Angeln heben konnten, auch wenn es vorgab, fest im Sattel der Grammatik zu sitzen. Aus dem Maskentanz wurde ein Totentanz des Deutschen, das die Akzente durchlässig, löchrig, brüchig und porös machten, als sollte es weniger auf seine Verwandtschaft und seinen Austausch als auf seine Verträglichkeit mit anderen Sprachen und deren Vorstellungen der Welt, auf seine Aufnahmefähigkeit, seinen Anspruch auf Abbildung der Wirklichkeit, seine Spannkraft und Allgemeingültigkeit geprüft werden.

Kein amerikanisches, kein asiatisches, gar kein ausländisches Kind war in Trolls Klasse, Ausländer war, wer nicht schnell genug, zu laut oder zu leise, nicht aufgerufen oder nicht zum Thema gehörig sprach, wer ein-, zweimal, immer wieder dazwischenredete, um sich Gehör zu verschaffen, um überhaupt gehört, bemerkt, nicht übersehen und übergangen zu werden, war bereits durchgefallen, hatte nicht nur das Thema, sondern die Existenz verfehlt, jedem, dessen Mundwerk nicht in das Vorgeschriebene einstimmte, wurde der Mund verboten, und es häuften sich neben seinem

Namen die missmutigen, neonfarbenen Gesichter, die auf eine Liste hinter dem Pult aufgeklebt wurden, um das Betragen zu bewerten und vor Eltern und höherer Stelle Beweise zu haben. Aus diesen grellen Gesichtern quoll es, als versagte Trolls Gedächtnis seinen Dienst, plötzlich weiß hervor, aus der Knochenöffnung der Nasen, in den Augenhöhlen, über der Stirn bis zu den Ohren kroch weißlich graues Getier, das weniger Maden als vollgesaugten Zecken und Käfern, dann Zähnen von Kleinkindern oder Kleintieren, Insekteneiern oder schimmelnden Beeren glich, aber eigentlich Muscheln waren, die mit hervorquellendem Teer oder schwarzer Erde in die Höhlen eines der Schädel geklebt waren, die Troll besonders beunruhigten. Am oberen Kieferknochen verknotete Schnüre, zwischen denen Muscheln aufgereiht waren, liefen über die Stirn und endeten in Klumpen teerverklebter Muscheln, an denen braunschwarzes Gefieder, Fell und Haare hingen, kein gewaltiger Rotzfaden, keine vertrocknete Nabelschnur und auch kein Reptil, das in den Schädel einzudringen oder daraus zu fliehen versuchte, hing aus der Teer verklebten Nasenhöhle über dem fast zahnlosen Mund, sondern ein aus Blättern geflochtenes Band, das den schmutzig verdunkelten, dennoch wie gerade abgenagt, fast wie Plastik glänzenden Schädel zum Schweigen hatte bringen sollen, aber durchgebissen worden war. Ausländer in der Klasse war auch der einzige Schüler, der nur der bayerischen Mundart mächtig war und dem es, zum Hochdeutschen gezwungen, die Sprache verschlug, er schnappte nach Luft, die Widerstand geboten hätte, Laute und zusammenhängende Lautfolgen zu formen, Wörter und Sätze zu artikulieren, der Mund zuckte wie im Krampf, seine angespannten Kiefer schoben die Zahnreihen hin und her, die Zunge stach hervor und zuckte, als hätte ein unsichtbarer Angelhaken sie durchstoßen und risse sie in verschiedene Richtungen aus dem Mund, aus dem nichts mehr erklang, denn seine Rede- und Ausdrucksweise war untersagt und verpönt, es gab nichts aus seinem Mund, was für wert befunden wurde zu ertönen, gehört, geschweige denn verstanden und ernstgenommen zu werden. Der Kopf warf sich über seinem Jeanshemd mit bunten Westernstickereien hin und her, als würde er geohrfeigt, hinge am Strang, von dem er sich durch äffische Akrobatik, Clownerie, Unverschämtheit und Selbstanklage zu befreien suchte. Sein Dialekt durfte bestenfalls hinter verschlossenen Türen mit seinesgleichen gesprochen oder als fachmännisch klingende, kundenwirksame Geschäftssprache eingesetzt werden, was selbstverständlich die Kenntnis der deutschen Hochsprache in Grammatik und Aussprache voraussetzte, die bei manchen Schülern an Ordnungsmacht verlor, je weiter sie sich vom Schulgelände entfernten, dann wechselte ihre hochdeutsche Schulausdrucksweise in Dialekt, der Troll zuerst wie ein Versehen, ein zu belächelnder Versprecher erschien, bis ihm aber bei der derben, offenherzigen Ausdrucksstärke der Mundart sein bereinigtes Hochdeutsch im Hals stecken blieb. Hörte der traditions- und mundartlos aufgewachsene Troll jemanden Dialekt sprechen, hatte er weniger ein Gefühl von Heimat, als das von Heimatlosigkeit und Enge, zeigte diese mündliche Ausdrucksweise doch die Grenzen der Freundschaft an, denn die offensichtlich vertrauenswürdigen Kinder von Zugezogenen durften sich bei ihm zu Hause zeigen, während er sich neben die anderen nicht einmal in der Schule setzen durfte, die mit Langsamlernern oder Rechtschreibschwachen, etwa seinem Freund Clemens, auf einer Stufe standen. Der des Hochdeutschen mächtige Schüler durfte nicht von seiner Bahn abgelenkt werden, die ihm zwar vorherbestimmt war, um die er aber kämpfen, für die er etwas opfern musste, übermütiger Zungenschlag bedrohte das vernünftige Sprechen, mundartliche Töne klangen verdächtig, verrieten die Natur von Familie und Herkunft, die bei Troll unterdrückt worden oder verloren gegangen war. Diese Missbildung des Deutschen durfte nicht bei Tag ertönen, war ein Sprechen der Nacht, da der Vater dieses einzigen offen bayerisch sprechenden Schülers als Nachtarbeiter sein Geld verdiente, war seine Art des Ausdrucks eine des Dunkels, des Unkorrekten, eigentlich Illegalen und Unmoralischen, denn nachts wurde geschlafen und nicht gearbeitet. Die Söhne waren so bleich wie der Vater, dessen Schattendasein auf die ganze Familie abfärbte, die als verwahrlost und unzuverlässig galt, deren Sprache bestenfalls die eines Fußballers sein konnte, wie der jüngere Sohn einer werden wollte, dessen Karriere nach einem Fahrradunfall endete, da seine Beine, während der Kopf heil blieb, mehrfach gebrochen waren. Anstatt mit dem Leben davongekommen zum zeitweiligen Helden aufzusteigen, wurde das Unglück auf seine Unvorsichtigkeit und seinen Übermut zurückgeführt, es schien eine Art Logik des Schicksals zu wirken, eine grausame, aber gerechte Strafe, da er versucht hatte, sich etwas zu nehmen, was ihm nicht zustand, schon das angeberische Fahren eines teuren Rennrades, das die Mittel eines nachts Arbeitenden übersteigen musste, war bedenklich, aber dann hatte er noch ausbrechen, aufsteigen, auf fragliche Weise zu Erfolg und Geld kommen, ein Hobby zum Beruf machen wollen, was scheitern musste.

Die Köpfe standen in unklaren Beziehungen zueinander, die der Betrachter nicht zu entschlüsseln vermochte, indem er sich Szenen von Auseinandersetzungen, Kämpfen, Wettstreit und Spott, von vorsichtiger, erregter und gieriger Annäherung oder liebevoller Begegnung ausmalte, er fühlte sich hinters Licht geführt, hatte das Gefühl, den geheimen Absichten eines zwielichtigen Privatgelehrten, eines Besessenen auf den Leim zu gehen, dessen Sammelwut gewaltig sein musste, wenn er all diese Köpfe allein zusammengetragen hatte, der Museumsbesucher fühlte sich überlistet, da an den Ausstellungsstücken, selbst wenn es keine Originale und nur nachgeäffte Menschenköpfe waren, etwas Wahres dran sein musste, sonst hätten sie ihn nicht so in ihren Bann gezogen, am Ende musste es eine Auflösung dieses Falls geben, der sich im Lauf des Ausstellungsrundgangs klären würde. In dieser beunruhigenden, irgendwie auch verheißungsvollen Atmosphäre geriet der Besucher in eine aufgeregte, ängstliche Erwartung, die sich mit einem mulmigen, misstrauischen Gefühl mischte, schließlich stand immer wieder in der Zeitung, dass die Polizei bei der Museumsleitung vorstellig wurde, ohne dass zu lesen war, worum es ging, nicht einmal ob die Beamten zur Zollbehörde, Steuerfahndung oder zum Morddezernat gehörten. Der Besucher befürchtete, auf dem Weg in das Laboratorium eines untergetauchten, mit Mensch und Tier experimentierenden Wissenschaftlers zu sein, der mittlerweile all die hier ausgestellten Techniken, Schädel zu konservieren, zu mumifizieren und zu verzieren, beherrschte, und an dem in die Falle gegangenen Besucher würde er eine neue Technik erproben und ihn zu einem Stück der Sammlung machen.

Den Kustos konnte sich Troll ebenso als einen Mann fürs Grobe wie fürs Feine, ebenso als ehrenwerten Wissenschaftler, der sich verantwortungsvoll seiner ethischen Grundsätze bewusst war, wie als Verbündeten der Mafia vorstellen, der für den Sammler illegale Geschäfte in verschiedenen Sprachen abwickelte, je nach dem Land, aus dem die Mittelsmänner und Zwischenhändler kamen. Troll war sicher, dass die eigentlichen Geschäfte hinter der Fassade dieses Schädelmuseums stattfanden, dessen Depot sich nicht allein durch den Ankauf von Einzelstücken, sondern ganzen Sammlungen gefüllt haben musste, schließlich war es nach den Diskussionen in den letzten Jahren über die Rückgabe von deutschen Beuteschädeln und Kriegstrophäen gut möglich, dass sich nicht nur private Sammler aus der Verantwortung stahlen, sondern sich auch öffentliche Sammlungen, ohne Aufsehen zu erregen, von ihrer im Keller gelagerten Vergangenheit trennten, um sich weitere Scherereien zu ersparen und gleichzeitig ihren Haushalt zu sanieren. Zweifellos habe jeder Mensch nach dem Tod, sagte der Kustos, als er Trolls missmutigen Gesichtsausdruck sah, das Recht auf eine angemessene Behandlung, eine Bestattung und das Andenken der Nachkommen, die wissen sollten, wo und wie der Verwandte gestorben sei, was nur durch Dokumente und moderne Untersuchungsmethoden zu rekonstruieren sei. Selbst wenn die Herkunft eindeutig nachgewiesen werden könne, sei eine Rückführung kein leichtes Unternehmen und könne Jahre dauern, denn es gebe immer noch politische Hürden zu überwinden, die Stücke müssten Vertretern eines Landes, eines Volkes und der jeweiligen Opfer und nicht einer Privatperson zurückgegeben werden, zwischenmenschliche Wiedergutmachung sei schon kein leichtes Unterfangen, hier müsste aber das Verhältnis zwischen Ländern, Kontinenten und Kulturen geklärt werden, was im Fall der Verhandlungen mit Namibia, außer der Rückgabe von Schädeln aus deutschen Sammlungen, auch die Anerkennung eines Völkermordes und entsprechende Entschädigungszahlungen bedeute. Aber eigentlich, sagte der Kustos grinsend, sollte er kein Interesse daran haben, dass die Köpfe an die Orte zurückgeführt würden, aus denen sie stammten, denn dann würde er entlassen und die Sammlung aufgelöst, deren Stücke die Aura einer allgemeingültigen, geschichtslosen Wunderkammer, eines die menschliche Existenz überhaupt betreffenden Kuriositätenkabinetts umgab, die Zeiten, aus denen die Köpfe stammten, verschwammen zu einer vagen Vergangenheit, die an Troll fast schmerzend zehrte, ihn unruhig, ungehalten machte und übersättigte, er hatte den Eindruck, dass ihn all das nichts angehe, ihm Zeit geraubt werde, die schwammig, unbestimmbar zu schädelähnlichen Gewöllen gerann, die hochgewürgt und ausgespuckt worden waren. Troll wurde schwindlig und sah, wie die Köpfe in den Wellen schaumigen Brackwassers an die Kante des Hafenbeckens der Geschichte schlugen, während er das immer bedrängendere Gefühl hatte, dass ihm etwas vorenthalten werde und durch die Lappen gehe, dass er vom Erkennen der eigentlichen Vorgänge und Zusammenhänge ausgeschlossen sei, in denen er dennoch zappele und die die Sammlung vorsätzlich vertusche.

Verglaste Wandschränke, die bis unter die Decke mit bemalten und beschrifteten Totenschädeln gefüllt waren, erinnerten an Abstellkammern humanistischer Gymnasien, in denen die teilweise unvollständigen Schaustücke für den Biologie- und Erdkundeunterricht falsch zusammengebaut standen, mit dem Pinsel waren in Frakturschrift Name, Beruf, Geburts- und Todesstunde, die Umstände des Ablebens und Sinnsprüche auf die Knochen aufgetragen worden, manche in Grün, Rot, Schwarz und Gold mit Pflanzenmotiven, Kränzen, Schlangen und Kreuzen, seltener mit Christus- oder Mariendarstellungen bemalt, andere durch Ritzungen markiert, die Anzahl der in den Schränken gestapelten Schädel war so groß, so eng lagen sie neben- und übereinander, dass die Beschriftungen und Bemalungen oft nur teilweise zu erkennen waren. Troll hatte das Gefühl, in Räume zu treten, zu denen der Öffentlichkeit der Zugang eigentlich hätte verwehrt sein müssen, in den ineinander übergehenden immer enger werdenden Zimmern wurde er das Gefühl nicht los, in die Wohnräume des Knochensammlers, Kopfjägers und Schädelpräparators vorzustoßen, in dessen beinahe gemütlichen Gemächern die Ausstellungsstücke auf und in Vitrinen und Bücherregalen standen und sich verstaubt auf Ess-, Schreib- und Nachttischen, Bänken und Betten oft dicht gedrängt stapelten, da die Stellfläche nicht ausreichte, häuften sich die Schädel auch auf dem Linoleum- oder Holzboden in Kisten und Schachteln. Anstatt modrig, ungesund und ekelhaft zu riechen, fehlte jeder Geruch, der an Ableben oder Verwesung gemahnt hätte, obwohl das Haltbarkeitsdatum der nicht museal gesicherten oder vakuumverpackten Skelettoberteile in den weder wohltemperierten noch abgedunkelten Räumen längst hätte überschritten sein müssen, die so eng und vollgestellt waren, dass der Betrachter den Trophäen bedenklich nahekam. Keine ausgestopften Tiere und Geweihe, sondern Gebeine hingen an den Wänden, als hätte jemand anstatt eines Portraits den Kopf der Großmutter ins Regal gestellt, was ebenso peinlich wie unheimlich war, befangen, neugierig und aggressiv machte, Troll, der sich fragte, ob all das für fremde Augen bestimmt war, die anmaßend in privaten Erinnerungsstücken herumstocherten, hatte Schwierigkeiten, Nachbildungen, Kuriositäten und Nippes von ethnologischen Stücken der eigenen oder einer anderen Kultur zu unterscheiden, die er als eigentliche Ausstellungsstücke von den anderen trennen und aussortieren wollte, um wenigstens in seinem Kopf Ordnung zu schaffen, wenn er sich schon nicht seiner unruhigen Hände bedienen durfte, um die glänzenden Rundungen der Schädel zu streicheln, den Staub abzuwischen und den Verhau zurechtzurücken. Die abgestellten Köpfe standen wie gestapelte Akten herum, deren Aufarbeitung der Sammler wohl kaum deswegen aufgeschoben hatte, weil er sich beim Anblick der Stücke schuldig fühlte, dass sie ihrem ursprünglichen Lebensraum entrissen und in eine neue Umgebung gezwungen worden waren, in der sie ihren geheimnisvollen, erregenden, exotischen Glanz verloren hatten. Troll irrte in seiner eigenen Gefühlswelt wie in einer geerbten, noch zu Lebzeiten ausgeräumten Großelternwohnung herum, in der er an einem geisterhaften Familientreffen teilnahm und sich ständig mit der Frage konfrontiert sah, wer wie hieß, wer wie mit wem verwandt war, wer denn alles dazugehörte, und nach Ähnlichkeiten zur eigenen Person und zu den nächsten Verwandten suchte, die sich ungeheuerlich über Jahrhunderte und Kontinente im Betrachter kreuzten, der es mit der Angst zu tun bekam, nur wegwollte, wofür es zu spät war, denn seine Befürchtungen, in einen Hinterhalt geraten zu sein, schienen sich zu bestätigen, als sich im vorletzten Raum dieselben Köpfe plötzlich verdreifacht, in Seitenprofil und

Frontalansicht vor ihm aufstellten, als hätten sie auf ihn gewartet, damit er sie verhöre und über sie richte. Dann wurde Troll aber klar, dass er sich in die Köpfe einzureihen hatte, denn auch er würde sich einer Vernehmung unterziehen müssen, bei der seine Aussagen gewissenhaft in einem Buch protokolliert würden, das samt dem daran befestigten Stift bereits auf einem Tisch lag, in den Ecken des Raumes standen auf Stativen Scheinwerfer und ein Fotoapparat, der ihn, wie bei Verdächtigen üblich, erfassen würde, bevor er in den Raum des Polizeipostens oder des Gerichts geführt würde, wo die Verhöre stattfanden, wenn nicht alle Maßnahmen in demselben Zimmer erledigt wurden, also auch die Untersuchung, bei der Maß genommen und überprüft würde, ob seine Angaben zur Person, zu Größe, Gewicht, Kopf-, Brust- und Beckenumfang, Augen- und Hautfarbe und besonderen Merkmalen des Gesichts mit den Tatsachen übereinstimmten, was kaum der Fall sein konnte. Als der in Bedrängnis geratene Besucher, der die Ankunft eines Richters, Polizeibeamten oder Amtsarztes fürchtete, eilig den Saal verließ, lief er an den aufgereihten Schädeln vorbei und fragte sich erst jetzt, wie es eigentlich möglich war, dass sie immer in dreifacher Ausführung vorgeführt wurden, als wandten sie vor Troll den Kopf, damit Fahndungsfotos von ihnen gemacht werden könnten, die aber, wie es Troll schien, gar kein Apparat, sondern allein sein eigener Blick erstellt hatte, der keines Negativfilms oder digitalen Speichers bedurfte, um den lebenden Kopf als abgetrenntes Körperteil sicherzustellen. Troll traute seinen mutwilligen Augen nicht mehr, die illustrative oder analytische, investigative oder demonstrative, ja provokative Zwecken zu verfolgen schienen, als wären die Schädel von der bildgebenden Technik der Augen aufgesaugt und jeder Dimension beraubt worden und als humanbiologischer Datenabfall in seinem erkennungsdienstlich arbeitenden Gehirn verschwunden.

Wenn er dann durch einen langen Gang schritt und einen mit hellgrauem Linoleum ausgelegten Trakt betrat, den Halogenlampen ausleuchteten und dessen Wände einfach verputzt und weiß gestrichen waren, konnte er durch heruntergelassene Jalousien weiße Gitter sehen, vor denen in Glaskästen je ein Schädel ausgestellt war. Also doch eine wissenschaftliche Sammlung, fuhr es dem Betrachter durch den Kopf, in dem eine unangenehme Konfusion entstand, hatte er doch gerade noch Angst gehabt, in das Kopfkabinett eines Psychopathen und dann in die Fänge von Justiz und Medizin geraten zu sein, schritt er jetzt erleichtert durch einen Teil des Museums, der klar, naturwissenschaftlichen Ansprüchen gemäß geordnet zu sein schien, auch wenn die Zusammenhänge unerklärt blieben, die zu verstehen es wohl großen Hintergrundwissens bedurft hätte, das dem Betrachter fehlte, den allein die Art, wie die Ausstellung aufgebaut war, zu einem Ungebildeten machte, ihn als einen Hinterwäldler und oberflächlichen Unzeitgemäßen bloßstellte, ihn zu jemanden machte, der vor Unkenntnis nicht hier und nirgendwo anders die angemessene Haltung annehmen, sich nirgends korrekt bewegen konnte und nie seinen Platz finden würde, weil er den falschen Kopf und den nicht am rechten Fleck trug.

Es war einmal ein Ritter, der ritt u. ritt, und wißt ihr wohin? Es setzte einem Schelm von Zauberer nach, der unter dem Vorwand Gold zu machen, ihm all sein Geld gestolen hatte. Er holte ihn auf der Heerstrase ein, forderte sein Geld und als es der Zauberer versagte, schlug er ihm mit einem Streich das Haupt ab. Nachdem der Ritter sein Geld zu sich genommen, wurde er gewahr, daß in einiger Entfernung das abgehauene Haupt aufrecht stand u. ihn starr ansah. Wie er aber ausholte, um solches von einander zu spalten, so kniete es nieder u. bat um Gnade, da der Ritter aber hiervon nichts wißen wollte, so ergriff das Haupt die Flucht, u. hüpfte u. sprang vor dem Ritter her. Wenn er mit Steinen danach warf, so parierte es aus, u. den Koth wischte es saüberlich von sich ab.

Sie kamen an einen Fluß, der Fluß war groß u. hatte keine Brücke. Da fing das Haupt an zu schwimmen u. zu rudern bis ans andere Ufer. Schon während des ganzen Wegs hatte es große Flecken Blut auf der Strasse gelaßen, u. jetzt bezeichnete ein langer blutiger Streif seinen Lauf durchs Waßer. Der Ritter überlegte also bei sich, daß er hieran als des Mordes Thäter leicht entdeckt u. in großen Verdruß kommen könnte, ließ es daher laufen u. kehrte um. Aber sogleich schwamm das Haupt herüber u. setzte seinerseits, hüpfend und springend dem Ritter nach. Dieser beschloß nun das vermaledeite Haupte zu erwarten, hielt still u. alsbald machte es auch Halt, er ging darauf los, es fing von neuem an auszureißen, er kehrte um u. es verfolgte ihn wieder. Endlich legte er sich zur Erde u. sagte hier will ich nicht wanken noch weichen, bis das Haupt einen Entschluß faßt.

Das Haupt blieb mitten im Wege und machte große Augen, ließ sich nicht überlisten und war immer auf der Hut, der Ritter mochte sich drehen wie er wollte, es blieb immer nach ihm gekehrt. Als es der Ritter beschwor, von ihm abzulaßen, so hub es an „ach Herr Ritter, es ist mir ganz wunderlich ums Herz“. Dem Ritter war nicht wohl zu Muth u. er sprach, wie er ihm helfen sollte? – Er müßte ihm den Leib mit warmem Flanell reiben – den habe er nicht – so müße er es umarmen!

Wie er aufstand, das todte Haupt zu umarmen, u. mit seinem Gesicht demselben näher kam, so sprang es ihm nach der Nase u. biß darein. Hierauf flatterte es um den Ritter herum, zuletzt aber setzte es sich rittlings auf seinen Kopf. Als er mit beiden Händen zufuhr, das Haupt wegzunehmen, so schlug es ihm derb auf die Finger, so daß er die Hände geschwind wegzog. Er mochte auch schütteln, wie er wollte, es klammerte sich fester an ihn, so daß niemand auf der Welt in solcher Verlegenheit seyn kann, wie der Ritter.

Mährchen v. Fanfreluschens Haupte,
Brüder Grimm, Kinder- und Hausmärchen,
Die handschriftliche Urfassung von 1810

Von Kassel her rannte ein Kopf gehetzt die Straße entlang, als würde er verfolgt, doch plötzlich blieb er stehen, drehte sich um sich selbst, hüpfte und sprang hin und her, einen närrischen Tanz führte er vor einem Ritter auf, der mit erhobenem Schwert in der Luft herumfuchtelte und ihn spalten wollte, da lief das Haupt weiter auf Gießen zu, auch wenn es doch genauso gut nach Darmstadt oder in eine Stadt in Preußen oder in jedem anderen deutschen Kleinstaat hätte laufen könnte, dachte der Professor, den Irene Troll so klar vor Augen hatte und dessen Stimme sie so deutlich hörte, dass sie nicht mehr zwischen Traum, Einbildung und Wirklichkeit, Gegenwart und Vergangenheit unterscheiden konnte, was ihr, sich selbst des Voyeurismus beschuldigend, unangenehm, ja peinlich war, schließlich beobachtete sie ihren längst verstorbenen Vater, der sich dort im Lager in einer recht misslichen Lage befand und herumgeisternd einen festen, ruhigen Platz in ihrem Gedächtnis suchte. Erst nach seinem Tod war ihr bewusst geworden, dass sie nicht so viel von ihm wusste, wie sie gerne gewusst hätte, wie sie hätte wissen müssen, alles, was sie ihn jetzt sagen hörte, hatte ihr dieser Mann nie gesagt, dessen Stimme sie wie die eines Lebenden hörte, den sie vor sich sah, roch und meinte anfassen zu können, nie hatte er so mit ihr gesprochen, alles, was er ihr jetzt sagte, musste sie sich zusammenreimen, auch wenn sie im Nachhinein viel erfahren, herausgefunden und gelesen hatte, zeigte das sprechende Bild des Vaters, der in dem Lager gefangen gehalten wurde, einen ganz anderen als den, den sie kennengelernt hatte und an den sie sich erinnerte. Sie war nicht einmal dreißig Jahre alt gewesen, hatte ihr Studium abgeschlossen, geheiratet und zwei Kinder zur Welt gebracht, als er gestorben war, nachdem er sie immer wieder angerufen und sie sich schon gefragt hatte, ob er ihr etwas zu sagen versuchte, da sie wusste, dass er krank war und bald sterben könnte. Bis dahin hatte es eben genügt, dass er, der bis zum letzten Atemzug gearbeitet und geforscht hatte, sie wie ein Vater geliebt und darin unterstützt hatte, auch beruflich ein erfülltes Leben zu führen, und jetzt sprach dieses Bild und berichtete, wägte ab, verzweifelte, wie er es nie vor ihr getan und sie es auch nicht ertragen hätte, ihren Vater auf Stroh in einer Holzbaracke liegen zu sehen, der sich wunderte, dass eine solche Wirklichkeit, die von einem grausamen Märchen nicht zu unterscheiden war, die Verfügungsgewalt hatte, ihn hinter Stacheldraht in einer ehemaligen Kaserne festzuhalten. Blut triefte aus dem gerade erst durchgeschlagenen Hals, der eine solche Spur hinter sich herzog, dass man das Haupt nicht über die Grenze ins Großherzogtum Hessen lassen würde und es sich bei Marburg in die Lahn stürzte, durch die es mit rotem Schweif schwamm und ruderte, bis es plötzlich aus dem Wasser ans Ufer zurückrollte, als wäre es ein Medusenhaupt, starrte es blut- und wassertriefend den Ritter an, der die Waffe sinken ließ und jetzt selbst flüchtete, der Kopf tat aber nur so, als würde er ihn verfolgen, und machte ein paar Schritte und Luftsprünge auf der Stelle. Das war keine hüpfende Leberwurst, die mit gezücktem Messer der Blutwurst an den Kragen wollte, das sah der Professor der Tiermedizin sofort, auch wenn es die Farbe nahelegte, kein faules Holz kullerte, kein glühendes Katzen-, kein poliertes Menschenauge rollte den Weg entlang, einen Kopf hatte das Schwert des Ritters vom Rumpf getrennt, der aber nicht von Leipzig herübergerollt war, wo der Woyzeck enthauptet worden war, ein Schädel der Revolution war es auch nicht, schon gar nicht der Dantons, das war nicht der Kopf eines Flugblattschmugglers, der am Selterstor in Gießen verhaftet wurde, auf das hundert Jahre später britische Bomben fielen, was der Professor selbst miterlebt hatte, nicht der eines aufständischen Bauern. Der Kopf eines gefallenen Götzen war es schon eher, nämlich der eines Zauberers, der dem Ritter sein ganzes Geld mit dem Versprechen abgenommen hatte, es in Gold zu verwandeln, jetzt tänzelte der Kopf um den Ritter herum, biss ihm in die Nase und setzte sich auf den Kopf des verzweifelten Mannes, der sich schütteln konnte, wie er wollte, den auch der schnelle Schnitt eines flinken Operateurs nicht mehr hätte retten können, dachte der Tierchirurg, denn der fremde Kopf klammerte sich fest, stülpte sich über den Ritterschädel, umschloss ihn saugend und fraß sich ätzend heiß hinein bis ins Gehirn, das fremde Gedanken durchdrangen und das nicht mehr wusste, wer da dachte, mit wessen Augen es sah, mit wessen Ohren es hörte. Auch seinen Kopf hätte der Mann ausreißen müssen, hätte er das Zaubererhaupt absetzen wollen, das er mit seinem Schwert zu spalten gehofft hatte, um den Beweis seiner Schuld, Gier und Machtlosigkeit aus der Welt zu schaffen, um in den Schädel zu blicken, welchen Verführungskräften er erlegen war.

Auch der Gießener Medizinstudent Georg Büchner, dessen Zimmer in der Seltersstraße in Gießen wegen politischer Umtriebe durchsucht wurde, hätte gerne, anstatt Köpfe von Fischen zu sezieren, in die der Menschen hineingeschaut, was da im Geheimen vor sich ging, ob wie bei dem Ritter mehrere Köpfe übereinandersteckten, ob die ineinandergesteckten Schädelhöhlen eine innere Bewandtnis oder nur ein äußerer, erzwungener Zweck zusammenhielt, eine Schicht die andere schröpfte. Er wollte den Kamm durch die Hirnwindungen ziehen, dass sie wie die Linien eines Schreibhefts dalägen, in dem er die Gedanken der Menschen lesen könnte, ungeduldig wollte er die Hirne ordnen, wie er es wünschte, ein etwas anderer Perückenmacher als der Herr Johann Christian Woyzeck wollte er sein, der vergeblich in Hessen nach Arbeit und dann beim Militär das Weite gesucht hatte. Hirne zu frisieren war ein blutiges Geschäft, aber warum ertrugen die Menschen, wie sie leben mussten, was regte sich gegen die Wirklichkeit, was brachten sie in Stellung gegen die Einrichtung der Welt, welche Erinnerungen, welche Ängste lähmten sie, würde er nichts als innere Leere, Lethargie und Disziplin in den Schädeln finden? Der Hirnkasten war eine so dünne Kruste wie die Erde, wenn er unter Druck geriet, dann brach er auf und spuckte, mochte man meinen, aber nicht immer und eben nicht so, wie es sich der flüchtende Gießener Student träumen ließ, eine Armut, eine Unzufriedenheit, eine Ungerechtigkeit, ein Leiden waren nicht wie ein vom Bombendruck gelöster Deckenbalken, der einem ins Hirn schlug, in dem es noch einen kurzen Moment oder ein Leben lang spukte.

Der Ritter habe aus Gier den Kopf verloren, würden die meisten sagen, dachte der Professor, denn er hatte dem Zauberer sein Geld überlassen, das dieser in Gold zu verwandeln versprach, aber die Geister, die der Ritter rief, wollten nicht nach seiner Pfeife tanzen, was einem leidtun konnte, ein Ritter war doch ein ehrenwerter Mann, der Zauberer unheimlich, aufdringlich und irgendwie gemein, ja fies, aber doch verwirrten sich hier die Vorstellungen des Professors, er freute sich ebenso über die Rache des Ritters wie über dessen Scheitern, denn dieser hüpfende Kopf brachte ihn zum Lachen, das ihm am Ende im Hals stecken blieb, denn der Kopf des Zauberers, den der Ritter für seine Zwecke hatte einspannen wollen, war nicht mehr zu bändigen, auch nicht mit Gewalt, die, nachdem er das Haupt abgeschlagen hatte, nicht mehr zu vertuschen war, weil sich der Kopf nicht in Stücke schlagen, nicht ruhigstellen, nicht aus der Welt schaffen ließ und als Beweis des blinden Ehrgeizes und der gierigen Gewalttätigkeit des Ritters umherlief, der sich gegen eine solche Anklage zur Wehr setzte. Es sei ums Überleben gegangen, würde sich der Mann verteidigen, der keine Schuldgefühle, nur Angst vor den Folgen seines gescheiterten Totschlags hatte, er hatte sich wiederholen wollen, was ihm gehörte, sich nehmen, was ihm zustand, er hatte sich dagegen gewehrt, dass er sein Eigentum abtreten sollte, damit es andere zu Gold machten, und hatte zugeschlagen, deswegen sollte er unschädlich gemacht werden, damit nicht andere seinem Beispiel folgten, nicht aufmuckten. Der Zauberer hatte ihn betrogen und beraubt, rückte sich der Professor die Geschichte zurecht, genommen hatte er ihm alles, erst was er an Besitz, dann an Hirn und Herz hatte, um sich zu bereichern, was blieb dem Ritter denn anderes übrig, als sich zu verkaufen, es konnte doch nicht mit rechten Dingen zugehen, wenn ein einzelner solche Macht und einen solchen Reichtum hatte, die doch nicht aus dem Nichts gekommen waren, anstatt ihm das Haupt abzuschlagen, hätte er ihm die Zunge um den Leib wickeln und die Nase ins Arschloch prügeln sollen. Der Ritter halluzinierte doch, dachte der Professor, so gehetzt wie er durch die

Landschaft rannte, mit Steinen warf und in die Luft stach, als kämpfte er mit Geistern und Wiedergängern, deren Köpfe umherkullerten, er zitterte am ganzen Körper, den Kopf, in dem der Puls hämmerte, konnte er nicht mehr zum Denken stillhalten, hart, ungleichmäßig hüpfend schlug sein Herz, das er nicht mehr in den Griff bekam, der Kreislauf spielte verrückt und an den Schläfen traten Adern hervor, durch die das Blut einmal träge und zähflüssig lief, dann wieder raste, dass die Pumpe gar nicht nachkam und Bluthochdruck bald Sprachzentrum und Zunge lahmlegen würde, die ihm wie einem Hund aus dem Maul hing. Bei der Hetzerei und Spannung, unter der er stand, wurde ihm schwarz vor Augen, rauschend stiegen in seinem Kopf Bilder auf, schmerzhaft brennend, als würden sie ihm mit dem Messer ins Hirn gestochen, das die in der Dunkelheit flimmernden Visionen nur reflektierte, ein Bilder projizierendes Haupt war ihm übergezogen worden, Bilder von Sodom und Gomorrha und dem Ende der Welt rasten durch sein auf Erbsengröße ausgesaugtes, fast besinnungsloses Hirn, das solche Bilder nie gesehen hatte, ohne dass er hätte sagen können, es imitiere den übergestülpten Kopf, der sich über dem seinen geschlossen hatte, da die ineinandergesteckten Hirne und Häupter als Imitationen von Imitationen nicht einmal mehr chirurgisch voneinander zu trennen gewesen wären. Nicht seine Augen sahen, er sah nichts mehr, das fremde Haupt, das fremde Haupt, kreischte der Ritter panisch, mit Fingernägeln und Fäusten hätte er es heruntergerissen, wenn er es hätte sehen und greifen können, aber der fremde Schlundkopf hatte die Kontrolle übernommen, ein fremder Kopf, und doch der eigene, umschloss die Schädelhaut saugend, in die er sich wie das Gewand des Herakles hineinfraß, das, vom Blut des Zentauren Nessos vergiftet, den Helden unerträgliche Schmerzen erleiden ließ, ein fremder Kopf, und doch der eigene, zerfleischte den des Ritters, der sein Eigentum und Recht verlangt hatte und gar keiner Frau hinterhergerannt war, wie es der Tambourmajor mit weißen Handschuhen und Federbusch tat, der dem Woyzeck die Marie ausspannte, oder eben wie der Zentaur, der Herakles anbot, dessen Frau durch einen Fluss zu tragen, um sie zu entführen. Die vergifteten Pfeilen, mit denen Herakles ihn dann tötete, wurden dem Helden selbst zum Verhängnis, denn das mit dem vergifteten Blut des Toten bestrichene Gewand, das der Frau – wie der sterbende Zentaur ihr noch aus Rache hinterlistig versprach – die Liebe und Treue des Herakles sichern sollte, wenn er es trüge, fraß sich so tief in die Haut des Helden, dass er sich sein Fleisch von den Knochen hätte reißen müssen, um sich zu befreien. Wenn aber der hessische oder jeder andere Fürst ein Gewand angezogen hätte, das vom Blut der revolutionären, hungernden und geschröpften Bauern getränkt gewesen wäre, dachte da der Professor, der sich an Büchners *Der hessische Landbote* erinnerte, hätte es ihn kaum aufgefressen, ihm nicht die Macht, den Reichtum und den Betrug aus dem Leib gezogen, er hätte sich darin gesuhlt, ohne daran zugrunde zu gehen.

Im dem Park, den Irene Troll in wenigen Minuten vom Altersheim aus zu Fuß erreichte, erblickte sie auf einem Spaziergang unter einem blattlosen Busch eine dunkle Halbkugel, im ersten Schreck dachte sie schon, sie hätte das Haupt des Zauberers gefunden, das wie ein geschrumpfter Luftballon im Gras läge, bis ihr einfiel, dass es sich ja über den Ritter hergemacht hatte, dann schien ihr das Rund ein Fellknäuel mit langen, abstehenden, etwas verfilzten Haaren zu sein, sie bemerkte aber, dass es sich um Stacheln handelte, jedoch nicht um die eines Land-, sondern eines Seeigels, der unter dem Strauchgerippe aus dem schlammigen Boden hervorschaute. Zuerst musste sie über dieses Meerestier laut lachen, das sich in diese meerferne Gegend verirrt hatte, ohne zu wissen, ob Seeigel dieser Größe überhaupt in Nordeuropa vorkamen, sie konnte sich nicht vorstellen, wie dieses Exemplar in den Park gelangt war, das wohl kaum ein Rabe oder ein anderes Tier irgendwo entwendet und bis hierher getragen hatte, um den Stachelpanzer aufzubrechen. Das Lachen blieb ihr im Hals stecken und sie starrte auf das stachelige Rund, das dort im falschen Element, am falschen Ort lag und ,anstatt leidend zu vergehen, eher bedrohlich aussah, als wäre es aus der Erde aufgestiegen und brächte Unheil, als könnte es zu monströser Größe anwachsen und sich ihrer bemächtigen. Sie hatte das Gefühl, der Igel könnte ihr das Maul stopfen und jeder Stachel entspräche genau einem der eitrig entzündeten Löcher, mit denen die Schleimhaut ihres Mund- und Rachenraums übersät war und die einer absterbenden, hellrot geränderten Krustenkoralle glich. Beim Anblick dieses faustgroßen Meerestieres, das zuerst Gaumen, Zunge und Backen zerstochen hätte, wenn es in ihre Mundhöhle geraten wäre und sie erstickt hätte, hatte Irene ihre unerträglichen Schmerzen das erste Mal seit Langem wenn nicht vergessen, so doch weniger stark wahrgenommen, denn der Schmerz dieser eitrigen Stellen war so groß, dass sie kaum noch schlief und nach kurzer Zeit mit ausgetrocknetem Mund wieder erwachte. Sie nahm nur noch flüssige Nahrung zu sich, die in den Wunden brannte, und hing zeitweise am Tropf, um nicht zu verhungern, sie sprach kaum noch und höchstens sehr leise. Die Aphthen, wie die Stellen von den Ärzten genannt wurden, hatten sich rasch vermehrt und füllten ihren Mund wie eingebrochene Fischaugen, die immer größer und tiefer wurden und bereits die Zunge von allen Seiten durchbohrten, sie verlor die Kontrolle über die angefressenen Muskeln ihres Mundes, und selbst als noch eine gewisse Beweglichkeit vorhanden gewesen war, artikulierten die zerklüfteten Lippen und die zerfledderte Zunge so ungenau, dass die ähnlich klingenden Laute kaum zu unterscheiden waren. Ein Teil des Kehlkopfdeckels war ihr bereits entfernt worden, damit diese eitrigen Geschwüre nicht den ganzen vernichteten und sie endgültig zum Schweigen bringen würden, was aber nur eine Frage der Zeit war.

Um seiner Unruhe Herr zu werden, ließ der Professor eine Scherbe, die Ecke eines Spiegels oder verbrannten Glases durch seine Finger wandern und drückte die scharfen Kanten in seine Handfläche, Tabak und Alkohol waren nicht zu bekommen und seine Arbeit, der er über eineinhalb Jahrzehnte leidenschaftlich nachgegangen war, durfte er nicht mehr ausüben, schlimmstenfalls würde er nach seiner Freilassung mehrere Jahre unter Berufsverbot stehen und danach wohl erst einmal keine Professorenstelle finden, vielleicht wäre irgendwann ein Ruf in den Ostsektor Berlins zu erwarten, dem zu folgen ihm aber nicht leicht fallen würde, auch wenn er sich darauf berufen könnte, bereits in den Dreißigerjahren im Auftrag des russischen Kriegsministers Pferde behandelt zu haben, was damals schon politisch umstritten gewesen war. Der Sozialismus war dem Professor unheimlich, da die Macht der Arbeiter und Bauern nur eine scheinbare, von Moskau ferngesteuerte sein konnte, auch er riskierte, in der sowjetischen Besatzungszone bei seiner Forschung bevormundet zu werden und nach dem plötzlichen Ende seiner Laufbahn im Frühjahr 1945 vom Regen in die Traufe zu geraten, dennoch würde er sich schon aus Neugier auf ein Bewerbungsgespräch einlassen, sich die Arbeitsbedingungen ansehen und eine angemessene Bezahlung und das Wohnrecht in den Westsektoren Berlins aushandeln, wo er weniger Angst hätte, entführt zu werden. Es war aber zu befürchten, dass seine akademische Karriere beendet war, in Zukunft würde er eben, bevor er vielleicht die Laufbahn eines Amtstierarztes einschlagen könnte, wie sein Vater eine Praxis für Groß- und Nutztiere auf dem Land betreiben, wo er sich mit seinem Erfolg schnell unbeliebt machen würde, weil die Kunden das kranke Vieh bald lieber zu ihm als zu den alteingesessenen Ärzten bringen würden, da war er sich sicher. Die Scherbe hatte er sich gedankenverloren so tief in seine Hand gebohrt, dass es blutete, was ihn beruhigte, denn der Anblick seines eigenen Blutes erinnerte ihn an das der Tiere, die er vorher fast täglich untersucht, behandelt und operiert hatte, er vermisste die Pferde, mit denen er in der Klinik zu tun gehabt hatte, während er auf die Menschen im Moment gerne verzichtet hätte, anstatt sich mit ihnen eine Baracke zu teilen und in Reih und Glied zum Schuttabräumen zu marschieren. Tiere waren ehrlich, an ihrem Verhalten konnte man ablesen, wie es um sie stand, was sie im Schilde führten, sie bedurften keiner Sprache, um sich verständlich zu machen, sie versteckten nichts, täuschten nichts vor, durchschauten aber wie der verstoßene Hund des Odysseus alle Verkleidung des Menschen, sie erkannten, wie er war, wenn er sich verstellte, und doch waren sie auf dessen Hilfe angewiesen, die sie zu schätzen wussten. Der Professor drehte die blutige Scherbe in seinen Fingern, fasste sich unwillkürlich an die Nase, als wäre das Blut aus seinem Gesicht auf die Scherbe getropft, die er abwischte, um sich darin zu spiegeln, sich in einer so unwürdigen, ja unmenschlichen Umgebung anzusehen, die er so bald wie möglich zu verlassen hoffte. Während er über den scharfen Rand der Scherbe fuhr, fiel ihm Marie, die Geliebte Woyzecks, ein, die sich eine Spiegelscherbe vors Gesicht hielt, um zu sehen, wie ihr die Ohrringe standen, die sie gar nicht gefunden hatte, wie sie vorgab, sondern die ein Geschenk des Tambourmajors waren, mit dem sie sich eingelassen hatte. Büchner hatte der Professor in der Schule gelesen und mochte den Ton seiner Dichtung, denn man merkte gleich, dass da ein Naturwissenschaftler schrieb, der das Skalpell mit Hand und Hirn zu handhaben wusste, wer bei so jemandem, der nichts mehr als die Stumpfheit des Geistes verachtete, von Nihilismus sprach, hatte eben nie in das Innere eines Körpers geblickt, er vermochte darzustellen, wie der Geist funkengleich in das geistlose, gequälte Fleisch fuhr und erlosch. Die politischen Träumereien, die so mancher bemängelte, waren doch einem jungen Mann zu verzeihen, wer würde sich denn über so etwas ärgern, er hatte sich eben noch nicht die Hörner abgestoßen, war noch stark genug, etwas zu riskieren, ohne Angst, selbst dabei draufzugehen, und am Ende hatte Büchner ja wie er eine Hochschulkarriere angestrebt. Über Woyzeck, den Doktor und den General hatte er sich einige Gedanken gemacht, Marie hatte er, bis er in dieser Baracke saß und sich in der Scherbe zu spiegeln versuchte, für etwas dumm und naiv gehalten, als wäre sie an ihrem Schicksal selbst schuld, und jetzt fragte er sich, ob das Glänzen des Schmucks ihr

Gesicht im Scherbenspiegel erhellte, ob sie sich, wenn Woyzeck sie nicht erstochen hätte, selbst umgebracht hätte, er fühlte sich dieser Frau nahe, die hoffte, es noch zu etwas zu bringen, Freude an einem wohlgenährten Leben haben zu können, wenigstens so lange, bis der Dirigierstab des Majors sie zur Seite schieben und der Traum enden würde, und da dachte der Professor an seine Frau, die wie Marie am Fenster sitzen und den amerikanischen Soldaten zusehen würde, wie sie vor der Kaserne gegenüber ihrem neuen Haus auf- und abgingen, da wimmelte es ja von solchem aufgeputzten Pack, aber seine Frau würde Abstand halten, sie arbeitete ja, hatte zwei Töchter zu versorgen und war nicht allein, ihre Mutter hatte ein Auge auf sie.

Der Stein schlug so stark gegen Trolls Kopf, dass er das Gleichgewicht verlor und fast von dem etwa vier Meter hohen Holzschuppen gestürzt wäre, auf dem er mit den anderen Kindern Mondbasis und Raumschiff spielte, das gewartet und repariert werden musste, bevor es einsatzbereit war, er konnte sich gerade noch am Rand des Flachdachs abstützen, auf das die Kinder geklettert waren, um undichte Stellen zu vernageln, Dachpappe und Holz zu befestigen, hervorstehende Nägel herauszuziehen oder einzuschlagen und Blech geradezubiegen. Der Schuppen war mit einem Vorhängeschloss gesichert, sodass sich die Kinder im Inneren nicht zu schaffen machen konnten, wo zwischen den Brettern hindurch Schubkarren, Sensen, Rechen, Fuchsschwänze und andere Werkzeuge, Kisten und Bauholz zu sehen waren, die Staub, Spinnweben, vertrocknete Blätter und Baumblüten dick bedeckten, an einem der vier Bretterschuppen waren an großen, verrosteten Eisenhaken lange Holzleitern aufgehängt, die die

Kinder zur Rückseite der Schuppen geschleppt hatten, und Troll hatte sich Hose und Oberschenkel aufgerissen, als er sich von der Leiter auf das Bretterdach gezogen hatte, das im Sommer nicht so heiß wie das Wellblechdach eines der anderen Schuppen wurde, an dem sich die Kinder verbrannt hatten. Die Holzhütten wurden einige Monate später abgerissen und mehrere Doppelhäuser gebaut, zu denen ein neu angelegter Weg führte, der gerade geteert worden war und den Namen Spatzenwinkel bekommen hatte, weil vielleicht früher Scheunen oder Kornspeicher eines Bauernhofes, von dem nur diese Schuppen übriggeblieben waren, außergewöhnlich viele Spatzen angezogen hatten, dann waren auch diese in der Ortschaft fast verschwundenen Reste eines einmal bäuerlich geprägten Dorfes abgetragen und die geteilten, neu bebauten Grundstücke an Zuziehende verkauft, die einen immer größeren Teil der Bevölkerung ausmachten und zu denen auch Trolls Familie gehörte.

Die eitrigen, immer weit offenstehenden Münder hatten weder Lippen noch Kiefer, die sich hätten schließen können, nur von geschwollener Haut umgeben, mussten sie jedoch unzählige, unsichtbare Zähnchen, äußerst feines und scharfes Beißwerkzeug haben, das in Irenes Mundhöhle stieß, sie fraßen sich in Gaumen, Gaumensegel und Schleimhaut, nagten an Luft- und Speiseröhre, waren ständig im Inneren des Körpers bis zu den Lippen und Mundwinkeln hinauf tätig, ohne dass sich die hellrot geschwollenen Hautringe und ihr weißlich gelber Rachen bewegte, kein Geräusch war zu vernehmen, kein Zubeißen oder Saugen zu spüren. Sie fragte sich, wie der Körper dieser Parasiten eigentlich gebaut war, denn die auf ihrer Haut sichtbaren Flecken konnten höchstens After sein, die weiße Flüssigkeit ausschieden, Münder, die sich in ihr Fleisch verbissen hätten, wären gar nicht sichtbar gewesen, es sei denn, diese eigenartigen Tierchen bestanden nur aus einem fressenden Wulst, wahrscheinlich waren es aber gar keine fremden Körperöffnungen, sondern wirklich die Löcher ihres Fleisches, in denen etwas hauste und sie weiter ausfraß. Bereits die kleineren Stellen, wie Irene die nicht heilenden Wunden nannte, verursachten solche Schmerzen, dass sie Angst bekam, das Bewusstsein zu verlieren, zu ersticken, zu verhungern oder zu verdursten. Bald könne Troll zu den Köpfen im Museum den ihren stellen, der ein besonderes Beispiel eines bei lebendigem Leib geschrumpften Kopfes sei, der schließlich nicht einmal mehr seine Spucke schlucken konnte, nicht mehr zu atmen wagte, so sehr brannte die Luft in den eitrigen Wundmalen, dem Mund wurde die Zurichtung der Welt durch Zähne und Lippen zu seinen Zwecken verweigert, nichts sollte mehr Ein- oder Ausgang gewährt werden und der Körper sich von der Welt abschließen, der Schmerz löschte die Erinnerung an alles aus, was gewesen war, rief Phantasien hervor, sich zu unterwerfen, sich hinzugeben und in etwas aufzugehen, die Kräfte schwanden, Ausbrüche, Aggressionen gegen sich oder andere, Widerstand welcher Art waren zwecklos, sie sollte aus der Welt verschwinden.

Plötzlich trug Woyzecks Marie keine Ohrringe mehr, sondern eine seltsame rote Halskette, keine Korallenkette, wie der Professor sie seiner Frau auf einer Reise ans Mittelmeer gekauft hatte, eine enge, einschneidende Schnur lag um Maries Hals, den gar keine Kette schmückte, das sah der Professor sofort, der ein Blick für Narbengewebe hatte, das schlecht verheilte und das man hätte öffnen müssen, um es zu reinigen, Fremdkörper und Schmutz zu entfernen, damit die Wunde sich verschließen und vernarben konnte, eine Scherbe war nicht gerade ideal für einen solchen Eingriff, vor allem wenn man ihn an sich selbst vornehmen musste. Eine Halskette, die sie nachgezogen hatte, dachte der Professor, um sie einzuschneiden in ihre Haut, damit sie ihr niemand mehr nehmen könnte und ihr so Reichtum, Ehre und Freude in den Leib geschrieben wären, denn dieser Narbenschmuck würde nicht wieder aus dem Fleisch herauswachsen. Die Ehre hatte sie sich abgeschnitten, bevor es die anderen taten, so wie sie es bei ihm tun wollten, und dem Professor fielen wieder seine Töchter ein und er fragte sich, ob sie sich wie das Kind Woyzecks vor ihm fürchten, ihm nicht mehr ins Gesicht blicken oder ihn seltsam anschauen würden, wenn er nach mehreren Jahren plötzlich auftauchen würde, obwohl seine Frau und er alles verschweigen, ihnen nicht erklären würden, wo und warum er festgehalten wurde, damit sie keine unangenehmen Fragen stellten und nicht der Versuchung erlagen, mit anderen darüber zu sprechen. Selbst seinen eigenen Kindern musste man misstrauen, die ihn wohl nicht einmal vermissten, weil sie ihn kaum kannten, und er dachte wieder an Maries rote Halskette und stellte sich vor, welchen Schmuck seine Töchter einmal tragen würden, wenn sie sich hoffentlich eines Tages verheiraten und keine Gespenster würden. Nicht einmal groß genug war die Scherbe, um sich das Gesicht zu kühlen und irre Gedanken zu verjagen, der warnende Geist von Marie, warum erschien er ihm hier in der Baracke und forderte ihn auf, ihr nachzufolgen, überlegte er, denn dank seines medizinischen Wissens konnte er ja wirklich das Bruchstück an der richtigen Stelle seines Halses ansetzen, im Schneiden war er nach jahrelanger chirurgischer Praxis geübt und wusste, welchen Widerstand von Haut und Muskeln er durchstoßen musste, um die Hauptschlagader zu durchtrennen, aber er konnte sich nicht mit dem lächerlichen Bild anfreunden, das er in der Baracke liegend als Toter abgeben würde, den die Mithäftlinge irgendwo in einem Schlammloch verscharren würden. Am Ende gliche er dann gar so einem Revoluzzer, der mit seinem eigenen Blut an die Holzwand der Lagerbaracken Freiheitsparolen, politische Forderungen und Schmähungen schmierte, die die amerikanischen Soldaten kaum lesen und verstehen würden, und sollte er gerettet werden, würde es Gerede unter den zukünftigen Studenten geben, die wissen wollten, warum der Herr Professor Narben am Hals und im Gesicht hatte, ob er sich mit dem Skalpell verletzt, ein Pferd nach ihm getreten oder ihn ein Zootier gebissen hatte, das er narkotisieren wollte, andere würden ihn verteidigen und vermuten, dass es Schmisse einer schlagenden Verbindung waren oder ihn im Krieg ein Bombensplitter gestreift hatte. Bevor er sich selbst mit einer Scherbe zu Leibe rückte, sollte er lieber, wie die Angeklagten der Nürnberger Prozesse, gehenkt werden. Jämmerlich zu verrecken, den Kopf und alle Hoffnungen zu verlieren, war eines Menschen, der seine moralischen Grundsätze nicht ganz aufgegeben hatte, unwürdig, nicht einmal mit zwei Revolvern in den Händen würde er sich, wie der Minister Rust, den Schädel zertrümmern und ins Herz schießen, ihm standen noch andere Möglichkeiten offen, noch hatte man ihm seine Freiheit und Ehre nicht ganz genommen, noch zweifelte niemand an seiner Menschlichkeit, und sollte der Verdacht aufkommen, er stehe dem Tier näher als dem Menschen, konnte er sich immer noch die Ohren abschneiden, nicht um wie Marie verräterische Ohrringe zu beseitigen, sondern damit keiner mitbekam, wie er damit wackeln konnte, was manche für einen Beweis der direkten Abstammung von Affe oder Esel hielten, vorläufig galt es, sich aber unauffällig zu benehmen, höchstens durch vorbildliches Verhalten, durch Bildung und Anstand aufzufallen.

Nach dem Aufschlag des Geschosses an Trolls Schläfe war der Ton aus der Welt verschwunden, nichts war mehr hörbar, kein Hämmern, kein Rufen, keine Schritte, alles war still und lag geräuschlos wie unter Wasser da, kein Atem, kein Flügelschlag, kein Knarzen von Holz, kein Biegen und Nachgeben von Metall waren zu hören, hätte er jemanden um Hilfe gebeten, niemand hätte ihn gehört, denn die Stille schien überhaupt das Entstehen von Geräuschen zu verbieten, die Luft hatte die Fähigkeit verloren, Schallwellen zu tragen. Während das abgeschlagene Haupt, das der Ritter mit Steinen zu vertreiben versuchte, dessen Würfe parierte, traf den Jungen der Stein, ohne dass er das Geschoss hatte kommen hören oder sehen, er fühlte den Schmerz an seiner Stirn, wo der Stein aufgeschlagen war, und dachte an die Schlagtechnik Old Shatterhands, die manchem Schuft und Schuldigen zum Verhängnis wurde und bei der ohnmächtig zu werden keine Schande gewesen wäre, er versuchte, trotz des heftigen Pulsierens nicht das Bewusstsein zu verlieren, und konzentrierte sich darauf, wie der Schmerz sich von der Aufschlagstelle aus in zitternden Schwingungen ausbreitete und über die Grenzen seines Schädels ausuferte, als hätte der Stein in seinem Kopf wie in Wasser eingeschlagen und löste sich sein Hirn überflutend in Wellen auf, die eine Grundform aller Materie darstellten, der pochend stoßende Schmerz schloss seine sich vervielfältigenden, endlos geschichteten Kopf-, Knochen- und Hirnhäute mit einer rhythmischen Bewegung kurz, eichte sie auf die alle Lebensformen verbindende Wellenlänge. Der Steinschlag hatte seinen Kopf mit Gewalt geöffnet, der vorher von Allem abgeschlossen gewesen war und jetzt plötzlich durchlässig von Welt durchdrungen wurde, er konnte, sich in Schmerz und einem unendlichen Wonnegefühl auflösend, organisches und anorganisches Leben empfinden, das ihn in sich aufnahm, und Alles verschmolz zwischen Himmel und Erde in steigenden und fallenden Linien.

Die Aphthen, die plötzlich aus ihr herausbrachen, vergrößerten sich langsam, würden zu einem einzigen, sich selbst verschlingenden Loch zusammenwachsen und sie vernichten, ärztliche Hilfe erwies sich als wirkungslos, weder eine Behandlung mit Tinkturen, Gurgellösungen oder Tabletten noch eine operative Entfernung brachte die Wunden zum Verschwinden, wodurch sich eine eindeutige Diagnose erübrigt hätte. Die Aphthen waren durch die Wirkung von Bakterien und Viren erklärt worden, was sich beides als nicht haltbar erwies, auch Herpes hatte sich nicht als Diagnose bestätigt, die Stellen bildeten sich an infizierten Verletzungen der Schleimhaut, etwa wenn Irene sich beim Sprechen auf die Lippe oder in die Backe gebissen hatte, sie entstanden nach dem Verzehr von Südfrüchten und anderem gespritzten Obst und Gemüse, von Nahrungsmitteln, die mit schädlichen Konservierungsstoffen haltbar gemacht und denen Geschmacksverstärker zugefügt worden waren, daher kamen die Ärzte auf Unverträglichkeiten, Allergien und Umweltgifte zu sprechen, denen der Körper im Übermaß ausgesetzt und nicht gewachsen gewesen sei, dann war von einem Mangelzustand des Organismus die Rede gewesen, dem nicht nur bestimmte Nährstoffe, Mineralien, Vitamine und Spurenelemente fehlten, sondern dem es grundsätzlich an etwas mangele, dieses Etwas könne auch psychischer, emotionaler Art sein, auf wirklichen oder eingebildeten Stress zurückgeführt werden, jedenfalls handele es sich um eine Autoimmunkrankheit, die möglicherweise eine Disposition im Erbgut, ein Gendefekt erklären könnte, anders gesagt, der Körper halte sich selbst nicht mehr aus und richte sich zugrunde. Irene Troll versuchte vergeblich, diese Stellen als zu ihr gehörig, als Missbildungen ihres Körpers, rudimentäre Merkmale, nagende Relikte zu begreifen, es war aber kein Ausschlag, sondern es waren Einschläge, Miniaturtrichter in einer schwelenden, zertrümmerten Schleimhaut, die nur noch der Empfindung von Schmerz diente, auf den sich ihr Austausch mit der Welt beschränkte, gleichzeitig wurde die Öffnung ihres Körpers um den Preis ihres Lebens erzwungen. Auf ihren Körper war kein Verlass mehr, er trug Fremdkörper in sich, die er auszustoßen versuchte, ihre Haut brach auf, als müssten Splitter herauseitern, sie glich einer Ritualpuppe, der verunreinigte Nadeln, vergiftete Pfeilspitzen in Mund und Rachen gestoßen worden waren, um an ihr etwas auszutreiben und gut zu machen.

Ein gewisser Verfolgungswahn sei für Berufe, die für Gesundheit, Ruhe und Ordnung zu sorgen hätten, durchaus förderlich, man müsse dem Menschen und der Natur misstrauisch gegenüberstehen, da ein kräftiger, funktionstüchtiger, gesunder Körper eine Frage der Verteidigungsstrategie und der kontrollierenden Fürsorge sei, selbst eine Schönheit entstehe ja nicht aus dem Nichts, sondern müsse gehegt und gepflegt werden, als Spezialist für Seuchen und Hygiene bei Ferkeln und anderen Tieren wusste der Professor, welcher Bedrohung der Körper ausgesetzt war, die sich nie ganz unter Kontrolle bringen ließ. Gegen Krankheiten musste man vorgehen, denn nur ein gesundes Schwein konnte einen Menschen ernähren, Seuchen bedeuteten Hunger, man musste bekämpfen und loswerden, was einen kaputtmachte, von einer Zecke ließ man sich so wenig aussaugen, wie man einen Hirntumor aus der Welt betete, Parasiten und tödliche Erreger gab es auf allen Ebenen der menschlichen Existenz, der man zu Hilfe kommen musste, wenn das Abwehrsystem nicht stark genug war. Wie die Natur des Eingriffs bedurfte, um nicht im Chaos zu versinken, musste im Leben des Menschen Ordnung und Disziplin geschaffen werden, da er nicht auf einer Wolke sitzend dem Fressen- und Gefressenwerden enthoben war, nur pazifistischer Schwachsinn, der die Wirklichkeit verharmloste, konnte behaupten, dass sich Kriege aus der Welt schaffen ließen, in der doch die Starken überlebten und die Schwachen unter die Räder kamen, nicht immer gerettet werden konnten, wie er aus eigener Erfahrung wusste, sonst hätte er jetzt drei Töchter gehabt. Auch er träumte vom Ende eines solchen Kampfes, aber wer die Natur studierte, wusste von der Augenwischerei sozialistischer, kommunistischer Ideen, da unter Organismen nie gleiches Recht herrschen konnte und sie sich im Kriegszustand befanden, wie sich auch jeder einzelne Körper ständig gegen innere und äußere Feinde verteidigen musste, nicht anders war es bei einem Staat, einer Familie oder einer Karriere. Den Riss, der die Gesellschaft bedrohte, konnten Bildung und Kultur zwar stopfen, aber der Mensch blieb ein Tier, dessen menschliche Eigenart gepflegt und gestärkt werden musste, denn der Überlebenskampf in der Natur mochte sich dank der Naturwissenschaft und des technischen Fortschritts immer mehr zugunsten des Menschen wenden, zwischen Menschen und Nationen hatte er sich jedoch verschärft.

Trolls Zunge war für einen Augenblick taub und pelzig, schmeckte blutig, er nahm eine trübe, bleierne Stille wahr, die ihn niederdrückte, der Steinwurf musste die Empfindlichkeit seiner Sinne gesteigert haben, die feiner arbeiteten als zuvor, ihm einen schärferen, umfassenderen, tiefer gehenden Blick in die Formen der Natur und deren Bedeutung gewährten, er erkannte Dinge, die er bis dahin nicht gesehen oder begriffen hatte, er konnte die offen zutage liegenden Zeichen entziffern, die das menschliche Auge zwar auch sonst als Muster oder ungewöhnliche Strukturen in der Natur wahrnahm, aber die das Gehirn nicht als Schrift zu lesen verstand, es verwirrten und schwindlig machten, während er die Zeichen des Himmels deuten konnte, an dem sich Licht- und Feuerstreifen zeigten, und die Schrift der Erde, der Steine und der Pflanzen, die Linien und Formen von Schwämmen, Moosen und Flechten, die die Bretter der Schuppen bewuchsen, waren ihm nicht nur geheimniskrämerische Gebilde, die irgendetwas ähnlich sahen, sondern er konnte auf dem Boden Hinweise auf Hohlräume unter seinen Füßen erkennen, die Streifen und Narben deuten, an denen kein Gras mehr wuchs, die sich unauslöschlich dort einprägt hatten, wo ein Unglück, eine Untat geschehen, ein Urteil vollstreckt worden war, er konnte begreifen, was da vor sich gegangen war und den anderen entging, weil es vertuscht worden war. Mit kriminologischem Eifer las er die verborgenen Nachrichten, die durch die Zeit lesbar geblieben waren, er konnte Unausgesprochenes, Uneingestandenes in der Natur lesen, die Schuldsprüche am Himmel und auf der Erde.

Ob ihr Vater gewusst hätte, wie ihr zu helfen wäre, fragte sich Irene, weiterhin im Park vor dem Seeigel stehend, auch wenn er Tiere chirurgisch behandelt hatte, hätte er gewusst, ob, wo und wie tief er beim Menschen schneiden musste, er hätte bestimmt etwas tun können, so weit war der Mensch vom Tier nicht entfernt, Schleimhäute und Entzündungen hatten schließlich beide, was wusste sie schon davon, ob und welche Krankheiten dem Menschen vorbehalten waren, bei dem man in bestimmten Fällen vielleicht auch von Tierkrankheiten sprechen sollte, und umgekehrt beim Tier von Humankrankheiten, jedenfalls hatte ihr Vater über Infektionskrankheiten und Seuchen geforscht, und sie hatte nichts anderes als eine Entzündung, eine Infektion, eine Seuche in ihrem Körper. Sie hatte noch die Schreie des Jungen im Ohr, dem nicht die Stacheln eines Seeigels, sondern die drei Rückenstacheln eines Fisches, der sich wohl zum Beutefang in den Sand eingegraben hatte, im Fuß steckten und dem sein Vater, während ihn mehrere Männer am Strand liegend festhielten, die Wunde mit einer glühenden Zigarette ausgebrannt hatte. Nur wenn er sie nicht zu Ärzten hätte bringen können, die sie von diesem Leiden befreit hätten, und es das einzige Mittel der Heilung gewesen wäre, hätte Irenes Vater, der auch Raucher gewesen war, die Zigarette als chirurgisches Instrument verwendet, um das Virus oder was auch immer sie quälte auszubrennen.

Mens sana in corpore sano, die chirurgische Arbeit war in jeder Hinsicht eine zutiefst körperliche, Untersuchungen und Operationen verlangten Kraft und Ausdauer, ja Gewalt, wenn ein Pferdekörper aufgeschnitten, aufgebrochen und wieder geschlossen wurde, nachdem geschoben, gezogen, gehoben, gesägt, geschnitten und genäht worden war, ein Chirurg durfte bei seiner Arbeit nicht zimperlich sein, er musste zupacken können und den Widerstand des Organismus gegen den wahrscheinlich rettenden Eingriff überwinden, was die Arbeit des Schlachtens im Ziel grundsätzlich von dem des Chirurgen unterschied, der ebenso grobes wie feines Werkzeug verwendete, das den empfindlichen, lebendigen Organismus nicht beschädigte, solange es genau und richtig gehandhabt wurde, der ärztliche Eingriff war sowieso immer auf die Eigenart des Tieres und die besonderen Umständen der Krankheit abzustimmen, was Fingerspitzengefühl, Vorsicht und genaue Beobachtung verlangte. Eine Operation wurde das chirurgische wie das militärische Vorgehen genannt, da bei beiden Konzentration, Präzision, Geschick, Reaktionsvermögen und Mut notwendig waren und sich die Kräfte des Körpers mit jenen des Verstandes verbanden, die Arbeit des Tierchirurgen erinnerte ihn an die Planung und Durchführung eines Manövers im freien Gelände und versetzte ihn in jugendliche Aufregung, wie früher die Lektüre von Karl May, aber vor allem seine humanistische Bildung hatte der Professor nicht vergessen, der im Gymnasium auf Lateinisch und Altgriechisch von Macht und Ehre, Kampf, Verschwörung und Schicksal gelesen, Mythen und Tragödien übersetzt hatte, die er wie die deutschen Dramen gerne im Theater sah, wenn er nicht ins Kabarett oder in Ausstellungen ging, um sich menschlicher Kultur zu versichern, die er bei Kniegelenksoperationen und Kastrationen, bei der Behandlung von Verbrennungen und Darmverschluss zu vergessen drohte, dachte der Professor und nahm sich vor, gleich morgen nach der Arbeit in die Lagerbibliothek und bald ins Lagertheater zu gehen. Ein Mensch bedurfte geistiger und körperlicher Erziehung, körperliches Training schlug einem Flausen, esoterisches und bürgerliches Gewäsch aus dem Kopf, deshalb hatte ihn immer die sportliche und militärische Herausforderung gereizt, wofür ihm der Kultusminister Rust persönlich das SA-Sportabzeichen verlieh, mit dem Männer ausgezeichnet wurden, die sich vorbildlich um ihre Gesundheit und Ertüchtigung kümmerten, drei Jahre später war es durch das SA-Wehrabzeichen ersetzt worden und durfte nicht mehr getragen werden. Um diese Prüfung ablegen zu dürfen, hatte er seine Wehrwürdigkeit und -tauglichkeit nachweisen und ein sportliches und vormilitärisches Training absolvieren müssen, nämlich in Leichtathletik, Geländesport und militärischen Grundübungen, etwa im Schießen, was noch lange nicht hieß, dass er einer von Goebbels Rabauken gewesen wäre, er hatte Sport getrieben, aber niemanden angegriffen oder misshandelt, er war kein Raubritter und nicht auf Angriff aus gewesen, im Gegenteil hatte er gerade wegen seiner körperlichen Arbeit und Betätigung seine Triebe und Aggressionen unter Kontrolle gehabt, solange man ihn nicht beleidigte, verleumdete oder provozierte. In seiner Studentenzeit hatte er sich einer schlagenden Verbindung angeschlossen, deren Kameradschaft und Vereinsleben ihn anzogen, Erregung und Schwindel ließen ihn, als ihm die Waffe eines Corpsbruders das Gesicht zerschnitt, die Schmerzen kaum empfinden, erst hatte er das Gefühl, ein Stein oder Knüppel habe ihn getroffen, bis er dann das Ziehen und Brennen der geöffneten Hautschichten und das aus der Wunde fließende Blut spürte, durch das er sich mit dem gegnerischen Korpsbruder und allen anderen seiner Verbindung verbrüdert fühlte, er glaubte sich auf eine fast heilige Weise gezeichnet, als gehörte er zu einer höheren Gemeinschaft, als wäre ihm durch die Klinge Kraft in den Körper gefahren, dass er seinen Mann stehen wollte, bereit war, sich zu opfern, Besonderes zu leisten, was über seine Herkunft und das Mittelmaß hinausginge, er war zum Ritter, ja zum Menschen geschlagen worden, der zu seiner Pflicht gerufen wurde. Nicht jeder musste eine führende Rolle in der Gesellschaft spielen, aber jeder hatte seinen zu respektierenden Beitrag zu leisten, jeder wurde gebraucht, auch wenn nicht jeder die gleiche körperliche Voraussetzung und Begabung hatte, die ja ohne Fleiß und Strebsamkeit, ohne Ehrgeiz und Herausforderung brachlagen. Bei einem Wettkampf gab es Gewinner und Verlierer, nie konnten alle gewinnen, da nie alle gleich gut waren, auch wenn sich ihnen dieselben Chancen und Möglichkeiten boten, sie sollten dieselben Bedingungen erfüllen, damit Qualität und Fortschritt gewährleistet werden konnten, die er in der Wissenschaft in Gefahr sah, als im Dritten Reich eine Habilitation nicht mehr eine notwendige Voraussetzung für den Professorentitel gewesen war. Der Mensch musste in seiner Gattung die natürliche Auslese vorantreiben, zum freien, leidenschaftlichen Wettstreit bereit sein, Außergewöhnliche mussten sich durchsetzen und nicht in einem Morast der Mittelmäßigkeit und der Einzelinteressen untergehen, die die Republik des Deutschen Reiches zu ersticken drohten, als sie von zersetzenden, parasitären Kräften unterwandert wurde. Freier Wettbewerb provozierte Entfaltung, belebte das Geschäft, entfachte jedoch auch Neid, Missgunst und Aggression, die versuchten, die Leidenschaft, Begeisterung und den Erfolg des anderen zu vernichten, der harte Arbeit war und keine Zeit ließ, sich auf seinen Lorbeeren auszuruhen.

Fast ohnmächtig bildete Troll sich ein, er wäre aus der Hocke über die Dachkante hinabgestürzt und fiele jetzt kopfüber, während er darauf wartete, dass sein Kopf gleich hart auf Kieselsteinen aufschlagen würde und seine Sinne der Erde so nahe wie nie kämen, strampelten seine Füße aber unbeschwert in der Luft, und er konnte nicht begreifen, was ihn von der Erdanziehung befreit hatte, die Tragfähigkeit der Luft, die Stärke seines Geistes oder die Präzision irgendwelcher Ideen und deren Durchschlagkraft auf die Wirklichkeit konnten ihn wohl kaum in der Schwebe halten, auch der pochende Schmerz würde ihn nicht kopfüber in der Luft stehend im Kreis drehen, ihn wie einen Zirkusartisten in einer Beinschlaufe oder wie ein dressiertes Tier auf einem Gestell rotieren lassen, als wären die räumlichen Verhältnisse auf den Kopf gestellt, flögen die Vögel durch den Erdboden und hauste das Erdgetier am Himmel, wo die Toten nicht mehr unterirdisch verwesten, sondern wie Aasgeier in den Wolken ihres himmlischen Totenreiches säßen.

Zu allererst galt es zu überleben, die Verluste zu ertragen und trotz des Unglücks und der Toten weiterzuleben, nicht alle überlebten, die eine starb bald nach ihrer Geburt, die andere blieb am Leben, wohl kaum aus Eigensinnigkeit, der eine fiel im Krieg, der andere starb Jahre später, kaum war er im Ruhestand, an einer Hepatitisinfektion, die er schon seit Jahren mit sich herumgeschleppt hatte und ihm schließlich die Leber zerstörte. Verlieren konnte man alles und jeden, das Liebste und das Beste, warum sollte man sein Herz an jemanden hängen, wenn er sterben konnte, warum sollte man jemandem Hoffnung machen, wenn sie alle wussten, dass Gesundheit ein sehr relativer, sehr widersprüchlicher Begriff und Zustand war, der bestenfalls ein sehr unsicheres Gleichgewicht erreichte, einem so anfälligen, so von Zumutungen geplagten Körper war nicht zu vertrauen, sie hatten gesehen, woran Menschen und Tiere litten, sie hatten genug gesehen und die Augen geschlossen, um das Leben, das einen zwang, an sich selbst zu denken, immer wieder doch genießen zu können, sie wollten gut leben, Erinnerungen an die Vergangenheit abschirmen, sich zu nichts zwingen, sich von niemandem, vor allem nicht vom Staat etwas wegnehmen lassen. Die Tochter Irene sollte sich dieser Frage menschlicher Gesundheit, menschlichen Wohlbefindens annehmen, sie hätte Humanmedizin studieren und einen Schritt über die Mutter und den Tiere behandelnden Vater hinaustun sollen, konnte aber kein Blut sehen, erst wurde ihr schwindlig, dann fiel sie in Ohnmacht und konnte anderen Menschen und sei es den eigenen Kindern, wenn es aus ihnen herausblutete, nicht helfen, es war ihre Art, sich zu widersetzen, sich den Anforderungen ihrer Familie zu entziehen, die ja auch so gerne gesehen hätte, dass sie geritten wäre, aber sobald sie auf einem Gaul saß, fing die Welt an, sich um sie zu drehen. Mit Heilung wollte sie sich dennoch beschäftigen und wurde Apothekerin, aber Leben zu retten war keine eindeutige Angelegenheit, da Krankheiten oft etwas anderes waren, als sie zu sein schienen, und die Symptome auf falsche Fährten führen konnten, von denen sich der diagnostizierende Blick nicht täuschen lassen durfte, möglichst viele Ursachen, verschiedenste Methoden, vor allem auch pflanzliche Heilmittel mussten deshalb in Betracht gezogen, Nebenwirkungen möglichst vermieden und die Rezepte kontrolliert werden, ob die Ärzte die richtigen Medikamente und diese richtig dosiert verschrieben, während sie immer auf der Suche nach besser verträglichen, wirkungsvolleren Arzneimitteln gewesen war und Fachzeitschriften gelesen hatte, die die Leiden ihrer Kunden betraf, die sie genau befragte, ob und wie sie die eigene Heilung unterstützten oder behinderten.

Wofür er seinen Kopf hingehalten, wofür er ihn hergegeben habe, fragte sich der Professor, als er sich den Fraß abholte, der für elftausend, zeitweise doppelt so viele Internierte gekocht wurde, ob er das Zeug in seinem Napf vielleicht gar den sogenannten kriegswichtigen Forschungserfolgen seiner Kollegen zu verdanken hatte, die sich mit der Ernährung der deutschen Truppen und von Kriegsgefangenen beschäftigt hatten, ganz in der Tradition des Doktors, der an Woyzeck eine Hülsenfruchtdiät erprobte, um herauszufinden, ob mit vegetarischem Speiseplan Geld bei der Truppenverpflegung einzusparen wäre, monatelang ließ dieser Doktor Sargnagel das Versuchskarnickel Woyzeck nur Erbsen essen und bezahlte für dessen Urin, was für den Professor, wie überhaupt Menschenversuche oder die Vorlesung des hirnrissigen Professors, der im Theaterstück Katzen aus dem Fenster warf, eine Farce ernsthafter Naturwissenschaft war, dennoch hatten in der Kriegszeit auch Veterinärmediziner erforscht, wie Soldaten, Kriegsgefangene und andere Inhaftierte möglichst leicht und billig zu ernähren wären. Hatten vor dem Krieg Schlachtreste und kranke, verletzte und verkrüppelte Tiere nicht zu Nahrungsmitteln für den Menschen verarbeitet werden dürfen, wurde während des Krieges solches Fleisch und bisher ungenutzte Schlachtabfälle, wie Schilddrüse, Gallenblase, Rückenmark und Kälberlabmagen, untersucht und Zwangsarbeitern und Kriegsgefangenen zum Essen gegeben, wie der Professor jetzt selbst einer war, auch Millionen Liter Schlachtblut und Tierfett, die vor dem Krieg ins Abwasser der Schlachthöfe abgegangen waren, sollten genutzt werden. In solchem Dreck hatte der Professor nie herumgestochert, ein Mensch gehörte ordentlich ernährt, sonst wurden seine Ausdauer, seine Moral und die Natur des Menschen geschwächt, der dann wie Woyzeck nicht nur den Anstand, sondern auch den Kopf verlor, was keinem zuzumuten war, der für das Deutsche Reich arbeitete, deswegen hatte er sich darum bemüht, dass die an seiner Universität eingesetzten, polnischen Zwangsarbeiter gut behandelt und ordentlich versorgt wurden, nur weil er aus Schlesien kam, hatte er doch keinen Hass auf Polen. Bei der Ernährung der Tiere verhielt es sich nicht anders als bei der des Menschen, bei dem sein Mitgefühl nicht endete, sondern anfing, deshalb war er, als das Futter für die Pferde im Stall seiner Klinik nicht mehr ausreichte und der Nachschub ausblieb, mit dem Fahrrad über Land gefahren und hatte auf dem Schwarzmarkt Heu und Stroh aufgetrieben, wie sollten Pferde sonst gesund werden und Kriege überstehen, wenn sie nichts Gescheites zum Fressen bekamen? Aber auch seine eigene Arbeit als Tiermediziner musste kriegswichtig sein, wenn seine Stelle und der Ausbau der Veterinärklinik von der Wehrmacht finanziert werden sollten, ohne dass er sich der Tierkörperverwertung widmete, Atemwegserkrankungen von Pferden, die eine regelrechte Kriegstierseuche waren, oder das Rinderpest- und EIA-Virus erforschte, die der biologischen Kriegsführung dienen sollten, mit solchen Schweinereien musste er sich nicht abgeben, da er sich als Spezialist der Tierchirurgie bereits einen Namen und unentbehrlich gemacht hatte. Schon vor dem Krieg hatte er in verschiedenen Regimentern als chirurgischer Berater und Ausbilder von Veterinäroffizieren gearbeitet und in mehreren hessischen Städten die Versorgung der Heerespferde geleitet, die zu Millionen im Krieg im Einsatz waren und von denen über die Hälfte verendete. Pferde kamen im Gegensatz zu motorisierten Fahrzeugen bei jeder Witterung, auch bei 20 Grad Kälte durch Schlamm und Schnee voran, als Last- und Transporttiere zogen sie Geschütze und arbeiteten neben Maschinen in den besetzten Gebieten im Ackerbau, im Osten, wo eine Ernährung wie zu Hause nicht möglich war und nur zehn Prozent der Tiere überlebten, wurden die Beutetiere herangezogen und gleichzeitig im Reichsgebiet immer mehr Pferde ausgehoben, um den ungeheuren Bedarf zu decken, dem der Professor erst seine Zusammenarbeit mit der Wehrmacht zu verdanken hatte, für die er die Tiere behandelte und erforschte. Verletzte, erkrankte und erschöpfte Tiere mussten so versorgt und verarztet werden, dass sie möglichst schnell wieder einsatzfähig waren, an der Ostfront, wo er in dem außergewöhnlich harten Winter 1941 selbst tätig war, waren pro Monat mehrere zehntausend Pferde im Krankenstand, ihr Überleben und ihre Wiederherstellung, für die er verantwortlich war, waren kriegsentscheidend. Die Tiere litten vor allem an schlecht heilenden Erfrierungen, die er akribisch beschrieb und fotografisch dokumentierte, um die Belastbarkeit von Pferden unter allen möglichen Umständen, zu Kriegs- und Friedenszeiten, verletzt und unverletzt, im härtesten ukrainischen Winter wie im gemäßigten Rheinland zu erforschen, seine Arbeit stand im Dienste der Wehrmacht, dennoch versuchte er immer, die Tiere möglichst angemessen zu behandeln und deren Quälerei zu verhindern, was im Krieg, im russischen Winter kaum möglich war.

Sobald Schmerz und Schwindel schwächer wurden, hielt Troll nach demjenigen Ausschau, der den Stein geworfen hatte, keine Nachbarn, die sich durch Hämmern und Kinderstimmen gestört fühlten, keine anderen Erwachsenen, die Angst um die Sicherheit der Kinder hatten, keine Ordnungshüter, die für den Schutz des Eigentums oder den reibungslosen Ablauf der Bauarbeiten zuständig waren, keine Kinder, die ihm neidisch den Spaß verderben wollten oder zu einer Schulklasse oder Bande gehörten, mit der seine Spielkameraden zerstritten oder verfeindet waren, niemand war auf dem frisch geteerten Weg zu sehen. Wenn der Stein aus einer ihm nicht einsehbaren Ecke, etwa aus einem der Gärten auf der anderen Seite der Straße geworfen worden war, hatte er in steilem Winkel und großem Bogen über die hohen Thujenhecken fliegen müssen, um die Kinderschläfe zu treffen, auf die niemand aus dieser Entfernung hätte zielen können. Von dem Dach aus hatte er einen guten Überblick, sah aber keine betonierten Zaunecken oder parkenden Autos, hinter denen sich ein Angreifer hätte verschanzen, woher sich ein Stein an seinen Kopf hätte verirren können, sowieso schien ihm kaum vorstellbar, dass jemand einen Grund haben könnte, ein spielendes Kind mit Steinen zu bewerfen.

Beim Anblick des Seeigels im Park erinnerte sich Irene an die weiten Reisen mit ihren Eltern in südliche Länder, wo ihr Vater oft Arbeitskollegen besucht hatte, an den Küsten von Jugoslawien, Griechenland und der Türkei sah sie beim Tauchen viele Seeigel, die nicht festgewachsen waren, wie sie anfangs gedacht hatte, sie erlebte, wie schmerzhaft es war, diese Meerestiere mit dem Bauch zu streifen, in die sie schnorchelnd Wellen schoben, oder hineinzutreten, dass die Stacheln sich im Fleisch verhakten. Es waren wunderbare Reisen mit Auto und Zelt, auf denen sie ungestört herumstreifen durfte, während ihre Eltern mit sich selbst oder vielmehr mit dem Genießen und Planen der Reise beschäftigt waren, sie redeten immer viel, sprachen über das Hier und Jetzt, über das, was im Moment passierte, was sie sahen, taten oder gleich zu tun war, vor allem ihren Vater erfüllte eine unbeschwerte, aufgeregte Freude über Einfaches und Kleines, sie lebten ganz in einer Gegenwart, in der Vergangenheit nur als mehr oder weniger gut erhaltenes, ruinöses Zeugnis von Jahrhunderte, Jahrtausende alter Kultur existierte, Bauwerke, vor denen sie staunend standen und über die ihr Vater las und referierte, ohne dass jemals die eigene Vergangenheit, die ihrer Eltern oder ihres Landes zur Sprache gekommen, auch bloß erwähnt worden wäre, wie Irene angesichts des Seeigels begriff, als wäre dieses stumme, stachelige Unterwassertier ein Zeichen verschwiegener, sprachloser Vergangenheit, ihrer eigenen und der ihrer Familie, als wäre sie auf ihr Totemtier gestoßen.

Über Piber war der Professor mit seiner Familie ins Gailtal bei Hermagor, nach Lipica, Belgrad und Ankara und an andere Orte in Österreich, Jugoslawien, Griechenland und in der Türkei gefahren, um verschiedene

Gestüte in Europa zu besuchen und sich die Tiere von seinen Kollegen vorführen zu lassen, er hatte vor allem Araber und Lipizzaner, aber auch Haflinger sehen wollen, die er mindestens genauso wie ostpreußische Trakehner, Hannoveraner, Holsteiner und Oldenburger schätzte, selbstverständlich kannte er sich mit der Geschichte und den Eigenarten der Pferderassen aus, von denen für ihn die älteste Rasse, der Vollblutaraber, eine der interessantesten war, deren Abstammungslinien sich auf die arabische Halbinsel zurückführen lassen mussten, um als Reinzucht anerkannt zu werden, mit der er sich gern intensiver beschäftigt hätte, die aber nie zu seinem Spezialgebiet geworden war, dennoch konnte er, wann auch immer er ein Pferd sah, nicht anders, als sich die Färbung, das Fell und den Körperbau genau anzusehen, um die Rasse und eine mögliche Kreuzung zu bestimmen, gleichzeitig achtete er auf die Bewegungsabläufe, ob Lahmheit, Missbildungen oder Folgen von Verletzungen zu erkennen waren, aus denen sein chirurgischer Blick auf die Vergangenheit eines Tieres zu schließen vermochte, dessen Herkunft für ihn nie eine nationale oder gar nationalistische Frage gewesen war, die Idee der Reinrassigkeit sei, etwa angesichts eines Lipizzaners, sowieso lächerlich. Nur wer den Menschen zum Affen machen wolle, könne von so etwas wie einer arischen Veterinärmedizin sprechen, sagte der Professor vor der Lagerbaracke zu einem amerikanischen Militärarzt, von dem er sich wegen Furunkel und Bauchschmerzen behandeln ließ, ein Deutscher habe weder die Eleganz von Pferden noch die Geschicklichkeit von Affen, selbst wenn er einen höheren Intelligenzquotienten haben sollte, worüber der des Deutschen mächtige Humanmediziner herzlich lachen musste, da fügte der Professor lächelnd hinzu, dass die Evolution, bis ein solcher Schwachsinn wie eine arische Tierheilkunde überhaupt zu erwägen wäre, noch einige Arbeit am Deutschen zu leisten hätte, der sich ja selbst zur Katastrophe geworden sei und den man vielleicht über die Steinzeitmenschen bis zu den Vorfahren zurückzüchten könne, die er mit dem Affen teile, um ihn zu dessen direktem Nachfahren zu machen, wobei sich mit dem Äffischen leider nicht auch das Zentaurische im Menschen stärken ließe, was der Professor bedauere, dem eine Rückzüchtung sowieso sinnlos erschien. Dass im Verlauf von Evolution und Geschichte etwas gewonnen worden sei, werde deutlich, wenn man sich nur die Tarpane, die angeblichen Urpferde, ansehe und sich vorstelle, in der Spanischen Hofreitschule tanzten diese kleinen, gedrungenen, kurzbeinigen Pferde, denen das Stolze, Majestätische ganz und gar fehle, da könnte man gleich eine Auerochsenolympiade im Sportpalast veranstalten. Gegen Rückzüchtungen hatte der Professor genauso große Vorbehalte wie gegen Neuzüchtungen, weil die einen verzweifelt in die Vergangenheit, die anderen in die Zukunft drängten und meistens kurzsichtigen, überstürzten Entscheidungen gehorchten, der Versuch, das Alte zu zerstören, sei ebenso eine Sackgasse wie der blinde Rückweg in die Vergangenheit, er verstand nicht, warum das, was sich über Jahrtausende bewährt hatte, aus modischen Flausen zerstört werden sollte, anstatt es zu bewahren, da durften gerade die Deutschen nicht die Augen vor der Menschheitsgeschichte und den Errungenschaften anderer Länder und Kulturen verschließen und sollten sich, anstatt das Fremde zu zerstören und zu verhunzen, davon das Beste aneignen. Deswegen hatte er sich um eine außerordentliche Professur in Ankara beworben, wo er zu Fach-

und Parteifreunden gestoßen wäre, die dort bereits am Auf- und Ausbau der Veterinärmedizinischen Fakultät arbeiteten und deren Modernisierung vorantrieben, um die dortigen Möglichkeiten für deutsche Belange zu nützen. Eine Professur in der Türkei, aus der nichts wurde, wäre, solange er nicht verheiratet war, nur das Sprungbrett zu einer Professorenstelle im Deutschen Reich gewesen, obwohl ihm die türkische Lebensart lag und er in dem von Atatürk modernisierten türkischen Staat möglicherweise bequemer und ruhiger hätte leben und arbeiten können als in den Wirren des Deutschen Reiches, in dessen republikanischen Anwandlungen es jedoch Stellung zu beziehen galt, was der Professor bereits 1919, als Rosa Luxemburg ermordet wurde, begriffen hatte. Noch nicht einmal achtzehnjährig war er nach dem Abitur dem Freikorps in der Nähe seiner Heimatstadt beigetreten, um mit Gleichgesinnten im Inneren des Reiches und an den bedrohten Landesgrenzen für Recht und Ordnung zu sorgen, da sie sich auf die kaum handlungsfähige Regierung nicht mehr verlassen wollten, er war einsatzbereit gewesen, hatte das Vertrauen in die Kraft des Einzelnen nicht verloren, als das Vaterland von inneren und äußeren Feinden bedroht war, die Deutschland ins Chaos stürzen wollten, als der Vertrag von Versailles den deutschen Staat, der doch noch gar nicht lange gegründet war, schon wieder zerteilen und verstümmeln wollte, galt es die Ostprovinzen, wo es reiche Vorräte an Kohle, Getreide und Kartoffeln gab, zu verteidigen, da die Einheit Schlesiens in Gefahr war, das die Polen mit Gewalt an sich reißen wollten. Mit Rosa Luxemburg war es auch Karl Liebknecht an den Kragen gegangen, die ihre Kräfte an der falschen Stelle verschwendet und das Volk enttäuscht hatten, das sich nicht für dumm verkaufen ließ und keine sowjetischen Verhältnisse haben wollte, im Jahr der Ermordung war, um mit diesen kommunistischen Umtrieben aufzuräumen, das Freikorps Faupel gegründet worden, das auch in Magdeburg und München gegen die bolschewistische Gefahr im Einsatz gewesen war und zuletzt eine Stärke von fast zweieinhalbtausend Mann hatte, bevor es in das Infanterieregiment der Reichswehr überging. Das sogenannte Kommunistische habe für den Professor keine politische, das sogenannte Jüdische keine religiöse, keine rassische Bedeutung, sondern eine nationalistische, existentielle, beides bezeichne für ihn alles, was die Sicherheit und Ordnung bedrohe, was den Riss vergrößere, der durch die Gesellschaft gehe, während er die deutsche Kultur und ihre Errungenschaften für rettenswert halte und bereit gewesen sei, dafür zu kämpfen.

Während der Junge die Stelle, an dem der Stein aufgeschlagen war, berührte, um zu fühlen, ob sich eine Beule auf der Stirn wölbte, erinnerte er sich an den Totschläger seiner Großmutter, den sie aus ihrem Nachttisch hervorgeholt hatte, um dem Enkel das Mordwerkzeug zu zeigen, das ihr vor vielen Jahren ihr Mann gegeben hatte, der weder Angler noch Jäger gewesen war, die mit so einem Gerät Tiere betäubten, sie wusste nicht, woher er diese Schlagwaffe mit einer eingenähten Metallkugel am Ende bekommen hatte, die nicht zum Handwerkszeug eines Professors der Veterinärchirurgie gehörte, der andere Mittel der Narkose hatte. Sie hatte die Waffe noch nie benützt, nicht einmal ausprobiert, wie sie mit der Lederschlaufe als Handgriff zuschlagen konnte, was schwerste Verletzungen bis hin zu einem Aufplatzen des Schädels verursachte, wie ihr ein sie beratender Sicherheitsexperte erklärt hatte, als sie eine zweite, stärkere Türkette hatte anbringen lassen, um sich sicherer zu fühlen. Der Junge beäugte die anderen Kinder argwöhnisch und fragte sich, ob ihm seine Großmutter nicht doch mit Recht das Misstrauen anderen, eigentlich allen Menschen gegenüber hatte einreden wollen, man müsse Angst um sein Leben haben, hatte sie behauptet, es gebe Gesindel, das einbreche, egal ob man zu Hause sei oder nicht, und einem an den Kragen wolle. Aber sie hatte einen großen, starken Hund, der einschüchterte und abschreckte, auf den Verlass war, der ihr im Gegensatz zu den Menschen treu blieb, die nicht berechenbar waren, nicht ein für alle Mal zu einem hielten, da die meisten niedere Beweggründe hatten, habgierig, ungepflegt und grob waren, so ein Hund, dem ihren standen noch die Ohren aufrecht und war der Schwanz kupiert worden, was niedlich aussah, wenn er wedelnd seinen Stummel hin- und herschob, war im Alter eine Stütze und verlieh Haltung, mit so einem Tier an der Seite ging man anders durch die Straßen, hatte das Gefühl, im Einsatz zu sein, da man sich bewacht fühlte, beeindruckend und bedrohlich wirkte, denn man musste auf der Hut sein, dass man nicht wieder alles verlor, wie damals, als sie ausgebombt worden seien, ihr Hab und Gut in Flammen aufgegangen sei und sie wieder bei null hätten anfangen müssen, es könne jederzeit wieder so kommen, nichts sei sicher außer der tödliche Schlag auf den Kopf.

Was verfolgte ihn, wer griff ihn an, wer würde ihn verraten, wer konnte das Schweigen brechen, wer wusste über seine Vergangenheit Bescheid? Auch wenn Akten manches belegten, würde er alles verleugnen und herunterspielen, außerdem würde man sich für ihn einsetzen, seine Frau, der Dekan der Universität, aus der er zwar kurz nach Kriegsende entlassen worden war, obwohl man, was seine Kollegen bereits vor Kriegsende begriffen hatten, nicht auf ihn verzichten konnte, da scherte ihn wenig, dass die Berliner ihm zu keinem Persilschein verhelfen wollten, weil noch allgemein bekannt sei, dass er politisch stark hervorgetreten sei und große Reden geschwungen habe, aber was wusste man denn hier davon? Immer habe er seiner Sache gedient und sei bereit gewesen, Kompromisse einzugehen, solange sie seinen Werdegang nicht behinderten und seine Ehre nicht verletzten, denn er habe immer gewusst und sei auch jetzt in dieser üblen Lage, nachdem er sechsmal von einem Lager ins andere verfrachtet worden sei, davon überzeugt, dass er es auf dem Gebiet der Tiermedizin weiter bringen werde als andere, mit Recht habe er es zum Professor und in Lehre und Forschung zu etwas gebracht, bei der es nicht um Selbstbeweihräucherung oder intellektuelle Spielerei gehe. Zum Beispiel die Gesundheit von Nutztieren, mit deren Krankheiten er sich beschäftigt habe, sei für den Menschen überlebenswichtig, es sei immer um einen Auftrag gegangen, den Forschung zu erfüllen habe, sie habe sich verdient zu machen, habe moralische Verantwortung, die ihm jetzt abgesprochen werden solle, ihm solle etwas angehängt werden, weil er sich im Ton vergriffen, seine Karriere wichtiger als eine Weltanschauung genommen habe. Sonst hatte er seine Nervosität mit Eifer, Fleiß und körperlicher Verausgabung unter Kontrolle bringen können, aber wie sollte er im Elend dieses Lagers zur Ruhe kommen, überlegte der Professor, er würde wohl kaum wie der Ritter hysterisch herumrennen, um seinen Schuldgefühlen beizukommen, oder wie der Doktor Sargnagel in *Woyzeck* durch seine

Hektik auffallen, den der Hauptmann zur Gemächlichkeit aufforderte, mit der sich ein gutes Gewissen frei und entspannt bewegen könne, anstatt zu hetzen wie der aus ganz anderen Gründen nervöse Woyzeck. Da fasste sich der Professor ins Gesicht, das, wenn er sich nicht getäuscht hatte, unter dem Auge leicht zitterte, fast zuckte, wie das des Reichsbildungsministers Rust, dem er dreimal ganz nahe gekommen war, einmal eher zufällig, als er den Hörsaal betreten, das zweite Mal, als er ihm die Hand zur Begrüßung gegeben hatte, und jedes Mal zuckte es in dessen Gesicht, weil der Schmerz hineinfuhr, das sah ein Mediziner gleich, dem je nach Fachgebiet das Tier zum Menschen und der Mensch zum Tier wurde, denn mit dem Zucken stieg dem Minister Wasser in die Augen und war Speichel an den Mundwinkeln zu sehen, was möglicherweise die Folge seiner schweren Kopfverletzung war, die er im Ersten Weltkrieg erlitten hatte, in dem er auch zweimal verschüttet wurde, was für einen Körper kaum auszuhalten war. Aber damals bei der flüchtigen Begegnung in der Humboldt-Universität, nach seiner Rede vor versammelter Professoren- und Dozentenschaft hatte der Professor den Eindruck, dass dieser Körper, dem Rust mit aller Kraft Willensstärke, Disziplin und Begeisterung aufzwingen wollte, den ehemaligen Gauleiter und treuen Gefolgsmann Hitlers an dem zu hindern versuchte, was er tat, dass ihm seine eigene Natur in die Quere zu kommen versuchte, und nach Kriegsende wurde er dann tot aufgefunden. Bei diesen winterlichen Temperaturen hätte dem Professor doch eigentlich kalt sein müssen, obwohl er nicht mehr, wie immer noch viele andere, in einem der großen Zelte hauste, sondern in einer beheizten Baracken untergebracht war, in denen es auch nicht gerade warm war, aber er träumte vom Schnee, der ihn, wie damals die verschneite Ruine ihres ausgebombten Hauses, kühl zudeckte, und er sah die Eisschollen auf dem Fluss vorbeitreiben, auf dem er als Junge im Winter Schlittschuh gelaufen war, während dickes Eis für Kühlhäuser geschnitten und abtransportiert wurde, von diesen niederschlesischen Wintern träumte er jetzt vierzig Jahr später und die Eisschollen schlossen sich über ihm und würden ihm Ruhe und Klarheit schenken, denn kleine Scherbenschnitte an den Extremitäten reichten nicht aus, um Hitze und Hirngespinste zu vertreiben. Mit der Stirn müsste er gegen die Wand schlagen, aus Platzwunden und der Nase bluten, stundenlang müsste das Blut fließen, damit der Druck im Schädel sinken würde, anstatt in pulsierenden Schlägen zuzunehmen, kein Herz hielt es aus, so zu pumpen, deshalb schröpfen Sie, punktieren Sie, Herr Doktor, stoßen Sie die Nadel durch die brüchigen Fontanellen ins Hirn, sonst lasse ich die Nase bluten! Der Schmerz pochte, als kullerte sein Kopf eine Treppe hinunter, als wäre er gar nicht mehr der seine, der Professor war anfällig für abergläubische Schwarzseherei, wollte in allem Zeichen erkennen, die nicht nur die Geschichte, die Menschheit, sondern ihn selbst betrafen, das warnende Märchen *Die klare Sonne bringt's an den Tag* ging ihm nicht aus dem Kopf, es ließ ihm keine Ruhe, wie und wo das Verschwiegene plötzlich und unerwartet ans Licht kommen würde, ob es sich in der Natur lesen lassen, sie ihn verraten würde, ob nicht der Himmel, sondern die Erde alles wusste, aufgehoben und gespeichert hatte, ob die Schuldsprüche in die Natur eingeschrieben waren, um eines Tages gefällt zu werden, selbst wenn der Mensch sie nicht aussprach, er blickte auf die Maserung der Bretter, die Löcher und Gänge der Holzwürmer und die Flechten, denn er wusste, dass man der Natur nicht trauen konnte, sie wucherte, wo und wie sie wollte, von ihr würde er sich nicht ins Bockshorn jagen lassen. Den Verlierern ging es an den Kragen, wer verlor, musste eben daran glauben, das hatte nichts mit Recht oder Unrecht zu tun, wer gewann, hatte das Sagen, und wer vorher ein großes Maul hatte, war kleinlaut und versuchte, sich aus der Affäre zu ziehen, wie er es versuchen würde, welches Urteil auch immer über ihn gefällt würde. Wenn der Professor sich nicht die Kehle durchschnitt, war das seine Entscheidung, und wenn er sich hier umschaute, war er mit Sicherheit keiner von den üblen Burschen und würde seine Chance wiederbekommen, er allein hatte mit seinem Gewissen zu klären, was er getan hatte, im Wettkampf um Arbeit, im Kampf ums Überleben hatte er sich durchsetzen, gewisse Winkelzüge und Finten einsetzen müssen. Wer konnte ihm denn nachweisen, dass er, wie viele andere Schlesier, Hitler und nicht Deutschnational oder die Deutsche Volkspartei gewählt hatte, schließlich wäre es ihm lieber gewesen, wenn eine andere, eine nationalliberale Ideologie die Geschäfte des Staates bestimmt hätte. Wer schlesische Gutshöfe kannte, wusste, was es bedeutete, sein eigener Herr zu sein, von niemandem bevormundet und ausgebeutet zu werden, nicht von Kaiser, Führer, Partei oder Staat. Dass er eine Woche vor dem Inkrafttreten des Berufsbeamtengesetzes der NSDAP beigetreten war, war für seine Karriere – schließlich hatte er unter allen Umständen im Staatsdienst bleiben wollen – nicht weniger wichtig als der Ariernachweis gewesen, auch wenn seine Mitgliedschaft in der Partei wie die in der SS nicht der Grund seines Aufstiegs, sondern nur Teil der Taktik gewesen war, seiner Kompetenz zu Erfolg und Einfluss zu verhelfen, schließlich hatte es an Konkurrenten eines schlesischen Landeis nicht gefehlt. Die Chancen und Möglichkeiten seiner Karriere hatte er realistisch einzuschätzen gewusst und daher jede politische Maßnahme begrüßt, die Widersacher ausschaltete, was er zwar später als fragwürdig, aber als in jeder Hinsicht zwangsläufig begriffen hatte, was zu bereuen er nicht den Verstand besaß, denn auch in der schauerlichen Umgebung dieses Internierungslagers sah er keine andere Möglichkeit als das Leben, das er gelebt hatte.

Die Schleimhaut ihres Mundes brach auf, als wollte sie Irene daran hindern, etwas auszusprechen, was sie zu verschweigen hatte, als ob sie vor der Erkenntnis von etwas stünde, was sie besser gar nicht gewusst hätte, nicht hatte wissen sollen, sie sollte so unauffällig wie möglich verschwinden, ohne Zeugnis abzulegen, wie ihre Mutter, die alle Erinnerungen, in ihrem Schädelkasten eingeschlossen, mit ins Grab genommen hatte, das Schweigen, die Lügen hatten sich Irenes Existenz übergestülpt und sie beinahe erstickt, die wenigen, die von ihrer Familie übrig waren, hatten sich stur, hirn- und herzlos gestellt, immer wenn die Frage nach deren Vergangenheit aufgekommen war, war gesagt worden, sie seien *ausgebombt* worden, sie hätten alles verloren, alles sei vernichtet worden, als sie *ausgebombt* worden seien, es sei nichts geblieben, die Tochter erinnere sich gewiss nicht daran, wie sie *ausgebombt* worden seien, und müsse sich nicht daran erinnern, sagte die Mutter noch kurz vor ihrem Tod, da ihr Vater ja immer, auch nachdem sie *ausgebombt* worden seien, also selbst angesichts der Katastrophe gesagt habe, man müsse von vorne anfangen können, immer müsse man von vorne anfangen können, selbst wenn man wie sie *ausgebombt* worden sei.

Ausgebombt worden zu sein war ein Vorkommnis, das keinen Ort und Zeitpunkt hatte, als wäre das Haus gar nicht von einem britischen Luftangriff, nicht von Bomben, die drei Viertel aller Häuser einer mitteldeutschen Stadt zertrümmerten, sondern auf unbestimmte Weise, aus innerem Druck heraus explodiert, als hätte diese Ausbombung den Zeitfluss unterbrochen oder sich außerhalb jeder Zeitrechnung ereignet, wäre nicht einmal jahreszeitlich zu bestimmen gewesen, wäre gar nicht während irgendeines Krieges, schon gar nicht ein halbes Jahr vor dem Ende des Zweiten Weltkrieges passiert, der wie ein sogenanntes Drittes Reich gar nichts mit zerstörten Häusern und Leben zu tun gehabt hätte, eher parallel dazu, in unbestimmter Entfernung geführt worden wäre, als eine Geschichte, die man so oder so sehen konnte, als eine Erinnerung, die man so oder so, aber nicht wirklich wiedergeben konnte, weil Phantasie, Gefühle und Ungenauigkeit sie verfälschten, ohne etwas an den Tatsachen ändern zu können, die so oder so existierten und von der Erinnerung unnötig aufgewärmt und überhitzt wurden, über die man hinwegkommen musste, anstatt daran festzukleben und immer wieder darum zu kreisen, denn was geschehen war, war geschehen und konnte nicht ungeschehen gemacht werden, war nicht zu ändern. Die ersten Lebensjahre, die Kindheit, ja die Vergangenheit überhaupt waren unter dem Wort *ausgebombt* versiegelt und unter Verschluss gehalten worden, bis es in der Leere des Schmerzes in Irenes Kopf widerzuhallen begann, als wäre mit der Schleimhaut auch das von *ausgebombt* blockierte Gedächtnis aufgeplatzt, und sei es zuerst nur als das Vermissen, das Fehlen von Erinnerung, dann tauchten andere Wörter wie Partei, Russland, Erfrierungen, Verhaftung, Gefangenschaft auf, die ihr den Atem zu nehmen drohten, als müsste sie aus großer Tiefe gesunkene Bojen der Erinnerung heraufholen, von denen sich die Erinnerungen aber längst gelöst hatten und die dennoch auf keinen Fall an die Oberfläche steigen durften, warum wäre ihr sonst vor Angst schwindlig geworden? Irene fragte sich, wo und wann sie Wörter, die sie nicht hätte hören sollen, hatte hören können, ohne sie zu begreifen, die sie, bevor sie verstanden oder ausgesprochen werden konnten, geschluckt hatte, wie nicht zu hinterfragende Tatsachen standen im zugeschlagenen Buch von Geschichte und Familie diese Wörter, die sich durch die Seiten bis ins Herz, in jedes seiner Gefäße, in jede Zelle des Körpers durchdrückten und sie ruhigstellten. Misstrauisch, aber so selbstverständlich waren diese Wörter zu hüten gewesen, dass das Mädchen gar nicht auf den Gedanken gekommen war, dass eine unvorsichtige Äußerung auf einen geheimen Sinn, auf eine verheimlichte Vergangenheit verweisen, Rückschlüsse erlauben, verdächtig machen könnte, diese Schlüsselwörter ihrer Existenz hatte sie, ohne zuzubeißen, wie Seeigel geschluckt, deren Stacheln sich in ihr befanden, sich in ihr Fleisch geschlagen hatten und erst jetzt herauszueitern begannen. Die unbegreifliche Angst vor diesen Stacheln hatte sie zum Schweigen gebracht und ihr Denken lahmgelegt, nichts hatte sie zum Zweifeln, Nachforschen oder Aufbegehren bewegen können, sie hatte alles ertragen, die sogenannten Revoluzzer waren ihr zuwider gewesen, weil sie ihr unehrlich und oberflächlich erschienen waren, grob und notgeil hatten sie aus ihrem Ehrgeiz, ihrer Beschränktheit und ihrer altklugen, menschenverachtenden Rechthaberei keinen Hehl gemacht, die Politik war für ihr blasiertes Gehabe nur ein Vorwand gewesen, hinter dem sie Sinnlosigkeit und Unmenschlichkeit hatte lauern sehen.

Noch mit seiner Familie vor dem zerbombten Haus stehend hatte der Professor gesagt, er werde von vorne, ganz von vorne anfangen, was er wirklich tat, als plötzlich alles in Trümmern lag, die Stadt, das Haus und seine Karriere, auch jetzt schaute er in die Zukunft und nicht auf seine Vergangenheit zurück, an die er sich nicht erinnerte, als gäbe es nichts abzustreiten, nichts zu verschweigen, aber die Zugluft, die ihn anwehte, wurde so stark, dass er sich die Kleider bis zum Kragen am Leib festhalten musste, um ihn bis zum Kinn zu verbergen, als hätte er sich doch die Glasscherbe durch das Fleisch gezogen, um sich schönheitschirurgisch herzurichten, und könnten die Narben ihn verraten, obwohl ihn seine Frau beruhigte, dass doch gar nichts zu sehen sei, ließ sich nicht sagen, was die Leute in einem Leberfleck, einem Schatten oder einer Falte erkannten, die eine ungeschickte Gewohnheit, ein Tick dem Körper eingeschrieben hatte, ob sie daran nicht doch ablesen konnten, was sein Gesicht verbarg? Die Köpfe waren gerollt und rollten die Treppen hinunter, vorbei an dem Affen mit der Kopfwunde, rollten und rollten, die Köpfe von Denkmälern und Büsten schlugen auf den Stufen auf und verfärbten sich, bis es blutig aus ihnen herauslief, während sie vom Oberstübchen durch die Dienstzimmer bis in den Keller hinunterkullerten, und wieder hoch und wieder runter, und der seine sollte das alles ohne Gehirnerschütterung aushalten, ohne in Apathie zu verfallen, ohne Schaden zu nehmen?

Jeder andere auf dem Dach wäre ein naheliegenderes Opfer als er gewesen, war er doch fast der jüngste, hatte hier vorher noch nie gespielt und kannte die anderen Kinder kaum, er versuchte sich zwar einzureden, dass das Geschoss jemand anderem gegolten hatte, aber es hatte ihn so heftig und genau getroffen, dass der Werfer, der auf bisher nicht gekannte Weise bösartig war, es wirklich auf ihn abgesehen und ihn daher immer noch im Visier haben musste, der Junge fühlte sich überwacht und ausgeliefert, machtlos und betrogen, jemand verfolgte ihn, während die anderen Kinder weiterspielten, als wäre nichts geschehen. Vielleicht hatten sie wirklich nichts bemerkt, dennoch überkam ihn Misstrauen, wie es möglich sein sollte, dass ihnen der Angriff entgangen war, ob sie nur so taten, als ob sie das fliegende Objekt nicht gesehen und den Schlag an seinen Schädel nicht gehört hätten. Plötzlich waren seine Spielkameraden nicht mehr selbstverständlich seine Vertrauten, er begann sie zu verdächtigen, da sie etwas gegen ihn im Schilde führen konnten, bedeutete ihre Gemeinschaft keine Sicherheit mehr, das plötzlich trostlose Eckchen der Welt, in dem er unbehelligt bis zum Eintritt in die Schule gelebt hatte, war eine Falle, deren Kiefer zugeschnappt waren, und er sah sich darin rotieren im rückwärts laufenden Strudel der Zeit.

Bernhard Rust, den späteren Reichsminister für Erziehung, Wissenschaft und Bildung, traf der Professor zum ersten Mal 1933 in der Humboldt Universität, wo der Minister ihm ein Jahr später als einem der führenden Hochschullehrer persönlich das SA-Sportabzeichen verlieh, 1938 besuchte Rust dann die veterinärmedizinische Fakultät, an der er Professor geworden war, um über deren Ausbau zu entscheiden. Als er bei der ersten Begegnung die Rede des Ministers hörte, wurde ihm klar, dass er unter keinen Umständen der politischen Auslese zum Opfer fallen durfte, wenn er – damals noch Privatdozent – seine akademische Karriere nicht gefährden und einmal die Veterinärklinik einer Universität leiten wollte, um forschen und andere Fälle als sein Vater behandeln zu können, der als Landtierarzt gearbeitet hatte, er strebte bestmögliche Bedingungen als Arzt und Wissenschaftler an und nach seiner Berufung zum Professor und dem Aufstieg zum Dekan standen ihm dann wirklich Geldmittel zur Verfügung, die eine bessere wissenschaftliche Arbeit und ein besseres Auskommen ermöglichten, mit dem er seiner Familie finanzielle Sicherheit bieten konnte. Als Rust, der damals noch Kultusminister in Berlin war, die Dozenten aufforderte, in die Partei einzutreten, wenn sie weiter im Staatsdienst tätig sein wollten, war er bereits Mitglied der NSDAP gewesen, in die SS trat er einige Monate später ein. Sich in verschiedenen Organisationseinheiten der Nationalsozialisten zu engagieren und zum führenden Kopf der Dozentenschaft aufzusteigen war die Chance, sich über die Masse zu erheben, was später bei seiner Bewerbung um eine Professur kriegsentscheidend gewesen war, denn fachlich war er, in Veterinärchirurgie und Röntgenkunde habilitiert und schon damals ein ausgewiesener Pferdespezialist, den Konkurrenten, von denen einige nicht einmal habilitiert waren, eigentlich überlegen, aber insofern unterlegen gewesen, als er, außer ein paar Operationen an Hunden in der Praxis eines jüdischen Corpsbruders, die er hatte verschweigen müssen, kaum Erfahrungen mit der Behandlung von Kleintieren hatte, in die er sich aber leicht einarbeiten konnte, um Studenten zu unterrichten. Die Auswahlkommission nahm diese Lücke dennoch als Vorwand, ihn nur auf den dritten Platz der Bewerberliste zu setzen, da er aber seit zweieinhalb Jahren aktives Parteimitglied war, erfüllte er als einziger die politischen Anforderungen, während keiner der anderen Mitbewerber wie auch nur wenige Professoren dieser Universität – im Gegensatz zu den Hochschulen in Berlin und Hannover – Parteimitglieder waren, sonst wäre er wahrscheinlich nicht Professor geworden. Auch später unterschätzte er nie seine Abhängigkeit von Partei, SS und Wehrmacht, bei der Auswahl von Mitarbeitern vernachlässigte er als Dekan nie die Parteizugehörigkeit, auch wenn er das misstrauische, verleumderische, gehässige, Menschen verachtende Verhalten von nationalsozialistisch organisierten Studenten und Lehrenden, die die anderen ständig beobachteten und beurteilten, als unerträglich dumm und selbstsüchtig empfand, solche Engstirnigkeit störte die Arbeit, behinderte den Ablauf von Lehre und Wissenschaft, wie auch eine Vermischung von Politik und Privatleben ungesund und ein Zeichen von Charakterschwäche war. In einer solchen Atmosphäre habe der Professor es sich nicht nehmen lassen, andere vor politischen Fehltritten zu warnen, die ihren Werdegang oder ihr Leben gefährdet hätten, rechtfertigte sich der Professor vor sich selbst, sich politisch zu betätigen, wie er es als Privatdozent in Berlin getan habe, sei ihm als Professor und dann zur Kriegszeit, die immerhin sechs von neuneinhalb Jahren seiner Arbeit an der Universität dauerte, gar keine Zeit geblieben.

Dass ihr Vater in einer Burg festgehalten wurde, hatte sie nicht erwartet, man hatte ihr doch gesagt, wenn er nicht zu Hause sei, sei er bei den Pferden, um die er sich kümmere, während die anderen Väter, die noch nicht nach Hause zurückgekehrt waren, im Krieg seien, und jetzt sollte er plötzlich nicht bei den Pferden sein, sondern in einer deutschen Burg, aber für sie machte es keinen Unterschied, ob der Vater in Deutschland oder Russland unterwegs war, in Gefangenschaft oder einem Internierungslager saß, wenn er weg und nicht in ihrer Nähe war, während sie vom Kleinkind zum Schulmädchen heranwuchs, das seinen Vater kaum wiedererkennen würde, der in eine Not- und Zwangslage geraten sein musste, sonst hätte er die Tochter nicht im Stich gelassen, die natürlich zu klein war, um etwas anderes zu verstehen, als dass er nicht da war. Erst später sagte man ihr, dass er in Kriegsgefangenschaft gewesen sei, aber nicht in Russland, sondern im eigenen Land saß ihr Vater in einer Burg, wo sie ihn in all den Jahren ein einziges Mal besuchten, an die Fahrt erinnerte sie sich, ob sie mit Mutter, Schwester und Großmutter im Auto saß, vielleicht in dem VW, in dem sie auch später weite Reisen gemacht hatten, erinnerte sie sich nicht, immerhin mussten sie von ihrem Wohnort mehrere hundert Kilometer gefahren sein, bis plötzlich in der Landschaft dieses Reptil mit gemustertem Rückenschild auftauchte, das sie beim Näherkommen als Festung erkannte, zu der sich eine kurvige Straße hochschlängelte. Beim Autofahren war ihr immer schlecht geworden, bei jeder Autofahrt musste sie sich übergeben, was dieses Mal spät, erst am Ende der Fahrt, beim Hinauffahren des Reptilienpanzers passiert war, während ihre Mutter, die am Steuer saß, immer wieder sagte, dass sie jetzt gleich ihren Vater wiedersehen würden, jetzt gleich, gleich seien sie da und dann würden sie ihren Vater wiedersehen, da hatte sie sich im Auto übergeben, das schwankend, zuckelnd die Steigung nahm, von der sich das Mädchen fragte, wohin sie eigentlich führte. Eine Burg war kein Bauwerk aus ihrer Zeit, die gab es vielleicht in Märchen, und wenn es sie einmal gegeben hatte, dann weit weg in der Geschichte, denn sie hatte keine Vorstellung, wann Burgen gebaut worden waren, wozu sie heute noch dienten und warum man einen Mann dort festhalten sollte, in einem Gebäude, das unendlich weit in der Vergangenheit lag, sie waren auf einer Zeitreise zu jemandem, von dem schwer zu sagen war, ob es wirklich ihr Vater war, an den sie keine Erinnerung hatte, der aber wenigstens so angesprochen werden sollte und wollte und der offensichtlich noch von dieser Welt war, der in derselben Zeit wie sie existierte, obwohl sie ihn seit ihrer Geburt wenig zu Gesicht bekommen hatte und nicht sicher war, ob er überhaupt wirklich war, wirklich werden konnte, selbst wenn er nicht in Ketten sitzen und keine Ritterrüstung tragen würde. Nachdem sie ausgestiegen waren, gingen sie zu Fuß weiter, stiegen bergauf, über einen Burgwall, zwischen Steinwänden rechts und links hindurch, einen Gang entlang, der zu der Burg und nicht in ein Reptil hineinführte, die Steinstufen, die mit den Mauern die Muster des Panzers gebildet hatten, stiegen sie hinauf, bis sie oben an ein gewaltiges Holztor kamen, an dem kein schwerer Metallring als Türklopfer angebracht war, sondern eine Klingel, die die Mutter betätigte und die einen Bewaffneten in Uniform herbeirief, um sie mit schwarzen Handschuhen hereinzuwinken, deren Leder sie immer wieder angesehen hatte, während sie sich fragte, was der Soldat mit diesen Handschuhen anfassen, was die glänzende Oberfläche aufnehmen, was abstoßen würde, ihr ganzes Leben hatte sie, wenn sie die Augen schloss und an den Aufstieg dachte, diese Handschuhe vor Augen, die sie abstießen, vielleicht weil das Leder so neu, so unbenutzt glänzte. Der uniformierte Waffenträger, der mit einem seltsamen, bellenden Akzent Deutsch sprach, führte sie weiter durch halbdunkle, kurvige Gänge, die manchmal kurze Strecken im Freien verliefen, dann durchquerten sie wieder Tunnel und kamen mehrmals an Tore, die der Mann, an dessen Gesicht sie sich nicht erinnern konnte, das sie vielleicht gar nicht anzuschauen gewagt hatte, mit großen Schlüsseln öffnete und von innen wiederverschloss, um die drei Frauen durch weitere menschenleere Gänge hinaufzuführen, bis sie schließlich in einen Hof kamen, in dem mehrere Grüppchen von bewaffneten Männern in Uniform rauchend zusammenstanden und sie aufmerksam betrachteten, als sie in ein Gemäuer aus andersfarbigem Stein abbogen und am Ende eines weiteren Ganges zu einer Metall beschlagenen Tür kamen, durch die sie der Soldat in einen großen Raum schob, in dem blasse, ausgehungerte Männer auf Feldbetten saßen und die Besucherinnen teilnahmslos, misstrauisch, ja feindselig ansahen, als hätten die Frauen ihre Ruhe gestört, wollten sie nicht an eine Außenwelt erinnert werden, von der sie abgeschnitten waren. Sie bekam Atemnot, konnte ihre Platzangst nur unterdrücken, indem sie zu den kleinen Fenstern blickte, durch die sie so etwas wie ein Tal und Berge sah. Sie wurden zu einem Bett geführt, auf dem ein Mann saß, von dem sie wusste, dass es ihr Vater sein musste, der sie umarmte und auf seinen Schoß zog, seine Bartstoppeln stachen, als er sie an sich drückte, während ihre Mutter weinte und sich an das Fußende des Bettes auf eine kratzige Amidecke setzte. In dem Raum waren mindestens zwanzig Männer in grauer Einheitskleidung, von denen viele mit starren Gesichtern apathisch vor sich hinblickten, die Stille wurde nur von einem Mann mit Kappe gestört, der nicht aufhörte, mit einem Löffel in seinem Becher zu rühren und zu schaben, ununterbrochen schlug er Metall auf Metall, als wollte er sich Rederecht verschaffen, die Wachen herbeirufen, um alles so zu Protokoll zu geben, wie es gewesen war, zu gestehen, was er sich hatte zuschulden kommen lassen, wofür er schuldig zu sprechen war. Oder er bat gute Geister, ihn aus diesem Gefängnis herauszuholen, und sei es, indem sie ihn sterben ließen, deswegen rührte er diesen letzten Giftbecher an, der ihn endlich aus der Welt schaffen würde, nachdem er seinen Angehörigen oder seiner Geliebten mit dem Löffel ein letztes Lebenszeichen gegeben hatte, damit sie wüssten, wo er bald tot zu finden wäre. Während des Gesprächs mit dem Vater, das nur unter Aufsicht geführt werden durfte, verließ der Soldat die vier nicht, stand zwar etwas abseits, aber hörte jedes Wort, das der Vater gegen die beklommene Stimmung anflüsterte, bis die Mutter sich gefasst hatte und davon zu erzählen begann, wie sie sich auf dem Land in der Wohnung eingerichtet hätten, wo er abgeholt worden war, dass sie auf der Suche nach einer Möglichkeit sei, in die Stadt zurückzukehren, wobei sie immer wieder betonte, dass sie schon Briefe nach Berlin und an seine Arbeitskollegen geschrieben habe, damit die Leute, die ihn wirklich kannten, wüssten, was ihm zugestoßen war, und sich für ihn einsetzten, denn hier könne er auf keinen Fall bleiben, er werde gebraucht, von seiner Familie und der Universität, das sei nicht der Ort, an den er gehöre, was für eine Ungerechtigkeit!, es müsse sich um eine Intrige handeln, dass er in diesem Loch sitze und nicht andere, die sich nicht so verdient gemacht hätten wie er, die neidisch auf seinen Erfolg seien und ihn sicherlich angeschwärzt hätten, während die Großmutter und die Töchter nicht wussten, was sie sagen sollten, nicht einmal lächeln konnten. Irene fühlte sich beobachtet, ertrug die ernsten, misstrauischen, mitleidigen Blicke der anderen Insassen nur schwer, die danach forschten, ob oder wie sich Gefühlsregungen in den Gesichtern der Familie abzeichneten, hier fehlte ihr die Kraft, die anderen strahlend mit ihrer Fröhlichkeit anzustecken, sich durch ihre einfache, umgängliche Heiterkeit, die nichts schwer nahm, in den Vordergrund zu schieben, hier vermochte sie es nicht, diesen Mann wieder zu ihrem Vater, glücklich zu machen. Schon nach kurzer Zeit war der Besuch beendet, sie wurden durch dieselbe Tür, durch die sie gekommen waren, hinausgewiesen, wo schon andere warteten und sich das Mädchen fragte, wen diese Leute eigentlich besuchen wollten, bis ihr wieder einfiel, dass ihr Vater ja nicht allein, wie sie sich einen Augenblick vorgestellt hatte, in dem dunklen Raum zwischen den alten Steinmauern saß, wo das Schlimmste, ja Unerträgliche der Geruch gewesen war, wo es nach Alkohol, Desinfektionsmittel, Wunden, Blut und Krankheit, Ausscheidungen, Fäulnis und Verbranntem, nach kaltem Schweiß, Ammoniak, Mottenkugeln, Moder und Schimmel gerochen hatte, und von den Gerüchen war der Mann, der sie auf den Schoß genommen hatte und ihr mit der Hand über das Haar gefahren war, dieser fremde, unheimliche Mann, der ihr Vater sein sollte, so durchdrungen gewesen, dass er diese Gerüche sein ganzes Leben nicht wieder losgeworden war, auch als er wieder arbeitete, konnte sie diesen säuerlichen, beißenden Geruch noch wahrnehmen, den selbst Seife, Rasierschaum und Rasierwasser, Pomade und Zigaretten nicht überdecken konnten und den sie kaum ertrug, wenn sie den Vater auf seinen Fahrten begleitete, erst auf dem Gepäckträger des Fahrrads, dann hinter ihm auf dem Motorrad saß und ihre Arme um ihn legte, versuchte sie sich einzureden, dass die Gerüche von seiner Arbeit als Landtierarzt kämen, dass er nicht mehr nach dem Gefängnis röche, sondern nur sie diese Gerüche nicht mehr aus der Nase bekäme, dass sie ihm etwas anhänge, hinterhertrage, was er sonst hinter sich gelassen hätte, längst losgeworden wäre.

Was ihn getroffen hatte, konnte er gar nicht mit Sicherheit sagen, auch wenn er davon ausging, dass ihm ein Stein an den Kopf geflogen war, Kieselsteine lagen genug um den Schuppen herum, aber gesehen hatte er den Stein nicht, dessen Bild sich in seinem Kopf, als das harte, rundgeformte Objekt gegen seinen Kopf geschlagen war, festsetzte, ein flacher, rundlicher Stein erst mit rotbräunlicher, fast orangefarbener Maserung, die von sich kreuzenden weißen Streifen unterbrochen war, dann milchig wie Bergkristall, den der Junge eher in seine Steinsammlung gelegt hätte, anstatt ihn einem anderen an den Kopf zu werfen. Kein anderes Material dieser Härte und Glätte fiel ihm ein, kein anderer Gegenstand, der ihn auf diese Weise hätte treffen können, ein geschleudertes Werkzeug oder die Kugel einer Waffe wären im Schädelknochen stecken geblieben oder hätten ihn durchstoßen. Der Gegenstand konnte kaum unsichtbar gewesen sein, sonst hätte er dennoch eine solche Dichte haben müssen, dass er an der Kinderschläfe abgeprallt war, oder das Objekt bestand aus einem Material, für dessen Dichte Knochen und Organe nur einen äußerst geringen Widerstand darstellten, sodass es den Schädel schmerzhaft durchdringen konnte, ohne ihn sichtbar zu verletzen oder zu zerstören, denn seltsamerweise konnte Troll auch später keine Anzeichen einer inneren oder äußeren Verwundung, etwa von Abschürfungen oder Blutungen feststellen, er hatte erwartet, dass seine Schläfe anschwellen und sich ein Bluterguss vom Haaransatz bis zum Auge bilden würde, dessen wechselnde Farbe er mehrere Wochen lang hin bewundern könnte, dass er Blut spucken, einschlafen und nicht mehr aufwachen würde, zu seiner Verwunderung war aber von dem Aufschlag später nichts mehr zu sehen, der Schmerz verschwand in den folgenden Tagen und hinterließ ein unheimliches Gefühl der Bedrohung. Er fragte sich, ob dieser Stein ihn, wie das Haupt den Ritter, zum Narren gehalten, an der Nase herumgeführt habe und noch immer um ihn kreise, das Flugobjekt musste sich windschief zu seinen Blicken bewegen und konnte ihn dennoch empfindlich treffen, es schauderte ihn bei der Vorstellung, dass das Geschoss in seinem Lebensraum existierte, aber seiner Wahrnehmung entzogen sein sollte, möglicherweise auch, weil es sich zu schnell oder zu langsam bewegte, in einer Dimension, an der er teilhatte, ohne es zu wissen. Der Gegenstand, den er sich wegen seines Weltraumeinsatzes auf dem Schuppenraumschiff als Meteoritensplitter vorstellte, musste ihn aus einem anderen Raum, einer anderen Dimension, gar einer anderen Zeit getroffen haben, das Objekt war ein wirkliches UFO, das die physikalisch vorgeschriebenen Wege durch Räume und Zeiten missachtet hatte und mit ihm zusammengestoßen, durch ihn hindurchgeschwirrt oder spurlos in ihm stecken geblieben war. Sein Bruder war einmal, als er auf einem runden und mit alten Zeitungen ausgetopften Lederkissen saß, nach hinten gekippt und mit dem Hinterkopf so stark an die Stahllamellen des Heizkörpers geschlagen, dass Blut zwischen den rot glänzenden Strähnen hervortrat, er habe ein Loch im Kopf, hieß es sofort, bei einem Loch im Kopf, das der Bruder sich nicht zu berühren traute, müsse er sofort zum Arzt. Hätte ihm das Geschoss ein solches Loch in den Kopf geschlagen, hätte er wenigstens ausreißen können, was da in ihn eingedrungen war, hätte in seinen Kopf greifen und es herausschneiden können, wie Indianer, denen eine Gewehrkugel mit rußschwarzem, über dem Feuer desinfiziertem Messer aus dem Leib geschnitten wurde. Er fühlte sich in der Kulisse dieser Bretterschuppen, die auch Teil einer Geisterstadt im Wilden Westen hätten sein können, wie ein galaktischer Westernheld, der, aus der Vergangenheit beschossen, wie Winnetou aus dem Hinterhalt hatte getötet werden sollen, für einen Augenblick musste er in eine Raumfalte, eine Zeittasche geraten sein, in der die Zeiten ineinandergriffen, ohne dass er ahnte, aus welcher Zeit dieses Meteoritengeschoss angeflogen gekommen war, das Generationen durchirrt hatte, um in seinem Kopf einzuschlagen, was seinen Vorstellungen von Zeit, von der Linie, die von seinen Vorfahren zu ihm führte, widersprach, offensichtlich gab es Verbindungen, die er nicht durchschaute, wie hätte er sonst so hinterhältig getroffen werden können?

Einen *Hecht* zog der Nikolaus aus dem Silbersee, dem Schwanenteich oder einem anderen sumpfigen Gewässer, um ihn noch zappelnd der fast Dreijährigen in die kleinen Schuhe zu stecken, einen modrigen Raubfisch mit scharfen Zähnen, der der Blutfahne des abgeschlagenen Hauptes gefolgt, den Fluss hinaufgeschwommen war und ihn ausräumte, so einen *Hecht*, wie aus den Brandenburgischen Seen, in denen Irenes Mutter als Kind gebadet hatte, ängstigte doch ein Flüsschen wie die Lahn nicht, an deren Ufer er haltmachte, glühende Blicke aus dem Wasser warf und stillhielt, als man ihn fing, stellte er sich ohnmächtig und ließ sich in die Stadt tragen, aber kein Messer würde ihm in den Leib fahren, ihm die Eingeweide und Kiemen herausschneiden und ihn entschuppen. Im frisch geputzten

Mädchenschuh fing er an, sich zu rühren, um sich schlagend zu wachsen, sich immer geschwinder, immer ausgreifender zu drehen, bis er genug Masse, Schwung und Auftrieb hatte und die Tür einschlug, vor der die Schuhe standen, er verwüstete das Treppenhaus, immer wilder drehte sich der gewaltige Fischschwanz, fegte die Wände aus der Wohnung und dem ganzen Mietshaus, durchbrach flossenschlagend das Dach und stieg durch rosiges Gewölk ins glühende Abendrot empor, in dem seine Stahlschuppen leuchtend schmolzen, flüssig herabzutropfen drohten. Als Untier nicht mehr zu erkennen, stand der Raubfisch gleißend am Himmel, um mit aufgerissenem Maul niederzustoßen und die Stadt, Häuserblock um Häuserblock, zu zermalmen, seine Zähne stießen durch die Trümmer hindurch, durch Wohnungs- und Straßendecken bis in die Keller hinab, wo das Mädchen, seine Familie und viele andere Schutz gesucht hatten und die einschlagenden Bomben, die Explosionen, einstürzendes Mauerwerk und zerstörenden Brand nur gedämpft hörten, das Gebälk ächzte und krachte, Staub und Sand fielen herab, das Haus über ihnen schwankte und stürzte ein. Dahin waren Sauberkeit, Ordnung und Sicherheit, hier galten die Regeln der Erwachsenen nicht mehr, hier bestimmte *operation hake*, *Operation Hecht*, der viele Zähne hatte, und jeder war ein Bömbchen, das der geflügelte Nikolaus dem Mädchen in die Schuhe gesteckt hatte, links ein Bömbchen, rechts ein Bömbchen. Zu früh strahlten die Christbäume am Himmel über ihrer Wohnung im Adolf-Hitler-Wall, ein Feuerwerk zum Schreien und Quietschen, Irene klatschte und jubelte über die fallenden, vom Himmel herabschwebenden Leuchtkugeln, die am Himmel erstrahlten, bevor sie den Luftschutzkeller erreicht hatten, da der Voralarm, als der Feind abdrehte, zurückgenommen und dann, als die Flugzeuge wendeten und doch auf die Stadt zuflogen, wieder ausgelöst worden war. Von wegen Kriegstrauma, eine Freude war das, wie es leuchtete, krachte und knallte, bevor sie am Bunker ankamen, fielen schon die ersten Sprengbomben, die die Dachstühle aufrissen und in die Häuser und ins Kopfsteinpflaster einschlugen, Phosphorbomben steckten die Stein- und Schutthaufen in Brand und die Stadt ging in Feuer auf. Als sie aus dem Bunker heraustraten, brannte die Welt lichterloh, Irene sah die Schönheit des Feuers und der Glut und wünschte sich jauchzend, mit Flammen und Funken in Farbe und Hitze aufzusteigen, trotz der Ermahnungen schrie sie vor Begeisterung, Bleib ruhig!, Bleib ruhig!, riefen die Erwachsenen, denn solcher Übermut, solche Neugier waren in Kriegszeiten tödlich, angesichts des Irrsinns der Zerstörung, nach der die ganze Stadt wie ein in einem Wutanfall aufgerissenes, verkohltes Spielzeug dalag, war es ein Leichtes, den Verstand zu verlieren. Durch Asche, Rauch und Staub musste man sich fressen, wenn man nach Hause wollte, kaum etwas war zu sehen, Straßen waren Geröllhalden, versperrt, verschwunden, nicht einmal der Marktplatz war wiederzuerkennen. Irene verspürte keine Angst, griff nach den Lichtern, wollte das Licht, die Farbe in den Händen halten, als ob sie die Bomben entschärfend vom Himmel hätte holen können, aber dann fielen sie auf das Mädchen zurück, wenn es sie explodierend in den Himmel zurückwarf, fielen die Splitter auf und in es hinein, und die würde es nicht mehr loswerden, vergeblich aus Hirn- und Schleimhäuten zu ziehen versuchen, damit sie es nicht um Kopf und Kragen brächten. Was Irene gesehen, gehört, gerochen hatte, hatte sie vergessen, sie erinnerte sich nicht an den Weg durch vorschriftsmäßig verdunkelte Gassen, nicht an den Anblick von zerstörten Häusern und Straßen, nicht an den Anblick von Toten, aber all das musste auf ihrer Netzhaut erschienen, Lebensgefahr, Angst und Verzweiflung sich in ihr Gehirn und Nervensystem eingeprägt haben, ohne eine Möglichkeit gehabt zu haben, darauf zu reagieren. Wie habe man sich so etwas antun lassen können, hatte sie nicht gefragt, was über ihren Köpfen, über ihre Köpfe hinweg geschehe, hatte sie nicht denken können, auch wenn sie sehr wohl wusste, dass seit ihrer Geburt über ihren Kopf hinweg entschieden worden war. Im Gegensatz zu ihrer älteren Schwester war sie im Krieg geboren, während ihr Vater im eiskalten russischen Winter Pferde versorgte, die ersten vier Jahre ihres Lebens war sie vaterloses Bombenfutter gewesen, als das sie sich nie gefühlt hatte, vieles war ihr aber gegen den Strich gegangen, vieles hatte sie als seltsam, unstimmig, unverständlich, widerwärtig, ja unerträglich empfunden, hatte es aber geschluckt, obwohl etwas in ihr versuchte zu widerstehen, nicht hinnehmen wollte, was ihr widerfuhr, was sie empfand.

Seit sich ihre Gefühle an den Christbäumen, die von den Aufklärern bei Nacht auf die Stadt niedergegangen waren, entzündet und verbrannt hatten, misstraute sie ihnen, Gefühle waren nichts als zittrige, aufgekratzte, aufflammende Reaktionen auf Bedrohung und Zumutung, in denen die Schuld nistete, nichts war rückgängig zu machen, nichts zu tilgen, keiner konnte den Staub einer Stadt fressen, Schutthalden, Geröllfelder schlucken, deren Backsteine und Balken Irene gebraucht hätte, um sich eine Treppe zu bauen und aus dem Bombenkrater herauszuklettern, in den sie gestürzt war. In anderen Kratern hatte sie oft mit ihren Freundinnen gespielt und sich versteckt, obwohl die Eltern ihnen das Betreten der Verdun-Kaserne verboten hatten, deren Stacheldrahtzaun ein Loch hatte, das groß genug war, um barfuß durch stachelige, rosa blühende *Hauhechel* auf den teilweise überwachsenen Truppenübungsplatz zu krabbeln, der bombardiert worden war, die Erwachsenen konnten sich nicht vorstellen, wie gut sie in Bombentrichtern spielten, am besten in den halb zugewachsenen, wo die Freundinnen in der Deckung von Pflanzen und Zweigen sich ein Lager eingerichtet hatten und Irene Verstecke für alle möglichen Fundstücke anlegte, obwohl sie die Eltern zu Vorsicht und Sauberkeit ermahnt hatten, dass sich ein Mädchen doch davor zu ekeln habe, alles anzufassen und mit nach Hause zu bringen, hatten sie gesagt, als sie zum Beispiel vor der Währungsreform in einem Gebüsch Geldbündel, Zigaretten und Schnapsflaschen, die auf keinen Fall bei einer Razzia in der Wohnung gefunden werden durften, entdeckt und auf den Küchentisch gelegt hatte, wie all die Dinge, die ihr zeigenswert und wertvoll erschienen, einen Sack mit hart gewordenem Instantkaffeepulver, Teile von Waffen oder Dosen, das meiste behielt sie aber schließlich für sich, legte kleine Lager in Mauerlöchern und im Brombeergebüsch der Krater an, durch die sich oft mehrere Wege schlängelten. Aber jetzt war Irene genau in einen der Bombentrichter gestürzt, die ganz zugewachsen, gar nicht mehr als Vertiefung zu erkennen waren, und hatte sich Arme und Beine an den Dornen des hohen Gestrüpps blutig aufgerissen, als sie in den Krater hinabgerutscht war, der zu steil war, um ohne Hilfe hinauszugelangen, eine Leiter, ein Seil oder wenigstens einen Ast hätte sie gebraucht, ihre Freunde, die Zwerge, die sie im Vorgarten einmal unter der *Ulme* gesehen hatte, hätten ihr sicherlich helfen, ihr einen Ausweg mit Erdreich aufschütten können, mit dem sie sich auskannten, schnell und geschickt arbeiteten sie und ließen sich an Wurzeln in ihre Stollen hinab, um in der Tiefe der Erde zu graben und Schätze zu heben. Sie konnten zweifellos eine im Stich gelassene Prinzessin retten, der das andauernde Lächeln und die hinterhältige Mädchensüße vergangen und zum Heulen zumute war, und wenn sie nicht kämen, würde sie weinen, um mit ihren Tränen den Trichter zu füllen, was ihr aber nicht gelingen würde, nichts konnte dieses unersättliche Loch schließen, nicht der Hauskeller, nicht der Bunker würde ihr Grab werden, sondern dieses Loch, das das Mädchen nicht einmal schluckte, sondern liegen, verhungern oder erfrieren ließ, nie würde es bekommen, was es brauchte, wonach es sich sehnte. Wenn es bis zur Nacht noch nicht herausgekommen war, würde es hier niemand finden, nicht seine Großmutter, nicht seine Mutter oder Schwester, und gewiss nicht sein Vater, der zu weit weg war, um es gegen GIs, marodierende Zwangsarbeiter, ausgehungerte, freigelassene Häftlinge und Diebe zu verteidigen, wenn Licht auf es fiel. Was lag da im Schutt und stellte sich tot, als ob so ein Krieg, ein Leben zu gewinnen wäre, was lag da im Krater, blinkte und leuchtete, das war nichts und niemand anderes als Irene, die in ihren Leib geschlagenen Christbäume flackerten auf, weil sie sie nicht zu löschen vermochte, und würden Irene verraten, da schaute schon ein behaarter Kopf über den Rand des Kraters, zuckendes Licht fiel auf das struppige Gesicht, in dem sie hämisch grinsende Schadenfreude und Genugtuung zu erkennen meinte, eckige, gläsern leuchtende Eulenaugen hatte das lüsterne Untier, das sich zähnefletschend zu ihr hinunterbeugte, das Gebiss, das wie eiserne Stacheln, Zacken und Scherben glänzte, wartete nicht ab, bis sie heraufkam, um endlich in seinen Rachen zu steigen, sondern senkte sich langsam auf sie herab, um sie zu verschlingen. Da erwachte sie und an ihrem Bett stand ein unrasierter Fremder, dessen Bartstoppeln wie ein breites Gebiss glänzten und der behauptete, ihr Vater zu sein, aber sie erkannte das ausgezehrte, müde, traurig lächelnde Gesicht nicht, das seine Enttäuschung nicht überspielen konnte und schließlich mit beruhigenden Worten verschwand. Das phosphoreszierende Innenleben schlug Flammen aus ihrem Fleisch, dessen verkohlte Reste die Angst von den Knochen nagte, aber die Sehnsucht überlebte, wieder einen Platz zu haben, Geborgenheit, Wärme und Lust zu empfinden, ein Mensch zu sein, zwischen anderen Menschen.

Ein Affe, der mit einer Pistole schießt, ist noch lange kein Soldat, und wenn er sich auf ein Bein stellt, verwundert es keinen, wer würde aber erwarten, dass er die Uhrzeit ablesen kann, dem Unterricht im Fechten, Tanzen und Reiten folgt und auch noch an universitären Leibes- und Geistesübungen teilnimmt, und dann bekommt er in einer schlagenden Verbindung einen Säbel in die Hand, schlägt sich mit menschlichen Studenten und trägt einen Schmiss davon, für den er sich keineswegs zu schämen braucht, denn er ahmt den Mensch allzu gut nach, als wäre alles Menschliche Erziehung und der freie Wille eine Farce, was dem Menschen nicht geheuer ist und seine Besorgnis erregt. Angesichts des unzivilisierten, aber menschenähnlichen Verhaltens eines Affen begreift er nämlich, dass er von der Natur genauso weit wie von der Vernunft entfernt ist, und phantasiert von unverdorbener, vom Verstand ungetrübt fühlender Natur, um sie dann mit engstirniger Dressur zu misshandeln. Im Kabarett konnte der Professor darüber lachen, dass Pferden Rechnen und Sprechen beigebracht wurde, anstatt über die angebliche Menschenweisheit der von ihm bewunderten und geliebten Tiere zu staunen, brachte ihn die peinliche, selbstverliebte, ja größenwahnsinnige Ungeschicklichkeit der Menschen zum Lachen und zum Weinen, da sie keinen blassen Schimmer von den Wundern tierischen und menschlichen Lebens hatten, das er, wie er empfand, in vollen Zügen durchschwamm. Deswegen hatte er seinem Pferd den Namen Nixe gegeben, der benannte, was für ihn ein Pferd und das Reiten ausmachten, anstatt sich durch die Luft zu bewegen und immer wieder auf dem Erdboden aufzusetzen, um sich im Galopp zum nächsten Sprung abzustoßen, bewegte er sich in einem anderen Element, indem er mit dem Pferdekörper verschmolz, trat er in eine andere Existenzform ein und wurde ein anderes Wesen, das sich auf dem Land wie durch Wasser bewegte, weil die Welt für jeden, der das Reiten verstand, eine andere Materialität bekam, der Mensch machte sich das Pferd nicht untertan, sondern gewann das Tier für sich, verband sich mit dessen Kraft, um gemeinsam in einen anderen Naturzustand einzutreten. Er liebte den Stolz und die Schönheit des Pferdes, das sich über das bloße Dasein des Nutztieres erhob und in einem fast unheimlichen Einklang mit dem Menschen etwas Neues, Höheres bildete, Reiten war ein Sport, bei dem sich erleben ließ, wie der Körper als höchste Stufe der Evolution die Seele ausbildete, die trotz aller Kultiviertheit von der leidenschaftlichen, feurigen Natur des

Pferdes angetrieben wurde, das ihm eine Unterwasserwelt eröffnete, durch deren warmes Wasser er reitend glitt, er schwebte, tauchte durch ein Fluidum, dessen Widerstand zu spüren ihn erregte, reitend kehrte er ins Wasser zurück und entwickelte sich gleichzeitig fort, stieg die Leiter der Evolution hinab, verlor das Bewusstsein und ging in einer Art Urmeer auf, er war ganz und gar Empfindung und Einzellererregung, ließ sich fallen und forttragen, bis er sich im Meer verlor, alle menschlichen Verpflichtungen abstreifte und Erleichterung und Frieden fand.

Der am Vortag wolkenlos blaue Himmel war nicht zu sehen, bewegungslos geschlossen war die dichte graue Decke der Wolken, deren Stränge geordnet hintereinanderlagen, in sich gewellt, nie ausgerissen oder zerfranst verzweigten sie sich manchmal, gingen ineinander über oder brachen ab, ihre Bäuche waren von dunklerem, bleiernem Grau, weder bläulich noch gewittrig, auch wenn die hellgrauen, fast weißen Ränder der sonst lichtundurchdringlichen Wolken aufleuchteten, ohne dass sie die watteähnliche Struktur verloren, schien sich dahinter kein offener Himmelsraum, sondern ein enges, abgehängtes Zwischengeschoss zu verbergen, in dem kein Planet, sondern eine grelle, die Wolken bleichende Lichtquelle natürliches Licht nur nachahmte. Die Zwischendecke war eingezogen worden, um das Licht zu mildern und dessen Strahlung zu filtern, die spürbar schädlich, auch in abgeschwächter Form unangenehm war, die Körper durchdrang und auf die Erde herabdrückte, diese Scheidewand zum luftleeren Himmelsraum senkte sich herab, die sich verringernde Atemluft bedrängte den Körper, leistete seinen Bewegungen Widerstand, anstatt sich seinen Organen selbstverständlich zu fügen, der Druck, der diese geschlossene Wolkendecke auf die Erde ausübte, verursachte Kopfschmerzen wie bei Fön, ohne Fern- und Klarsicht, der Himmel drückte stärker als sonst auf die Erde herab und der Junge ängstigte sich, als sich der Raum zum Atmen verkleinerte. Dieser drückende Dunst machte lethargisch, kraftlos und gleichzeitig unruhig und zappelig, alles erschien eng und klein, etwas hing an ihm, zog ihn nach unten, etwas schleifte er auf dem Boden hinter sich her, wie eine Nachgeburt, wie die eigene abgeworfene Haut. Die Natur ringsumher war in dieser kleinlichen Umgebung so verdächtig wie die Menschen, der leichte Wind, der den Jungen wie vor einem Gewitter anwehte, kündigte keinen üblichen Wetterwechsel an, obwohl es Sommer war, war er kühl und unangenehm, und doch wäre etwas anderes als Sommerkleidung zu warm gewesen, es fröstelte ihn kaum spürbar und er bekam immer wieder Gänsehaut, auch wenn die Temperatur vielleicht sogar höher als am Vortag war, hatten sich die kalten Anteile der Luft entmischt, von den warmen gelöst, die sie als unangenehme Luftströmung zerwehten und den Jungen erschaudern ließen, sobald ihn ein solcher Luftstoß erreichte, der kühl, aber trotzdem fast klebrig zu nahe kam, ein Luftstoß, als hätte der Himmel einen Sprung in der Schüssel, einen Spalt, durch den der Beobachter blickte, dessen Steinwurf ihn getroffen hatte. Über das Frösteln legte sich die Wärme, bei deren beunruhigendem Zusammenstoß mit der kalten Luft Feuchtigkeit entstand, die der vor Kälte fast schwitzende Körper abzuwehren und gleichzeitig aufzunehmen versuchte, die ihn austrocknete und auslaugte. Diese ungesunde Mischung setzte Troll zu, war nicht auf sein Wohlbefinden abgestimmt, sondern störte unbeschwertes Spielen, da sein Körper sich unter dem Druck von oben zitternd zusammenzog, fast krampfte, sodass der Junge dachte, kalte Luft steige wie Bodennebel aus dem Grund unter ihm auf, bis er bemerkte, dass die von oben herabdrückende Luft in den Erdboden drängte und den Jungen mit sich zog, ein Sog in die Erde hinein entstand, um das Irdische vor der Zeit unter die Erde zu bringen und zu begraben. Dieser Druck begünstigte einen Kurzschluss der grundlegenden Ordnung von Raum und Zeit, es war, als ob der Himmel etwas abstrahlte, was ihn vor Jahren getroffen hatte, die Zeit verlief nicht mehr geradlinig, schritt überhaupt nicht mehr fort, sie lagerte sich in Schichten übereinander ab, drohte den Raum zu füllen, und gerade senkte sich die letzte Schicht auf den Jungen herab, um ihn in den Boden zu drücken und unschädlich zu machen, ihn in die Erde einzupassen, ihn an seinen Platz zu drängen, als gehörte er nicht zu den Lebenden, sondern unter die Erde, er sollte erniedrigt werden, weil schon die aufrechte Haltung zu viel stolzes Selbstbewusstsein darstellte. Gleichzeitig wurden, als Reaktion auf den keineswegs gleichmäßigen Druck von oben, an den Stellen, an denen der Druck größer war, untere Schichten nach oben geschoben, anders als bei der Bildung von Gebirgen waren es zeitliche Faltungen im Raum, die erst die Kruste der Gegenwart, dann Schichten der Vergangenheit aufrissen und umherschleuderten.

Als die Mutter und ihre vierjährige Tochter in der Waschküche Zuckerrübensirup kochten und zwei GIs die Kellertreppe herunterkamen, um zu sehen, was sie da taten, ob sie schwarz Schnaps brannten oder sich sonst auf dem Schwarzmarkt bereichern wollten, fuhr die Mutter die Soldaten erschrocken auf Deutsch an, wie sie dazu kämen, sie zu verdächtigen, was sie sich herausnähmen, was sie von ihr wollten, nie im Leben würde sie sich mit einem Amerikaner einlassen, der sie doch nur erpressen, ihrem Mann noch mehr anhängen und ihre Familie ins Unglück stürzen würde, wie es dem Nachbarn ergangen sei, dessen Frau einen Amerikaner als Liebhaber gehabt und der sich dann vor einen Zug geworfen habe. Die GIs, die vor ihnen standen, waren Weiße, der Soldat, der Irene Bonbons und Kaugummis schenkte, war ein Schwarzer, den sie immer auf der Straße oder an der Kaserne gegenüber, nie aber in ihrem Haus gesehen hatte, wenn sie im Vorgarten an der *Ulme* spielte, ihr Säuseln hörte und ihre Früchte aß, konnte sie durch die Spalten der Zaunlatten den auf- und abfahrenden Jeeps und hin- und herlaufenden Soldaten zuschauen, die oft rauchend und Kaugummi kauend auf der Wiese vor der Kaserne herumlungerten und dort manchmal ihre Freundinnen und sie beim Spielen störten. Wenn aber beim Morgenappell zur amerikanischen Nationalhymne die Fahne gehisst wurde, standen die Männer stramm, was die Mädchen anfangs beeindruckte, später zum Kichern brachte, und manchmal erblickte Irene den Soldaten, der meistens etwas Süßes für sie dabei hatte, sie gerne auf den Arm nahm und lachend mit ihr in einer Sprache redete, die sie nicht verstand. Als er sie wieder einmal hochhob, kratzte sie ihn und ihre Fingernägel hinterließen weiße Spuren auf seiner dunklen Haut, die sich langsam wieder mit Blut füllte und ihre Farbe zurückgewann, sie hatte ihn gar nicht kratzen, sich nicht gegen ihn wehren oder ihm wehtun wollen, damit er sie laufen ließe, sie hatte keine Angst vor ihm, aber eine Gänsehaut bekommen, als sie ihm mit Nägeln und

Fingerkuppen von dem hochgekrempelten Uniformärmel über den Unterarm bis zum Handrücken fuhr, sie hatte diese Haut anfassen wollen, die sie schon vorher verwundert angeschaut hatte, weil sie nicht glauben konnte, was sie sah, wollte sie seine Haut berühren, noch nie hatte sie einen Menschen mit einer so dunklen Haut gesehen und hatte wissen wollen, ob sie sich wie die ihre anfühlte, was sich selbstverständlich nicht gehörte, das Mädchen konnte im Gesicht der Mutter die Angst sehen, wie der uniformierte Fremde reagieren, ob er den Vorfall ausnutzen und irgendwie gegen sie verwenden würde, obwohl er freundlich lachte, als hätte sie ihn eher gekitzelt, als gekratzt. Die Mutter zog die Tochter eilig weg, nahm sie auf den Arm oder rief sie zu sich, sobald Irene sich diesem Mann oder überhaupt irgendeinem amerikanischen Soldaten näherte, und sagte ihr, sie solle sich vor fremden Männern in Acht nehmen, vor allem Ausländern nicht zu nahe kommen, die kleine blonde Mädchen entführten. Immer wenn ihnen Soldaten zu Fuß oder in Autos begegneten, merkte Irene, dass die Mutter diesen Männern, egal welcher Hautfarbe, misstraute, als hätte sie vor ihnen etwas zu verheimlichen, könnten sie sie in die Enge treiben, schließlich waren es solche Männer in Uniform gewesen, die eines Morgens auch ihren Mann abgeholt hatten, kurz nachdem sie aus der zerbombten Stadt aufs Land evakuiert worden waren, wo der Vater vielleicht gehofft hatte, von den Amerikanern nicht gefunden zu werden. Zwei Jeeps mit je zwei Soldaten hatten vor dem Haus gehalten, aus dem einen waren zwei Männer ausgestiegen, zwischen Hühnern und Gänsen hindurch waren sie auf das kleine graue Haus mit spitzem Giebel zugegangen und die sieben Stufen der Betontreppe zum Eingang hinaufgestiegen, wo sie zweimal klingelten, um den Vater abzuführen, der, obwohl sich Irene daran zu erinnern meinte, wohl keine Uniform getragen hatte, als er mit den Männern in den Jeep einstieg, in dem er fortgefahren wurde, während die Mutter, die Großmutter und die zwei Töchter, die schnell zurück ins Haus gezogen wurden, weinten. Der Vater, der über drei Jahre von zu Hause fortbleiben würde, war also nicht von dem Soldaten abgeholt worden, von dem das Mädchen, ohne zu zögern, Süßigkeiten annahm, so freundlich lachend stand er in dieser Ruinenstadt und schien ungewohnt, unverständlich fröhlich und glücklich zu sein, in seinem Mund leuchteten die weißen Zähne so hell, dass das Kind sich gewundert hatte, dass ein Mensch überhaupt so strahlen konnte, dass er bewaffnet, egal ob er in olivgrüner Uniform auf der staubigen Straße ging oder in einem lauten, nach Benzin stinkenden Jeep fuhr, so strahlte. Sie hätte gern solche Zähne gehabt, hatte gehofft, dass die Süßigkeiten, die ihr dieser Mann schenkte, auch ihre Zähne so zum Leuchten, ihren Mund so zum Strahlen bringen, sich die aufregend ziehende Süße in Licht verwandeln würde, das sie auf die anderen werfen könnte, wie es dieser Mann bei ihr tat, dessen Licht bis in ihre Träume fiel und die Dunkelheit erhellte, um sie aus dem Bombentrichter zu führen, als wären seine Zähne die Zacken des Sterns von Bethlehem, dem die Heiligen Drei Könige folgten, die ja Sterndeuter und Magier gewesen waren und das Licht der Sterne in ihren Gewändern, Kronen und ihrem Geschmeide getragen hatten. Caspar hatte es außerdem mit seinen leuchtenden Zähnen eingefangen und in die dunkle Nacht abgestrahlt, um auch allen anderen den Weg zur Krippe zu weisen, den der Stern den drei Männern zeigte, damit sie das Jesuskind aufsuchten, dem sie Weihrauch und

Myrrhe anstatt der Kaubonbons schenkten, die nach Südfrüchten, Zitrone, Orange und anderen exotischen Früchten aus ihrer fernen orientalischen Heimat schmeckten, die auch die des Soldaten sein musste. Die Klasse des Mädchens hatte ein Krippenspiel aufgeführt, in dem es unter einer Gardine einen fast unerträglich kratzenden roten Wollpullover trug und als Engel das Licht zu den Hirten brachte, von denen sie einen auf dem Kasernengelände mit seiner Herde gesehen hatte, die ein Schäferhund zusammenhielt, vor dem es sich hätte fürchten müssen, aber die Schafe mieden die stachelige *Hauhechel*, das Himbeer- und Brombeergestrüpp und die Bombentrichter, wo sie spielte, und sollte sich doch eins der Lämmer in der Dunkelheit in das Dickicht verirren und in einen Krater stürzen, würde Irene als Engel Licht bringen, in dem nichts und niemand verloren ging, das selbst den Wolf mit den langen Zähnen und dem struppigen Bart blenden und abschrecken würde, der doch so gerne Lämmer riss und sich im Finsteren herumtrieb, vor dem auch sie sich in Acht nehmen musste, dem nicht zu trauen war, weil er seine Stimme verstellte und sich verkleidete, um die Herde zu überfallen und alle Lämmer bis auf das eine aufzufressen, das im Uhrkasten überlebte und nicht wie die anderen Lämmer und Rotkäppchen aus dem Wolfsbauch herausgeschnitten werden musste. Schon schob das Untier seine Schnauze durch die *Hauhechel* über Rollen von Stacheldraht und hätte seine Zähne gleich in Tiere, Menschen und auch, als wollte er das Mädchen küssen, in dessen vor Schreck aufgerissenen Mund geschlagen, wenn der Lieblingskönig Caspar das Tier nicht mit seinem Licht verjagt hätte, da die Strahlen des Sterns von seinen Zähnen auf Irene gefallen waren, die in ihrem kratzenden Engelskostüm dem Hirten auf der Wiese der Verdun-Kaserne erschien und so strahlte, dass sie zu ihrer eigenen Verwunderung den Mann überwältigte und seine Tiere in Angst versetzte. Dann hätte sie „Fürchtet euch nicht!“ mit Engelsstimme rufen müssen, die die ganze Wiese, das Kasernengelände, die Straßen und Häuser ringsum, die ganze Stadt hätte erbeben lassen, mit einer Stimme, die für den Aufführungsraum in der Schule viel zu stark und gewaltig gewesen wäre. Sie öffnete den Mund, um Mensch und Tier die Angst zu nehmen, aber kein Ton kam über ihre Lippen, als Funken vom Himmel herabfielen und ein Glutregen in der Nacht leuchtete, als streuten die im Abendrot Plätzchen backenden Englein, von denen die Großmutter, eine leidenschaftliche, gläubige Bäckerin, immer erzählte, ihr himmlisches Gebäck herab, aber keine den Menschen rettende göttliche Nahrung, kein segnender Mannaregen wies dem Mädchen mit goldenem Schein wie die Brotkrumen von Hänsel und Gretel den Weg nach Hause, sondern brennende Glut hatte sich vom Sternenschweif gelöst, der zerbröckelnd seine verheißungsvoll weihnachtliche Gestalt verlor und zischend in Irenes geöffnetem Mund erlosch. Der *Hecht* hatte die Gestalt des Sterns von Bethlehem angenommen und dessen Schweif mit seiner Schwanzflosse nur nachgeahmt, von der glühende Splitter auf das Mädchen, den Hirten und seine Tiere niedergingen, aus deren Fell bereits erste Flammen züngelten, das Mädchen war von Rauchschwaden eingehüllt, benommen von dem Geruch verbrannten Horns und dem Brennen im Mund wurde es ohnmächtig und fiel rückwärts in die Tiefe des Bombentrichters, aber das Leuchten der Heiligen Drei Könige führte das Mädchen, den Hirten und seine Tiere durch das Kasernengelände zur Straße, die das Mädchen nur noch überqueren musste, um an der *Ulme* vorbei ins Haus zu laufen, und als es die Haustür schloss, sah es noch das leuchtende Gesicht dieses Mannes, dessen Zähne Irene so gerne gehabt hätte, mit denen sie sich vor nichts hätte fürchten müssen, über alles hätte lachen, die anderen blenden und in ihre Schranken weisen können. Mit den Zähnen dieses Königs in amerikanischer Uniform hätte sie die gute Laune nicht vorspiegeln müssen, hätte frei aus sich herauslachen, alle strahlend überwältigen können, aber diese Zähne mussten ihr erst wachsen, brachen wirklich aus ihrem Kiefer hervor, ordneten sich aber nicht gleichmäßig in zweiter Reihe an, sondern bohrten sich kreuz und quer, schief und krumm durch Fleisch und Knochen, diese schmerzhafte Missbildung fügte ihren kleinen, ärmlichen, von Colakaugummi verklebten Zähnen kein starkes, scharfes Gebiss hinzu, keine kriegerisch glänzenden Drachenzähne richteten sich in ihren Kiefern auf, sondern nur faulige Zahnstummel schauten hervor, nur kraftlos weiche, klebrige Stümpfe, die ihren Rachen wie den Rippenbogen einer Jagdbeute mit verfaulenden Einschüssen übersäten, ihn wie Bissspuren fremder Zähne durchlöcherten. Aber ihr Soldatenfreund war kein weihnachtlich verkleideter, glühender *Hecht*, der sie zerbiss, kein Wolf in Uniform, der sich für ihr Kratzen gerächt hätte, so wenig wie Caspar und seine zwei Magierfreunde König Herodes verrieten, wo das Kind in der Krippe lag, das als Konkurrent umgebracht werden sollte, würde er sie verraten, sonst hätte er sich nicht darüber gefreut, dass sie immer, sobald sie ihn auf der Straße sah, ihrer Mutter zurief: „Das ist meiner!“, um ihn als Freund und Retter zu begrüßen, obwohl er sich so von ihrer vertrauten Umgebung, den ihr vertrauten Menschen unterschied, dass sie sich gar nicht vorstellen konnte, wie er irgendeine Rolle in ihrem Leben und ihrer Familie hätte spielen können. Er war ihr so fremd wie den Hirten der Engel oder die Weisen aus dem fernen Morgenland, wie diese war er nur mit guten Absichten gekommen und hatte sie mit Süßem beschenkt, was ihr zwar wohltat und verheißungsvoll in ihre Welt eingebrochen war, aber auch im Hals zog, kratzte, ja brannte, da Irene selten Bonbons, noch nie Schokolade gegessen, nur manchmal verdünnten Kakao getrunken hatte, schmerzte die ungewohnte Süße, der Geschmack war stark, der Zucker stieg ihr in die Augen und ins Gehirn und sie sah aufgeregt alles klarer und schärfer, als wäre helleres Licht auf die Welt gefallen, das ihr beglückt und berauscht das Gefühl gab, hier und nirgends anderswo zu sein, ein Blitzlicht fiel auf das Wunder dieser Welt, auf ihre Umgebung, die sie so noch nie gesehen hatte, gleichzeitig wurden den von der Süße geflashten Augen die Konturen bedrohlich, war diese grelle Klarheit der Empfindlichkeit des Kindes unerträglich und die Süße zu scharf für Zunge, Zahnfleisch und Rachen, mit den Kaubonbons zwischen ihren Zähnen schmolz das Glänzen, verlor das Licht seine heilende Kraft, was blieb, war der Schmerz in Mund und Augen und eine unbestimmte, unruhige Trauer.

Da saß ein Affe mit einer Kopfwunde auf der Treppe, als wäre der Professor in das Märchen *Die wunderliche Gasterei* geraten, aber diesmal hätte es die Leberwurst nicht auf die Blutwurst, sondern auf ihn abgesehen, gleich würden ihre Schritte auf den Stufen zu hören sein, und sie würde mit gezücktem Messer seine Verfolgung aufnehmen, dennoch traute der Professor sich nicht an dem Affen vorbeizugehen, der wie eine Heiligenstatue mit leidend wissendem und doch schelmischem

Blick dasaß, schuldbewusst, fast unterwürfig schien das unheimliche Tier zu sein, als müsste es büßen und hätte sich das Böse austreiben wollen, oder hatte ihm das schlechte Gewissen, die Angst und das Misstrauen gegen sich selbst und die anderen das Hirn zerfressen, oder war es ein Heiliger der Gedemütigten und Aussortierten? Diesem fragenden, anklagenden, gleichzeitig hämischen, ja wilden, keineswegs gefühllosen, aber unmenschlichen Gesichtsausdruck war nicht zu trauen, diese Augen hypnotisierten den Menschen, schlugen ihn in seinen Bann und verführten ihn. Wie naiv und einfältig, wie kraft- und humorlos sich der Professor vor diesem Affengesicht fühlte, das seine Selbstüberschätzung zu durchschauen, ihm seinen Selbstbetrug vorzuhalten und gleichzeitig um Vergebung und Anerkennung zu betteln schien, als wollte es ihm einen Spiegel vorhalten. Ob ihm ein Affenweibchen in den Weg gesetzt worden sei, fragte sich der Professor, um ihn in einem Versuchskäfig zu testen, wie er auf das Tier reagieren, wie nahe er sich herantrauen, ob er sich ihm unvernünftig nähern würde, um bei der Kreatur Wärme zu suchen, sie liebzugewinnen und liebzuhaben, und wirklich welche Sehnsucht nach Liebe und Geborgenheit weckte dieses Tier in ihm! Als Mensch war er, nicht anders als das Tier, von Trieben gesteuert und würde bald die Angst vor dem anderen Säugetier und dessen ansteckenden Krankheiten ablegen und sich unweigerlich irgendwann mit dem Artgenossen paaren, bei dem es sich offensichtlich um gar keinen gewöhnlichen Affen, um keinen sogenannten Menschenaffen, sondern eine Tierart auf dem Weg zum Menschen, eine Vorform des Menschen handelte, die schließlich, auch wenn sie auf dieselben Vorfahren zurückblickte, nicht direkt vom Affen abstammte, die gelenkiger als der Mensch sein mochte, aber nicht unbedingt schöner war, was keine Rolle mehr spielte, als der Professor vor dieser äffenden Menschin stand, die nicht zufällig auf dem Treppenabsatz gelandet sein konnte. Sie saß da, weil sie jemand hingesetzt hatte, um ihn zu täuschen, in die Falle zu locken, er war im Haus der Leberwurst gelandet, wo der Teufel regierte, der sein Unwesen mit der Schöpfung trieb, keine Grenzen von Gattungen, Arten oder Rassen respektierte, die er ins Chaos stürzen wollte, indem er alles und jeden verführte und vermischte. Gegen das herausfordernde Tier war er machtlos, er, ein Chirurg, der sogar Elefanten operiert hatte, würde es nicht in die Schranken weisen können, denn er hatte Angst vor Kleinsäugern und konnte keinem Tier etwas zuleide tun, wenn es nicht unbedingt nötig war. Er hatte nicht einmal seine schweinslederne Arzttasche dabei, um den Affen zu verbinden, der sitzen blieb, sich nicht bewegte und ihn im Blick hatte, schwindelnd stand der Professor vor dem Tier mit undurchschaubarem Gesichtsausdruck, das die Kopfwunde eigenartig menschlich machte, er konnte nicht fassen, um welche Art von Kreatur es sich eigentlich handelte, ob es ein wilder oder gezähmter, ein lebender oder ausgestopfter Affe oder ein Stofftier war. Er sah das Tier auf der Treppe sitzen und hätte sich gerne mit ihm angefreundet, hatte Mitleid und wollte ihm helfen, ohne sich zum Urmenschen, zum prähistorischen Hampelmann machen zu lassen, er hatte Angst davor, gebissen zu werden, was wusste er denn von diesem Affen, von dessen Verhaltensweisen, dessen unvorhersehbaren Regungen, von dessen Menschenbild? Aber wer hatte den Affen verletzt, warum ließ man das Tier leiden, nachdem man ihm diese schlecht heilende Wunde geschlagen hatte, war es gejagt und gefangen worden, war es das Maskottchen einer schlagenden Verbindung oder hatte es sich verletzt, als ihm beim Einstudieren einer Zirkusnummer einer der schwingenden Schaukelringe ins Gesicht geschlagen war, den ihm seine Käfiggenossen aus Übermut oder Bosheit an den Kopf geschleudert hatten? Wurde dieser Affe bestraft, weil er sich über die Menschen lustig gemacht, sie mit diesem höhnisch wissenden Gesichtsausdruck nachgeäfft hatte, oder hatte sich das Tier nach einer kleinen Hirnoperation den Verband abgerissen, sodass man jetzt durch das Loch in seinen Kopf sehen konnte, was da vor sich ging? Wenn es in seinem Gehege saß und die Menschen an ihm vorbeiliefen, äffte sein Gehirn unwillkürlich diese Menschen nach und sein Gehirn war am Ende des Tages ein nachäffend nachgeäfftes Menschengehirn, das er sich hatte ausschlagen müssen, denn es war besser, ohne Hirn zu leben, als ein Menschengehirn zu haben.

Disziplin war erlernbar, aus Pflichtbewusstsein tat man, was Arbeit, Schule oder Familie verlangten und vorschrieben, aber die Frage war ja, wie weit der eigene Wille über die Pflicht hinausging, ob Phantasien, Wünsche, Leidenschaft, Muße und Langeweile den Willen untergruben und man sich selbst verlor oder eben zu etwas Eigenem gelangte, was einen so stark antrieb, dass man durchhielt, Ausdauer und Freude daran hatte, ohne sich ständig fragen zu müssen, was man wollte, konnte und durfte, wer man war, durch wessen Augen man in die Welt hinausschaute, mit wessen Hirn man dachte und ob nicht alles in einem schon vorgedacht und vorgekaut worden war. Disziplin sei erlernbar, aber nichts lasse sich erzwingen, sagte Irene, vielleicht ein falsches Geständnis, eine Verleumdung, aber nicht das

Glück, nicht die Veränderung, nicht die Empfindlichkeit und schon gar keine Gemeinschaft, die etwas mit Erziehung und Bildung, Vorbildern und Erfahrung zu tun habe. Eine Sehnsucht hatte sie, eine unstillbare, auch wenn sie sich nicht bei jeder Gelegenheit die Kleider vom Leib riss, sich zusammennehmen konnte, das hatte sie gelernt, wenn ihr die Natur kam, dann schlug sie sich in die Büsche, da kannte sie nichts, aber sie pisste nicht einfach auf die Straße, das verstieß gegen ihr Schamgefühl und gehörte sich nicht, sie fiel ja auch nicht über einen jeden Mann her, nicht mit jedem, der sich im botanischen Garten an ihren Tisch setzte, legte sie sich zwischen die Schlangen ins Palmenhaus, sie konnte ihren Körper einigermaßen kontrollieren, die anderen mochten sich geil übereinander wälzen, den Unterschied zwischen Mann und Frau, Mensch und Vieh vergessen haben, nur noch eine sinnlose Hitze im Leib spüren und sich wie die Hunde auf der Straße paaren, da erfasste sie Ekel, nachts träumte sie vom Wasserkrebs, von Geschwüren, die die Mundhöhle, Lippen und das ganze Gesicht überzogen, als hätte sie die ganze Nacht in einem fremden Bett den Falschen geküsst, wäre vor ihrem eigenen Mann geflüchtet, den sie im Schlaf nicht mehr erkannte. Trotz dieser Bläschen in Mund und Rachen ahnte doch niemand, wohin die Menschen, denen man begegnete, die Lust führte, man sah doch nicht, mit wem sie die Nacht verbracht, mit wem sie es getrieben hatten, jedenfalls zog man sich solche Bläschen nicht im Schlaf zu. Manchmal wünschte sie sich, mit der Welt zu verschmelzen, in die Natur einzugehen, da wurde ihr ganz warm, ganz anders, ganz burschikos, da bekam sie Lust und wollte sich mit den Menschen verbünden, vereinigen. Warum sollte sie sich auch zur Einsamkeit disziplinieren, das war ein eigenartig diffuses Gefühl, das sie zwang, mit einem jeden ins Gespräch zu kommen, ein Mensch musste doch mitteilen, was er empfand, war doch zum Sprechen gemacht und nicht zum Führen von Selbstgesprächen, miteinander mussten die Leute sprechen, ohne ein Blatt vor den Mund zu nehmen, sagen, was ihnen durch den Kopf ging und nichts verschweigen, dann konnten die anderen auch nicht anders, als ihre Falschheit ablegen, schließlich waren die anderen Menschen immer erst einmal verdächtig, ein gewisses Misstrauen war vonnöten, man schaute ja nicht in sie hinein, nicht einmal ihren nächsten Verwandten schaute sie in die Köpfe.

Irene Troll lebte ganz in der Gegenwart des Schmerzes, der einzigen Empfindung, zu der ihr Körper noch fähig war, keine andere Empfindung, kein Gedanke, kein Gefühl konnte in ihr entstehen, als wäre sie vom Rest der Welt abgeschnitten, in eine – wie sie im Park angesichts des Seeigels dachte – fühl- und zeitlose Unterwasserwelt verbannt, wo auch ihr Elternhaus gewesen war und sie, wie in Flüssigkeit eingelegt, im trägen Strudel der Gegenwart geschwommen und zwischen überwachsenen, unkenntlichen Trümmern und Wracks einer Vergangenheit hin- und hergetrieben war, die sie nicht als solche erkannt hatte. Irene fragte sich, warum sie dieser Unterwasserwelt nicht entkommen konnte, obwohl sie ein Glück auf festem Grund gefunden hatte, ihre Ehe mit einem Mann mit Sinn für die Natur, der eine führende Stelle bei einer Bank innegehabt hatte, lag lange hinter ihr, sie hatte zwei gesunde Söhne zur Welt gebracht, an deren Intelligenz sie nie gezweifelt hatte und die sich in Schule und Beruf mehr oder weniger bewährt hatten, auch wenn sie sich lange Sorgen gemacht hatte, waren sie irgendwann selbstständig und für sich selbst verantwortlich gewesen, der eine war wohlhabend, der andere kam über die Runden. Von diesem Familienleben, das sie nicht daran gehindert hatte, halbtags zu arbeiten, war sie beglückt gewesen, dennoch hatte sie immer das unerklärliche Gefühl gehabt, ungerechterweise vor allem seit der Geburt der Kinder, allein gelassen, überfordert zu sein. Ihren Mann hatte sie bis zum Ende seiner Tage geliebt, auch wenn er bequemer und unbeweglicher geworden war und sie sich hatte einschränken müssen, die Einsamkeit nach seinem Tod war unerträglich gewesen, aber sie hatte versucht, sich mit allen ihr zur Verfügung stehenden Mitteln abzulenken. Dass sie einen neuen Lebensgefährten finden könnte, war ihr undenkbar erschienen, bis sie die Entscheidung getroffen hatte, in dieses Wohnheim zu ziehen, und erst nach dieser Entscheidung hatte sie sich gefragt, wer die ganze Zeit ihres Lebens eigentlich die Entscheidungen über sie und andere getroffen hatte und traf, welchen Ansprüchen sie zu genügen hatte, niemand, nicht einmal sie selbst hatte sich bis dahin gefragt, welches Leben sie hatte führen wollen, die Kinder waren wie eine Zumutung an sie herangetreten, über die Mütter doch glücklich zu sein hatten, wie Ehefrauen über ihre Ehemänner und Hausfrauen über ihren Haushalt, eine Ohnmacht hatte sie überkommen und ihr war schwindlig geworden, auf die Frage, ob sie nicht etwas ganz anderes, jenseits von Familie, Haushalt und Ehe gewollt hatte und überhaupt hätte wollen können, hätte sie nicht antworten können.

Die Großmutter, die Troll für ihre Eleganz und Sportlichkeit bewunderte, hatte ihn gefragt, ob er schulreif, also sportlich und kräftig genug sei, um in der Schule bestehen zu können, während er jetzt niedergestreckt auf dem Schuppendach saß, hatte er ihr damals durch einen spontanen Sprint vor Augen geführt, dass er seinem Alter gemäß entwickelt und genug Durchsetzungsvermögen für die Aufnahme in die erste Klasse einer öffentlichen Bildungsanstalt habe, was jetzt infrage gestellt war. Die geliebte Großmutter wies ihn an, er solle vom ersten Schultag an auf ein gepflegtes, ansprechendes Äußeres achten, mit richtiger Haarlänge, sauberer und korrekter Kleidung würden sich ihm Lehrer und Mitschüler ohne Zweifel, Misstrauen oder Vorurteilen nähern, auch Höhergestellte würden ihre Machtbefugnisse nicht gegen ihn, sondern zu seinen Gunsten nützen, wenn er aufrecht stehe und Eindruck mache, die anderen nicht unbedingt einschüchtere, aber klarstelle, dass sie es mit einem gleichwertigen Gegenüber zu tun hätten, den sie ernstnehmen müssten. Fesch, mit den richtigen Manieren und ordentlich gekleidet könne niemand einem nachsagen, dass man es nicht versucht habe, man dürfe die Leute nicht vor den Kopf stoßen, sie sollten das Gefühl haben, dass man sich an die Regeln halte und ehrlich sei, wie auch immer man sich letztendlich verhalte. Beim Bridge lasse sie sich auch nicht in die Karten schauen, lege sie nicht offen auf den Tisch, wenn es die Spielregeln nicht verlangten, die man ganz und gar verinnerlicht haben musste, bei einem so anspruchsvollem Spiel habe der Spieler nämlich nicht nur alle auf dem Tisch liegenden Karten vor Augen, sondern auch alle noch nicht abgelegten Karten im Kopf, würde ständig den Überblick behalten oder es wenigstens vortäuschen, jede Kartenbewegung sei zu registrieren und zu analysieren, da sie Teil der Ordnung des gesamten Spiels sei, die es erst sinnvoll, spannend und spielenswert mache und die es zu den eigenen Gunsten zu beherrschen und zu nutzen gelte. Mit Leib und Seele müsse man Spieler sein, der sich das Blatt, das er auf der Hand trage, nicht ansehen lasse, wie hoch die Wahrscheinlichkeit auch sei, dass er verlieren werde, wie wenige strategische Möglichkeiten er auch habe, er müsse überlegen, stolz und angriffslustig wirken. Zum Spiel gehörten Mimik und Gestik des Spielers, der nicht nur die Mitspieler täusche, sondern die psychologische Kriegsführung müsse so weit gehen, dass man selbst davon überzeugt sei, unter allen Umständen gewinnen zu können, was den Schmerz und den Ehrverlust im Fall der Niederlage noch größer, ja unerträglich mache, jede Niederlage sei eine Niederlage, die die Ehre und die Rechtmäßigkeit der Existenz infrage stelle, ja bedrohe. Ein Spiel ohne solchen Ernst zu betreiben sei langweilig, ja lächerlich, aber nicht jeder Spieler erreiche dieses Niveau, sei dem Anspruch, der an ihn gestellt werde, emotional und intellektuell gewachsen, wer sich den Spielregeln, die ja erst die Freiheit des Spiels ausmachten, nicht unterwerfen könne oder vorsätzlich nicht unterwerfe, sei bemitleidenswert oder ein zu verachtender Spielverderber, dem es nur darum gehe zu stören, ja zu zerstören, den anderen etwas, eigentlich die anderen als Menschen kaputtzumachen, weil er ihnen die Freude des Spiels nicht gönne. Es gebe nichts Traurigeres, nichts Respektloseres als solche Schummler, Betrüger und Scharlatane, die das Spiel feige für ihre eigenen Interessen nutzten, die sich nur auf Kosten anderer amüsieren könnten, von ihnen profitieren, sie ausnehmen wollten. Mit solchen Leuten wolle sie nichts zu tun haben, solche Leute verletzten ihre Ehre so sehr, dass sie augenblicklich die Karten hinwerfe und den Raum verlasse, das Spiel sei schließlich ihre lebenslange Leidenschaft, die ihr nach dem Tod ihres Mannes geblieben sei und die sie sich nicht vermiesen lasse, denn die Großmutter habe schon Bridge gespielt, als Irene noch ein Kind gewesen sei, die sich wohl daran erinnere, wie sie sich dem Verbot ihres Mannes widersetzt habe und sich über das Fenstersims habe gleiten lassen, aber nicht um in einer Küche im Nachbarhaus auf großzügige, amerikanische Soldaten zu warten, sondern zum Kartenspielen zu ihrer opiumsüchtigen Freundin zu schleichen. Ihren beiden Töchtern hätten aber, auch wenn sie gerne spielten und Freude daran hätten, die Konzentration, die Auffassungsgabe, der Ehrgeiz und das Zahlengedächtnis gefehlt, um es im Kartenspiel so weit wie ihre Mutter zu bringen.

Als das Land von einer Hungersnot heimgesucht wurde, wusste sich die Pelikanmutter nicht anders zu helfen, als sich mit dem Schnabel durch Gefieder und Knochen ein Loch in die Brust zu bohren und ihren beiden Söhnen abwechselnd ihr Blut zu trinken zu geben, auch wenn sie dem älteren, den sie schon recht gut hochgepäppelt hatte, immer wieder andere Nahrung, etwa Reste von Wassergetier, die sie noch in ihrem Kehlsack aufbewahrte, in den Rachen schob, hatte er ein genauso rot verschmiertes Gesicht wie der jüngere, dem blutige Krusten an Mund und Backen klebten, über die die Mutter liebevoll mit ihrem Schnabel strich, wenn sie sich wieder zu ihrer offenen Brust hinunterbeugte, die so roh und frisch glänzte, dass es so aussah, als ob sie ihren Nachwuchs mit dessen Nachgeburt fütterte. Auf den rotbäckigen, wohlgenährten Gesichtern spannte das getrocknete Blut wie Abziehbilder, die sich nicht mehr von der Haut lösen würden, diesen gut frisierten, braven, wohlerzogenen Kindern sollte es an nichts fehlen, im Vergleich zu anderen hatten sie mit sich zufrieden zu sein, so wie sie waren, mit ihrem Aussehen, ihrem Körperbau, ihrer Größe, ihrem Verstand, ihren Eltern, ihren Freunden, ihrer Schule, ihrem Land und dem Wohlstand, der Sicherheit und dem Frieden, in denen sie zur Welt gekommen waren und aufwuchsen, keine Last ruhte auf ihnen, glücklich und froh hatten sie keinen Grund, sich zu beschweren. In der Grundschule erwies sich der kerngesunde Nachwuchs, zwei durchaus im Rahmen des Vernünftigen denkfähige und aufmerksame Kinder, als vorbildlich in den Klassenverband und damit in die Gesellschaft eingegliedert, anfangs hatten ihre Gesichter wie ausgefressen ausgesehen, ihre roten Backen wie Narben, wie frische Brandzeichen geleuchtet, bald waren die blutigen Krusten aber von der Gesichtshaut nicht mehr zu unterscheiden gewesen, auf deren gesunde Färbung die Eltern stolz sein konnten, da ihre Liebe Früchte trug, die an dem Spagat zu zerreißen drohte, die Kinder zu unverdächtigem Auftreten und Anpassungsfähigkeit zu erziehen, sie jedoch gleichzeitig vor den anmaßenden, gefühllosen Zugriffen gesellschaftlicher Wirklichkeit zu schützen und sie zu selbstständigen Menschen zu erziehen, die selbst die größte Ungerechtigkeit überlegt und ruhig in Worte fassen und ihr so den Stachel nehmen konnten. Nach einer zerbombten Kindheit, nach einem Krieg, nach einer Diktatur konnte es nur gut und besser werden, der Glaube an Tatkraft und Schicksal verließ die Tüchtigen und Rechtschaffenen nicht, immerhin mussten sie nicht wie ihre Eltern ihre Kinder im Krieg opfern, der nicht einmal drei Jahrzehnte zuvor verloren worden war.

Die Pläne und Wunschträume des Professors waren keineswegs mit denen der Nationalsozialisten identisch gewesen, der Untergang des Dritten Reiches war nicht der seine, Mensch und Tier lebten weiter, brauchten Hilfe, die er, wenn er nicht in Haft gesessen hätte, sofort Bernhard Grzimek, dem Leiter des Frankfurter Zoos angeboten hätte, der im Krieg von Fliegerbomben völlig zerstört worden war, wobei zwanzig sogenannte exotische Tiere unverletzt überlebten oder trotz ihrer Verletzungen nicht getötet werden mussten. Seit dieser Zeit litt ein Affe an einer nicht heilenden Kopfwunde, die die Sinnesorgane und das Gehirn anzugreifen drohte, anfangs schienen die Maßnahmen zur Wundheilung erfolgreich zu sein, dann hatte sich die Narbe entzündet und war immer wieder aufgebrochen, was zu behandeln sich weder Tierpfleger noch Tierärzte zutrauten, eine lebensrettende Reinigung war nur unter Narkose möglich, für die der Professor ein ausgewiesener Spezialist war, nach seiner Entlassung untersuchte er mit seinem mobilen Röntgengerät das Tier in betäubtem Zustand und stellte fest, dass auch der Schädelknochen verletzt war, den möglicherweise eine herabstürzende Dachverstrebung oder ein Splitter bei dem Bombenangriff verletzt hatte. Als er beim nächsten Besuch den diesmal nicht narkotisierten Affen, den er medizinisch so gut versorgt hatte, wie er es vermochte, untersuchte, erschütterte dessen Blick seine Tiermedizinerseele bis in ihre Grundfesten, dieser Affe, der nicht im Zoo geboren, sondern noch gejagt und gefangen worden war, blickte ihn leidend und verächtlich, fast höhnisch an, als wollte er ihn fragen, was der Professor der sogenannten Tierheilkunde eigentlich unter Heilung verstehe, was es denn an seiner affigen Existenz zu heilen gebe, das Verschließen der Wunde sichere vielleicht sein Überleben, ein Funktionieren der Organe und Sinne, aber Rettung bedeute das chirurgische Hantieren sicherlich nicht. Der Affe hörte nicht auf, seinen Kopf gegen Käfigstangen, Kletterbaum und -gerüst zu schlagen, als könnte er sich so aus seiner Misere und Gefangenschaft befreien, in der er immerhin überleben konnte, denn sein Lebensraum war bereits zerstört und seine Artgenossen hätten ihn verstoßen, bis das Blut lief, stieß er den Kopf gegen das dicke Glas, um sich zu beruhigen, sich Bedürfnisse und Erinnerungen aus dem Kopf zu schlagen, dann saß er wieder wie ausgestopft da und die Wunde glänzte wie auflackiert.

Im Vorgarten hatte Irene unter der *Ulme* für die Puppen Essen angerichtet, nach der Grassuppe als Vorspeise servierte sie Regenwürmer, tote Insekten und aus Matsch geformte Kartoffeln auf Ulmenblättern, und legte die Puppen dann in einen kleinen Korbwagen zum Mittagsschlaf, nachdem sie allen die Haare gekämmt hatte, außer einer mit unbeweglichen blauen Augen, die keine Haare hatte, waren den anderen echte Menschenhaare aufgeklebt worden, wie das Mädchen enttäuscht feststellte, als sie die Ansätze untersuchte, da sie gehofft hatte, die Puppenfrisuren wären in den Schädeldecken verankert und hätten eine Verbindung zum Inneren der Celluloid- oder Porzellanköpfe, in die sie einzudringen wünschte. Sie untersuchte die Öffnungen, in denen sich die Glaskugelaugen mit langen Wimpern klappernd im Liegen schlossen, besah sich den Sehmechanismus genau und versuchte ihn, aus dem Puppenkopf zu lösen, Gelenke und Gliedmaßen nahm sie sich vor, begutachtete, wie die beweglichen Teile befestigt waren, wie sie Einblick ins Innere der Puppen gewinnen könnte, indem sie den Spalt vom Nacken bis zum Kinn nachfuhr, eine Naht, einen Angriffspunkt suchte, wo sie den Fingernagel oder ein Werkzeug ansetzen konnte, um den Hals aus dem Rumpf oder den Kopf vom Hals zu lösen. Das Mädchen riss und schraubte schließlich ihren Puppen und denen der älteren Schwester die Köpfe ab, um zu sehen, wie es darin aussah, ob Kopf und Körper hohl oder ausgestopft, mit überraschenden Mechanismen ausgestattet oder unerwarteten Innereien gefüllt waren, wie das Innere ausgekleidet war, ob es in diesen Menschennachbildungen in Miniaturform etwas Menschenähnliches zu entdecken gab, was erklären konnte, wie der menschliche Kopf organisiert war und sich die Welt ordnete, wie Gefühle und Gedanken entstanden, wie sich ihr sichtbarer Ausdruck von ihrer inneren Gestalt unterschied und wo sie im Körper aufbewahrt und versteckt wurden, um sie geheim zu halten und nicht nach außen dringen zu lassen. Während sie die Köpfe aushebelte, fühlte sie sich wie eine Ärztin, die akribisch der Frage nachging, was es mit einem Kopf auf sich hatte, ob sich die Köpfe und Hirne untereinander austauschen ließen, so wie die Puppen kurz vor Weihnachten verschwanden und vom Weihnachtsmann neu eingekleidet zurückgebracht wurden, wollte sie ihnen die alten Köpfe neu und so aufsetzen, dass sie lebendig würden. Die verstümmelten Puppenkörper blieben kopflos liegen, weil das Mädchen es nicht schaffte, die verstreuten Köpfe wieder auf die Hälse und Rümpfe zu drücken, und es konnte sich ein hämisches Grinsen nicht verkneifen, wenn es an den bevorstehenden Wutausbruch ihrer Schwester dachte, und kniete doch enttäuscht vor den leeren oder ausgestopften Puppenleibern ohne Innenleben, als ob ein Raubfisch die Menschenköpfe abgebissen und leergefressen, sich die Vergangenheit aus den antriebs- und seelenlosen Körpern verflüchtigt hätte, ohne Spuren der

Zerstörung, Verwüstung oder Verbrennung zu hinterlassen. Die mit Freudejauchzen begrüßten, über der Stadt abgeworfenen Leuchtbomben hatten kein Jüngstes Gericht angekündigt, das die Köpfe wie Spielkarten aufgeblättert hätte, die so verkohlt waren, dass selbst ein Gott darin keine Vergangenheit oder Zukunft hätte lesen können, was das Mädchen später gern in den Köpfen von Mutter und Vater getan hätte, die sie abgerissen hätte, um hineinzuschauen, was darin vorging und vorgegangen war. Von ihrem Vater hätte sie zwar die operative Technik erlernen können, jede Faser des Gehirns zu präparieren, zu anderen Schädel- und Hirnoperationen als denen an Puppen wäre sie aber kaum in der Lage gewesen, da sie kein Blut sehen konnte. Ihrer Mutter hätte sie dennoch gerne schon zu Lebzeiten den Schädel geöffnet, um ihr bei einer Vivisektion ins Gedächtnis hineinzugreifen, bei ihrem Vater hätte sie eine verspätete Autopsie durchführen müssen, um zu sehen, was der längst verweste Körper noch hergegeben hätte, aber welcher modernen Untersuchungstechnik hätte sie sich bedienen, wie hätte sie überhaupt im Schädelgekröse lesen sollen, Wörter, Bilder hätte sie wohl kaum gefunden, die sie hätte entziffern können.

Irene Troll hatte immer reiten sollen, so wie auch ihre Schwester geritten war, die bis ins hohe Alter ihr eigenes Pferd gehabt hatte, aber Irene war auf dem Rücken der Tiere immer schwindlig geworden, sie hatte Angst gehabt, ins Leere, in einen Krater zu stürzen, und war dann ohnmächtig geworden, wie ihr auch schwarz vor Augen wurde, wenn Räume nicht gut gelüftet waren, sie von großer Höhe herabschaute, zu schnell aufstand oder Blut sah, schon als Mädchen war sie, wenn sie ihren Vater bei der Arbeit auf dem

Land begleitet hatte, bei chirurgischen Eingriffen an Pferden, Kühen und Schweinen ohnmächtig geworden, das Atmen fiel ihr dann schwer, die Lungen arbeiteten nicht schnell genug, um den Körper mit Sauerstoff zu versorgen, sie fragte sich dann, ob ihre Atmungsorgane dem Leben unter irdischen Umständen überhaupt angepasst seien. Die andauernden Schmerzen drohten ihr angesichts des beunruhigenden Seeigels den Atem zu nehmen, als stünde jetzt das Duell mit dem Monster bevor, das den Ausgang der Unterwasserwelt versperrte, bei dem Tauchgang in die Tiefe war ihr die Luft ausgegangen und sie stieß, um Atem und Bewusstsein ringend, schließlich doch noch durch die Wasseroberfläche, keuchend wischte sie sich das Wasser aus den Augenhöhlen und hatte dann das Gefühl, den Park, in dem sie spazieren ging, noch nie gesehen zu haben, in dem eine grundsätzliche Veränderung vorgegangen sein musste. Das Grün der Pflanzen, die Einteilung in Himmel und Erdboden, die angelegten Wege und spazieren gehenden Menschen und Hunde, der Vogelflug, die Gestalt der Wolken und deren Schatten auf der bewegten Wasseroberfläche des Sees und das Sonnenlicht, das auf alles schien, hielt sie in diesem Augenblick nicht für wirklich, nicht für möglich, nicht für wirklich, nicht für möglich, dass sie daran teilhatte, und sie musste sehr tief atmen, um nicht auf den schlammigen, matschigen Boden mit den Fahrrad- und Kinderwagenspuren, Schuh- und Pfotenabdrücken zu stürzen. Irene stand vor dem Seeigel und wusste einen Moment nicht mehr, wo und in welchem Element sie sich befand, ob sie schon über oder noch unter Wasser war, denn sie konnte keinen Atem schöpfen und fragte sich, ob die Wassermassen, aus denen sie aufgetaucht war, den Hügel des Parks überflutet und den unter Ruinenschutt begrabenen Flakturm samt Bunker freilegt hatten. Um nicht in dem weggeschwemmten Geröll zu versinken, konzentrierte sich ihr verschwimmender Blick auf den Seeigel, als ob er die Überschwemmung des Parks zu verantworten gehabt hätte, als wäre er der Stöpsel gewesen, den sie hätte ziehen müssen, um das Wasser abfließen zu lassen, und plötzlich erkannte sie den vertrockneten, schwarzen Knäuel spitzer, ineinandergekrallter Blätter eines Haselbaums, die die bereits im letzten Herbst ausgefallenen Nüsse umhüllt hatten und die sie für einen Seeigel gehalten hatte.

Eine Wunde hatte der Affe am Kopf, einen Kopf hatte er noch, aber kein Gesicht mehr, eine Wunde war sein Gesicht, kein Bombensplitter, kein herabstürzender Backstein hatte das Kuscheltier zerfetzt, kein brennender Dachbalken das Tiergesicht bei einem Bombenangriff verkohlt, auch der graue Schnauzer, mit dem die Mutter in den Luftschutzkeller geflüchtet und der so eifersüchtig gewesen war, dass er sie oft misshandelt und ihr einmal das Gesicht zerbissen hatte, als sie ihm Puppenkleider anziehen wollte, hatte nicht das Menschenaffengesicht zerrissen, sondern Jahrzehnte später richtete dessen Nachfolgerin, ein schwarzer Rauhaardackel, der sonst an Knochen, Stöcken und Stuhlbeinen herumkaute und alles Denkbare verschlang, das Stofftier so zu, als ob ein im Zweiten Weltkrieg zerfetztes Gesicht daraus hervorgebrochen wäre. Der Affe, der für ein Kuscheltier eigentlich zu hart und drahtig war, saß immer neben dem aus der Kinderzeit der Mutter stammenden Teddybären, den der Hund aber nicht anrührte und den das Wirtschaftswunder in jeder Hinsicht gut genährt zu haben schien, während der Affe wie eine vorzeitig gealterte, ausgemergelte Trümmerfrau aussah. Das müde und etwas traurige, zugleich gewitzte und liebenswerte Gesicht des Affen, das der Dackel zerstört hatte, flickte die Mutter mit orangerosafarbenen Wollwürsten, die sie mit einer Strickmühle hergestellt und schneckenförmig angeordnet hatte, weiße, bemalte Reißzwecken stach sie als Augen in die neue Gesichtshaut, die herausstehenden Metallkrallen der zerbissenen Affenhände und -füße überzog sie mit rosafarbenem, leicht glänzendem Stoff. Wie der Teddybär trug der Affe ein zinnoberrotes Kleid, dem ihr älterer Sohn seine Sportabzeichen, zum Beispiel drei goldene Eichenblätter mit schwarzrotgoldenen Bändern, angesteckt hatte, diese Gewänder hatte die Mutter aus ihrem Schwangerschaftskleid genäht, das eine Mischung aus Ballkleid und Schlafanzug, Karnevalkostüm und Priesterinnengewand, blutigem Kleid einer Rächerin und Sportbekleidung gewesen war. Anstatt darin ihr Neugeborenes einzuhüllen, es zu schützen und zu wärmen, stellte sie daraus Stofftierkleidung her und hatte das Gefühl, die Nachgeburt ihrer Kinder einzunähen, um sie zu vergraben, als könnte sie damit endlich begraben, was sie ihren Kindern hatte ersparen wollen, und wirklich warf sie den Affen eines Tages, nachdem das Interesse an dem Tier nach der notdürftigen Gesichtsoperation erloschen war, selbst auf den Müll, wohin der Ritter den abgeschlagenen Kopf gerne geworfen hätte, um sich dieses Zeugens seiner gescheiterten Befreiung zu entledigen.

Ich liege auf einer Holzpritsche, habe – es ist kein Vergnügen, mich zu betrachten – ein schmutziges Totenhemd an, Haar und Bart, grau und schwarz, geht unentwirrbar durcheinander, meine Beine sind mit einem großen, seidenen, blumengemusterten, langgefransten Frauentuch bedeckt. Zu meinen Häupten steht eine Kirchenkerze und leuchtet mir. An der Wand mir gegenüber ist ein kleines Bild, ein Buschmann offenbar, der mit einem Speer nach mir zielt und hinter einem großartig bemalten Schild sich möglichst deckt. Man begegnet auf Schiffen manchen dummen Darstellungen, diese ist aber eine der dümmsten. Sonst ist mein Holzkäfig ganz leer.

Franz Kafka, Der Jäger Gracchus, Octavheft B

Irene wohnte nicht in einem Altersheim, weil sie ihren Haushalt nicht mehr führen konnte, sie hatte sich vielmehr eingestanden, dass sie das Haus, in dem sie jahrzehntelang gewohnt hatte, nicht mehr ertrug, vielleicht nie gemocht hatte, dessen Standort entweder nicht ländlich oder nicht städtisch genug, dessen Ausstattung nicht einfach oder nicht herrschaftlich genug war, sie hatte ihre Einsamkeit satt und sehnte sich nach der Gemeinschaft anderer Menschen, hätte jedoch nie zugegeben, dass sie auch Männer kennen lernen wollte, die sie, sportlich, leicht gebräunt und elegant gekleidet, sehr attraktiv fanden, in ihrer selbstbewussten und offenen, freundlichen, aber direkten Art, die sich immer etwas unbedarft und mädchenhaft gab, kam sie gut an, war schnell in ein Gespräch zu verwickeln, während des Redens stand sie dann leicht unter Spannung und bewegte sich ständig, als ließe sich ihr Körper nicht stillhalten, suchte Nähe und wäre doch sprungbereit zu Flucht und Ausbruch. Eine große Unruhe hatte sie im Leib, Hummeln im Hintern wie ihre Mutter Ottilie, über die sich deren Freundinnen lustig gemacht hatten, weil sie nicht lange stillsitzen konnte, bald wieder ruhelos losbrummte, zum Essen gehen, Karten spielen, wandern oder wenigstens mit dem Hund eine Runde drehen wollte. Wie es dahinten bei Ottilie kreuchte und fleuchte, so flog es auch bei Irene im hinteren Kelch ein und aus, wie es da summte und brummte, in ihrem Loch, ein reges Innenleben hatten Mutter und Tochter, ihre Hummeln brummelten von anderen Zeiten, kannten sich im After- und Nachleben der Familie aus, denn sie waren schon im Hintern der Mütter und Großmütter ein- und ausgeflogen, durch die Arschlöcher von Generationen waren sie gebrummt und wimmelten jetzt an den Ausgängen von Irenes Seele, diesem recht löchrigen Ding, in dem sich tummelte, was sich durch die Zeit gerettet hatte. Ottilie!, Irene!, Hummeln bauen ihre Nester unter der Erde, in beachtlicher Tiefe, da reicht kein Pfropfen, den du hinten hineinschiebst, damit mal Ruhe herrscht im Tornister, den dir lange kein Mann mehr vors Bett gestellt hat, als ob Krieg, Tod und Einsamkeit die Sehnsucht raubten. Von wegen, hört ihr nicht das Brummen des Begehrens, Allerwerteste, genug zusammengerissen, liebe Irene, anders als deine Mutter hast du lange genug auf den eigenen Kartoffeln gesessen, und wirklich frotzelte Irene seit Neustem recht fröhlich, alberte herum und war schelmisch grinsend zu Späßen aufgelegt, lachte rasselnd wie ihre Mutter, als wollte sie sie an ihrer Freude teilhaben lassen, plötzlich lackierte sie sich die Finger- und Fußnägel, wie sie es in Trolls Kindheit manchmal getan hatte, schminkte sich, kicherte viel, vor allem wenn sich der Gärtner des Altersheims dicht neben sie setzte, mit dem sie seit einiger Zeit liiert war, was ihrer Gesundheit zuträglich war, denn sie konnte trotz der Schmerzen und sich ausbreitenden Wunden besser atmen und sprechen. Sie nannte ihn „mein Jugo-Slawe“, als stellte sie ihn mit Vor- und Nachnamen vor, was keinen Klang von Gast- oder Fremdarbeiter, keineswegs den einer Nationalität hatte, eher eines Titels oder einer Auszeichnung, „mein Jugo-Slawe“, sagte sie, als hätte es nie Krieg auf dem Balkan gegeben, und äffte die Aussprache ihrer Mutter nach, wenn diese über Arbeitskollegen ihres Mannes aus Zagreb oder Dubrovnik gesprochen hatte, die ihre Familie bei Ferienreisen besuchte, denen der Gärtner jedoch in keiner Weise ähnelte, wie sie einmal betonte. Aus Dünkel, Angst und Unsicherheit hätten ihre Eltern vielmehr zu verhindern versucht, dass sie als

Studentin von einem solchen Mann, der in allem das Gegenteil von Trolls Vater, also ihrem verstorbenen Ehemann war, zu einem Ball ausgeführt worden wäre und mit ihm verkehrt hätte, da er kaum den elterlichen Vorstellungen eines anständigen Mannes entsprach, von denen sich Irene Troll, seitdem sie das Haus ihres Arbeits- und Familienlebens verlassen hatte, offensichtlich verabschiedete, sie verhielt sich, wie es ihre Mutter aus Misstrauen und Vorurteilen nie getan hätte. Der Gärtner war entspannt, rauchte mit einer schwarzen Zigarettenspitze, was Irene nicht zu stören schien, obwohl sie Raucher immer gehasst hatte, nur manchmal nach Reisen hatte sie eine Zigarette im Wohnzimmer angezündet, um den Geruch einer unbewohnten, verlassenen Wohnung zu vertreiben und sich an ihren vor Jahrzehnten verstorbenen Mann zu erinnern, der Raucher gewesen war, was aber gar nicht auf Trolls Mutter zutraf, sondern seine Großmutter getan hatte, die er, wie Troll verwundert feststellte, schon wieder und immer öfter überblendete, verwechselte und in seiner Erinnerung manchmal nicht mehr auseinanderhalten konnte, wenn er vor der Frau in ihrem Altersheimzimmer saß, die eigentlich niemand anderes als seine Mutter zu sein hatte. Der Gärtner mit schwarzen, an der Seite gescheitelten Haare, hatte einen schmalen Oberlippenbart, der an den Enden spitz zulief, früher hätte Irene den Mann wohl als schmierig bezeichnet und keines Blickes gewürdigt, jetzt betonte sie, dass er ein ausgezeichnetes Deutsch, wenn auch mit leichtem Akzent, spreche, und beschrieb ihrem Sohn diesen Mann aus Zagreb mit Adjektiven, die er noch nie aus ihrem Mund gehört hatte, so fragte sie ihn einmal in der Anwesenheit des Gärtners, ob er ihn nicht auch rassig finde, worüber dieser nur grinste, er hätte ja auch

Klasse, fügte sie hinzu, als wäre er derjenige, der sie aus Unterdrückung und Unfreiheit gerettet hätte, was Troll sofort einleuchtete, denn er hatte sich diesen Mann, in dessen Land Verfilmungen von Karl May gedreht worden waren, sofort als den Bösewicht in einem Western oder einer Gangstergeschichte vorgestellt, der auf Rache und Vergeltung aus war, der tat, was er tun musste und sich nicht einschränken ließ. Auch wenn er sich am Ende des Films nicht als der eigentlich Gute herausstellte, hatte der Zuschauer gesehen, dass er ein Herz und einen scharfen Verstand hatte, seine Freiheit aber über alles liebte. Dieser Mann, dessen Aussehen, Auftreten, ja dessen bloße Anwesenheit ihn so in Szene setzte, dass es keiner weiteren Schauspielerei bedurft hätte, verlangte nach einer seiner Erscheinung angemessenen Landschaft, Aufgabe und Geschichte, die er in diesem Altersheim nicht unbedingt maßgeschneidert bekam. Dieser Mann, der sich wirklich selbst Jugo nannte, was eine Abkürzung von Jugoslav sei, war auch in Rente, die er sich mit der wohl kaum ehrenamtlich verrichteten Gartenpflege aufbesserte, er lächelte viel, arbeitete ruhig und ohne Hast und machte Pausen, um an seiner Zigarettenspitze zu ziehen, die ihm meistens im Mundwinkel steckte, dann beobachtete er, mit einer Hand auf einen Rechen oder eine Hacke gestützt, seine Umgebung, als wartete er darauf, bei seiner Arbeit gestört zu werden, die er sehr gewissenhaft und gerne tat, was Irene nicht hätte betonen müssen, da es dem Garten anzusehen war, nur war ihm alles, was das Leben unterhaltsamer machte, Austausch und Gespräch mit sich brachte, willkommen, war besser, als still vor sich hin zu arbeiten. Seine Seelenruhe und Offenheit gefielen Irene, die selbst immer auf der Suche nach Ablenkungen war, unterbrochen werden wollte, Abschweifungen provozierte und sich auf Umwegen bewegte. Er war im Garten beschäftigt und sagte doch von sich, er sei Privatier, was Irenes Augen leuchten ließ, er arbeite hier nur zum Zeitvertreib, wie er früher in seiner Freizeit als Reinigungskraft in einem Gymnasium gearbeitet habe, als er noch Privatdozent gewesen sei, aber später habe er wegen seiner Karriere keine Zeit mehr für solche Hobbys gehabt, was ihm keiner, vor allem nicht Irene abnahm, die wieder rasselnd lachte und sich noch einen Stonsdorfer oder Eierlikör genehmigte, den der Gärtner dankend ablehnte. Sie war es gewesen, die ihn umworben hatte, bis er ihr verfallen war, Troll war überrascht, mit welcher Ernsthaftigkeit, ohne eine Miene zu verziehen, sie flirten konnte, ohne sich an ihrer Mundfäule zu stören, küsste er sie gerne heftig bei der Verabschiedung so lange, bis Troll sich bemerkbar machte, sie sagte dem Gärtner Anzüglichkeiten, grummelte ihm Witze und Schweinereien ins Ohr, die ihn zu weinendem, fast tonlosem Gelächter brachten.

Ob dieser Flechte so etwas wie eine Persönlichkeit, ein eigener Charakter zuzugestehen sei, fragte sich Troll, was ihre Eigenwilligkeit nahelegte, auch wenn Wissenschaftler bei diesen Gewächsen den Begriff der Individualität für unangemessen hielten, der aber vielleicht nur anders definiert werden müsste, gab er Dunkel zu bedenken, Flechten, bei denen nur wenige Zellen und Gewebe so endgültig ausgebildet seien wie bei höheren Pflanzen, könnten ihre Strukturen fortwährend umbauen, anpassungsfähig und wandelbar gingen sie ungewöhnliche Verbindungen ein, griffen wachsend in komplizierte Zusammenhänge ein, die sie veränderten. Ebenso widerstandsfähig wie empfindlich passten sie sich an feine Unterschiede des Klimas und des Untergrundes an, auf einem Felsblock wüchsen zum Beispiel je nach Lage unterschiedliche Flechten, an der windoffenen Felskuppe seien andere Arten als an der leicht geneigten, warmen Südseite zu finden, auf lichtreichen, feuchten und bodennahen Flächen siedelten sich andere als an schattigen Steillagen oder sehr lichtarmen Überhängen an, die Vögeln als Sitzplätze dienten. An den Flechten ließen sich Veränderungen und Unregelmäßigkeiten der Atmosphäre und des Bodens ablesen, die 1700 in Deutschland registrierten Arten gehörten zu den bedrohtesten, da sie so empfindlich auf Verschmutzung von Luft, Boden und Wasser reagierten, die ihrem Wachstum eigentlich schadete, während es sich im Fall des Irrblocks beschleunigte, der möglicherweise einen übermäßig nährstoffreichen Untergrund bot, aus dem die Säure der Flechten reichhaltige mineralische Verbindungen lösten, wenn sie nicht fossiles Material oder Rückstände von Schad- und Giftstoffe aufgenommen und angereichert hatten. Anstatt jedoch zu beeinträchtigen, zu zerstören, hatten diese Stoffe das üppige, tropisch wilde Wachstum hervorgerufen, bei dem man sich fragen konnte, ob die an der Flechtensymbiose beteiligten Lebewesen mutiert waren, da sie einen Umwandlungsprozess ausgelöst hatten, in dem Flechte und Findling in ein neues Verhältnis zueinander traten. Ungeklärte Vorgänge spielten sich zwischen den beiden ab, die sich so eng miteinander verbanden, dass sie mehr und mehr einen Organismus zu bilden schienen, wobei die Flechte keineswegs der Kokon war, in dem sich der von Flechtensäure durchdrungene Findling verwandelte, auch wenn es von außen so aussehen konnte, als zersetzte ein Parasit den Körper seines Wirts, denn die gewaltig wachsende Flechte schien den Stein aufzusaugen, der die Zumutungen dieses Überfalls aber keineswegs hinnahm, sondern die aggressiven, pflanzlichen Prozesse zu nutzen wusste.

Nicht den Kopf einer Eid- oder Rachegöttin, die göttliches Recht vollstreckte und bestrafte, sehe Troll hier, hatte der Kustos ihm erklärt, auch wenn solche Köpfe in der Antike im Umlauf gewesen seien, aus der Erde geboren, aus dem Boden auftauchend sei es zweifellos eine Gottheit der Erde und Fruchtbarkeit, in der man Demeter, Kore oder Semele vermuten könnte, es sei aber die durch Erdgeburt auf die Welt gekommene Aphrodite, die eben nur durch einen Kopf dargestellt werde, der nicht wie der orakelnde Kopf des Orpheus aus einer Höhle, sondern aus einer Erdspalte aufsteige und, anstatt zu sprechen, schweige. Es werde von einer jungen Frau erzählt, die einst, in ihrer Heimat vom Unglück verfolgt, nach Europa gereist war, um ihrer Vergangenheit zu entkommen und eine andere zu werden, in der Hoffnung, die Beschränkungen und Hemmungen ihres Charakters zu überwinden und ihrer Herkunft die Macht zu nehmen, verließ sie ihre Heimat und war bereit, Grobheiten und Liederlichkeiten hinzunehmen. Anstatt Befreiung widerfuhr ihr Unheil, sie wurde Opfer eines Verbrechens und in ihrer ausweglosen Verzweiflung, weder hier noch dort leben zu können, verwandelte sie sich in einen Stein, den die Erde schluckte, das Haupt dieser eingewanderten Niobe, die einst vor Schmerz über die Rachsucht der Götter versteinerte, wurde durch tektonische Bewegung vom Körper getrennt, der Aufruhr der Erde zerbrach sie und trug sie später aus der Unterwelt empor, als hätte Hades Persephone freigegeben und sie, wenn auch verstümmelt, auf den Erdboden gespuckt, so tauchte ihr Kopf in Deutschland auf dem Gelände des Kopfmuseums auf, wo ihm Abbruch- und Aufbauarbeiten zwar zusetzten, ihn aber nicht von der Stelle bewegen konnten. Dieser Findling war einst an die Erdoberfläche aufgestiegen, wo er jetzt lag, auf dem Grund des ehemaligen Frauengefängnisses.

Dass Troll die Geschichte des Frauengefängnisses ignoriert und sich nicht weiter damit beschäftigt hatte, konnte Dunkel nicht glauben, der Troll doch selbst berichtet hatte, dass eine Haftanstalt auf dem ehemals ungeteilten Grundstück von Museum und Verkehrsschule gestanden hatte, woran außerdem eine am Museum angebrachte Gedenktafel erinnerte. Die Vergangenheit des Ortes hatte Troll also keineswegs unbekannt sein können, selbst seine Mutter hatte ihn auf eine weitere Gedenktafel angesprochen, die der zuerst hier eingesperrten, dann im Strafgefängnis Plötzensee hingerichteten Frauen und der dort zweimal inhaftierten Rosa Luxemburg gedachte, Troll gab aber vor, die verwitterte und ziemlich unauffällig angebrachte Metallplatte übersehen zu haben, obwohl die ehemalige Nutzung des Gebäudes keineswegs geheim gehalten wurde, über die die Museumsleitung die Besucher aber auch nicht weiter unterrichtete. Dunkel unterstellte Troll, er habe sich nicht damit auseinandersetzen wollen, dass er in einer ehemaligen Haftanstalt arbeite, die Mitte der Siebzigerjahre auf dem Teil der Verkehrsschule abgerissen worden und auf dem des Museums stehen geblieben sei, Dunkel habe es nicht mehr ausgehalten, über die Vergangenheit des Grundstücks nur zu spekulieren, da ihm seine Unwissenheit, das dunkle Gefühl, angreifbar zu sein, hintergangen zu werden, unerträglich geworden waren, hatte er begonnen, sich mit der Geschichte des Ortes zu beschäftigen, über den er einiges in Erfahrung gebracht hatte. Anfangs waren vor allem Prostituierte, ledige Mütter und Frauen, die ihre Schwangerschaft abgebrochen hatten, dann immer mehr Frauen aus politischen Gründen interniert worden, diese sogenannten Arbeitserziehungspflichtigen wurden in Handarbeit und Kochen unterrichtet und zu Zwangsarbeit herangezogen, die sie vor allem in Werkstätten und auf Feldern außerhalb des Gefängnisses abzuleisten hatten. Solange in der Anstalt Frauen in Verwahrung waren, mussten sie Handarbeiten wie Stricken, Nähen, Knüpfen, Flechten, Sortieren, Falten und Waschen verrichten, wofür Betriebe eigene Arbeitsräume auf dem Gefängnisgelände einrichteten, ab 1940 strickten die Insassinnen nicht nur Soldatensocken, sondern wurden auch in Rüstungsfirmen eingesetzt, hatten innerhalb und außerhalb der Gefängnismauern sogenannte kriegs- und wehrwichtige Aufgaben zu erfüllen, Außenkommandos arbeiteten in dieser Zeit auch im Gemüseanbau, in der Landwirtschaft und sollten zur angestrebten wirtschaftlichen Unabhängigkeit des Deutschen Reiches beitragen. In der DDR wurde das Außenkommando dann in die zivile industrielle Produktion geschickt, um Kleidung, Schuhe, Bier, Rundfunkgeräte und Glühlampen herzustellen. Dunkel konnte beschreiben, wie die Gefängnisanlage einmal ausgesehen hatte und es dort zugegangen war, wusste jedoch nicht, wie es zur Teilung des Geländes gekommen war, das vor dem Krieg wohl staatlicher Besitz gewesen sei und nach dem Mauerfall nicht habe rückübereignet werden müssen, sodass der Sammler möglicherweise andere unklare rechtliche Verhältnisse ausgenutzt habe, um die Hälfte des Grundstücks zu erwerben oder zu pachten, jedenfalls sei der Abriss des Teils, auf dem sich jetzt die Verkehrsschule befinde, noch zur Zeit der DDR angeordnet und durchgeführt worden. Die Anlage sei wohl auch auf der Seite des Museums nicht unverändert erhalten geblieben, wo Teile des Gefängnisses in den letzten 45 Jahren umgebaut, aufgestockt oder abgerissen worden seien, einen ehemaligen Wachturm, den er auf einem Foto gesehen habe, könne er zum Beispiel nirgends mehr erblicken, außerdem habe er den Eindruck, dass die Gebäude, wenn er Trolls Beschreibungen höre, teilweise verbunden und die Höfe zugebaut worden seien. Während in dem ehemaligen Gefängnisviertel die Mietskasernen, in denen auch viele ehemalige Häftlinge Unterkunft gefunden hatten, im Zweiten Weltkrieg stark zerstört worden waren, hatte das dreistöckige neugotische Backsteingebäude des Haupttrakts der Haftanstalt eine über hundertjährige Geschichte überstanden, auch wenn etwa der Betsaal im Obergeschoss des mit spitzbogiger Fenstergruppe, Zinnen und zwei Türmchen hervorgehobenen Mittelbaus wie andere Teile des Gefängnisses im Krieg beschädigt worden war, Dunkel wies Troll auf die wiederaufgebauten und ausgebesserten Mauerstücke hin, die noch deutlich zu erkennen waren. In diesem mittleren Dienst- und Verwaltungstrakt des Gefängnisses, in dem früher auch der Anstaltsleitende, Aufseherinnen und der Portier gewohnt hatten, waren außerdem Verhörzimmer und die Buchhaltung untergebracht gewesen. Neben dem Gefängnisgebäude mit den Aufnahme-, Einzel- und Gemeinschaftszellen müsse eigentlich noch der Trakt des Gefängnislazaretts mit einer Entbindungs- und Säuglingsstation und Mutter-Kind-Zellen stehen, vermutete Dunkel, auch wenn die Inneneinrichtung wohl entfernt worden sei. Eine Friseurstube, eine Bücherei, einen Schul- und ein Gymnastikraum habe es in der Anstalt gegeben, teilweise in Kellerräumen, in denen sonst Disziplinarzellen untergebracht gewesen seien, die jetzt – wie wohl auch all die anderen Räume – vom Kopfmuseum zu Ausstellungs- oder Lagerzwecken genützt würden, auch in Vorratsräumen und den Koch-, Spül- und Waschküchen lagerten vermutlich, wenn man sie nicht abgerissen habe, Köpfe, wobei Dunkel von Troll wissen wollte, ob noch etwas an den Gefängnisbetrieb erinnere und wie sich das Gebäude durch die Zwischennutzung verändert habe, auch wenn der ursprüngliche Grundriss wohl nur kaum noch zu erkennen sei, seien jedenfalls die Grundmauern noch dieselben.

Grundrisse zerstörter und abgerissener, verschütteter und überbauter Gebäude und Städte erkannte Troll in den Bildern Paul Klees wieder, als die Zeichenlehrerin einen Ausstellungskatalog mitbrachte, um den Grundschülern dessen Gemälde zu zeigen und sie so auf eine Ausstellung vorzubereiten, die sie mit ihnen und der Klassenlehrerin besuchen wollte, was aber nie geschah. Für Troll waren die Bilder ein Schock, weil sie nichts mit dem zu tun hatten, was er sich unter einem gemalten Bild vorstellte und bisher gesehen hatte, an Klee war ihm zuerst das Verschmierte, Fleckige, schmutzig Gemischte aufgefallen, denn die Lehrerin hatte nicht aufgehört, die Schüler zu ermahnen, den Pinsel im Wasserglas auszuschlagen und vorsichtig zu reinigen, bevor sie eine zweite Farbe aus dem Malkasten auswählten und auf der Mischfläche der Innenseite des Malkastendeckels zu der ersten hinzufügten, um eine neue Farbe oder einen anderen Farbton zu mischen, so würden die Farben sauber bleiben und eine ordentliche Mischfarbe ergeben. Wenn die Kinder den Pinsel jedoch nicht auswüschen, verschmutzten sie die andere Farbe, hätten nur noch unreine, verwaschene Farben im Farbkasten, mit denen sie nur noch schmutzige Bilder malten, woran nur das achtlose, unsaubere Mischen der Farben schuld wäre, die immer bräunlicher und gräulicher würden, sodass alles Gemalte schließlich ganz und gar unkenntlich würde. Die Lehrerin hatte den Schülern beigebracht, dass die Farbe dick und deckend aufzutragen sei, sie sollten den Pinsel so lange im Farbkasten drehen und wenden, bis die Farbe schäumend Blasen bildete, wobei sie meistens über die Ränder des Farbschälchens trat und sich mit den beiden benachbarten mischte, was die Lehrerin eigentlich zu verhindern suchte. Diese Mischlehre schien den Maler Klee überhaupt nicht zu interessieren, der kaum als Vorbild dienen konnte und dessen freier Umgang mit Farbe, Form und Linie den Schüler überforderte, wenn er versuchte, das Dargestellte zu erfassen, wurde sein Atem schwer, Fühlen und Denken setzten aus und sein Kopf prallte gegen eine Mauer zusammengesetzter verschmierter, zerlaufener oder scharf gerasterter Farbflächen, die kein Abschweifen, Ausweichen oder Entkommen erlaubten, und der Junge sah den farbigen Niederschlag seines verspritzten Gehirns, den der Maler mit einer Spritztechnik, vielleicht mit Sieb und Zahnbürste, aufgetragen hatte, auf den Seiten des Katalogs liegen, den die Lehrerin auf ihrem Schoß aufgestellt hatte und den im Halbkreis stehenden Schülern ungerührt zeigte, beim Umblättern las sie die Titel der Bilder vor und enthielt sich jedes weiteren Kommentars. Auf sich selbst zurückgeworfen war der Junge gezwungen, das vorgeführte Bild möglichst genau anzuschauen, um in der verwirrenden, schleierhaften Malweise Anhaltspunkte zu sammeln, die ihm helfen würden, das, was auf dem Bild abgebildet war, zu erkennen, seine Augen wollten die Landschaften erkunden, fanden aber keinen Weg über die Farbstufen und -sprünge, da ihnen die eindeutige Übersicht und zentrale Perspektive fehlte, um die gemalten Gegenstände im Raum anzuordnen, es war keine klare, realistische, historische oder märchenhafte Darstellung, die Troll von der in seinem Zimmer hängenden Isarlandschaft Wilhelm von Kobells kannte, deren Szenerie von Pferden und Flöte spielendem Reiter durchaus Fragen aufwarf und zum Phantasieren anregte. Bei Klee drängte sich die Malweise in den Vordergrund und würgte das Dargestellte ab, der Maler schien weder Vertrauen in die Wahrnehmung noch in die Phantasie der Menschen zu haben und sich über den Jungen lustig zu machen, da er sich kindlich stellte, aber eigentlich ein ehrgeiziger, vorsätzlich ungeschickter Kartoffeldrucker sein musste, der Bauklotz- und Spinnenwebenwelten zusammenstempelte und nichts zu erzählen hatte. Der Junge empfand die Bilder als roh, hinterhältig, ja grausam, die Comicexistenzen, Gerippe und schwarzen Chiffren seiner Bilder waren mit Versatzstücken von Gegenständen, Buchstaben und Zahlen in Wüsten, verwahrlosten Landschafts- und Menschenreservaten, in nebligen Müllhalden, Ruinen, Gefängnissen und Totenkellern eingesperrt, über die sich gespenstisch oberflächlich aufgetragene Farbflächen und -ecken legten, die aus allem das letzte Leben sogen, um ihre eigene verblassende, schein- und schleierhafte Existenz ein wenig zu verlängern, während bereits aufziehende Wolken eines Gewitters, das all das fortspülen würde, Schatten warfen und die Luft unter solcher elektrischen

Spannung stand, dass das Atmen schmerzte und die Materie Risse bekam. Der Junge ärgerte sich über die mutwillige Beschränkung seiner Vorstellungskraft auf kurzatmige Form- und Farbkonstrukte, an denen sich seine Vorstellungskraft angeblich frei und fröhlich abarbeiten könne, wie die Lehrerin immer wieder betonte, er sah aber nur gekünstelte, kolorierte Zeichen, die in die verknöcherten Wände eines ausgebombten Innenlebens gekratzt waren, in das der Künstler vergeblich emigriert war, um die Illusion von Freiheit nicht zu verlieren.

Schon kleine Aphthenmünder, die bis zur Größe von Markstücken anwuchsen, verursachten solche Schmerzen, dass Irenes Hals pochte, ihr Kopf sirrte und ihr ganzer Körper immer höher zu klingen begann, es kratzte schrill, schabte, rauschte in den plötzlich den ganzen Körper durchlaufenden Gehörgängen, durch die Bahnen zerknüllten Druckpapiers gezogen wurden, die sich in ihrem Leib reibend knickten und bogen, ein quietschender Piepston ging in Zischen oder Schnalzen über, in das sich buchstabenähnliche Laute mischten, aus denen sich allmählich Bedeutung mehr vortäuschende als tragende Lautfolgen bildeten, an ein lang gezogenes S, Sch, Sp oder Ps schlossen sich Silben an, die Worte höchstens erahnen ließen, da die besonders schmerzhaft auszusprechenden Laute undeutlich oder gar nicht artikuliert wurden, schließlich formten sich Wortfolgen, ja Sätze, die den entzündeten Stellen zu entweichen schienen, was zweifellos eine Fata Morgana des Gehörs in der Hitze des Schmerzes war, jedoch nichts daran änderte, dass Irene dieses Echo in ihrem Kopf vernahm, das oft kaum von den Geräuschen ihres eigenen Körpers zu unterscheiden war. Anfangs konnte sie die Aphthenmünder noch zur Zurückhaltung zwingen, mit ihrem Mund die vielen Münder schließen, die aber, wenn der Schmerz sie zum Öffnen des Mundes und zum Durchatmen zwang, die Gelegenheit nutzten, sich in unangenehm fistelnder Stimme auszulassen, sich in immer längeren Kommentaren zu dem zu äußern, was Irene wahrnahm, die gnadenlosen Wunden beschrieben Irenes Beobachtungen wie Überwachungsmünder, die sich ihrer Sinne bedienten, schrieben ihr vor, worauf sie ihre Aufmerksamkeit zu richten hatte, erklärten, wie ihre Sinneseindrücke zu deuten seien, und bewerteten, ob etwas als moralisch verwerflich anzuprangern sei. Die Mutter trug eine Horde von Richtern im Rachen, die ohne Ende Urteile über Kleidung, Aussehen, Verhalten und Äußerungen anderer Menschen fällten, auf deren Charakter schlossen und von Irene bestimmte Gefühle oder Reaktionen einforderten, als hätten sie die endlosen Widersprüche zu verkörpern, die sie selbst, als sie noch gesund gewesen war, in Gesprächen aufgerissen hatte, aber nicht mehr sie, sondern das Heer der Aphthen stellte jetzt Fragen und gab Antwort, zischte, redete dazwischen, lamentierte, dozierte und intrigierte, die einen lehnten scharf ab, was andere gesagt hatten, sprachen ihren Zweifel und ihre Verachtung aus, stellten infrage, widersprachen, kritisierten, wurden grob, wütend, ausfallend und böse, während andere nur mit spöttischen Geräuschen reagierten, besänftigten oder relativierten. Irene drohte die Fassung zu verlieren, als die Münder sie zu beschimpfen begannen, auch vor ihrem Verhalten und ihren Gewohnheiten, ihren Freuden und geheimen Genüssen nicht haltmachten und ihre Geheimnisse ausplauderten, „Eine solche Selbstüberschätzung!“, sangen diese bissigen, gehässigen Münder, redeten sich immer wunder, immer tiefer in die Rachenwände ein,

Irene solle sich schämen, riefen sie im Chor, wenn die Mutter etwa behauptete, der und der habe sie sehr geliebt, und sie hörte die Aphthen bemitleidend oder schadenfroh schnalzen, zustimmend brummen und pharisäerhaft rügen. Die Rede musste sich beschleunigen und versuchte, der Gleichzeitigkeit im Hintereinander nahezukommen, immer mehr Stimmen wollten sich durch Irene Gehör verschaffen, immer mehr hatte sie mit der Zeit zu sprechen, was kaum noch zu bewältigen war, Troll wunderte sich, dass sie noch keinen tollwütigen Schaum vor dem Mund trug, und konnte bald nicht mehr sagen, was die eigentliche Stimme seiner Mutter war, die sich, da Kehlkopf und Stimmbänder in Mitleidenschaft gezogen waren, verändert hatte, sich gebrochener, tiefer, männlicher, dann wieder höher und zerrissener anhörte, als spräche jemand anderes aus ihr, sodass sie nicht mehr an ihrer Stimme zu identifizieren war, die unmöglich nur einer Person gehören konnte, und Troll sich fragte, ob sie mit ihrer Stimme auch den Verstand verliere. Sie drückte sich in ungewohnten Stimmlagen, Ausdrucksweisen und Redensarten aus, die ihr die Aphthenmünder vorzuschreiben schienen, sie beanspruchten alleiniges Rederecht, drohten ihre Stimmbänder zu ruinieren, die doch allein die verschiedenen Stimmen zum Klingen bringen konnten, die der Mund Irenes zu bündeln hatte. Längst fragte sie sich selbst, ob sie ihre eigene Stimme an die Münder verloren habe, die sich so lange widersprachen, bis sie sich spalteten und neue sprechende Stellen entstanden, der vielmündig orakelnden Mutter, die nicht mehr Herrin der wachsenden Zahl von Mündern war, wurde das Sprechen schwer, ja unmöglich, sich verhaspelnd, stockend verschlug es ihr die Sprache, sie spuckte noch einzelne Wörter und Laute aus, verschluckte, räusperte sich, keuchte fast, als würde sie erstickt, nur noch in einer eigenartigen Litanei murmelnder, wimmernder, seufzender Mundbewegungen und Grimassen begleitete Irene schließlich den Lautschwall der streitenden Aphthen, sie kam Troll wie eine Pantomimin vor, die mit ihrer Mimik und Gestik körperlose Stimmen untermalte und zu dirigieren vorgab, denen sie ihren Körper lieh. Stimmen sprachen aus ihr, die an ihren Stimmbändern wie an einer Fliegenfalle im Leichenschauhaus klebten, bereits als Kind habe sie, hatte Irene einmal gesagt, das unbestimmte Gefühl gehabt, dass sich zwei Stimmen durch sie Gehör verschaffen wollten, selbst wenn sie sich auf das konzentriere, was sie zu sagen habe, rede ihr eine andere dazwischen, sie habe sich gefragt, ob sie anstatt einer anderen Person lebe, die ihr das Leben streitig mache, ob sie gleichzeitig eine andere sei, das Leben einer anderen zu führen habe, wo es gar keinen Kompromiss, gar keine Lösung geben könne, eine müsse Recht, die Oberhand behalten. Sie wollte nicht in der Haut einer anderen stecken und fühlte sich doch in der ihren nicht unbedingt wohl, die gegen sie rebellierte, als wäre es eben gar nicht die ihre und klebte ihr noch die einer anderen am Leib, von der sie sich ungewollt ernährt hätte. Immer wieder hörte Troll aus dem Mund der Mutter Aussprüche, die er irgendwann schon einmal gehört hatte, die aber nicht von seiner Mutter, sondern seiner Großmutter oder Urgroßmutter stammten, wie ihm schließlich klar wurde, als sie immer öfter ihren Vorfahren weniger ihre Stimme als ihre viellippigen Sprechwerkzeuge lieh, als ob der Schmerz ihre Persönlichkeit so durchlässig gemacht hätte, dass durch sie Stimmen aus der Vergangenheit hörbar wurden. Was war das für eine jede Erkenntnis, jede Lust zerredende, Leiden und Sprachverwirrung besingende Art des Zungenredens, das ihren Körper an die Grenze seiner Kräfte brachte und die Vorfahren zum Sprechen?

Schlimmer als nicht ernsthaft und ehrlich zu spielen war es, den Namen der Großmutter zu verunstalten, als ob das zweite Gebot auch für ihren Namen gegolten hätte, der nicht verkürzt, verdreht, mit Verkleinerungsformen versehen oder irgendwie verhunzt werden durfte, was ihren Stolz und ihre Ehre beleidigt hätte, ihre Namen waren heilig, verbürgten ihre Zugehörigkeit zu welcher adeligen oder gar königlichen Linie auch immer, die Troll auf dem einzigen Mädchenfoto seiner Großmutter, das er gesehen hatte, erkannt zu haben glaubte. Wie Vollblutpferde trug sie Namen von Kaiserinnen und Königinnen, die keineswegs ihr sehr verdünntes aristokratisches Blut bewiesen, aber immerhin einen Abglanz von vergangener Größe auf sie fallen ließen, etwa der einer *Henriette Caroline*, die von Goethe die Große genannte Landgräfin von Hessen-Darmstadt, die die Stammmutter des preußischen Königs- und späteren deutschen Kaiserhauses war und der Friedrich II. auf die Urne schreiben ließ, sie sei von Geschlecht eine Frau, aber vom Geist ein Mann gewesen, einer *Augusta Marie*, der deutschen Kaiserin, die ihrem Gemahl Wilhelm I. zu männlich, zu intellektuell war und in Depressionen verfiel, als er sich mit anderen Frauen einließ, einer *Victoria Auguste*, deutsche Kaiserin und Königin von Preußen, Gemahlin des letzten deutschen Kaisers Wilhelm II., dem sie ins niederländische Exil folgte, um dort bald zu sterben, einer *Amalie Auguste*, der bayerischen Prinzessin, die dann sächsische Königin wurde, einer *Eugenie*, der Frau Napoleons III., und einer *Lieselotte* von der Pfalz, der Bauch Europas genannten Herzogin von Orléans, die in ihren Briefen vom Leben am französischen Hof im 17. Jahrhundert berichtete. Die Großmutter trug die Namen dieser Frauen von Rang, über deren Leben und geschichtliche Bedeutung sie wohl kaum etwas wusste, wie eine Auszeichnung, aus einer anderen Zeit stammend gaben sie ihr Charakter und Sicherheit, ohne aber erklären zu können, warum ihr, wenn nicht aus Größenwahn, von ihrer Familie, die weder zum Landadel noch zu Großgrundbesitzern gehört hatte, so viele ehrwürdige Namen vererbt worden waren, deren Trägerinnen zu lebenslänglichen Kindern und Untertanen einer vergangenen Obrigkeit gemacht wurden und eine Ahnenreihe bildeten, deren Namen sich über Generationen angesammelt, ja angehäuft hatten. Diese Frau trug einen erdrückenden Haufen Namen, die Troll sich nicht merken konnte, die zu ähnlich oder für sein Ohr zu witzig klangen, als Kind hatte er angefangen, andere zu erfinden, als könnte er die Großmutter so vervielfältigen und auswechseln, um das Personal seiner Kindheit zu erweitern und eine größere Auswahl an Bundesgenossen zu haben, die Freiheiten und Auswege eröffneten. Mit seinen Freunden lag er lachend auf dem Boden und machte sich über die großmütterlichen Namen lustig, weil sie nicht begreifen konnten, dass man einmal so hatte heißen können, aus welcher Zeit diese Frau eigentlich stammte.

Mit verwirrend enger, zackiger Schrift hatte Trolls Großtante die Lebensdaten, Orte von Geburt und Tod und die Berufe ihrer Vorfahren aufgeschrieben, um die Ergebnisse ihrer Nachforschungen übersichtlich auf mehreren Seiten zusammenzufassen, das gedrängte

Hoch und Runter der Buchstaben, mit denen die Tante etwas zu überschreiben, auszustreichen, fast das Blatt auszumalen schien, war für den Jungen ganz und gar unleserlich, seine Mutter hatte deshalb auf seinen Wunsch diesen Stammbaum in ihrer deutlichen, vorbildlich geschwungenen Schrift auf ein großes weißes Tonpapier übertragen, wobei sie die Schriftwolken der Tante, die verbindungslos auf dem Papier schwebten, in mit dem Lineal gezeichneten Rechtecken einfing und entwirrte, sodass sich die Bausteine der scharf voneinander getrennten Generationen von oben nach unten zusammensetzten, bis die zeitliche Abfolge am Blattende die Gegenwart erreichte. Aus den von Trolls Mutter auf dem großen Karton gezeichneten Rechtecke, die sich zu mehreren hundert Jahren Familiengeschichte ineinanderfügten, baute sich die Erbfolge von oben nach unten auf, was dem Jungen unsinnig vorkam, da die älteren Generationen wie auf Bäume nachahmenden Bildern aus den jüngeren herauswuchsen, die aus dem Erdboden trieben und in den älteren aufgingen, als nährten sie die Toten, die immer höher, immer dichter wachsend, den Himmel mehr und mehr verdunkelten, und er fragte sich, wie der Erdboden fruchtbar sein konnte, wenn alles in den Himmel verweste, als wüchsen die Gerippe durch die Lebenden in die Wolken und erstarrten. Wie ein Fluch kam ihm die Mauer der beschrifteten Felder des Stammbaums vor, die sich meist ein verheiratetes Paar teilte, denn die Vorfahren lasteten auf den Lebenden, auf den unteren, fast noch leeren Feldern der jüngeren Generationen, deren Kästen, bereits nieder- und eingedrückt, bald wie Särge splitternd ein- und zusammenbrechen würden, und das Gewicht der Vergangenheit würde die Gegenwart in Grund und Boden stampfen. In Museen, Schlössern und

Burgen hatte Troll Stammbäume gesehen, auf denen Äste, Blätterranken oder Rundbögen die gemalten Köpfe der Vorfahren verbanden, die auch an gespannten Seilen hingen oder von geschwungenen Hörnern aufgespießt wurden, um die Kontinuität der Zeit, die direkte, ja räumliche Verbundenheit der Generationen vorzutäuschen, auch wenn an den baumähnlichen Strukturen manchmal Sprossen und Zweige abgebrochen waren oder man den Mittelstamm abgesägt hatte, als wären die Stammbäume keineswegs natürlich gewachsen, hätten ihre Löcher und Lücken, wären zurechtgestutzt und bereinigt worden. Welche Bänder oder Fäden sollten die Namen des Stammbaums verbinden, ohne die Beziehungen von Verwandtschaft und Vererbung auf verfälschende, verharmlosende Distanz zu rücken, ohne vorzutäuschen, man könne die Verstrickungen der Ahnenreihen entwirren? Wie hatte man sich diese Linien, Leinen, Girlanden oder Röhren, an denen die Köpfe aufgehängt waren, vorzustellen, die aus der Masse der sich verzweigenden und vermischenden Familien auftauchten? Wenn man die durch Zeiten und Körper laufenden Fäden der Stammbäume abschnitt, rutschten die Köpfe wie bei einem Fang-den-Hut-Spiel übereinander, und da ihre Sinnesorgane in der Höhe nicht übereinstimmten, rannte der Stapel Köpfe, von denen sich einer durch den anderen hätte hindurchbeißen müssen, um ans Licht zu kommen, schwarzsehend und erstickend umher, als wären die Fäden des Stammbaums Maulsperren, Stricke des Schweigens, die die Familien und Generationen aneinanderknüpften, Fäden der Lüge, die der oberste der übergestülpten Köpfe den anderen als Wirklichkeit vortäuschte.

Wenn Troll sich an dem Irrblock abarbeitete und sich fragte, was er hier eigentlich tue, und daran zweifelte, dass all das Wirklichkeit sei, erinnerte er sich daran, dass die Lehrerin, die in der Grundschule eine Zeit lang das Fach Zeichnen unterrichtete, das erst in den höheren Klassen Kunst genannt wurde, behauptete, das von ihm mit Bleistift vorgezeichnete Bild, das dem vorgeschriebenen Thema entsprechend einen Baum darstellen sollte, wäre unrealistisch. Als Trolls Freund Clemens laut widersprach, wies sie ihn zurecht, dass so kein Baum aussehe, das Bild stelle einen Baum dar, den es nicht gebe, was den Freund erzürnte, er kenne diesen Baum, erklärte er der überraschten Lehrerin, die ihn als zurückhaltenden und unsicheren Schüler kannte, der so ungeschickt zeichnete, wie er schrieb, und von dem sie nicht erwartet hatte, dass er sie darauf hinweisen würde, dass sein Bruder und ein weiterer Klassenkamerad als Zeugen befragt werden könnten, die mit ihnen regelmäßig auf diesem Baum spielten und die Stämme und Zweige, die sie als phantastisch einstufe, regelmäßig hinaufkletterten. Als die Lehrerin verdutzt zwischen der Zeichnung auf dem DinA3-Block und dem Mund des plötzlich so vorlauten Schülers hin- und herschaute, fügte Clemens hinzu, wie gut dieser Baum zum Spielen geeignet sei, was die Frau zu bezweifeln, ja zu belächeln schien, als wäre es die Zeichnung eines Klettergerüstes für Affen, das für Kinderspiele weder geeignet noch vorgesehen wäre, er erzählte ihr aber, dass sie auf diesem Baum normalerweise Raumschiff, manchmal auch Flugzeug oder U-Boot spielten, und sie sah ihn vielleicht nur wegen seiner plötzlichen Redseligkeit ungläubig an, als könnte so ein Naturding nichts mit einer Maschine zu tun haben. Die Äste seien ziemlich dünn, fuhr er fort, und brächen ab, wenn sie beim Hochklettern nicht möglichst nah am Stamm darauf träten, vor allem wenn sie so hoch hinaufstiegen, dass sich die Stämme nach unten bögen, auf- und niederwippten und sie das Gefühl hätten, im Weltraum zu schweben oder an der Außenseite eines Raumschiffs hin- und herzufahren. Die Äste hingen nicht einfach so herunter, wüchsen nicht gerade nach unten und oben und die Stämme nicht wie seltsam gedrehte Zöpfe, bemängelte die Lehrerin, der Clemens entgegnete, dass von den größeren, waagrechten Ästen wirklich andere senkrecht nach unten und oben wüchsen, die wie Propeller, Haken, Antennen und Sonden aussähen, die zu ihrem Raumschiff gehörten, das jedes Mal beim Affengrab starte, wo sich nämlich ihre Basis auf der Erde befinde. Bei dem Wort Affengrab sah die Lehrerin ihn erst überrascht, dann ärgerlich und schließlich triumphierend an, da sie den sonst schweigsamen Schüler beim Phantasieren und Lügen erwischt zu haben glaubte, der jetzt wie ein Wasserfall redete, von der Geschwindigkeit, mit der er sprach, bekam er fast Atemnot und schwitzte vor Aufregung, denn er wusste, dass die Lehrerin sich offensichtlich zum Narren gehalten fühlte und ihm bald das Wort abschneiden würde. Er verzog die Lippen immer wieder zu einem Lächeln und unterstellte, dass sich die Lehrerin nichts unter dem Affengrab vorstellen könne, in dem wohl kein Affe begraben sei, auf dem Bahndamm gebe es aber in dem Sockel eines abgetragenen Bahnhäuschens ein Loch, das – wie sie von älteren Jugendlichen wüssten – der Abdruck eines Affen sei, von dem niemand sagen könne, wie der dorthin gekommen sei, wahrscheinlich sei dort so wenig ein Affe begraben wie im Löwengrab ein Löwe, dessen Prankenabdruck jedoch zu erkennen sei und der ihnen, wie der Affe, als Bandenname diene. Diese beiden Gräber hätten ja eigentlich nicht viel mit dem Baum zu tun, den Troll gezeichnet habe, und die Lehrerin habe ja nicht unrecht, wenn sie sage, dass so keine Äste aussähen, denn auf dem Bild seines Freundes seien auch Lianen zu sehen, die ineinander verschlungen an dem Baum herunterhingen, sich um Stämme und Äste wänden, was das Blätterwerk grüner und dichter mache, sodass ihre Stammplätze nicht vom Bahndamm aus einzusehen seien und sie sich vor den wenigen erwachsenen Spaziergängern verstecken könnten, also Beobachter und nicht Beobachtete seien, wenn sie bei ihren Missionen im Weltraum Bedrohliches oder Unbekanntes erforschten und auskundschafteten. Die Lianen seien aber nicht sofort als eigene Pflanzen zu erkennen, schienen aus dem Baum herauszuwachsen, wie es diese Zeichnung zeige, die mit sehr gut zu bewerten sei, weil sie darstelle, wie der Baum wirklich aussehe, der die Phantasie beflügele, da man in den Verwachsungen und Verschlingungen Verschiedenstes erkennen könne, aber solche Phantasien habe Troll gar nicht gezeichnet, sondern eben einen Baum, was die Lehrerin ja verlangt habe.

Täglich nahm Irene neue Namen an, als könnte sie sich mit ihrem Namen auch ihrer Schmerzen entledigen, und Troll fragte sich, von welcher Verwandlung sie ergriffen war, dass Körper und Geist in solche Verwirrung gerieten, wessen Beute sie war, da ihr Rachen doch wie Actaeon von den Zähnen seiner Hunde gelöchert war, die ihren eigenen, in einen Hirsch verwandelten Herrn nicht mehr erkannten und rissen, auch wenn Irene Troll sicherlich nicht die Göttin der Jagd nackt beim Bade gesehen hatte und noch in ihrer alten Gestalt zu erkennen war. Im Gegensatz zu ihrer Mutter hatte sie nur einen einzigen Vornamen und den hatte sie in ihren fiebrigen Anfällen abgelegt, sie glich einem Mädchen, das in andere Menschen und Rollen schlüpfte, hintergründig lächelnd ihre Puppen verkörperte, und nahm täglich, ja mehrfach am Tag neue Namen an, die nicht auf ihrer Taufurkunde, sondern auf der ihrer Mutter zu lesen waren, wie Troll schließlich herausfand, der nicht mehr wusste, mit welchem Namen er sie ansprechen sollte. Er wollte nicht glauben, dass es eine Folge des Schmerzes oder der Medikamente war, wie ihm der Arzt des Alters- und Pflegeheims versicherte, der eine Überweisung in ein Krankenhaus in Aussicht stellte, Troll meinte zuerst, sie imitiere, äffe ihre Mutter nur nach, deren Namen sie zu den ihren machte, nehme ihren skeptischen, arroganten oder kessen Gesichtsausdruck an, um sich darüber lustig zu machen, ahme ihr rasselndes Lachen, ihr süffisantes Grinsen oder ihren starren, ängstlichen Blick nach. Plötzlich erhob sie sich mit der verärgerten, um die Mundwinkel zuckenden Miene ihrer Mutter vom Bett und ging mit deren etwas breitbeinigen Schritten auf und ab, als hätte sie ihre Fellschuhe mit Spikes gesichert und stapfte vorsichtig über den vereisten Gehsteig, vor dem Fenster ihres Zimmers blieb sie stehen, melancholisch verträumt fuhr sie mit ihren Fingern über den Kragen ihres unsichtbaren Pelzmantels, als hielte die Berührung der Tierhaare den Kontakt mit der Vergangenheit aufrecht, und blickte, als sie sich umdrehte, gerührt in die Augen ihres Enkels und nicht die ihres Sohnes. Bald konnte sich Troll auch nicht mehr darauf verlassen, dass entweder seine Mutter oder seine Großmutter vor ihm saß, oft war nicht mehr zu sagen, mit wem er es eigentlich zu tun hatte, denn Irene erschloss sich in ihrem Delirium eine immer weiter zurückliegende Vergangenheit, und Troll hatte sie anfangs verdächtigt, ihn mit erfundenen Verwandten zum Narren zu halten, denn immer öfter nahm sie Namen an, die Troll nicht zuordnen konnte und in seiner Familie noch nie gehört hatte, dennoch versuchte er eine Logik im Wechsel der Namen zu erkennen, deren Träger Irene in Mimik und Gestik verwunderlich naturgetreu darstellte, obwohl sie nie eine gute Schauspielerin gewesen war, nie hatte sie ein Interesse daran gehabt, irgendjemanden nachzumachen, sie hatte keine Übung darin, jemanden zu imitieren, nachzuäffen oder überhaupt eine andere Rolle als die ihre zu spielen, weil sie sich für eine bescheidene, vor allem natürliche Frau hielt, die sich nicht mit fremden Federn schmückte, denn mehr zu scheinen als man war, hatte wie die Schauspielerei überhaupt etwas Unmoralisches und Gefährliches. Sie hielt Leute für selbstverliebt und überheblich, die vorgaben, jemand anderes oder Besonderes zu sein, und sich in den Vordergrund drängten. Sie wunderte sich über solches angestrengte, leere Getue, wie sie es nannte, wenn sie den Ausdruck von Gefühlen oder Empfindungen als übertrieben und unangemessen empfand, auch im Theater oder Film schätzte sie nicht sonderlich ein solches Gehabe, das nicht ihren Vorstellungen vom Natürlichen entsprach und nichts als Täuschung war, sie fürchtete, man könnte einer solchen Illusion erliegen, nicht mehr zu sich selbst zurückfinden und müsste dann ein Leben lang Rollen spielen, was unehrlich und falsch war, denn man war, wer man war, und hatte sich damit zufriedenzugeben, auch wenn man darunter litt. Verstellung flog auf, wurde irgendwann durchschaut, man hatte sich vor Abwegen der Schwindelei und Verwahrlosung zu schützen, indem man sich am Riemen riss, wofür man mit Anerkennung und ehrlichem

Erfolg belohnt würde. Im Gegensatz zu ihrer sich weltgewandt gebenden Mutter, die aber nicht weltgewandt genug war, vor anderen ihre Abneigungen und Ängste verstecken zu können, hielt Irene Troll es für ratsam, ja notwendig, weniger zu scheinen, als sie war. Wie sollte diese Frau also plötzlich so bluffen, zu solchen Höhen der Schauspielkunst aufsteigen können, dass sie sich Namen wie Kostüme überzog, Generationen überspringend ihre Vorfahren nachspielte, ohne zu zögern oder ungeschickt zu wirken, ohne die Nuancen des Verhaltens, die sie wiedergab, zu überzeichnen und ins Lächerliche zu ziehen, sie hatte einen Sinn fürs Tragische und Komische gewonnen, der ihr vorher ganz abgegangen war, schlagartig konnte sie aus dem Häuschen geraten, herumschreien und wild gestikulieren, dann meinte Troll manchmal, dem nicht einsichtig war, was in seiner Mutter vor sich ging, einen schelmischen Zug um ihren Mund wahrzunehmen, als wunderte sie sich über sich selbst, hätte etwas Unerhörtes getan, etwas, was ihre bisherigen Lebensumstände von Familie, Beruf und Witwendasein verboten hatten. „Meine Tochter, geh zum Teufel!“, schrie sie, ohne eine Tochter zu haben, und Troll fragte entrüstet, ob sie ihm etwas verschwiegen habe, aber Irene, aus der ihre Mutter oder jemand anderes gesprochen haben musste, verdrehte nur verständnislos die Augen, als machte es wenig Sinn, die eigene Mutter zu verleugnen. Sie verwandelte sich in Personen, die ignorierten, dass sie sich in eine andere Zeit verirrt hatten, und nicht daran zweifelten, dass alles so war, wie sie es sonst gewohnt waren, es waren nicht nur Personen aus Irenes eigener Vergangenheit, sondern auch Menschen, von denen sie höchstens erzählt bekommen haben konnte. Dass dieser Namenwechsel mehr als ein Spiel, nichts mit Theater oder Verstellung zu tun hatte, dass sie wirklich in der Zeit reiste, begriff Troll, als sie über ihre Hände sprach, mit denen sie den ganzen Tag einen Teppich für eine Kirche geknüpft habe, was Irenes Großmutter, eine fleißige, handwerklich geschickte Frau, deren Namen sie an diesem Tag auch trug, wirklich getan hatte.

Nicht wie eine Schaffnerin, die die Fahrgäste auf den Zielort eines Zuges oder die nächste Haltestelle hinwies, auch nicht wie eine Marktschreierin, die eine Stadt anpries, um die Menschen dazu zu bewegen, sie zu besuchen, rief Irene in ihren fiebrigen Zuständen „Berlin, Berlin, Berlin", sondern fast flehend, als spräche sie die Stadt selbst an, bäte sie sie um etwas, hätte sie etwas von dieser Stadt zu erwarten, in der ihre Mutter Ottilie bis Mitte der Dreißigerjahre gelebt hatte, das großstädtische Leben, dessen Eleganz sie sich bewahrte, als sie längst in kleineren Städten lebte, hatte sie so sehr beglückt, dass sie später nie wieder wagte, nach Berlin zurückzukehren, weil sie Angst hatte, enttäuscht vor Ruinen zu stehen und mit ihrer Vergangenheit konfrontiert zu werden. Auch über Kindheit, Jugend und die ersten Ehejahre in Berlin erzählte sie nichts, wo sie in die Schule gegangen war und eine Ausbildung zur medizinisch-technischen Assistentin gemacht, die Mistgabel ihrer Vorfahren mit der Pipette vertauscht und weiße Kittel getragen hatte, als hätte sie sich mit der Sauberkeit moderner Medizin von ihrer ländlichen Herkunft reinwaschen wollen, die sie als Stadtmädchen in ihrer Kriegskindheit eigentlich genossen hatte, wie sie zugeben musste, wenn sie von ihren Spielen auf dem Hof der Großeltern oder den zugefrorenen Seen Brandenburgs erzählte, bis sie ihren Mann kennenlernte, hatte sie in einer Drogerie gearbeitet, in der sie alle möglichen medizinischen und hygienischen Produkte nach den Wünschen der Kunden mischte. Selbst als dort noch ihre beste Freundin wohnte, die zu ihr nach Süddeutschland kommen musste, obwohl die Großmutter sonst in der ganzen Welt herumreiste, fuhr sie nicht mehr nach Berlin, wo später auch Troll lebte, dem sie am Telefon nichts von ihren Erinnerungen an diese Stadt verriet, als ob jede Andeutung von Erlebtem und Empfundenem verdächtig machen würde, als käme jede Aussage, irgendwann, irgendwo dabei gewesen zu sein, einem Geständnis gleich, könnte gegen sie verwendet werden, wäre sie an der kleinsten Anekdote, jeder Einzelheit ihres Lebens zu überführen, als hätte sie etwas zu verbergen, drohte bei jedem zu viel gesagten Wort ein Strudel, eine Sintflut den von ihr selbst zusammengekratzten Boden unter ihren Füßen wegzuspülen. Von ständiger Unruhe und Nervosität getrieben hatte sie vor allem nach dem Tod ihres Mannes das Gefühl gehabt, eigentlich immer am falschen Platz zu sein, der nie der eigenen Natur entsprach, der ländlicher oder mondäner hätte sein müssen oder eben beides, was auch ein Traditionshotel in den Bergen, in der Schweiz, in Bad Gastein oder Baden bei Wien nicht auf Dauer zu erfüllen vermochte. Die Vergangenheit war – zum Glück und Unglück – unwiederbringlich verloren, sie versuchte nicht, wieder ein Leben wie damals in der Hauptstadt zu führen. Wenn Irene auf dem Sessel in ihrem Zimmer saß und die Hand leicht nach hinten gebogen zum Abschied erhob, sah Troll die Großmutter in ihrem erst dunkelorangen, dann schwefelgelben Manta sitzen und abfahrend mit der Linken im Lederhandschuh grüßen, nachdem sie ihren Pelzmantel auf der Rückbank des schnittigen Sportwagens abgelegt hatte, der der Beweis ihres immer noch modernen, flotten Lebensstils war. Scharf hatte sie in oranger Jacke, beiger Hose und weißem Hut ausgesehen, wenn sie vor dem Auto stand, neben dessen Tankdeckel der Aufkleber eines Pferdes, eines Fuchses zu sehen war, der zeigte, dass sie ihre ländliche Herkunft überholt, kultiviert und veredelt hatte. Als Kind hatte Troll ihr sportlich elegantes, vornehmes und stolzes Auftreten bewundert, das ihr das Vermögen ihres Professorengatten gestattete und die Zuneigung des Enkels stärkte, vor allem wenn sie an Geburts- und Feiertagen Spendierhosen anhatte, Hosen, die besser zu ihren sportlichen Jacken mit Knöpfen und Gürtel passten, standen ihr sonst nicht unbedingt besser als Kleider oder Röcke, auch wenn sie ihre Beine bedeckten, die, wie es dem Jungen damals schien, ihre bäuerliche Herkunft verrieten, da sie klobig wirkten, als klebte schwere Ackererde an den Sohlen, sie sahen für den Jugendlichen, obwohl die Großmutter bis ins hohe Alter beim Wandern ihre Freundinnen abhängte, wie schlecht angeschraubt aus, als wäre etwas in ihrem Körper tätig, was sie nicht kontrollieren, nicht zurückdrängen, nicht in ihr Leben einpassen konnte und woran sich ihre Tochter Irene weiterhin abzuarbeiten schien, wenn sie diese Gangart Ottilies immer wieder nachmachte, übertrieb und in einen eigenartigen Tanz mit steifen Gliedern übergehen ließ, als wäre der Geist ihrer Mutter in sie gefahren, dessen Austreibung sie vorführte. Trolls damaliger Eindruck von Ottilies Untergestell, wie sie es selbst zu nennen pflegte, schienen Fotos zu bestätigen, die die Großmutter zeigten, als der Krieg und die Abwesenheit ihres Mannes längst überstanden waren, dessen Karriere wieder in Fahrt gekommen und sie froh darüber war, wieder auf sicherem Boden zu stehen, sie schien die bessere Ernährung und den höheren

Lebensstandard zu genießen und machte einen gesunden und kräftigen, aber keineswegs behäbigen Eindruck, sie schien sich in ihrem Körper wohlzufühlen, dessen Energie und Leidenschaft unübersehbar waren und der nach anderem verlangte, als bei Kaffeekränzchen Small Talk zu betreiben und für Fotos lächelnd die Augen offenzuhalten. Sie sehnte sich offensichtlich nach anderen Anlässen und Empfängen, nach anderer Gesellschaft und anderen Herausforderungen als die, die ihr das sogenannte Wirtschaftswunder und das Leben als Frau Professor boten, was sie mit ihrer Reise- und Wanderlust bis ins hohe Alter abzureagieren versuchte, aber eigentlich schien sie nicht die richtige Bühne unter den Füße zu haben, schien ihr nicht die richtige Kulisse den Rücken zu stärken. Voll erotischer Ausstrahlung stand diese Frau an einem entscheidenden Punkt ihres Lebens, lebensdurstig und liebeshungrig blickte sie fast wild in den Fotoapparat, der eine Frau voll Witz und Charme abbildete, die trotz ihrer eleganten Kleidung und vornehmen Gestik anzüglich, verwegen, fast derb, aber keineswegs grob oder vulgär wirkte, wie Irene nie hätte sein können, ihrem Körper fehlten die Schwerkraft, die reifen Formen und die überschüssige Energie, die sie jetzt zur Heilung gebraucht hätte. Obwohl sie keineswegs klein oder dünn war, hatte sie nichts von der Statur und Ausstrahlung ihrer Mutter, den neureichen Anflug großbürgerlicher Eleganz und Weltläufigkeit hatten Sportlichkeit und Stolz auf akademische Bildung ersetzt, während in ihrer energischen, manchmal fast durchtriebenen Unbeschwertheit und ihrer Furchtlosigkeit im Umgang mit Getier und Gewächs das ländliche Erbe weiterlebte. Auch wenn sie sich gerne in den Vordergrund schob, bereit war zu widersprechen, gegen Widerstände anzugehen, anstatt sie hinzunehmen und zu ertragen, und sehr wohl meinte, etwas Besseres als andere zu sein, fehlte ihr der Dünkel ihrer Mutter Ottilie, die in der Stadt aufgewachsen und sich des sozialen Aufstiegs ihrer Familie bewusst gewesen war, den ihr Vater durch den Umzug in die Stadt, sein Studium und seine berufliche Karriere bei einem großen deutschen Elektronikunternehmen gesichert hatte. Im Gegensatz zu ihrer Mutter war Ottilie vom väterlichen Wunsch angesteckt, der bäuerlichen Vergangenheit der Familie ganz zu entkommen, und vom Anspruch auf ein bürgerliches Leben getrieben, der sich erfüllte, als Ottilie einen Privatdozenten der Veterinärmedizin heiratete, der derselben Burschenschaft wie ihr Vater angehörte, und der älter als sie, ihr anfangs gar nicht aufgefallen war, den Eltern imponierte, dass er eine akademische Karriere anstrebte, die Tochter bewunderte den gekonnten Umgang mit den stolzen und empfindsamen Pferden, auf deren chirurgische Behandlung er sich spezialisiert hatte, sie träumte von Schimmeln, Lipizzanern, aber vor allem edlen Vollblutarabern, für deren Zucht sich ihr Mann interessierte und deren Stammbaum, wie die der meisten Pferde, wenn sie edlen Blutes waren, bis ins Mittelalter und noch weiter in die Vergangenheit reichte.

Die Verbindung von Namen und Person war nicht eindeutig, dank eines Namens hatte Irene viele Körper und doch nur einen, Ich waren alle, die ihre Namen trugen und getragen hatten, die sie gleich Köder in die Zeit auswarf, um die vergangenen Trägerinnen daran in die Gegenwart zu ziehen, ein Körper, der nur einen einmaligen Namen getragen hätte, hätte ihr nicht genug Bewegungsfreiheit geboten, sie zog sich die Namen ihrer Vorfahren über, leierte sie aus und brachte mehrere Personen darin unter, ein Name gab ihr die Macht, ihren Körper verschiedenen Personen zu überlassen, Namen waren Schlupflöcher, Ein- und Ausgänge der Vergangenheit, der Zeit verhaftet und zugleich zeitlos kehrten sie in der Zeit wieder, gegen deren Widerstand Irene durch die Kanäle des Stammbaums vorstieß und in die Vergangenheit gelangte, um sich dann wieder in die Gegenwart treiben zu lassen. Der Figurenstab ihrer Namenswelt begann, in ihr ein beunruhigendes Eigenleben zu führen, Troll stellte sich vor, wie die Toten, bei ihren Namen gerufen, auferstanden und von Irene Besitz ergriffen, die dann nicht in der Zeit reiste, sondern durch Namen die ehemaligen Trägerinnen heraufbeschwor, die wie unerlöste Seelen in sie fuhren, sich ihrer bemächtigten und ihre Gestik, Aussprache, Haltung und ihren Gesichtsausdruck bestimmten. Mit einem Namen nahm Irene nicht unbedingt immer dieselbe Identität an, Ottilie war nicht immer dieselbe Ottilie, und diese Amalie eine andere Amalie als die letzte, schließlich waren die Vornamen über Generationen weitergegeben worden und manche, wie auf dem Stammbaum der Großmutter zu sehen, hatten Generationen übersprungen, tauchten unter und wieder auf oder waren verschwunden, entwischten durch Löcher der Genealogie, aus denen eine Frau mit Namen auftauchte, die Troll nicht mehr nachvollziehen konnte. Wenn diese Eugenie an einem Tag über den Krieg erzählte, konnte sich eine andere Eugenie an keine kriegerische Auseinandersetzung auf deutschem Boden erinnern, an dessen Ende die Nachbarin verrückt geworden und nackt auf dem Dach umhergeirrt sei, hatte sie noch am Vortag erzählt, jetzt schimpfte sie über ihre Eltern, die ihr verbaten, mit einer Schustertochter zu spielen, die ihnen nicht gut genug sei, auch einen jüdischen Jungen, dessen elegante, dunkelhaarige Mutter sie so bewundere, besuche sie nur heimlich in seinem stilvoll eingerichteten Haus mit alten Möbeln aus dem letzten Jahrhundert, die den Krieg unbeschadet überstanden hätten, und dann hatte sie nie eine Nachkriegskindheit gehabt und erzählte von Faschingsbällen und Festen einer Studentenverbindung, die sie als Begleitung des Vaters besuchte, und plötzlich bearbeitete sie den preußischen Ministerpräsidenten als Masseuse, nannte Arztpraxen in der Otto-Moll-Straße, sprach über Fotogalerien am Potsdamer Platz, die sie aus beruflichen Gründen besucht hatte, fotografierte dann sozialistische Parteikundgebungen in Berlin, verfluchte die Politik und spezialisierte sich auf Kinderportraits, dann stellte sie sich als Frau des Kassiers des Berliner AEG-Werkes vor, die niemand andere als Trolls Urgroßmutter war, die, ohne dass er es gemerkt hatte, seit einiger Zeit wieder vor ihm saß und die er nur erkannte, weil seine Mutter ihm von ihr erzählt hatte.

Dass er kein Zahlengedächtnis habe, behauptete Troll, er wisse selbstverständlich, was die Ziffern bedeuteten und könne sie handhaben, aber schon kleine, alltägliche Zahlen bereiteten ihm die größten Schwierigkeiten, er müsse sich seine Postleitzahl mit Hilfe der Hausnummer merken, ohne Eselsbrücken sei er in der Welt der Zahlen, Maße und Größen verloren, seine Telefonnummer habe er zum Beispiel immer für eine in seinem Gedächtnis festgeschriebene Zahlenreihe gehalten, bis er sie plötzlich vergessen habe, was ebenso peinlich wie lästig sei, daher versuche er gar nicht mehr, sich die Geheimzahl seiner EC-Karte, ja überhaupt keine Nummern mehr zu merken, was verlorene Mühe sei, er habe sich alle Nummern des alltäglichen Bedarfs auf

Kalenderklappen und kleine Zettel geschrieben, die er in seinem Geldbeutel mit sich führe. Aber auch mit dem Notieren von solchen wichtigen Zahlenkombinationen war er zum Verdruss seiner Mitmenschen sehr nachlässig, die immer so taten, als ob sie ihm nicht übelnähmen, dass er sich nicht zu ihrem Geburtstag meldete, aber es eigentlich unverzeihlich fanden, immerhin hatte er ja nicht den Monat vergessen, allerdings die Daten von Geburtstagen vertauscht oder sich nicht genau gemerkt oder notiert, selbst bei langjährigen Freunden und sogar bei seinen Freundinnen behielt er sich den Festtag nicht, was in mehreren Fällen fast zum Bruch der Beziehung geführt hatte, denn es sei doch ein Zeichen höchsten Desinteresses, größten Mangels an Gefühl und Respekt, wenn er sich weder an das Jubiläum des verliebten Zusammenseins noch an den Geburtstag der Geliebten erinnern könne. Eine solche Nachlässigkeit des Gedächtnisses, eine solche zweifellos nicht absichtliche Schwäche der Gehirnfunktion brächten zutage, wie unwichtig die angeblich geliebte Frau, wie bedeutungslos sie ihm eigentlich sei, auch der Hinweis auf bereits erstandene Geschenke und die ins Auge gefasste Übergabe zu einem leider falschen Termin konnten nicht Trolls offensichtliche Herzlosigkeit vergessen machen, die seine sonst beteuerten, auf verschiedenste Weise zum Ausdruck gebrachten Gefühle als unnatürlich gekünstelt, ja verlogen entlarvten. Seine Gefühlsbezeugungen und Liebesbeweise seien eben nur ein Mittel, um eine Frau an sich zu binden, ohne echte Gefühle für sie zu haben, denn echte Gefühle hätten sein beschränktes Zahlengedächtnis mobilisiert und ihm wenigstens die seine Geliebte betreffenden Daten ins Gedächtnis eingebrannt, sein Gefühlsleben sei aber kraftlos und seine Gedächtnisimpotenz verrate seine seelische Verrohung. Mit dieser Vergesslichkeit habe es keine moralische Bewandtnis, sie sei keine Fehlleistung, die ihn dazu bringen wolle, ehrlich sein Desinteresse zuzugeben, sie sei also kein Zahlengewissen, sondern ein egoistischer, selbstverliebter Impuls, der die Geliebte nicht dazu bringen solle, ihn fallen zu lassen, weil Troll seine falschen Gefühle satt habe, sondern er sich nicht binden und die eigene Schwäche eingestehen wolle. Was für ein Gedächtnis musste er haben, das sich weigerte, ihm irgendwelche Jahreszahlen, geschweige denn ein genaues Datum, bereitzuhalten, was für ein kindisches Instrument trug er da in seinem Kopf, das nicht die sogenannten Eckdaten der Geschichte des eigenen Landes speichern und anstandslos wiedergeben konnte, das nicht einmal den kleinsten Bruchteil eines geschichtlichen Schulwissens aufnahm, er versuchte, von seiner Vergesslichkeit, also seinem Unwissen abzulenken und sich herauszureden, wenn er nicht den Anfang des Zweiten Weltkriegs und das Datum, nicht einmal das Jahr der Kapitulation des deutschen Militärs nennen konnte. Freilich musste seine beschränkte, fragwürdige Gehirnfunktion auffallen, die sich nur durch Gleichgültigkeit ganz erklären ließ, nichts konnte über versteckte Vorbehalte und seine Lust am Vergessen hinwegtäuschen, dieses gestörte Verhältnis zu Zahlen, insbesondere zu geschichtlichen Daten wurde ihm als Nachlässigkeit, als Mangel an Disziplin und Achtung vorgeworfen, das doch nichts anderes als Geschichtsvergessenheit sei. Seine Unfähigkeit, geschichtliche Zeiträume zu erfassen und sich zu merken, habe aber nichts mit Verantwortungslosigkeit zu tun, verteidigte sich Troll, er habe schon als Junge großes Interesse an geschichtlichen Abläufen und Zusammenhängen gehabt, auf die ein von ihm geschätzter Geschichtslehrer größeren Wert als auf Jahreszahlen legte, die seine Schüler nicht zu pauken, sondern Lagebeschreibungen, Einschätzungen und Deutungen von Zeitdokumenten zu verfassen hatten, Daten und Jahreszahlen wurden nur ausnahmsweise abgefragt. Der Lehrer störte sich nicht allzu sehr an deren Fehlerhaftigkeit, die er anstrich, die aber in seiner Benotung kaum Gewicht hatte, er schien eher der Ansicht zu sein, dass die Unkenntnis der genauen Daten zu genauem Lesen antreibe und die Deutungskraft steigere, sodass die Schüler versuchten, sie durch ausführlichere und gewagtere Kommentare und Erklärungen auszugleichen. Dieser Lehrer, dem er viele, wenn auch größtenteils wieder vergessene Kenntnisse und ein großes Interesse für Geschichte verdankte, war der Meinung gewesen, dass man Jahreszahlen nachschlagen könne und sich daher nicht zu merken brauche, was bei der wiederholten Beschäftigung mit einem Thema von selbst geschehen würde, das Interesse, ja die Leidenschaft für Geschichte, für Persönlichkeiten und deren Entscheidungen, für Ereignisse und Entwicklungen, für deren Bedingungen und Widersprüche würde auch das Zahlengedächtnis stärken, wovon bei Troll gar keine Rede sein konnte, bei ihm blieb keine einzige Jahreszahl hängen, auch wenn er glaubte, sein Kurzzeitgedächtnis hätte wenigstens ein paar Eckdaten behalten. Um Bezüge zu Ereignissen und deren Daten herzustellen, um Eselsbrücken durch die Geschichte zu haben, auf denen er sich hin und zurück, kreuz und quer durch die Zeit hätte bewegen können, fehlten ihm die Eingangsdaten zu diesen Zeitbrücken, ihm blieben die Zugänge versperrt, er kannte zwar einigermaßen die Abfolge der Vorkommnisse, vergaß aber deren Abstände, die Geschwindigkeit einer

Entwicklung, in seinem Kopf unterlag alles demselben Takt, folgte unverbunden, unvermittelt einer Gleichförmigkeit, wie der Eintönigkeit von Fahrzeugen auf einer Autobahn, Zahlen bedeuteten für ihn kein Maß von Zeit und Leben, das vielmehr zeitlos dahinlief, auch wenn er sich insgeheim wünschte, die Fußangeln der Zahlen würden ihn auf dem Boden der Tatsachen zu Fall bringen. Die Zeit, die ihn umgab, war eine trübe, gallertartige Wasserfläche, auf die sich die angelesenen, erlernten Daten historischer Ereignisse wie Weidensamen legten und die von Wolkenschatten und Baumblütenstaub so bedeckt war, dass das glatte, wellenlose Wasser wie gefroren aussah. Auf dieser Eisfläche hätte er laufen können, wenn er nicht gewusst hätte, dass das Wasser gar nicht gefroren war, weil er darin schwamm, und trotz dieses Wissens trog ihn seine Wahrnehmung, die ihm vorspielte, er hätte es nicht mit Wasser, sondern mit Eis zu tun, auf dem historische Daten, das der Gründung der Bundesrepublik, des Aufstands im Warschauer Getto oder der Wiederbewaffnung Westdeutschlands, unverbunden und unzugänglich stillstanden, und er selbst war so ein verklebter Weidensamen, der sich nicht einmal an einem Zahlenstrahl entlanghangeln konnte, wie dem die ganze Wand des Grundschulklassenzimmers entlanglaufenden, einer Klaviertastatur ähnlichen Papierstreifen, auf dem die seit den Steinzeitmenschen vergangene Zeit aufgezeichnet gewesen war.

Auf dem Stammbaum der Großtante waren die Körper der Ahnen und Verwandten nicht wie in der Version von Trolls Mutter mit schwarzen Strichen voneinander abgeschnitten, sondern ballten sich dunkel, bedrohlich auf dem Papier zusammen, die fast berstenden Tintenwolken schwebten, auch wenn der

Junge einige Jahreszahlen entziffern konnte, in einer fast mythischen Vergangenheit, während die wohlgeordneten, klar beschrifteten Rechtecke der Mutter bedeutungslos gegenwärtig wirkten und dem Jungen, sooft er auch Namen, Orte, Berufe und Zahlen las, kein Gefühl, keine Vorstellung von Zeit oder seiner Herkunft vermittelten, er schien keine Vergangenheit zu haben, von einer unfassbaren, nicht mehr nachvollziehbaren Geschichte ausgeschieden worden zu sein und saß wie Kaspar Hauser in der Gegenwart, die wie selbstverständlich über ihn verfügte. Der Stammbaum der Großtante war hingegen ein fadenloses Mobile, das sich im Raum wie Gestirne mit unvorhersehbarer Bahn bewegte, deren Einfluss die Lebenden ausgesetzt waren, ihr Stammbaum war keine Sammlung aufgespießter Schmetterlinge, schön getrennter Felder wie Grabsteine, sondern durcheinanderfliegender Textwolken, die sich abstießen oder anzogen, die sich blockierten, wenn sie aufeinanderprallten, sich eindrückten und verbogen wie Drahtgeflecht, das sich ineinander verhakte. Wenn die Schriftwolken sich zu nahe kamen, beschatteten sie sich, legten sich übereinander, pressten sich zusammen oder saugten sich auf, als könnten sie sich einander einschreiben, sie glichen sich einander an, verfälschten sich und fuhren sich in die Buchstaben, sie durchdrangen, spreizten sich und trieben sich auseinander, bis das Buchstabenzickzack zitterte und zuckte und die nicht nur auf dem Papier festgeschriebenen Verwandtschafts- und Lebensverhältnisse auf Tuchfühlung gingen und aus den Fugen gerieten. In der Zacken schlagenden Schrift der Großtante überlagerten und verzahnten sich Diagramme von oszillierender Spannung, von Energie- und Ladungsschwankungen, von Herz- und Hirnrhythmen, als hätte sie mit den

Kurzfassungen dieser längst verstorbenen Leben auch etwas von ihrer Eigenbewegung und Körperspannung aufgezeichnet, die sich der Tante bei ihren intensiven Nachforschungen übermittelt hatten, als müsste nur ein Funken, ein Blitz, eine Entladung in diese aufgezeichneten Energiefelder fahren, um sie von den Schriftspulen fließen zu lassen und wiederzubeleben.

Im Delirium ihres medikamentös betäubten Schmerzes fand Irene keine Ruhe, an welchen Ort, in welche Zeit sie gerade versetzt war, deutete sich in Satzfetzen oder Ausrufen an, aus denen sich Troll zusammenreimte, dass sie gerade auf dem Land, in Brandenburg oder Hessen, in Berlin oder einer anderen Stadt war, welche Straße sie am Geburtstag des Kaisers mit ihren Eltern hinunterging, an welchem Tag der Lette-Verein geschlossen war und sie einen Ausflug mit dem Paddelboot machte. Was für 'ne schöne Jegend, rief sie aus, *und ich baumle mit de Beene, / mit de Beene vor mich her, / manchmal troppt mir eine Träne / und im Herzen puppert's schwer*, dann klagte sie über volle Straßen, schrie plötzlich wegen Schüssen auf, *das sind die roten Husaren, / Ihr Mädchen gebet fein acht, / dass keiner der roten Husaren / Euch zu seinem Schimmel macht*, da nehm' ick lieber 'nen Araber, eine Drogistin sollte sich schließlich auch mit Kolonialwaren auskennen, Hereroschmuck aus Südwestafrika oder Massai-Speere aus Ostafrika müssten es nicht gerade sein, aber wie die fremden Öle, Seifen und Fette dufteten oder auch bloß röchen, Kaffee, Kakao, Schokolade und Pralinen, Tee und Kolonialgebäck für Großmama und Mutti, Zigarren für den Vati, Zigaretten für den Verlobten aus dem Deutschen Kolonialhaus seien ein Genuss, doch nicht, wenn gerade die Kaiserin gestorben sei, die nach Potsdam überführt werde, *dort habe ich sie in stockfinsterer Nacht / unter Kohlrüben zur ewigen Ruhe gebracht.* Ach Rüben, Rüben, nichts als Rüben, dann wenigstens als Sirup uff die Stulle und ein Tässchen Muckefuck, geh' lieber mit zur Schulspeisung der Schwester, die die Göre triezte, rotzfrech und frech wie Oskar, denen knall' ich allen eines Tages einen vor den Latz, egal ob Reichstagswahl oder Geburtstag des Führers am Brandenburger Tor, *mir is weiß Gott schon allens piepe*, fort aus Ruinen war sie in Ställe und matschige Straßendörfer geflüchtet, *manchmal troppt mir eine Träne / und im Herzen puppert's schwer*, vor oder nach dem einen Krieg oder dem anderen, was es da noch oder nicht mehr gegeben habe, was verschwunden sei, *aber im Frühling werden aus der Erde Kohlrüben, / die sie mit ihrem Leibe gedüngt, / zum himmlischen Lichte sprießen.* Sie saß auf einem Kutschbock neben einem Volltrunkenen, der sich tot vom Frühschoppen nach Hause fahren ließ, drehte den Kopf und empfing die von der Schule kommenden Söhne zum Mittagessen, war gerade von ihrer Arbeit als Lehrerin zurückgekehrt, die erklärend auf eine Klasse von angehenden Apothekerhelferinnen einwirkte, gleichzeitig war sie die ernste, gewissenhafte und auch die vorlaute, unverschämt gereizte Schülerin, die ihren Vortrag ins Lächerliche und Ordinäre zog, wenn sie als Lehrerin über Fragen der Hygiene und Methoden der Verhütung sprach, unterbrach sie sich selbst, fragte, wie überhaupt mit männlichen Ergüssen zu verfahren sei, mimte die altkluge Musterschülerin und hielt ein Referat über Drogen im Allgemeinen, wie sie in der Pharmazie definiert wurden und nach heilender und schädlicher Wirkung zu unterscheiden seien. Plötzlich warf sie den bösen Blick, war ein Kräuterweib, das die von pharmazeutischem Wissen gezogenen Grenzen von Gift, Droge und Heilmittel neu auslotete und ihre Kenntnisse zum Verkehr mit der Geisterwelt nutzte, heilkundig sprach sie über Risiken und Nebenwirkungen, sie wechselte die Stimmlagen, von plötzlich unterwürfigem, verständigem zu warnendem, belehrendem und schließlich ungewöhnlich pastoralem Unterton, um in kurzer Zeit von der Arzthelferin bis zur Professorengattin aufzusteigen, in der Troll seine Großmutter als frotzelnde Berlinerin zu erkennen glaubte, bis ihn ihre Ausdrucksweise an ihrer Identität zweifeln ließ. Rübe runter, Rübe ab, winde, winde, wind' geschwinde sich den Jungfernkranz, wer will, ich schwänzle durch den Reigen, mache mir zu eigen, was mich kitzelt, schaurig geht es mit mir durch, forder' eilig Jungschwarmschwänze auf zum Tänzle, und der Jungschar geh'n die Lichter aus, ach, wie ich mich danach sehne, komm doch zwischen meene Beene, besteige Ripp' um Klippe, wippe, wippe, manche Strecke, wie ick uff dir steh', jeden Urwald könn' wa umschiffen, mit dir geh ick jottwede, mit dem Häutchen uff als Häubchen erkennt mich niemand mehr, Lotte, geiles Täubchen, flott umsegelt jede Flaute, von fernen Ländern, fernen Lilien, träumt beim Bestäuben geil' Ottilien, Irene, Sirene hat 'ne schamhaarige Mähne!, ob Pech oder Glück, bleibst ein Miststück!, worüber der Gärtner Tränen lachte, der Irene aber plötzlich todernst und besorgt ansehen konnte, was sie wiederum zu schallendem Gelächter veranlasste, als handelte es sich doch nur um Theater. Ungläubig betrachtete Troll diese Frau, die ihm in diesem Augenblick nicht fremder sein konnte, fremder war als irgendjemand aus einer fremden Kultur, dessen Sprache er nicht verstand, diese Frau war ihm fremder als jeder der im Kopfmuseum ausgestellten Schädel, Irene, Hyäne, die Leichen fleddernden Gesang in nicht gerade melancholisch melodischer Art vortrug, den zu entschlüsseln, von großer Dringlichkeit gewesen wäre, was Troll aber verwehrt blieb, da ihm die Mittel fehlten, die wohl ganz andere Denk- und Lebensumstände verlangt hätten. Ihm blieb Irenes Fremdheit schleierhaft und er konnte sich dennoch nicht erwehren, ebenso verwundert wie herablassend, ungläubig wie missbilligend diesem Theater beizuwohnen, aus dem er ausgeschlossen war.

Dunkel, der ständig unter Kopfschmerzen leide, ertrage nicht, dass die Schädel in einem Gefängnis ausgestellt seien, schließlich handele es sich fraglos, ob Originale oder nicht, ob Kult-, Ahnenschädel oder zum Verkauf vorgesehene Nachbildungen, um prächtige, seltene Exemplare, die den Besucher überraschten, erschreckten, ja zutiefst verunsicherten, aber der Sammler spiele sich wie ein Priester auf, dessen Kultstätte die Menschen in ihrer Selbstgewissheit so erschüttere, dass sie von allen Illusionen und Täuschungen, allen unehrlichen, degenerierten Verkleidungen befreit und von allen Prägungen der Hirn- und Herzhäute der Generationen gereinigt würden, der Sammler, ereiferte sich Dunkel, bastele an einem Stammbaum, der über die eigene, nachvollziehbare Verwandtschaft hinaus bis an den Ursprung des Menschen heranreiche, als ginge die Geschichte des eigenen Volkes weiter zurück als die jedes anderen, die deutschen, europäischen und antiken Köpfe dieser Sammlung sollten doch wohl die eigene Herkunft undurchschaubar auf eine uralte Kultur zurückführen, in der die Gemeinschaft der Menschen unverdorben, kraftvoll und ungebrochen gewesen sei. Was sollte dieses schauerliche Nebeneinander von Totenköpfen, dieses Kadaver-Multi-Kulti anderes bedeuten, als sich mit all diesen Schädeln einen womöglich göttlichen Ursprung anzudichten, der verloren gegangen sei, sich eine Genealogie zusammenzureimen, die die eigene Kultur aus dem Schoße der Natur entbinde, als könnte sie sich aus deren Quellen speisen und erneuern, als reichte es eben aus, sich die Masken und Trophäen überzuziehen, um sich deren Geist und Kraft anzueignen, und dann könnten ja alle sogenannten Naturvölker vor die Hunde gehen, rief Dunkel ungehalten, als ob sie sowieso ausgestorben wären, nicht mehr zu retten seien, sobald sie der angebliche Fortschritt überwältigt habe, der sie machtlos, verführt zugrunde richtete, nachdem man noch erforscht habe, wie sie einst lebten, um Kinderfotos der Menschheit zu machen, Erinnerungsfotos, bevor man sie umgebracht habe, da sie sowieso zum Verschwinden bestimmt wären und nicht mehr lange überlebt hätten. Dieser Opfer des Fortschritts werde voll Nostalgie, mit romantischem Schauer gedacht, aber eigentlich vergewissere man sich, dass diese Köpfe auch wirklich tot seien, um sich der eigenen Überlegenheit zu versichern. Der Betrachter solle von einem Leben spintisieren, das unzerstört, wild und schön gewesen sei, von dem zu träumen angesichts des Zustands der Welt mehr als naheliegend sei, wenn man nicht verzweifeln wolle, rief Dunkel, was sei das aber für eine ebenso kindische wie barbarische Vorstellung von Geschichte und Erneuerung einer Gesellschaft? Warum er sich denn so aufrege, fragte ihn Troll, er solle aus dieser Rumpelkammer deutscher Geschichte doch bloß kein Kellergeschoss der Walhalla machen!

Diese Schmierage, dieses Gekritzel anzuschauen war dem Schüler unangenehm und peinlich, er fühlte sich bedroht von dieser roh zerfasernden, fahrig verschwimmenden, aber gleichzeitig so genauen, geometrischen Malerei, die einem ihm ganz und gar unverständlichen Plan folgte, deren mutige Abstraktion Gitter erschuf, in denen wie in Kanalgittern ausgestorbene, aussterbende Naturformen hängengeblieben waren, sich ekelerregend kindischer, märchenhaft bösartiger, grausam entstellter Auswurf verfangen hatte, aber diese Wesen aus Formen und Farben hatte kein sintflutartiger Gewitterregen in den Rinnstein fortgeschwemmt, sondern sie drückten sich von unten gegen die Gitter, drängten, zwängten, ja quetschten sich durch die Stäbe und Netze willkürlicher Einteilungs- und Ordnungssysteme hervor, die so lange dicht gehalten und den Untergrund verschlossen hatten, bis die unglaubliche Technik dieses Malers Paul Klee sie erst sichtbar und durchlässig gemacht hatte, sie bildete eine dem menschlichen Blick sonst unzugängliche Dimension des Lebens, der Natur und Geschichte ab, die dem Jungen ganz und gar unbekannt war. Seine Augen, die an ihrer Sehfähigkeit zweifelten, hatten den Eindruck, etwas Verbotenes, Vertuschtes, ja Verruchtes zu sehen. Die Linien dieser Bilder, die verunstalteten Schreib- und Rechenheften ähnelten, waren keine Schnitte – etwa aus der Beschränktheit des Klassenzimmers – nach draußen, ins Freie, durch die Licht hätte fallen können, in den Bildern gab es weder natürliches, noch künstliches Licht, keines des Tages, keines der Nacht, keine Lichtquelle drang in die unterirdischen Linienräume vor, in denen die Bilderwelt ohne Volumen und Schatten verschüttet lag. Eine Art leuchtende, ja glühende Strahlung ging von den Formen und Farben selbst aus, der Untergrund wurde in den archäologischen Scans dieser Malerei sichtbar, die mit röntgenstrahlender Geisterhand Schichten wahrnehmbar machte, die sie aber keineswegs einfärbte, um den Anblick von Verwesung zu übertünchen oder den Anschein des Lebendigen zu erwecken, die Farben, egal wie schön, bunt und leuchtend sie waren, hauchten den Roboter- und Drahtmenschen und all den anderen Gestalten kein Leben ein, sondern waren als eine Flüssigkeit aufgetragen, um die Bodenschichten wie Häute ablösen zu können, einzeln sichtbar und doch durchsichtig werden zu lassen. Die Technik erinnerte den Jungen an die Graphitspäne seiner Detektivausrüstung, die an einem magnetischen Stift eine Pinselspitze bildeten und Fingerabdrücke sichtbar machen konnten, Unterirdisches, Versunkenes, Überbleibsel und Rückstände ließ diese Malerei vor den Augen erscheinen, als wäre das verwendete Malmittel magnetisch und zeichnete sich das angezogene Material durch Papier oder Leinwand in Schlieren, Schraffuren und Flecken, Gestrichel, Gekrickel und Gekrakel, ebenso unsauberen, unscharfen Linien wie aufdringlich scharfen Formen ab. Aus den Löchern, die die abgepausten Untergründe in den Malgrund gerissen hatten, brach Bedrohliches, manchmal Schwarz hervor, unter dem nicht wie auf schwarz übermalten Wachsmalkreidebildern farbige Gestalten hervorgekratzt wurden, sondern unter dem Farbigen, als entmischten sich die Pigmente, verlören die Bindemittel ihre Wirkung, lag Schwarzes und Graues, Schutt, Knochenstaub und Asche. Durch die Einteilungen aussortierender, ausschließender Ordnungsmuster und Raster schleuste der Maler Spuren und Überreste von Vernichtetem, Nichtsnutzigem und Nichtigem, was auf den Bildern albtraumhaft aus Spalten, Ritzen und Rissen austrat und versuchte, Gestalt zu erlangen, diese Gnome, Fetzengestalten, Bündel- und Ballenexistenzen und stacheligen Missgeburten waren über ein Schattendasein in einer ausgekratzten, ausgebrannten und geschliffenen Welt nicht hinausgekommen. Da sprangen die Bilder ins Positiv, die nichts Totes, Unterirdisches, Verschüttetes wiedergaben oder wiederbelebten, sie waren Bilder des Lebens, oder das, was gewöhnlich dafür gehalten wurde, des Kampfes jedes Einzelnen, sich durch eine Schuttschicht hindurch abzuzeichnen, durch die es sich, wenn er leben wollte, von unten her durchzudrücken galt, um sich an der Bildoberfläche als Schleifspur, Schraffur, Auf- und Abschürfung durchgepaust abzuzeichnen und dadurch Raum zum Atmen zu gewinnen. Die Bilder waren Nachrichten von jemandem, der all das durchgestanden, aber nicht überlebt hatte.

Als hätte auch den Jungen das Haupt eines Zauberers in die Nase gebissen, tropfte plötzlich Blut aus seinem Gesicht auf sein Schreibheft oder in das Essen auf seinem Teller, bis er ein Taschentuch zur Hand hatte, rann die Flüssigkeit über Lippen und Kinn, rote Tropfen fielen auf die Finger und immer noch mit der Hand unter der Nase legte er den Kopf zurück, um den Blutfluss nach innen zurückzuleiten, presste eine Zeit lang ein Papiertaschentuch an seine Nase und steckte bald die verdrehten Ecken in die Nasenlöcher, er lag, stand oder saß mit zurückgelehntem Kopf da, bis es zu bluten aufhörte, das geplatzte Gefäß ausgeblutet und der Druck im Kopf ausgeglichen war. Dann sah Clemens so aus, als ob er aus einem tiefen Schlaf erwacht wäre und alles, vor allem er selbst, neu anfangen könnte, abwesend und verklärt blickten seine Augen umher, um sich seiner Umgebung zu vergewissern. Oft hatte er einen blutigen Nasenrand, der auf den ersten Blick wie eine Verletzung aussah, aber die

Spuren seines regelmäßigen Nasenblutens waren, gegen das er irgendwann ein Medikament bekommen sollte, das den Blutfluss möglichst schnell stoppen würde, indem es Blutgefäße verätzte, solange tropfte aber weiterhin Blut aus seinem Kopf heraus und machte die Buchstaben in seinem Heft ganz und gar unleserlich. Clemens galt als ein ungeschickter Schreiber, dessen Schrift schwer zu entziffern, ja unlesbar war, vor allem wenn auch noch Blut oder Tinte aufs Papier tropfte, wenn er den Füller zu fest oder schief aufdrückte und die Zeichen verwischten. Mit den tintenfleckigen Fingern am Mund versuchte er, sich auf den Buchstaben zu konzentrieren, den er gerade schrieb, seine mit Daumen und Zeigefinger gefaltete Oberlippe zog er nach vorne und strengte sich an, den Stift in die richtige Richtung zu lenken, wenn er die lesbare Form verfehlte und der Strich in die falsche Richtung ging, setzte er den Stift neu an, um Bögen und Linien zu korrigieren und anders auszurichten, er zitterte beim Aneinanderfügen und Überschreiben der brüchigen Linien seiner eigentlich überraschend feinen Schrift, die anstatt mit menschlichem Erkenntnisvermögen zu entschlüsselnder Buchstaben die Spuren seiner Zebrafinken, seines wunderbar orangen, so schön singenden Kanarienvogels oder die unruhigen Bewegungen von Insekten abzubilden schien. Wenn die Linien ausfransten, in oder gegen die Leserichtung ins Leere führten, standen sie wie die Härchen eines verängstigten Körpers, der sich mit feinen Fühlern orientierte oder fortbewegte, von dem Schriftgebilde ab, an das sich Troll regelmäßig beim Anblick der Flechtenstrukturen erinnerte. Die Feder des blauen Schreibgeräts der Marke Pelikan, das Clemens wie die Schnabelspitze des namensgebenden Vogels in seiner Hand krampfhaft festhielt, sträubte sich gegen eine geschwungene, schnelle Strichführung und zwang ihn zum Zögern, brachte seine Schreibbewegung manchmal zum Stillstand, dann vergaß er, was er schreiben wollte, und die Feder hätte auf einem Punkt alle Buchstaben eines Satzes, eines Textes übereinandergeschrieben, wenn ihm die entscheidende Handbewegung nicht wieder eingefallen wäre. Der Schnabel wehrte sich gegen den Druck, den der Schreiber ausübte, damit sich das Vogelmaul nicht spreizte, wie es wollte, seine ganze Hand zitterte unter der Anstrengung, es auf dem Papier haltend zum Ausspucken von Tinte und dem Schreiben bestimmter Wörter zu zwingen. Manchmal schien das Vogelmundwerkzeug sein Unwesen mit dem Grundschüler zu treiben, dessen Hand die Buchstaben dann verwackelte oder sich ruckartig über das Papier bewegte, der Schnabel führte die Finger, leitete sie dazu an, eine Geisterschrift auf das Papier zu krakeln, dessen unruhige Gestalt nur der gestörten, immer wieder unterbrochenen Übermittlung des zu schreibenden Textes aus dem Jenseits geschuldet war, der Inhalt dieser Eingebungen ließ den zum Schreiben Gezwungenen erschaudern und zucken, fuhren ihm doch auch die Reste von Lebenskraft, die noch in den Toten steckten, wie elektrische Entladungen in die Hand, die zitterte, aus Angst, ein Fehler könne den Schreiber, der sich später wunderte, wer ihm den Stift geführt hatte, mit einem Fluch beladen.

Irene lagen die Augen an manchen Tagen so tief in den Höhlen, als würden sie bald in den dunklen Schächten ihres Schädels verschwinden, Ottilie!, wohin wanderten ihre Augen, in sie hinein und durch sie hindurch, um sich das nächste Kostüm überzustreifen, die Verkleidung, aber nie die Augenfarbe zu wechseln, Amalia!, ihre stechend hellblauen Augen, wenn es denn die ihren und nicht die einer anderen, Lieselotte!, fremde Augen gleicher Farbe waren, deren andere Form und anderes Leuchten zuerst kaum wahrzunehmen waren, dann legten sich über das Blau andere Farbtöne wie farbige Schatten, Bewegungen auf den Augäpfeln, in denen sich eine andere Umgebung als die des Altersheimzimmers spiegelte, während die Pupillen unverändert schwarz blieben, als wäre die sich windende Identität am blutlos gestochenen Augenloch festgenagelt, durch das die Fäden liefen, an denen die Namenspuppen durch die Zeit gondelten. Dann traten die Augen wieder hervor, als wollte sie sich erneut der Welt zuwenden, traten aus ihrem Schädel hervor, in dem sie fast verschwunden waren, als wollten sie ihn verlassen, Troll befürchtete, dass der Verstand von den Manifestationen dieser Ottilies, Marthas und Eugenies überwältigt und dieses anarchische Gefüge, das er immer noch, wenn auch zögernd mit dem Vornamen Irene oder Ottilie, längst nicht mehr mit Mutter anredete, nicht mehr lange zusammenhalten würde, es war Schauplatz von einem Mummenschanz, den ein einzelnes, bereits fast hundertjähriges menschliches Gehirn kaum lange aushalten konnte, ohne vom Schlag getroffen zu werden. Von ihren Zeit- und Namensexpeditionen kam Irene immer erschöpfter und gleichzeitig immer niedergeschlagener oder eben übermütiger zurück, Troll warnte sie, sie solle sich zusammennehmen, wenn sie ihrem Hirn nicht schaden und weiterleben wolle, aber das Delirium bereitete ihr offensichtlich solche Lust, dass sie auch gerne riskierte, ihr könnten dabei die Lichter ausgehen, denn das, was sie durchlebte, war wohl weniger ihr eigenes Freud und Leid als das der vorhergehenden Namensträgerinnen.

Sie müsste sich vor ihrem aufgescheuchten Innenleben ekeln, dachte Troll, das sich doch nur als vergangenes, bereits gefühltes und erlebtes entpuppte, abgetragene und ausgeleierte, zerschossene, zerliebte und zerhasste Fühl- und Denklarven, die sich ihre Seele geschäftig überzog, während ihr Körper die Einheit von Zeit und Ort retten sollte. Meistens war Irene nicht gesprächig, nannte nicht einmal ihren aktuellen Namen, den Troll auch aus auffälligen Gesten oder Ticks nur selten erschließen konnte, ihr Kopf bewegte sich unentschlossen hin und her, ihre Hand streifte ihr langes Haar zurück, das sie nicht hatte, zwirbelte einen Bart, streckte sich in die Höhe, stach zu und gab Ohrfeigen, die durch ihren Mund schallten, als vertonte sie einen Stummfilm, ihre Nase wurde gerieben, an ihrem Ohrläppchen gezupft, ihre Mundwinkel oder Augenlider zuckten, sie hielt den Kopf schräg, zwinkerte, zog die Schultern hoch und starrte vor sich hin, immer wieder wiederholte sie die gleichen oder ähnliche Bewegungen, Gesten des Abschüttelns, Abweisens, Wegwerfens und Abwinkens, machte Gesichter, die Freude, Sehnsucht und Leidenschaft, Misstrauen, Enttäuschung und Resignation, Wut, Angst, Einsamkeit und Schuld ausdrückten, immer wieder spulte sie diese Ausdrucksformeln ab, als könnte sie so etwas erproben, in die gegenwärtige Wirklichkeit überführen und sich aneignen. Troll erinnerte sich daran, wie ein Junge in seiner Klasse in dem Theaterstück *Die goldene Gans* den König spielen und sich darüber freuen sollte, dass seine Tochter endlich zum ersten Mal lachte, der Mitschüler sprach die Worte „Sie lacht! Sie lacht!“ so mechanisch gehemmt, verschämt und resigniert aus, dass sein Ausdruck in keiner Weise glaubwürdig war, es keinen denkbaren Zusammenhang gab, in dem diese Worte so ausgesprochen worden wären. Er sollte die Arme als Geste der Überraschung und Freude nach oben reißen, ein Lachen mit geweiteten Augen ausstoßen und mit lauter, ja sich überschlagender Stimme rufen, dass die Prinzessin lache, was er mit einem traurigen, unbeweglichen, verständnislosen, ja verängstigten Gesicht tat, als würde er zu etwas gezwungen, was seiner Natur und Erfahrung ganz und gar widerspräche, als müsste er etwas tun, was sich nicht gehörte, etwas ausdrücken, was man nicht zeigen sollte, um nicht vorlaut oder verdächtig zu wirken. Dennoch wurde er bei den Proben genötigt, den Ausspruch immer wieder zu wiederholen und den passenden Ausdruck einzuüben, als könnte er so das ihm nicht zur Verfügung stehende Gefühl der Freude und die dazu passenden, nicht zu seinem Verhaltensrepertoire gehörenden Gesten erlernen, auf diese Weise seine Scham überwinden und sich ein Stück Freiheit erkämpfen. Wie sollte sich der Schmerz denn darstellen lassen, welche Bewegungen von Gesicht, Kopf und Körper gab es, die den verschwiegenen Schmerz angemessen zum Ausdruck brachten, den Irene ja nicht als erste verspürte, wie verhielt sich denn einer, dem ein Lebenstraum zerbrach, zerstört wurde, dem ein Kind wegstarb, wie verhielt sich einer, der sich auf Kosten anderer durchsetzte und es später bereute? Troll fragte sich, was diese banalen, endlos oft ausgeführten, jetzt von Irene wiederholten Gesten bedeuten und bewirken könnten, ob diese Berührungen und Bewegungen des eigenen Körpers, ebenso selbstverliebt wie selbstquälerisch, nur ermöglichten, die eigene Verletzlichkeit und Empfindlichkeit zu spüren, sich in einer verhunzten Welt seiner selbst zu vergewissern. Nicht Irenes Persönlichkeit wurde atomisiert, sie erweckte, indem sie Ticks nachvollzog, in fremde Körper eingefleischte

Gedanken, Gefühle und Empfindungen und die in diesen kleinen Bewegungen fassbare, gebundene Energie in sich zum Leben, diese Ticks und Eigenheiten waren von anderen immer wieder wiederholt worden, um das nicht zu Ertragende, nicht zu Lösende, nicht mehr zu Ändernde, das Bereute aus Leib und Seele zu streicheln, reiben, scharren, schaben, kratzen, ziehen, kneten, schütteln, lecken, beißen, zucken, zittern, schwingen, wippen, schieben, drücken und pressen, der angespannte Nacken, die verschobenen Wirbel, die spitzen, verzogenen, verzerrten, zerbissenen Lippen, die zusammengepressten, mahlenden, knackenden, knarzenden, knirschenden Zähne, die schlagenden, schleifenden, schnappenden Kiefer. Mit Halsstarrigkeit und Widerspenstigkeit waren all diese Bewegungen mehr oder weniger sichtbar in Körper und Seele eingeschrieben worden, bildeten eine Choreographie des Ichs, durch die die Zeit als festgelegter, rhythmisierter Ablauf greifbar, handhabbar wurde, als würde die Lebenszeit hier angereichert, in abspulender Bewegung auf die angemessene Spannung transformiert und der Körper auf die bestmögliche Leitfähigkeit der Zeit gebracht, die sich Irene unter falschem Namen im Wiederholen dieser fremden Gesten, dieses fremden Ausdrucks aneignete, sie schloss sich mit der – durch mechanische Körpersprache – sedimentierten, konzentrierten, aber unerfüllten, weil leerlaufenden Lebenszeit kurz, stieß zur Verlaufsform enttäuschter, entkräfteter Motivationen, Zwecke und Ziele vor, zum Kreisen des Karussells der Verführungen, Selbsttäuschungen, Träume und Wünsche, die in den Ticks erstarrt, still gestellt waren und doch gegenwärtig blieben. Es waren weniger Störungen, Hindernisse und Ablenkungen von Entscheidungen und Handlungen, weniger Gesten des Zweifelns, Zögerns und Zauderns als

Anläufe zu Bewegungen, Handlungen und Entscheidungen, durch deren Wiederholung sich die Konzentration und der Wille steigern sollten, es waren Versuche, sich in den Augenblick einzuschreiben, sich der eigenen Existenz und Wirklichkeit zu versichern und Zeit zu gewinnen, es waren Versuche, eine Zäsur zu setzen, einen Schnitt zu machen, ohne im Aufschub, im Scheitern die Energien, Hoffnungen und Wünsche verpuffen zu lassen. Irene schien sich dieser verlorenen und gleichzeitig beharrlich festgehaltenen, unter Spannung stehenden Zeit zu bemächtigen und dadurch, anstatt der Illusion eines Fortschritts oder des Rasens in die unvermeidliche Katastrophe zu erliegen, ihre eigene Zeit zu verlangsamen und zähflüssiger zu machen, um die Aphthen zu stopfen, durch die Lebenszeit und -energie versickerte. Sie benötigte Zeit, eine Krankheit dauerte ja nicht ewig, aber wenn die Heilung zu lange auf sich warten ließ, wurde sie fraglich. Irene versuchte, Zeit zu gewinnen, eine Galgenfrist zu bekommen, Lücken in den Abläufen, im Wissen und in der Erfahrung zu öffnen, durch die dem Unausweichlichen zu entkommen wäre, ihr Delirium war die Suche nach heilenden Kräften, sie schleppte einen ganzen Tross von Figuren der Vergangenheit an, die sie vorlud, von denen sie sich heimsuchen ließ, um an das heranzukommen, um das loszuwerden, was sie zugrunde richtete. Angesichts dieses Spektakels kam sich Troll völlig körperlos, wenig standfest, ohne Erfahrung, unglaubwürdig und unbedarft vor, er stand da wie ein ausgesetztes, sich selbst fremdes Kind mit ihm unbekannten Bedürfnissen und Wünschen, unbeantworteten Gefühlen und Hoffnungen.

Dunkel, der in demselben Altersheim wohnte, in dem auch Trolls Mutter untergebracht war, hatte ihm berichtet, dass sie an manchen Tagen im Dunkeln liege und sich ein Tuch um den Kopf wickle, um auf keinen Fall von dem Licht geblendet zu werden, das durch die Spalten der zugezogenen Vorhänge oder durch die Zimmertür falle, wenn sie das Personal, der Gärtner oder jemand anderes öffne, um sie zu besuchen, die Verschleierung schütze sie auch vor dem grellen Neonlicht, wenn sie sich durch die Flure in den Essens- oder Aufenthaltsraum des Heims schieben lasse. Sie behaupte übrigens, so alt zu sein, dass sie unter normalen Umständen gar nicht mehr unter den Lebenden weilen dürfte, und manche Bewohner des Altersheims meinten, das seien wieder die berüchtigten Anfälle seiner Mutter, über die viel geredet, auch gelächelt und gelästert werde, andere hielten diese lichtscheue Person für schwer krank, dement oder verrückt, manche für eine Heilige, Troll wurde ungehalten, unterstellte Dunkel, er mache sich über ihn lustig und habe diese Verkleidung nur erfunden. Als er dann aber selbst das Zimmer der Mutter betrat, sah er einen Körper in blauem Kleid auf einem großen Rollstuhl mit zurückgestellter Rückenlehne und nach oben geklappter Beinstütze liegen und dachte zuerst erschrocken, er habe sich im Zimmer geirrt, als er den Begräbniskranz von wirrer Farbigkeit erblickte, der der Gestalt um den Kopf gebunden worden war, dieser zerdrückte Blumenschmuck stellte sich aber als das große, schillernde Seidentuch mit Blumenmuster und Fransen heraus, von dem Dunkel gesprochen hatte und durch dessen feinmaschigen Stoff Troll das Gesicht seiner Mutter nicht erkennen konnte, auch als er sich dem Rollstuhl näherte, meinte er anstatt ihrer Augen nur dunkle, bis in den Schädel hinein ausgefressene Löcher zu sehen. Durch den leichten Stoff zeichneten sich überhaupt keine Konturen eines menschlichen

Kopfes ab, der vielmehr einem Holzstrunk oder Gesteinsbrocken zu gleichen schien, den die übertrieben farbigen, schillernden Stoffblumen komisch, fast lebendig schmückten, als genügte ein Windstoß, um dem leblosen Körper die Fransen in die Nase zu wehen und ihn kitzelnd zu wecken. Troll fragte sich, ob er es mit einer Erscheinung oder Ausgeburt seiner Phantasie zu tun habe, sollte das Ding unter dem Tuch menschlich sein, es sich um eine Frau, gar um seine Mutter handeln, musste es sich um einen ihrer Zustände handeln, suchte Troll nach einer Erklärung, als sich die kleine Gestalt plötzlich auf die Seite drehte, ohne dass der Stoff von ihrem Gesicht rutschte, und Troll eine weibliche Stimme vernahm, die mit wahrscheinlich polnischem Akzent Deutsch zu sprechen begann. Als wollte die verhüllte Frau sich für ihren blumigen Aufzug entschuldigen, hörte er sie sagen, sie habe zu ihren Lebzeiten Pflanzen geliebt und gesammelt, ihre Schönheit, Ruhe und Ausdauer seien ihr verheißungsvoll erschienen und für sie Zeichen einer anderen Lebensordnung gewesen, aber die Blumen ihres Tuches seien natürlich nicht die, die sie während ihrer Gefängnisaufenthalte gepflückt oder zugeschickt bekommen und dann gepresst habe, um ein Herbarium anzulegen, für das sie auch in den Monaten, in denen sie auf freiem Fuß gewesen sei, Pflanzen bestimmt, eingeklebt und beschriftet habe. Troll versuchte, das Theater zu beenden, das ihm unheimlich wurde, und wies die Frau, als ob es seine Mutter wäre, daraufhin, dass er wisse, dass sie während ihres Studiums der Pharmazie ein Herbarium angelegt habe, in dem sie gepresste, mit lateinischen und deutschen Namen beschriftete Pflanzen zwischen Metallgittern aufbewahrt habe, aber sie solle sich gar nicht damit brüsten, denn sie habe das Herbarium ja eines Tages eigenhändig entsorgt, worauf er es unter dem Tuch verständnislos lachen hörte. Es müsse sich um eine Verwechslung handeln, sie habe zuerst Zoologie, dann Jura, Ökonomie und Philosophie studiert und sich leider nur im Privatstudium mit Pflanzen beschäftigt, aber es stimme, dass sie jetzt selbst wie so eine gepresste Pflanze, die Farbe und Saft verloren habe, im Buch der Geschichte liege, schließlich sei sie so alt, dass sie unter normalen Umständen gar nicht mehr unter den Lebenden weilen dürfte, ihr Herbarium, das sehr wohl noch in einem Archiv aufbewahrt werde, wollten die Leute ja noch ansehen, aber ihre Fratze sei niemandem mehr zuzumuten und nur hinter dem Schmuck von Blumen zu ertragen, die sich doch in ihrem Gesicht ansiedeln sollten, um es wieder ansehnlich zu machen, dann könnte ihr wenigstens keiner mehr rote Nelken in die eingedrückte, zerfressene Nase stecken, die doch keine Blumenvase sei. Die Pflanzen sollten besser gleich in ihrem Kopf Wurzeln schlagen, die Hirnschlingen nachbilden und Adern legen, auch wenn sie nie die Hoffnung gehabt habe, dass die Natur den Menschen retten oder befreien könnte, vielmehr habe sie deren Grausamkeit und die eruptive Gewalt der Erde erschreckt. Da versuchte Troll, sie zu beruhigen, er wisse ja, wie viel Mitgefühl sie mit Pflanzen und Tieren habe, dass sie die Grausamkeit in der Natur so schwer ertrage wie die zwischen den Menschen, worauf die Frau schnippisch meinte, dass der Mensch dem anderen zum Wolf werde, sei ja nicht zwangsläufig und angeboren, sondern werde vielmehr durch ein bestimmtes gesellschaftliches System begünstigt, ja erzwungen, worüber sie ja genug geschrieben habe und nicht mehr sprechen wolle. In ihrer Verzweiflung über die Halsstarrigkeit der Menschen, deren Gier nach Macht und Profit habe sie aber schon damals in der Natur Anzeichen von Solidarität und Zusammenhalt gesucht, einmal habe sie zum Beispiel gelesen, dass größere Vögel, auch Raubvögel, auf Langstreckenflügen kleinere, schwache Singvögel auf den Rücken nähmen, um sie über das Meer in den Süden zu tragen, wo sie überwinterten. Sie habe sich gewünscht, dass ihr die elementaren Kräfte der Natur zur Hilfe kämen, die Welt zurechtrücken und den Menschen zum Handeln bewegen würden.

Wenn Clemens sich verschrieb, korrigierte er die Wörter nicht mit dem von den anderen Schülern begehrten Tintentod, was viel zu zeitaufwändig gewesen wäre, oder strich sie durch, was die Lehrerin empfahl, sondern schrieb in die Wörter hinein, und wenn er bemerkte, dass auch diese Korrektur nicht der Rechtschreibung entsprach, schrieb er darüber eine zweite, wobei auch diese Verbesserung eines Buchstabens oder ganzen Wortes nicht immer gelang, außerdem fiel ihm etwa auf, dass die Wortwahl unpassend oder ungenau, der ganze Satz falsch gebaut war oder er doch etwas anderes hatte sagen wollen, dann wandelte er einzelne Buchstaben ab oder überschrieb sie, versuchte, Buchstabenfolgen zu trennen oder zu neuen Wörtern zu verbinden, was oft dazu führte, dass sich Buchstaben, Silben oder ganze Wörter bis zur Unkenntlichkeit überlagerten. Über diese Tintenblöcke fügte er erneut den Teil des Satzes ein, der sich aber nicht von dem misslungenen, ausgestrichenen Textstück absetzte, sondern aus diesem herauswuchs und diesen überwucherte. Bedeutungsstiftende Zwischenräume wurden vollgeschrieben oder übermalt, um sie ins mehrgleisige Schriftbild einzugliedern, das ständig zu zerlaufen und zu verschwimmen, zu zerfasern und sich zu verheddern drohte, die

Korrekturstufen der Buchstaben, Wörter und Sätze waren über- und ineinander geschrieben, als sollten für den Leser alle Textschichten, wenn auch nicht lesbar, wenigstens sichtbar bleiben, als könnte erst eine so angereicherte Schrift annähernd das transportieren, was in und um ihn vor sich ging, wie der Schnabel des Pelikans, der in seine Brust zu greifen schien, um seine Jungen mit seinem eigenen Blut zu füttern, tauchte der Freund die Feder in sein Innerstes, das Gespinst seiner Schrift machte sichtbar, worin er hoffnungslos verstrickt war.

Die Form des Irrblocks legte eine gewaltige Büste nahe, die die Flechten besiedelt hatten und zersetzten und die daher wohl eher aus Stein als aus Bronze bestanden hatte, die nachgebende, zersetzte Schicht unter der Flechte, die offensichtlich nicht auf Holz oder einem Haufen Erde wuchs, legte Kalkstein nahe, auf dem Krustenflechten gerne wuchsen, deren Ränder sich vom Untergrund typischerweise abhoben, was Trolls Arbeit erleichtert hätte, aber die gesamte Flechte umschloss den Irrblock so eng, dass sie nicht von dem verwitterten Gesteinsbrocken zu trennen war, dessen Größe einen Findling nahelegte, der sich von anderen, in der Eiszeit in die Region verschobenen Steinen durch seine gewaltige Größe unterschied und wohl deswegen mitten in der Stadt liegen geblieben war, anstatt wie der Marktgrafenstein in den Rauenschen Bergen in Brandenburg zu einer riesigen Schale für den Berliner Lustgarten und mehreren Friedens- und Siegessäulen verarbeitet zu werden, dann hätte der Irrblock aus Granit bestanden, worauf die Flechten aber nicht eindeutig schließen ließen. Während Flechten meistens bei ihrem Untergrund wählerisch waren, was die Bestimmung erleichterte, setzte sich diese Flechte über solche gewöhnlichen Vorlieben hinweg und schien sich vielmehr über solche das bewachsene Material betreffende Spekulationen lustig zu machen, wenn sie wie Kratzspuren auf Metall oder marmoriertem Gestein, wie abgeschmirgeltes oder morsches Holz aussah, als hätten Ungeziefer und Pilze eine geschnitzte Statue befallen. Bei genauerem Hinschauen hätten solche Spuren auch Gravuren und Ritzungen einer in Erz gegossenen Plastik oder Verfärbungen von Graffitis sein können, was sich aber immer als farbliche Unregelmäßigkeiten der Flechte herausstellte, unter der eine Skulptur aus welchem Material auch immer gar nicht zu erkennen war. Wenn es aber gar keine Büste und nicht von Menschen herstellt worden war, musste es sich, wenn es nicht bloß ein kopfähnlicher Stein, sondern wirklich ein versteinerter Schädel war, um ein Fossil handeln, das von Flechten überwachsen worden war, Naturwissenschaftler hätten über solche pseudowissenschaftlichen, Natur- und Menschheitsgeschichte unsinnig kurzschließenden Spekulationen nur gelacht, das Kopfmuseum habe es bei dem Irrblock, hätten sie gesagt, zweifellos mit einem außerordentlichen geologischen und botanischen Phänomen zu tun, das in einem naturkundlichen Museum besser untergebracht wäre. Durch die Witterung habe sich ein recht gewöhnlicher Felsbrocken so verformt, dass er einem Kopf ähnlich sehe, dessen Anschein des Fleischlichen ungewöhnlich, aber sehr wohl zu erklären sei, das, was wie Haut aussehe, sei keineswegs Haut, Mineralisches verwandele sich nicht einfach in Fleisch und Blut, vielmehr hätten die Flechten durch die von Verwitterung und Flechtensäure gelösten Mineralien ihre Farbe geändert, was ja noch lange nicht heiße, dass man es hier wirklich mit einem tierischen oder gar menschlichen Körperteil zu tun habe.

Ihr Name sei Gracchus, sagte die Frau mit dem Blumentuch, die Trolls Unruhe bemerkt zu haben schien, und sich entschuldigte, dass sie sich noch nicht vorgestellt habe, aber Troll kenne sie ja sowieso und müsse überrascht sein, dass sie wieder einen ihrer Pseudonyme annehme, unter dem sie vor mehr als hundert Jahren ihre Artikel veröffentlicht habe, damals habe sie ihn gewählt, weil die Brüder Gracchus im alten Rom für Landreformen gekämpft hätten, heute noch gefalle er ihr am besten, vielleicht weil er so rau klinge und übrigens das italienische *gracchio* Dohle bedeute, ein Vogel, den sie besonders geliebt habe und in dem ja manche den Totenvogel erkennen würden, was ihr nur recht sei, denn sie ersehne nichts mehr, als dass er ihr den Weg ins Jenseits weise, nichts sei schlimmer, als zwischen den Zeiten eingeklemmt lebens-, handlungs- und denkunfähig zu sein. Sie wolle Aufsehen vermeiden und spreche sich jetzt selbst gerne mit Gracchus an, nenne sich Jägerin Gracchus, schließlich sei sie die Braut eines Jägers, nicht dessen jungfräuliche Nixe gewesen, auch wenn sie auf dem Wasser umhertreibe, sondern seine Blutsbraut sei sie gewesen, der er in der Hochzeitsnacht den Schädel eingeschlagen habe. Ihre Kopfverletzungen waren ja nicht die Folge eines gewöhnlichen Jagdunfalls, denn eine Menschenjagd war mit einer Rotwildjagd nicht zu vergleichen, außerdem hatte nicht sie gejagt, vielmehr war sie gejagt worden, bis ein gezielter Schuss ihr den Schädel zertrümmerte, nachdem sie verhaftet und abtransportiert worden war. Wo hätte sie auch Unterschlupf suchen sollen, um nicht gefunden und ermordet zu werden, sie hätte sich in die

Natur zurückziehen und das städtische, schreibende Leben aufgeben müssen, aber sie hatte nicht fliehen wollen. Was ihr zur Last gelegt wurde, hatte nichts mit dem zu tun, was sie getan, gesagt, geschrieben oder gewollt hatte, sie hatte sich zu weit vorgewagt, die Grenze des Zumutbaren überschritten, hätte bei Steinen, Blumen, Wolken, Romanen und selbst gemalten Bildern bleiben sollen, sie war aber gegen das Gegebene angerannt, dessen Vertreter ja nicht erst seit der Flucht des Kaisers an Macht verloren hatten, der ins Exil in die Niederlande geflohen war, wie man es auch ihr geraten hatte, aber ermattet hatte sie nicht die Rolle des Wildes übernehmen, nicht glauben wollen, dass man sie jagte, bis eine Bürgerwehr sie verhaftete. Das anschließende Verhör war nur das Vorspiel ihrer Ermordung gewesen, der zwar Ermittlungen folgten, Seilschaften von Militär, Politik und Justiz verzögerten aber deren Fortgang und ermöglichten nicht nur die Verdrehung rechtlicher Tatsachen, sondern leiteten eine Verrohung der Rechtsprechung und Strafverfolgung ein, die in den Dreißigerjahren vorherrschend und zur Zeit des Nationalsozialismus üblich werden sollte. Noch bis dreißig Jahre nach dem Krieg wurde immer wieder gerichtlich bestätigt, dass die Jagd auf ihren Kopf unter juristisch legalen Bedingungen abgelaufen und daher kein Täter auszumachen oder zu belangen sei. Dass man ihr die Waffe nur an die Stirn halten und abdrücken musste, hätte einem Jäger den Spaß verderben müssen, den doch sonst die Angst, das gehetzte Fliehen und der dampfende Körper des Wildes erregten, der nicht auf die Herausforderung, genau zielen und schnell genug abdrücken zu müssen, verzichten wolle. Sie als Beute zu erlegen brachte immerhin die wenn auch fragwürdige Befriedigung, die Nation zu verteidigen, für Recht und

Sicherheit zu sorgen, wenn nicht die alte Ordnung des Kaiserreiches wiederherzustellen, dann ein anderes, entsprechendes Reich einzusetzen, für das sie stellvertretend geopfert werden sollte.

Wenn Troll bei Hitze oben auf dem Gerüst arbeitete, wurde ihm oft schwindlig und die Flechten verschwammen kreisend vor seinen Augen, die er nach einigen tiefen Atemzügen zu einem Spalt wieder öffnete, wie er es als Junge getan hatte, um durch den Schutz der Wimpern den Anblick zu mildern, zu filtern, zuerst sah er nur schäumende, sich dahinwälzende Bewegung in einem unbestimmbaren Raum, aufgewühlte, von eisigem Wind aufgewirbelte Schneemassen und Gischt, die von Eisschollen und -schuppen in gefroren berstender Luft aufstoben, geballtes weiß schäumendes Gestöber auf dem Wasser, Flockenhaufen spuckender Wellenkämme, aus denen Bojen, dunkelblaue, gelbe, rote und weiße Fahnen und Stofffetzen an rötlichem, knallrotem Gestänge wie an korallenarmigen Ästen aufragten, die unter Tropfenschleiern, in der Brandung verbogen, unterzugehen drohten. In der kalten, nebligen Luft stürmischen Eisregens wirbelten fein splitterndes Eis und rasendes Schneetreiben und mischten sich mit zerrissenen Graupelnestern und Gischtsalven, bräunliches Gebüsch, Schilf und Ufergras bogen sich aufgewühlt im Wind, knickten um und wurden fortgerissen, riesige, dicht gedrängte Rohrkolben platzten auf und wölbten sich in gewaltigen, ausflockenden Filzfrisuren und Pelzbüscheln, durch die schäumend das Kreuz und Quer versunkenen Gestänges und flatternder Fahnen stieß, die Moses und die Israeliten eingekeilt aufzuspießen drohten, als sie das sich teilende Schilfmeer durchquerten, waren sie in die Falle gegangen, straften das verheißene Land, die göttliche Führung und Befreiung von der Herrschaft des Pharaos Lügen, ein Heer exotischer, kopfgeschmückter Vögel umringte sie und das langhalsige, blaurote und weißbuschige Getier brachte sie vom rechten Weg ab. Auf goldenweißem Pferd und mit erhobenem, endlos langem Spieß sprang von rechts her ein Ritter mit rotem Gewand über der Rüstung und einem großen Bausch Baumwolle oder verblühtem Löwenzahn auf dem Haupt ins Bild, um wohl einen von drei Pferden gezogenen Kampfwagen zu verfolgen, Reiter mit Turbanen und Fahnen und immer mehr Pferde und Ritter in Rüstung tauchten in dem Getümmel auf, das sich bei genauem Hinsehen aus winzigen Einzelfiguren zusammensetzte, deren gewaltige Masse sich in einem rot und weiß bewachsenen Geröllfeld verlor, an dessen Ende sich Menschen- und Pferdekadaver häuften, gegen die diese irrsinnige Bewegung brandete, immer wieder tauchte Menschliches und Kriegsgerät aus dem Meer auf, zu dem das Land geworden war und in dem die Ritter reitend versanken. Ein Sturm von bewegten Formen und Farben, von Gestalt und Ungestaltem tobte auf der Erde, über die die Menschen wie zerplatzender Schaum trieben, sie war in einer Verwandlung begriffen, die keine Folge eines Vulkanausbruchs, sondern einer vereisten Sintflut war, bei der die Welt wie ausgestopft aus den Nähten geplatzt war. Über dieses aufbegehrende, rasende Meer, das sich auftürmte und überschlug, konnte der Junge auf Stegen bajonettscharfer Lanzen und Spieße hinweggehen, ohne in der Masse zu versinken, über Ruinen, Burgen und Bergen auffliegend folgte er seinem aufsteigenden Blick gen Himmel, wohin die vom irdischen Chaos verwirrten Augen ausgewichen waren. Von einer am oberen

Bildrand schwebenden, steinernen Tafel, auf der er das Wort Alexander entdeckt hatte, rutschte er nicht zu der Wachs umwölkten Sonne hinunter, sondern schwang sich über das rote, an der Tafel flatternde Tuch zum Mond hinauf, um von dort durch Gewitterwolken, Rauch und Nebel über unheimliche schwarze, immer blauer werdende, schließlich weiße Berge hinabzugleiten, die, möglicherweise gar nicht mehr irdisch, auf einem anderen Planeten lagen und von Menschen nur unter höchster Gefahr zu durchstreifen gewesen wären. Aus der Weite des Himmels herabgestiegen gelangte er von Osten her kommend über einen Fluss auf einen Berg, von dem er das Schlachtengeschehen, die Spitzen von Zeltlagern und vielen Kirchtürmen einer Hafenstadt überblickte, die – abgesehen von zwei, drei anderen Küsten- und Inselstädten – die einzige weit und breit war, als hinge die westliche Zivilisation an dem Seil, das von der Steintafel in das Bild herabhing und an dessen Ende ein Ring befestigt war. An diesem Ring sollte der überwältigte, wilde Stier der Kulturlosigkeit und Barbarei abgeführt werden, vor dem sich das Abendland ebenso vor Neugier wie vor Angst zitternd zu verteidigen suchte, was ebenso dramatisch wie unbedeutend erschien, wenn der Junge auf die menschenleeren Landschaften jenseits der von Segelbooten befahrenen Meere und die anderen Erdteile mit Flüssen und blau leuchtenden Gebirgen hinaussah. In dem Gewühl von Federbüschen, Metallhelmen und Ritterrüstungen, in dem Getümmel der Banner, Fahnen und Standarten, Lanzen, Speere und Spieße, in dem Wirrwarr von Fußtruppen und Kavallerie konnte der Junge die Gefechtslinien kaum bestimmen, auch wenn ihm gesagt worden war, dass die Griechen an den Farben Blau und Weiß von den Persern in Rot zu unterscheiden seien, was ihm gelang, wenn Kämpfer einen Turban trugen, in denen er jedoch eher die Türken vor Wien oder die Mongolen in Schlesien erkannte, die nach Mitteleuropa vordrangen und die Machtzentren besetzten, um sie zu zerstören oder zu kultivieren. Als nämlich die blauweißen Krieger plötzlich anstatt ihrer Spieße Kreuze hochrissen, an denen sich zwischen dreifarbigen Bändern lustlos Schlangen an blutigen Nägeln wanden, blieb den asiatischen Horden angesichts dieser welken, freudlosen Thyrsosstäbe, dieser kraft- und heillosen Äskulapstäbe nichts anderes übrig, als diese abendländischen, christlichen Ungläubigen zu bekehren, die sonst möglicherweise, den Kräften der Erde ausgeliefert, im Unwetter versunken wären. Als der Junge das Wirrwarr als eine Schlacht erkannte, die er anfangs für ein Schauspiel oder eine Prozession gehalten hatte, betrachtete er das Geschehen und seine Einzelheiten gebannt, fixierte den tödlich getroffenen Lenker des mit Sichelmessern an den Seiten ausgerüsteten Kampfwagens von Darius und stieß auf die Gefallenen am unteren Bildrand, über die Reiter und Pferde in Rüstung hinwegritten, er starrte auf die Zahnreihen und heraushängenden Zungen der getöteten Pferde und auf den leblosen Rüstungsverhau, aus dem die Hufe das Blut herausquetschten. Er hatte keine Augen mehr für die Landschaft, einen flüchtenden Darius oder den Triumph eines Alexander des Großen, auf den das Seil mit dem Nasenring wies, denn die von oben herabhängende, in Stein gemeißelte Schrifttafel war der ungeschickte Versuch, das ganze Geschehen wie ein gewaltiges Theaterstück auf einer den christlichen Menschen bereiteten Bühne erscheinen zu lassen, deren lächerliches Pathos der herabstürzende Grabstein bald als menschlichen Größenwahn unter sich begraben würde.

Die Besucher standen vor dem Irrblock, gingen um ihn herum, hielten die Handflächen über die Augen, stellten sich in den Schatten des aufgestellten Gerüsts und kniffen die Lider zusammen, aus welcher Zeit und Kultur dieses Ausstellungsstück wohl stamme, ob es sich nicht um ein Denkmal handele und aus einem Land des ehemaligen Ostblocks komme, fragten Leute, die ein überwuchertes Revolutionsdenkmal erkannt haben wollten, je länger sie das Ungetüm betrachteten, desto klarer sähen sie nicht nur irgendeinen Schädel, sondern das misshandelte Haupt einer revolutionären Schriftgelehrten, einer Kämpferin der internationalen Erhebung gegen Ausbeutung und Unterdrückung, einer Heldin des Aufbaus einer neuen Gesellschaft, solche Köpfe der Revolution, auch wenn sie gerollt seien und rollten, brauche das Volk, vordenkender, vorausschauender Köpfe bedürfe die Masse, die doch leicht zu überfordern, zu entfesseln und zu verderben sei. Solchen überzeugt vorgetragenen Feststellungen wagte Troll, der sich über solche Vorstellungen wunderte, nicht zu widersprechen, wusste nichts auf die Frage zu antworten, ob da ein geschleifter Kopf stehe, der sein Gesicht fast verloren habe, dessen Sinnesorgane zertrümmert worden seien. Er ähnele doch dem Kopf Lenins, meinten andere, der nach dem Fall der Mauer im Sand vergraben und fast nicht wieder ausgegraben worden wäre, weil es zuerst hieß, die Grabung würde dem Lebensraum einer bedrohten Eidechsenart zu sehr schaden. Wenn wirklich in diesem Verschlag das Götzenbild eines autoritären oder totalitären Regimes ausgestellt werde, sollte der Kopf ganz verschwinden, verlangten Besucher, die sich beschwerten, dass man ihn wie einen pflanzlichen Ableger pflege, aus dem eines Tages etwas Neues entstehen werde, wenn man ihn nicht beseitige, andere widersprachen, wie ungeschickt und lächerlich solche Auseinandersetzungen seien, mache doch der in der Berliner Zitadelle ausgestellte Kopf Lenins deutlich, der neben aufrecht stehenden preußischen Denkmälern der Siegesallee, auf sein Gesicht gelegt worden sei, als ob die Gefahr bestünde, dass er wiedererwache und jemandem Verführerisches einflüstere, Leninverehrer sähen sich anstatt dieses Steinschädels wohl eher seinen konservierten Körper in Moskau an. Sie lobten das Kopfmuseum, sich eines solchen Stückes angenommen zu haben, wenn es schon auf der Straße nicht mehr geduldet werde, müsse man es wenigstens im Museum aufbewahren, auch wenn es sie zuerst überrascht habe, mit welchen anderen Köpfe sich der Irrblock das Museum teile, aber ein Zusammentreffen dieser äußerst verschiedenartigen Stücke sei gar nicht so unpassend, wenn Fetische alle möglichen bösen Geister entmachteten, verjagten und fernhielten, warum sollte dann nicht dieser Kopf die Geister der Vergangenheit austreiben, die er früher als Denkmal heraufzubeschwören hatte. Der Besucher müsse sich jedoch angesichts dieses Rituals, das täglich an dem Irrblock vollzogen werde, fragen, ob es mit rechten Dingen zugehe und er mit sich selbst einig, mit Sack und Pack im 21. Jahrhundert angekommen sei. Vielleicht wollten deswegen manche Besucher im Irrblock keinen gefallenen Kopf einer verehrten Statue erkennen, schon weil es kaum so große Büsten von Revolutionsheldinnen gegeben habe, die Identität dieses überwachsenen Kolosses, vermuteten sie, sei nicht mehr zu klären, der Kopf habe aber einer einst mächtigen und einflussreichen, heute ganz und gar vergessenen Persönlichkeit gehört, von der man einmal geglaubt habe, ihr Ruf wäre unsterblich. Dann könnte es ja gleich ein Götterbild einer untergegangenen Kultur sein, das sich abgesehen von seiner Begrünung nicht von den anderen Ausstellungsstücken unterschiede und auch nur ein weiteres Beispiel für einen unverständlich gewordenen Kopfkult wäre, von dem die Kopfsammlung verschiedene Arten vorstelle, widersprachen andere Besucher solcher geschichtslosen Romantik und wunderten sich über den wenig angemessenen Standort dieses Kopfes, der als Gedenkstein öffentlich zugänglich sein müsste, denn sie hätten die Ähnlichkeit mit einer Insassin des Gefängnisses erkannt, brachten Fotos mit, um die Übereinstimmung zu beweisen, einige wollten in dem Irrblock das Haupt von Rosa Luxemburg wiedererkannt haben, die hier in dem Gefängnis gesessen habe und zurückgekehrt sei, obwohl man sie doch im Hotel Eden niedergeschlagen habe, wo sie eigentlich herumspuken müsste, anstatt zwischen diesen kolonialen Altlasten aufzutauchen. In den hier versammelten Köpfen könnten sie höchstens persifliert die weltweite Solidarität des Proletariats erkennen, die Luxemburg gefordert habe, um Kriege zu verhindern und die Ausbeutung der vom Reichtum ausgeschlossenen Länder der Dritten Welt zu beenden, die Kopfsammlung habe hier nichts zu suchen und sollte einer Gedenkstätte weichen.

Seinen Nachbarn Hugo Dunkel belehrte Troll, er dürfe nicht vergessen, dass es sich bei dem Irrblock keineswegs um einen Kopf handele, auch wenn es Gerüchte behaupteten und dieses Objekt Kopf genannt werde, so wie ein Berg oder eine Landschaftsform Kopf, Schädel oder Horn heiße, weil jemand Ähnlichkeiten erkannt habe, die meistens die Form, seltener die Farbe, jedoch nie das Material beträfen, ohne dass der benannte Berg mit dem Gegenstand verwechselt werde, dessen Namen er trage, Irrblock werde das Ausstellungsstück ja nur deswegen genannt, weil eine angemessene Bezeichnung fehle, dieses gewaltige Etwas, dessen Natur ganz und gar ungeklärt sei, könnte ebenso gut Riesiger Nietnagel heißen, auch wenn es, aus der richtigen Entfernung betrachtet, zweifellos Ähnlichkeit mit einem Kopf habe. Diese Sichtweise sei aber verfänglich, da die Form sofort als Kopf einleuchte und den Gedanken dazu verleite, die Augen zu zwingen, ein Gesicht wahrzunehmen, in der Oberfläche des Steins nach Sinnesorganen zu suchen und in der oberen Hälfte Höhlen zu erkennen, die Augen glichen, vielleicht unter geschlossenen Lidern und von spärlichen Wimpern umgeben, der hervorstehende Haken, dessen Ausbuchtungen zwei Löcher andeuteten, werde als Nase und die Wellen darunter als Lippen erkannt. Die abstehenden Auswüchse links und rechts müssten nicht als Ohren, der geschwungene untere Rand, der sich in einer mehrfach geschwungenen Linie erhebe, nicht unbedingt als Mund und Kinn erkannt werden, aber wenn die Wahrnehmung, wie es das Wort Kopf befehle, im Gesichtsschema gefangen sei, würden die Augen immer und immer wieder ein Gesicht erkennen. Dass Troll also an die Sage der aus Unglück versteinerten Frau glaubte, an deren Kopf er sich zu schaffen machte, war nicht Ausdruck seiner naturwissenschaftlichen Unkenntnis, sondern zuerst der nötigen Vorsicht bei seiner Tätigkeit geschuldet, schließlich hatte er sich, obwohl er nur Hilfsgärtner war, doch allein um den Irrblock zu kümmern, anfangs empfand er beim Schälen Lust, Befriedigung, fast Jägerstolz, die Haut durchzuschneiden und abzutragen, er bildete sich ein, zu der steinernen Frau vorzudringen, ihr Luft zum Atmen zu verschaffen, als könnte er sie so beleben, Dornröschen aus der Rosenhecke zur Mund-zu-Mund-Beatmung herausschneiden, die Flechten waren für ihn nur ein Überzug, der sich um den Stein legte, ein unheimliches, verwunschenes Gehäuse, eine bannende, verhexte Hülle, die es aufzubrechen galt. Selbst als die Flechten den Findling durchdrangen und auflösten, kultivierte Troll das Gefühl, zu etwas Wesentlichem vorzustoßen, das er sichtbar machen würde, schmucklos würde die steinerne Frau dastehen, als wäre Troll zum Kern der Dinge vorgestoßen. Irenes neue Liebe, der Gärtner des Altersheims, hatte Troll geraten, die Flechte wachsen zu lassen, da es doch das Natürlichste der Welt sei, dass eine Flechte einem Felsen zusetze, seine Form verändere, ihn zersetze und abtrage, was ja nichts mit Vernichtung zu tun habe, auch wenn der Stein Form und Gewicht verliere. Das Auge, das sich an das Eindrückliche und Monumentale klammere, sei ein dankbares, aber oberflächliches Organ, es könne zwar Prozesse wahrnehmen, sie aber nicht begreifen, es sei der Sinn, der sich am leichtesten über etwas skandalisiere, wenn auch gleichzeitig vor der Wirklichkeit zurückschrecke und die Einbildungskraft zur Hilfe rufe. Steine seien nun einmal in ihrer Form nicht ewig, wie nichts in der Natur, auf der Welt ewig und eindeutig sei, auch wenn Zyklen und die Wiederkehr von Vergangenem nicht zu bestreiten seien, Wachstum, hatte der Gärtner zu Troll gesagt, habe Vergänglichkeit zur Voraussetzung, die aus angeblichem Mitleid und Wehmut verteufelt werde, dann komme es zu den eigenartigsten Phantasien, was das Leben der Arten betreffe und zur Anwendung von Gewalt, die versuche, die Welt den Vorstellungen des Menschen anzupassen. Selbst wenn er nicht an die Legende von der versteinerten

Frau und die anderen Gerüchte, die sich wie die Flechten um den Irrblock rankten, geglaubt hätte, hätte er sich des Steins so angenommen, wie er es jetzt tat, als ob es sich um eine lebende Frau handelte, deren Pflege eine ebenso kuriose wie gewalttätige Arbeit war, und wenn er nach Feierabend am Kinn der steinernen Frau, die in seine Obhut gegeben war, noch einen Schnaps trank, prostete er ihr zu, prustete ein wenig Alkohol in ihre Richtung und fragte sie lachend, zu wem sie eigentlich aus der Erde zurückgekehrt sei, wer auf sie hätte warten sollen, außer ihm, mit dem sie gezwungenermaßen ein recht vertrauliches, nicht immer respektvolles, jedenfalls handgreifliches Verhältnis habe.

Um Schönschrift zu üben, hatten die Schüler in einem Schönschreibheft einen Buchstaben oder eine Buchstabenfolge entsprechend der am Zeilenanfang mehrfach vorgeschriebenen Linienführung zu wiederholen, bei der es der Lehrerin darauf ankam, dass die Handschrift trotz möglichst genauen Nachahmens dennoch nicht ihre Natürlichkeit verliere, deren Fehlen sie bei der mustergültigen Schrift der Klassenbesten bemängelte, die als zu perfekt, als zeitraubend und unnatürlich eingestuft wurde, was zu einer Verschlechterung der Zensur um eine Note führte. Das Heft wurde von der Firma Brause hergestellt, und Troll stellte sich vor, wie sich beim Beenden des Heftes alle Buchstaben in tintenblauem, feinädrig glänzendem Schaum auflösen würden, ähnlich den gärenden, quellenden Tintenstrukturen, die unter der Hand seines Freundes auf dem Papier entstanden. Als einziger schrieb Clemens die verlangte Brauseschrift, die bald in Flüssigkeitsrändern und Farbflecken ihr Volumen verlieren und im Heft trocknen würde, wenn sie nicht ein Windstoß vorher davonwehte, die bereits zerzausten, schäumenden Schriftzeichen gerieten wirklich in Bewegung, begannen, sich zu wölben und in Bläschen zu dehnen, wuchsen in Schlieren und Flüssigkeitsfäden, verzweigten sich und trieben aus, bildeten Würzelchen und Ausläufer, Knoten, Sporen und Sprossen, bis die Fäden, Schlaufen und Schlingen der Schrift des Freundes zu Knäuel verklumpten, die unmöglich in eine Erst-, Zweit oder Drittklasslinierung einzupassen waren. Unendlich langsam schrieb er eigenwillig natürlich bedeutungsvolle Schrunden, Risse und Brüche, Falten und Maserungen, zerrissene Fasern, Flechten und Adern, seine Schrift spottete der gewöhnlichen Übersetzung sprachlicher Laute in geschriebene Zeichen, die er auf die Naturformen zurückführte, aus denen sie entstanden waren, um Bedeutungen in Fleisch und Blut zu Papier zu bringen.

Rosa vertraute Troll an, sie hege den Verdacht, dass die Mutter sich selbst medikamentös behandele, um ihren Schmerz zu lindern, möglicherweise verabreiche sie sich selbst einen Cocktail aus Nachtschattengewächsen, der auch der Grund für die Halluzinationen und Wahnzustände sein könnte, in die sie regelmäßig verfalle, schließlich sei sie Apothekerin und kenne sich mit der Wirkung von Pflanzen aus, Troll solle Rosa nicht falsch verstehen, auf die Absicht, sich selbst umzubringen, weise nichts hin, denn Frau Troll habe sich seit dem Ausbruch der Krankheit auch selbst, zum Beispiel mit Ratanhiatinktur, behandelt, die aus den Wurzeln einer aus den Anden stammenden Pflanze hergestellt und bei Entzündungen des Zahnfleischs angewendet werde, was ganz und gar ungefährlich sei. Seine Mutter habe also das Wissen und die nötigen Kontakte, sich entsprechende Kräuter und Mittel zu besorgen, Rosa denke etwa an *Bilsenkraut*, das hier naheliegender als andere Nachtschattengewächse wie Tollkirsche, Engelstrompete oder Stechapfel sei, da es zur Stillung von Schmerzen in der Mundhöhle, vor allem an den Zähnen, verabreicht, aber auch seit Hippokrates bei Geschwüren empfohlen werde, zu denen die Mundfäule durchaus zu rechnen sei. Der Arzt habe bisher keine weiteren Untersuchungen eingeleitet, um Frau Troll einen Verstoß gegen das Betäubungsmittelgesetz, den Missbrauch von Giftstoffen und Drogen nachzuweisen, da die Mutter ein Fachgespräch mit ihm unter vier Augen geführt habe, in dem sie den Ansatz ihrer Selbstmedikation eines unerträglichen, von der Medizin erfolglos behandelten Leidens dargelegt habe. Die Verwirrtheit, die Zustände der Mutter seien aber wohl auch auf andere Ursachen zurückzuführen, neben den Schmerzen, die sie zu ertragen habe, komme die Wirkung der ärztlich verabreichten Medikamente und das Fieber hinzu, das mit dem Fortschreiten der Krankheit in Schüben eingesetzt habe, die Infektion, die jetzt genauer untersucht werde, könnte vom Rachenraum die Sinnesorgane und das Gehirn angegriffen haben und zu den Delirien führen, in denen Sprache, Gedächtnis und Wahrnehmung der Mutter sehr unterschiedlich, manchmal ja nur begrenzt, wenigstens in kaum nachvollziehbarer Weise funktionierten, ihre Orientierung sei dann eingeschränkt und das soziale Verhalten nicht angemessen, wovon Troll ja regelmäßig selbst Zeuge werde. Als Rosa erklärte, dass das *Bilsenkraut* oft auf Brachen und Schuttplätzen wachse und auch *Hexen-*, *Toll-* oder *Dollkraut* genannt werde, erinnerte sich Troll daran, wirklich mehrmals *Dollkraut* aus dem Mund der Mutter gehört zu haben, die auf Spaziergängen grundsätzlich alle Pflanzen mit deutschem sowie lateinischem Namen aufzurufen pflegte. Dieses Kraut mit narkotischer, halluzinogener Wirkung sei sehr schwierig zu dosieren, anstatt zu heilen, wirke es schädlich auf den Körper, wenn man zu viel davon einnehme, bei falscher Anwendung könne es auch zu Atmungsschwierigkeiten führen, unter denen Trolls Mutter ja leide, die doch immer behaupte, sie tauche aus tiefem Wasser auf, wenn sie aus ihren Trancezuständen aufwache, sie erreiche dann immer nur gerade noch die Oberfläche und entgehe knapp dem Ersticken, Frau Troll vermute, dass sie immer wieder ins Wasser zurückkehre, weil sie – wenigstens ihrem Empfinden nach – ihre ganze Kindheit, eigentlich ihr ganzes bisheriges Leben unter Wasser verbracht habe, jedes Mal kehre die Mutter wie aus einem Albtraum aus dem Wasser in die Wirklichkeit ihres Altersheimzimmers zurück, schnappe wie nach einem langen Tauchgang nach Luft und brauche einige Zeit, um zu einer gleichmäßigen, ruhigen Atmung zurückzufinden.

Da die Jägerin Gracchus niemandem, vor allem nicht den anderen Bewohnern des Altersheims den Anblick einer Wasserleiche zumuten wolle, die sie nun einmal sei, trage sie dieses Tuch, durch das ihre Stimme nicht immer leicht zu hören war, vor allem wenn sie schwach und undeutlich sprach, nicht immer verstand Troll, was die Frau sagte. Was sie da fasele, fuhr er sie an, dem die Zustände seiner Mutter zum Hals heraushingen, sie gleiche in den letzten Wochen und Monaten wirklich einer lebenden Toten, deren Gesicht nicht erst im Wasser, sondern schon zu Lebzeiten von den Aphthen zerfressen worden sei, sie habe doch immer das Gefühl gehabt, unter Wasser leben zu müssen und am Ersticken zu sein, da könne sie ihm noch so oft, mit noch so großer Genauigkeit die Kette der Ereignisse, die mögliche Folge von Ursache und Wirkung vor und nach ihrem Tod darlegen, aber sie könne so wenig wie die Medizin erklären, was ihrem Organismus auf so scheußliche Art und Weise zusetze und warum diese Krankheit ihren Mund löchere, als ob sie nicht aufhörte, sich die Pistole in den Mund zu stecken, um sich umzubringen, was aber, als lastete ein Fluch auf ihr, nicht gelinge, und die Kugeln hinterließen an ihrem Rachen abprallend Brandspuren. Bei ihr habe die Kugel sehr wohl getroffen, widersprach die Jägerin Gracchus gelangweilt, spannender sei die Frage, ob sie noch gelebt habe, als sie in der Winternacht von den sechs uniformierten Männern über das Ufergesträuch eilig ins Wasser geworfen worden sei, was ein Zeuge beobachtet habe, der ihren Körper an den Haaren als menschlich und weiblich erkannt habe, und während er ihre Leiche unter der Brücke, auf der er stand, habe hindurchtreiben sehen, habe sie sich bereits mit eiskaltem Wasser gefüllt, was sie von einer gewaltigen Sintflut habe träumen lassen. Als der Druck in ihrem Kopf stieg und sie befürchtete, er werde bald platzen, hatte sie das Gefühl, dass mit dem Luftdruck auch die Temperaturen stiegen und Tauwetter auslösten, und wirklich waren im Januar 1919 die in den letzten Wochen niedergegangenen riesigen Schneemengen geschmolzen, das Schmelzwasser und anhaltende Regenfälle setzten Städte und Ortschaften unter Wasser, Flüsse und Kanäle traten über die Ufer und überschwemmten Dörfer und Verkehrswege, was aber nur ein regionales und kein deutschland- oder gar europaweites Hochwasser war, von dem sie träumte, als sie auf dem Landwehrkanal dahintrieb, der einst der Entwässerung der noch unbesiedelten Berliner Sümpfe gedient hatte. Ihr aufgeschwemmtes Gehirn erinnerte sich – hatte sie doch kurz vor ihrer Ermordung noch in Goethes Drama gelesen – an die Kanäle und Dämme, die Faust bauen ließ, um das Land vor Überschwemmung zu schützen, urbar und bewohnbar zu machen, aber so wie das geköpfte Gretchen mit dem roten Schnürchen am Hals nie zur Ruhe kommen würde, ließen sich auch die elementaren Kräfte der Natur nicht für immer beherrschen, mit denen sich die Jägerin Gracchus zu verbünden hoffte, um die Menschen zur Vernunft zu bringen, sie Spontaneität zu lehren und sie aus ihrer Vereinzelung zu lösen. Nur das Rauschen in ihrem absterbenden Gehirn ließ sie glauben, der Landwehrkanal würde immer reißender, träte über die Ufer und würde Schutzwälle, Grenzziehungen und Absperrungen fortschwemmen, Einfriedungen von Besitzverhältnissen und Barrikaden versänken, auf dem Kanal treibend bildete sie sich ein, das Hochwasser würde alte Ordnungen durchdringen und forttragen, es würde zusammenbrechen, was sich überlebt hatte. Nichts davon war jedoch geschehen, die Schleusen des Himmels hatten sich nur kurze Zeit geöffnet und keine Sintflut, keine göttliche Strafe war über das Land gekommen.

Als sie auf dem Wasser des Kanals aufgeschlagen und untergetaucht sei, habe sie sich, auf dem Wasser umhertreibend, dem Heiligen Nepomuk anvertraut, dem Heiligen der Brücken und Seeleute, erzählte die Jägerin Gracchus, was hätte sie denn als Binnenländerin sonst tun sollen, die sich mit Blumen und Tieren des Festlandes auskenne und durch Wald und Berg gestreift, aber mit dem Wasser ganz und gar nicht vertraut gewesen sei, die Anrufung des Heiligen habe offensichtlich nichts genützt, denn sie treibe weiterhin auf irdischen Gewässern umher, obwohl sie doch nach menschlichem Ermessen, nach Maßstäben der Natur längst tot sein müsste. Sie habe geahnt, dass sie, wie auch ihre Namensgeber, die Gracchen, einmal gewaltsam sterben würde, aber sie habe nicht vorausgeahnt, dass ihr die Totenruhe verwehrt bleiben könnte. Als sie die Strömung des Kanals gegen das Gitter eines Wehrs drückte, glaubte sie schon, in den Häftlingskäfig des Breslauer Gefängnisses zurückgekehrt zu sein und durch dessen Gitterstäbe mit Besuchern über ihr Unglück sprechen zu können, vor allem mit Herrn Schlich, dessen Familie für sie Essen kochte und der doch jahrelang zur See gefahren war und ihr vielleicht einen fachkundigen Rat hätte geben können. Als sie ihren Irrtum bemerkte und sich unter Wasser von den Metallstäben abstieß, schnitt sie sich in die Finger, wie sie es einmal absichtlich in einem ihrer Träume getan hatte, um eine Ausrede zu haben, nachdem sie voreilig aus Selbstüberschätzung behauptet hatte, sie könne als Musikerin bei einem Konzert auftreten, was sie aber gar nicht konnte. Erst angesichts der blutleeren Schnittwunde fragte sie sich, ob dieser Traum nicht ein Hinweis auf ihre Schuld und ihr Versagen sei, das ihr zur Last gelegt werde und sie am Eintritt ins Jenseits hindere. Seitdem marterte sich der Rest ihres Gehirns mit der Frage, was der Grund sein könnte, dass ihr das Sterben versagt sei und sie in einem Kahn – für den sie offensichtlich ihren Rollstuhl hielt – über Gewässer treibend aus dieser halblebigen Sphäre nicht loskomme. Zeitlebens habe sie sich gewünscht, das verhasste, gnadenlose Hintereinander des Zeitflusses durchbrechen und aufspalten zu können, um mehrere

Leben gleichzeitig zu führen, jetzt wünsche sie nichts mehr, als dem Zeitlauf der Natur, dem Rhythmus von Geborenwerden und Sterben unterworfen zu sein, was angesichts ihres Zustands lächerlich sei, jeder Moment sei gleichgültig, Vergangenheit, Gegenwart und Zukunft seien gleichzeitig, sagte die Frau und ließ ihre Hand von der Armlehne des Rollstuhls rutschen, als wollte sie sich der Strömung des Wassers versichern.

Der Tauchmeister sei eben zu spät gekommen, meinte die Jägerin Gracchus vorwurfsvoll, mit über einem Monat Verspätung habe er erst den schlammigen Grund des Kanals nach ihr abgesucht, unzählige Waffen, vor allem Gewehre habe er heraufgeholt und drei Wasserleichen in einem Zustand unterschiedlich fortgeschrittener Verwesung herausgefischt, aber eben nicht die ihre, da sie längst fortgeschwommen sei, als der Schleusenwärter die Holzschützen des Wehrs geöffnet habe, damit der Schmutz, der sich daran abgesetzt habe, fortgespült werde, ihr kleiner Körper sei von dem Strudel des losströmenden Brackwassers nach links geschleudert worden, dass sich die blaugrünen Samtfetzen ihres Kleides blähten, sie habe sich unter Wasser gleitend der Strömung überlassen, die sie trotz langen Umhertreibens nicht einmal ins Maul eines aasfressenden Fisches befördert habe. Ihr löchriges Gehirn erinnere sich nicht daran, wie sie dann auf den Kahn gekommen sei, auf dem sie jetzt umhertreibe, wer auch immer sie aus dem Wasser gefischt habe, müsse der Anblick ihres schon einige Zeit im Wasser liegenden Körpers so erschreckt haben, dass er eine falsche Drehung oder eine ungeschickte Bewegung gemacht und die richtige Fahrtrichtung verfehlt habe. Infolge welcher Schuld, infolge welchen Fehlers sollte sie sonst verflucht worden sein, welche Verzögerung, welche verlangsamte Reaktion, welcher zweifelnd verpasster Augenblick habe sie sonst von der Bahn ins Jenseits abkommen lassen?

Dass der Kopf Rosa Luxemburgs wirklich jahrelang in dem Frauengefängnis gestanden hatte, wollte Troll nicht glauben, Jahrzehnte nach ihrer Inhaftierung und ihrem Tod war er in ihrer ehemaligen Zelle aufgestellt worden, die weder Häftlingen noch der Öffentlichkeit zugänglich gewesen war, nur eine Putzkraft bekam den Kopf dieser Frau zu Gesicht, die erneut eingeschlossen, selbst nach ihrem Tod festgesetzt bleiben sollte, warum wäre ihr Kopf sonst – anstatt ihn vor dem Gefängnis aufzustellen – in eine Zelle eingesperrt worden, als hätte sie diesmal für immer inhaftiert werden sollen, war sie doch keineswegs die bevorzugte Genossin in der DDR gewesen. Die Idee eines Gedenkraumes war einer Justizangestellten in der sowjetischen Besatzungszone Berlins gekommen, als ihr aufgefallen war, dass in den Unterlagen anstatt von Insassinnen, Häftlingen oder Gefangenen immer von *Köpfen* gesprochen wurde, die in einer Anstalt untergebrachten waren, immer war von *Köpfen* die Rede, mit denen die Haftanstalt belegt war, von *Köpfen*, die ernährt, von *Köpfen*, die ausgebildet und erzogen, von *Köpfen*, die zur Arbeit angeleitet werden sollten, was sie bereits kurz nach Kriegsende, nachdem die Rote Armee Berlin eingenommen hatte, auf die Idee brachte, die *Köpfe* von Männern und Frauen, die für die proletarische Revolution gekämpft hatten und dafür gestorben waren, in ihren ehemaligen Haftzellen aufzustellen. Erst vier Jahre später wurde ein Planungskollektiv der gerade gegründeten DDR gebildet, um einen Ort für ein Mahnmal für die Opfer des Faschismus zu bestimmen, der Trümmerberg, der Standort der Büste von Friedrich dem Großen im Volkspark Friedrichshain und der des Denkmals Wilhelm I. gegenüber dem Stadtschloss wurden in Betracht gezogen, aber abgelehnt. Da unterbreitete die Beamtin dem Kollektiv ihren Vorschlag, den umzusetzen sich als schwierig herausstellte, da sich die meisten Zellen in Gefängnissen auf dem Gebiet der Westsektoren befanden, nur eine einzige lag im Osten Berlins, die Rosa Luxemburgs, für die eine Gedenkzelle einzurichten Wilhelm Pieck aber als sinnlos und unzweckmäßig ablehnte, stattdessen forderte er die Einrichtung eines zentralen Revolutionsmuseums, das zum Gedenken an die führenden, zumeist ermordeten Arbeiterfunktionäre und -führer eingerichtet werden und an ihren revolutionären Kampf erinnern sollte, wozu es nie kam. Die Beamtin konnte dennoch verantwortliche Genossen in der Justiz davon überzeugen, eigenmächtig wenigstens die ehemalige Zelle Luxemburgs, wenn schon die anderen Zellen im Westen der Stadt nicht zugänglich waren, in einen Gedenkraum umzugestalten, der wirklich am 8. März, dem Internationalen Frauentag des Jahres 1950, eingeweiht wurde. Die Justizbeamtin stellte sich damals vor, dass dieser Raum der geistige Mittelpunkt des Gefängnisses würde, und konnte die damalige Oberin dafür gewinnen, die ihr von einer geistigen Sammelstelle schrieb, die sie einrichten wolle und in der eine kleine Bibliothek und eine Beratungsstelle vor allem für die vor der Entlassung stehenden Häftlinge eingerichtet werden sollte, was aber nie verwirklicht wurde. Nicht einmal die vorgesehenen Sitzungen der Betriebsgewerkschaftsleitung fanden unter den Augen der Büste Rosa Luxemburgs statt, über deren Verbleib man so wenig mit Sicherheit zu sagen wusste wie über

91 cbm.
10
Gedenkraum
Rosa Luxemburg

den ihrer Gebeine, die wohl – nach einer ersten Bestattung eines leeren Sarges im Januar 1919, da ihre Leiche noch in der Tiergartenschleuse hing – sechs Monate später in Friedrichsfelde öffentlich beerdigt wurde. Später wurde ihr Grab von Nationalsozialsten geschändet und verwüstet, ihre Knochen wurden verstreut und irgendwo vergraben. Angeblich war ihr Kopf nach der Schließung des Gefängnisses in den Verschlag des Irrblocks beiseitegeschafft worden, wo sich mit der Zeit Flechten ansiedelten, denen der Staub, der auf der Skulptur lag, genügte, um sich auf dem Metall der Büste niederzulassen, die damals – einem Foto nach zu schließen – etwa Lebensgröße gemessen, aber natürlich niemals die Ausmaße des Irrblocks gehabt hatte, und es war kaum vorstellbar, wie sie in kaum sechzig Jahren so hätte anwachsen und sich verändern können. Es sei also schwierig nachzuvollziehen, dass der Irrblock aus dieser Büste entstanden sein sollte, auch könne sie, selbst wenn sie in Fachkreisen als Kern des Irrblocks diskutiert werde, kaum der Grund sein, warum der Irrblock unter Natur- und Denkmalschutz stehe. Dunkel wusste nicht, ob der Sammler etwas mit dem ehemaligen Gefängnis zu tun hatte, es war nicht unmöglich, dass er zu den ab 1949 vorübergehend untergebrachten männlichen Untersuchungsgefangenen gehört hatte, wahrscheinlich war es aber zumindest, dass er von dem Kopf Rosa Luxemburgs wusste, möglicherweise war er sogar im Besitz des Kopfes, der ihn erst auf die Idee gebracht haben könnte, seine Kopfsammlung in diesem Gefängnis unterzubringen, der dann Auslöser und Ausgangspunkt des Museums gewesen war, in dem jedoch andere *Köpfe* gezeigt wurden, als ursprünglich für das Revolutionsmuseum geplant gewesen war.

Die Jägerin Gracchus hatte sich immer für unbestechlich gehalten, aber irgendetwas musste gegen sie vorliegen, für irgendetwas musste sie angeklagt worden sein, sonst wäre sie ja nicht erst von ihrem Auftrag und dann von ihrer Fahrt ins Jenseits abgekommen, sie fürchtete, ihr könnte die Unzuverlässigkeit ihrer politischen Gesinnung vorgeworfen werden, und fragte sich, ob sie sich habe irritieren lassen und nicht konsequent genug, zu ängstlich reagiert habe, ob ihre Analysen an der Wirklichkeit vorbeigegangen seien, in die sie hätte eingreifen müssen, anstatt Zeit und Energie zu verschwenden und nur theoretisch abzuhandeln, was ihr wichtig erschienen sei. Bei Operationen, unterbrach Troll sie, also wenn es darum gegangen wäre, wirklich zuzugreifen, zu schneiden und Körper zu öffnen, sei Irene – im Gegensatz zu ihrem Vater – doch immer schlecht geworden und sie sei in Ohnmacht gefallen, deswegen habe sie ja nicht Arzt werden, weder Menschen noch Tiere chirurgisch behandeln können und sei Apothekerin geworden, die dem invasiven Vorgehen einen genauen, ganzheitlichen Blick auf den Körper und seine Bedürfnisse vorziehe, sie glaube an die Selbstheilungskräfte des Organismus, also unbelehrbar an das Gute, könne aber manchmal aufbrausend und aggressiv werden, wenn ihr die Einrichtung der Welt in jeder Hinsicht fraglich erscheine, sie halte dennoch nichts davon, die bestehende Ordnung gewaltsam zu ändern, an die sie glaube, in der alles seinen Platz habe und sich letztendlich gut füge. Auch wenn sie nicht Pharmazie studiert habe, antwortete die Jägerin Gracchus nachdenklich, habe Troll in gewissem Sinn recht, denn auch bei ihr sei es um Leben und Tod und um so etwas wie Heilung gegangen, auch wenn eine Gesellschaft kein natürlich gewachsener Körper sei, den man zurechtschneiden und zur Veränderung zwingen könne. Nicht ganz zu Unrecht, habe er ja indirekt behauptet, sie sei nur eine Kommentatorin des Geschehens, eine Zuschauerin und Besserwisserin gewesen, anstatt Teil der Schlacht zu sein, aber seien ihre Texte nicht wie Brenngläser, die, wenn man lange genug hindurchsehe und die Wirklichkeit betrachte, Feuer entzündeten und zum Handeln bewegten? Vielleicht sei sie wirklich zu willensschwach gewesen und nicht genug Risiko eingegangen, vielleicht habe sie bestimmte Entscheidungen zu lange hinausgezögert, die sie hätte treffen müssen, um die politische Entwicklung Deutschlands und Europas der folgenden Jahrzehnte in eine andere Richtung zu drängen, sie frage sich, ob sie sich von russischen, französischen oder eben auch den schwerfälligen deutschen Verhältnissen ins Bockshorn habe jagen lassen, ob es das gewesen sei, was ihr das Unglück eingebracht habe.

Ihre Gegner jedenfalls, selbst die aus den eigenen politischen Reihen, hielten sie für unzuverlässig, da sie die anderen scharf angriff und an der Einheitsfront der Partei kratzte, an deren *sogenannte geordnete* Verhältnisse, an deren politische Linie sie sich nicht angepasst habe, sie habe sich nicht mit Reformen zufriedengegeben, sie habe die *sogenannten geordneten* Verhältnisse in eine Revolution stürzen wollen, damit eine neue Ordnung gebildet werde. Ihre Existenz galt in jeder Hinsicht als nicht vertrauenswürdig, ja unredlich, schon ihre Herkunft betreffend fügte sie sich nicht in *sogenannte geordnete* Verhältnisse, eigentlich polnisch wuchs sie unter russischer Besatzung auf und noch minderjährig gelangte sie ohne ihre Familie in die Schweiz, später nach Deutschland, sie war des Polnischen, Russischen,

Deutschen und auch des Französischen mächtig, las ebenso die polnischen, russischen wie die deutschen Klassiker und war als Übersetzerin tätig. Sie habe sich ebenso gern mit Literatur, Kunst und Philosophie wie mit Zoologie, Geologie und Botanik oder Wirtschaft, Politik und Recht beschäftigt, weder ihre ausufernden Interessen und Leidenschaften noch ihr Temperament ließen sich zügeln und sich auf *sogenannte geordnete* Verhältnisse beschränken. Auch die Religion betreffend passte sie nicht in *sogenannte geordnete*, eindeutige Verhältnisse, als Atheistin mit jüdischen Vorfahren, für die sie wenig übrig hatte, wurde sie als unmöglich zu germanisierendes Element eingestuft, auch ihr Liebes- und Geschlechtsleben passte sich nicht an *sogenannte geordnete* Verhältnisse an, als eingefleischte Junggesellin, die nur geheiratet hatte, um die deutsche Staatsangehörigkeit zu erlangen und so ihre politische Karriere weiterverfolgen zu können, geschieden und nicht wieder verheiratet war sie, auch wenn sie davon träumte, weder Ehe-, Hausfrau noch Mutter, sie ließ sich von keinem Mann hofieren oder eskortieren und verweigerte den Männern solche Begleitung. Troll unterbrach sie lächelnd, er könne ihr nicht folgen, könne nicht nachvollziehen, was sie sich da zusammendichte, es sei doch genau andersherum gewesen, sie habe im Gegenteil, wie sie ja selbst immer wieder betont, ja bemängelt habe, in durch und durch *geordneten* Verhältnissen gelebt, sie sei eine verheiratete, jetzt verwitwete Frau mit durchaus christlichen Ansichten, auch wenn sie sich mit buddhistischen Vorstellungen von Karma und Wiedergeburt beschäftigt habe, sie habe Kinder und einen Beruf, er verstehe also nicht, was sie damit meine, dass sie nicht in *geordneten* Verhältnissen gelebt habe, versuchte Troll, die Jägerin Gracchus aus der Reserve zu locken, die ihm mittlerweile als einer der Irene überfallenden Geister vertraut, aber deswegen nicht leichter erträglich war, denn in ihrer Mottenkiste der Vergangenheit, ihren Sandkastenspielen der Geschichte ging es wohl kaum darum, was sie in ihrem Leben hätte vollbringen können oder wollen, was das ihre und das seine geändert hätte, was sie hätten ändern können. Was Troll sage, seien ihre geheimen Wünsche gewesen, aber sie habe nie als eine rechtschaffene Person gegolten, wehrte die Jägerin Gracchus Trolls Einwand ab, zu oft habe sie im Gefängnis gesessen, um als anständige Person zu gelten, mehrfach sei sie angeklagt worden, den Kaiser beleidigt, die Massen aufgewiegelt und zum zivilen Ungehorsam aufgerufen zu haben, sie sei gegen den Krieg, den Ersten Weltkrieg im Besonderen, eingetreten, sodass die Zelle gezwungenermaßen der ihr gemäße Aufenthaltsort geworden sei, an dem sie habe denken, schreiben und träumen können, sie habe sich immer gewünscht, zurückgezogen zu leben und sich – wie im Gefängnis – Pflanzen und Tieren anzunehmen, eine bürgerliche Ruhe und Abgeschlossenheit sei für sie die ideale Voraussetzung für Arbeit und Liebe gewesen, Konspiration, Verstellung, Misstrauen und Machtverhältnisse zerstörten die Liebe, die nicht der unsichere, der zu belächelnde, zu vernachlässigende Punkt des politischen Kampfes, sondern dessen Bewährung und Voraussetzung sei, wie sollte man mit erpresstem, hölzernem, latent gewalttätigem, weder Phantasie noch Denken antreibendem Gefühlsleben zur Befreiung fähig sein? Schon in ihrer Jugend in Warschau hatte sie die Menschen als lynchenden Mob erlebt, es machte ihr Angst, wozu Menschen fähig waren, wie gnadenlos und geistlos sie sein konnten, Gemeinschaft war ihr daher unangenehm und verdächtig, und sie träumte davon, sich von der Welt, von den Menschen abzuschließen, sich mit einem Geliebten, Freunden und Büchern auf einer grünen Insel zu verschanzen und unbehelligt in diesem ihr verhassten Deutschland zu leben, in dem sie sich nie wohlfühlte, sie wollte sich, was jungfernhaft und feige erscheinen konnte, zurückziehen und übliche Vorstellungen von Gefühlen, Beziehungen und Zusammenleben hinter sich lassen, ohne sie überschreiten und andere Lebensformen ausprobieren zu können. Nach der Entlassung aus dem Gefängnis erlebte sie die Welt umso intensiver, in einer Sehnsucht und einem Glück, das von Ehe, Familie und Haushalt nur gebremst und eingeschränkt worden wäre, niemand würde sie besitzen, auch wenn sie besessen werden wollte. Statt der jungfräulichen, der bürgerlichen, der politischen oder terroristischen Zelle wurde aber die Gefängniszelle zu ihrem Denk- und Schreibkäfig, der ihren Blick auf ein fragliches Leben in fraglichen Verhältnissen schärfte, oft konnte sie nicht glauben und begreifen, was als Wirklichkeit daherkam und über die Menschen verfügte, die sich unterordneten, kontrollieren, ausbeuten und für fremde Interessen einspannen ließen, dann zog sie die Augen zu Schlitzen zusammen, als werde sie geblendet, vom grellen Licht einer Wirklichkeit, einer Wahrheit, die sich ihr entzog. Einer der wenigen Orte, an dem sie auf der Erde, wenn auch ausgestoßen, vielleicht menschenähnlich habe existieren dürfen, sagte die Jägerin Gracchus lächelnd, sei die Zelle gewesen, und nichts anderes war noch jetzt die Barke, auf der sie umhertrieb, der wie eine Bahre flach gestellte Rollstuhl, in dem sie lag.

Troll bewunderte Dunkel, wie er geschichtliche Zusammenhänge herstellte und wie viele Fakten und Daten er wusste, die ihn davor bewahrten, ins Schwimmen zu kommen und aus der Ruhe zu geraten, er bemerkte, wie Dunkel die Geschichte berührte und bewegte und er seine Aufregung und Betroffenheit im Nachvollzug sogenannter Tatsachen abreagierte, wobei er historische Unterschiede und Bedingungen zu verwischen, Abscheulichkeiten zu relativieren drohte, als wäre es eigentlich besser, die Vergangenheit abzustreifen und reinen Tisch zu machen, um die Scheinheiligkeit zu beenden und einen Neuanfang zu ermöglichen. Dennoch beschwerte sich Dunkel, dass das Gefängnisgebäude den Anwohnern ein Dorn im Auge sei, da es ihren Ansprüchen an Hygiene nicht genüge und als Immobilie Funktionalität und modernen Wohnkomfort vermissen lasse, selbst wenn es umgebaut werde, sei es mit keiner alten Fabrik vergleichbar, in der sich helle, großzügige Wohnungen einrichten ließen, selbst der Haupttrakt sei nur schwer in einen polierten Backsteinbau zu verwandeln, der Burg- und Bahnhofsromantik ausstrahle und etwas von einer melancholisch stimmenden, vernünftig eingerichteten Modellbaueisenbahnanlage habe, wie die Verkehrsschule eine sei. Ebenso wenig wie in einem ehemaligen Krankenhaus wolle jemand in einem früheren Gefängnis wohnen, das seelisch belasten müsse, da man zwangsläufig nach Rückständen der Vergangenheit forsche, die bis in die Träume hinein Macht über einen gewännen. Das Gefängnis sei vor über 150 Jahren erbaut worden, und wenn Dunkel das Baujahr 1864 und das Jahr der Schließung 1974 lese, habe er die dazwischen liegenden Eckdaten deutscher Geschichte, ja der Weltgeschichte im Kopf, auch wenn er nur, wie Troll ein Amateurlichenologe, ein Hobbyhistoriker sei, verfüge er über das nötige Grundwissen in Geschichte, um die Abfolge der fünf verschiedenen politischen Systeme an sich vorbeiziehen zu lassen, in denen unter wechselnden, sehr unterschiedlichen Gesichtspunkten und Bedingungen verhaftet, verurteilt und in dem Gefängnis eingesperrt worden sei, das – da müsse er Troll nicht belehren – vor der Gründung des Deutschen Reiches erbaut, im preußischen Königreich und deutschen Kaiserreich, in der Weimarer Republik, der nationalsozialistischen Diktatur und der DDR in Betrieb gewesen sei. Das Gebäude habe also zwei Weltkriege überstanden und dessen bereits halb abgerissene Ruine werde jetzt im wiedervereinigten Deutschland museal ausgeschmückt, bevor es wohl bald der Spekulation zum Opfer falle. Der Zeitraum ließe sich auch mit Jahreszahlen deutscher Außen- und vor allem Kolonialpolitik abstecken, wie es die Schädelsammlung nahelege. Nachdem der preußische Staat begonnen habe, in dem Zuchthaus unliebsame, für kriminell erklärte Frauen und anfangs auch noch Männer gefangen zu halten, habe es noch zwanzig Jahre gedauert, bis Deutschland angefangen habe, sich Kolonien in Afrika und ein Jahr später in der Südsee zu bemächtigen und sie als sogenannte deutsche Schutzgebiete zu beanspruchen, es wäre also angebracht anzugeben, woher die Schädel stammten, ob das Museum ausnahmslos deutsche Kolonialschädel versammle. Als Rosa Luxemburg dann das erste Mal wegen Aufhetzerei einsaß, führte Deutschland in *Deutsch-Südwestafrika* Krieg und versuchte, den Aufstand der Nama niederzuschlagen, was so viel kostete, dass es zu einer Regierungskrise in Berlin und im Januar 1907 zu den sogenannten *Hottentottenwahlen* kam, bereits in den Jahren zuvor waren aber in *Deutsch-Ostafrika*, auf deutschen Baumwollplantagen Hunderttausende getötet worden. Das zweite Mal war Rosa Luxemburg ab 1915, also mitten im Ersten Weltkrieg inhaftiert, aber Dunkel müsse Troll ja keinen Nachhilfeunterricht in

Geschichte geben, der sich ja sicherlich auch frage, was den Sammler bewogen haben könnte, Toten-, Kult- und Schmuckschädel in einem ehemaligen Gefängnis unterzubringen, was er offensichtlich nicht als Zumutung empfinde. Mit seiner Wahl sei ihm jedenfalls keine Provokation, sollte er sie geplant haben, gelungen, wahrscheinlich habe er vor allem eine preiswerte Immobilie gesucht, um seine Privatsammlung unterzubringen, die man eher in einem Schloss, einer Burg oder einer architektonisch gewagten Villa erwarten würde, stattdessen habe er sie in diesem heruntergekommenen Gebäude ausgebreitet, das zwischenzeitlich auf unterschiedliche Weise genutzt worden sei, aber der Sammler habe sich nicht einmal die Mühe gemacht, die notdürftig eingerichteten Räumlichkeiten herzurichten, sondern in dem Zustand belassen, wie er sie vorgefunden habe, als hätte er wirklich keinerlei Interesse an der Sammlung, wäre sie ein lästiges Erbstück. Seit Dunkel in dem Museum gewesen war, geisterten in seinem Kopf die ausgestellten Schädel herum, neben denen sich die der Frauen drängten, die in der Zeit des Nationalsozialismus nur kurz in dem Frauengefängnis inhaftiert, dann ins Strafgefängnis am Plötzensee transportiert und dort mit dem Handbeil, danach mit einer Guillotine geköpft und später, um das Töten zu beschleunigen, auch erhängt worden waren, die Zellen des Gefängnisses füllten sich mit den Schädeln dieser über 300 zum Tode verurteilten, auf ihren Abtransport wartenden Frauen, die wussten, dass und wie sie hingerichtet würden, und Dunkel fragte sich, ob in ihre zurückgekehrten, fleischlosen Gesichter der Ausdruck angesichts ihres bevorstehenden Todes eingeschrieben sei. Diese Frauen seien, berichtete er, keiner weiteren Verwendung für wert, für unbelehrbar und unberechenbar befunden aussortiert und zum Tode verurteilt worden, ohne dass der Versuch unternommen worden wäre, sie durch Arbeit gefügig zu machen und für den Sieg des Deutschen Reiches auszubeuten, obwohl doch keine Arbeitskraft verschwendet werden sollte, um den Krieg zu finanzieren und den Sieg und die Autonomie Deutschlands zu erreichen. Dunkel sehe Männer in weißen Kitteln durch die Zellen gehen und an den Schädeln dieser des Hoch- und Landesverrats, der Wehrkraftzersetzung, Heimtücke und Spionage angeklagten Frauen Maß nehmen, die zu Massenstreik, Befehlsverweigerung und Frieden aufgerufen hatten. Solches Fehlverhalten, solche unkontrollierbaren Charakter sollten vermieden werden, Fehler, die der effektiven Nutzung und Verwertung der Menschen zuwiderliefen, möglichst früh ausgeschlossen werden, in In- und Ausland wurden Köpfe untersucht, vermessen und analysiert, um an Schädeln und Gesichtern die Intelligenz, den Charakter und die moralische Verfassung einer Person ablesen und die Menschen einordnen, sie als kriminell oder minderwertig identifizieren und registrieren zu können, da – so wurde behauptet – die Gemeinschaft vor solchen Individuen zu schützen wäre, die man angeblich an ihren körperlichen Abweichungen, die Ausdruck psychischer Entartung wären, im Vergleich mit anderen typischen, vermessenen und gesammelten Objekten erkennen könnte. Troll habe immerhin, meinte Dunkel, den wachstumsfreudigen Gefängnisgarten zu pflegen, der den recht kompakten Insassen den Aufenthalt in der Disziplinierungs- und Erziehungsanstalt verschönere, die vorher in Lagern, Depots, Kellern, Dachböden, Schränken und Kisten interniert gewesen seien, wo sie verstaubten, nachdem sie als Trophäen einst nach Europa verschickt worden und manche vorher noch in Kolonialgefängnissen inhaftiert gewesen seien.

Nur einmal in ihrem Leben habe sie an Selbstmord gedacht, damals als die sozialdemokratischen wie alle anderen Abgeordneten im Parlament die Kriegskredite bewilligt hätten, um den Ersten Weltkrieg zu finanzieren, bei dessen Ausbruch sie sich habe umbringen wollen, denn jahrelang habe sie gegen den Krieg gesprochen und geschrieben, die Arbeiter Europas zur Zusammenarbeit und zum gemeinsamen Widerstand aufgerufen, um zu verhindern, dass sie aufeinander schossen und sich für die Interessen anderer opferten. Damals, als sie im Gefängnis in Breslau gesessen habe und ihr die Kinder der Familie Schlich, die für sie Essen gekocht habe, einen Strauß Feldblumen mit *Schwarzem Bilsenkraut* gebracht hätten, habe sie sehr wohl von der Wirkung dieser Pflanze gewusst und möglicherweise hätte sie sich vergiftet, wenn sie gewusst hätte, was ihr noch bevorstehen würde, vielleicht hätte sie den ganzen Strauß gefressen und die Kinder darum gebeten, noch mehr von diesen Blumen zu pflücken, die tödlich wirkten. Wegen ihrer Zahnschmerzen und ihres entzündeten Zahnfleisches habe sie sehr wohl an dem *Schwarzen Bilsenkraut* geknabbert, in der Hoffnung, die Pflanze würde den Schmerz lindern, die wunden Stellen desinfizieren und zur Heilung anregen. Möglicherweise habe sie zu viel erwischt, denn sie sei plötzlich fliegend auf Reisen gegangen, nicht nach Brasilien zu den Ureinwohnern, nicht in ihr geliebtes Italien, nicht an den Gardasee, nicht nach Korsika, wohin sie immer hatte reisen wollen, in der Hoffnung, Reste der gewaltigen Wälder, einer heroischen Landschaft zu sehen zu bekommen, die noch einen Eindruck der Antike vermittle. Wer habe aber zu Kriegszeiten an so etwas denken können, nein, auch nach Hause sei sie nicht gereist, in Berlin, das ihr so sehr gefehlt habe, habe sie auf ihrem Hexenflug nicht Halt gemacht, sondern sei weiter in Richtung Westen geflogen, nach Frankreich auf das Schlachtfeld, um ihren fast auf den Tag genau neun Monate zuvor gefallenen Geliebten zu suchen und wiederzubeleben, wie Freya sei sie über die Schlachtfelder des Weltkrieges geflogen, um ihn zu sich in die Zelle zu holen, die zwar kein würdiges Walhalla germanischer Helden gewesen sei, wohin die Liebesgöttin Freya ihn in ihrem Falkengewand enthoben hätte, aber sie habe den Geliebten gesehen und anfassen können, wie sie es nie zuvor getan habe, sie habe ihn gespürt und die Liebe dank dieses Krautes stärker als je zuvor empfunden, dessen Blüten und Blätter sie zur Erinnerung dieses Fluges am 28. Juli 1918 in ihr Herbariumsheft geklebt habe, wo sie bis heute wie Fledermäuse über das Papier flatterten. An demselben Tag habe ihr die Oberin Frau von Unruh ein großes Blatt vom *Japanischen Hopfen* gebracht, beim Einkleben in ihre Hefte seien die gepressten Pflanzen durcheinandergekommen und sie habe zwischen den *Japanischen Hopfen* und das *Schwarze Bilsenkraut* die *Braut in Haaren* geklebt, die sie eigentlich erst vier Tage später auf dem Weg zum Zahnarzt selbst gekauft habe, als sie eine solche Trauer über den Tod des Geliebten, über ihre unmögliche Liebe überfallen habe, habe sie sich in Breslau diese Blume mit den schönen blauen Blüten gekauft, die auch – wie sie in ihrem Herbarium notiert habe – *Gretchen im Busch* oder *Jungfer in Grün* genannt werde, als die sie selbst ein halbes Jahr später im Wasser geendet habe, anstatt in eine Blume verwandelt zu werden.

Schwarzes Bilsenkraut
(Hyoscyamus Niger)
Fam. Solanaceen
Aus einem Feldstrauss
von schlesisch. Kindern
28. Juli 18.

Angesichts des Irrblocks vergrößerten sich die zahlreichen taxonomischen Probleme bei Flechten nicht, zu denen er sich gar nicht äußern könne, erklärte Troll Dunkel, er stelle auch nicht infrage, dass die Lichenologie ein Spezialgebiet der Botanik sei, vielmehr dass der Irrblock überhaupt ein Gegenstand der Pflanzenkunde darstelle, die sehr wohl Erkenntnisse über dieses Phänomen liefern könne, aber deren Mittel zu einer umfassenden Bestimmung des Irrblocks nicht ausreichten, denn es sei zu leicht, ihn als außergewöhnliches, aus der Reihe tanzendes Exemplar abzutun, das als Kuriosität im Hinblick auf die Ordnung der Lebewesen außer Acht zu lassen sei, weil es die eigentliche Ordnung des Lebens verzerre. Die Frage, inwieweit die Einteilungen der Biologie tragfähig und aussagekräftig seien, trete in den Hintergrund, da eine genaue Scheidelinie zwischen Reichen, Gattungen und Arten gar nicht mehr gezogen werden könne, Flechte und Findling seien eine ungewöhnliche Verbindung eingegangen, bei der Cyanobakterien eine entscheidende Rolle spielten, diese an der Flechtensymbiose beteiligten Bakterien, die sich vor fast einer Milliarde Jahren mit Schlauchpilzen vergesellschaftet und die frühsten Flechtenformen gebildet hätten, hätten – wie durch Fossilienfunde nachgewiesen – die gesamte Evolution mitgetragen, die Entwicklung der Lebewesen auf neue Wege der Organisation gelenkt und vom Wasser aus das lebensfeindliche Festland als Lebensraum erschlossen. Bisher lasse sich nicht sagen, was in dem Irrblock vor sich gehe, auf welchen evolutionären Pfaden sich der Zusammenschluss von Bakterien, Pilzen und Gestein bewege, es habe den Anschein, dass sich die über Jahrmillionen gewonnenen Differenzierungen zurückbildeten und Sackgassen oder nicht weiterverfolgte Abzweigungen wiederbelebt würden, um neue

Wege der Entwicklung einzuschlagen, möglicherweise habe sich von der Evolution Getrenntes kurzgeschlossen, um die Organisationsformen aber keineswegs zu vereinfachen, sondern die im Gedächtnis von Pflanzen, Tieren und Mineralien gespeicherte Erfahrung zu bündeln, die sie während der Evolution im Überlebenskampf gewonnen hätten, der sich in dem kurzen Zeitraum menschlichen Lebens auf der Erde verschärft habe. Die Symbiose von Pilzen und Bakterien habe nicht mehr ausreichend Nährstoffe und Energie für das explosive Wachstum der Flechte geliefert, der Irrblock, in dem sich offensichtlich verschiedene Zell- und Bakterienformen zusammengeschlossen hätten, versorge sich nicht mehr nur durch Photosynthese, also wie Pflanzen, sondern durch die Verschmelzung von Flechte und Stein sei es offensichtlich möglich geworden, sich in der Art von Tieren und Menschen zu ernähren, wobei nicht zu sagen sei, wie es dazu habe kommen können. An dieser Veränderung des Verdauungsapparats seien möglicherweise von menschlichen Überresten stammende Mikroorganismen beteiligt, die in dem Stein eingeschlossen, versteinert gewesen und von der Flechtensäure aus dem Stein gelöst worden seien, was erklären könne, dass die enge Verbindung von Pflanzlichem und Mineralischem den Anschein des Fleischlichen erwecke, aber noch lange nicht heiße, dass die Legende recht habe und Troll der Wiederauferstehung der steinernen Frau beiwohne, aus der die Flechten ihre Kraft und Farbigkeit zögen.

Die kleine Schwester des Freundes hatte sich in der Toilette eingeschlossen und kam auch dann nicht heraus, als Troll an der Tür rüttelte und auf die Klinke einschlug, er versuchte, sich abzulenken, war vor dem

Haus und im Garten herumgetänzelt, um den Druck im Unterleib zu vergessen, der immer größer wurde, irgendwann glaubte er, seine Blase werde bald platzen, traute sich nicht in den Garten zu gehen und drückte sich an die Ecke von Hauswand und Zaun, riskierte, dass ihn die alte Nachbarin sehen würde, und gerade als er zu pinkeln anfing, kam der Vater des Mitschülers aus dem Haus, weil er bemerkt hatte, dass die Tür offen stand, und als er den Junge in seinen Vorgarten pinkeln sah, schimpfte er, was Troll sich einbilde, so etwas in einem fremden Garten zu tun, ob er keinen Anstand gelernt habe, das gehöre sich nicht, man müsse sich kontrollieren können, der Mensch sei doch kein Tier. Der Junge hatte immer geglaubt, irgendwie gehe alles, alles renke sich wieder ein, alles verheile, jeder sei auf seine Art vom Glück verfolgt, aber dieser Glaube kollidierte mit seiner Blasenwand, die sich auch bei höchster Konzentration nicht mehr weiten ließ und so zu schmerzen anfing, dass jede Bewegung die Muskeln hätte lockern können, die das Ablassen des Urins verhinderten. Training war sicher eine Leistung, an der Wille und Gedankenstärke ihren Anteil hatten, aber seine Blase war so voll gewesen, dass ihm nicht einmal der Gedanke gekommen war, in eins der Badezimmer in den oberen Stockwerken zu gehen, das Hirn war auch nur ein Organsack, der verdaute, was in ihn geriet, und ausschied, was er nicht verarbeiten konnte, wenn es zu viel wurde, der Harndrang drückte bis in Herz und Hirn, dass er Freiheit und Wille ertränkte, und das Denkorgan kristallisierte zu einem Blasenstein. Man behandele ihn, sagte Trolls Freund Clemens, als ob er seinen Harndrang nicht kontrollieren könnte, man werfe ihm vor, er sei unfähig, Gewohnheiten auszubilden und regelmäßig seinen Pflichten und Bedürfnissen nachzukommen, er habe nicht die Willenskraft, seinen Körper zu regulieren, beschuldige man ihn, er sei weder zu sich selbst noch zu den anderen ehrlich genug, seine Faulheit, Schwäche und Schuld einzugestehen, gegen großen Harndrang würden Regelmäßigkeit, Disziplin und Schamgefühl helfen, nicht anders sei es mit Schrift und Rechtschreibung. Das Medikament werde ihn von dem Druck erlösen, unter dem er ständig stehe, die erbsengrüne Farbe der Tabletten werde ihn motivieren, was seine Leistungsfähigkeit zusätzlich steigern könne, selbstverständlich erhalte er keine Probandenvergütung, mit der er sein Taschengeld aufbessern könne, es handele sich, wie die Psychologin betont habe, um keine medizinische Studie, sondern ein Medikament, das nach der gesetzlich vorgeschriebenen Testphase nun zugelassen und im Ausland schon lange im Handel sei, wo sie es sonst hätte bestellen müssen. Über mögliche Nebenwirkungen wie Müdigkeit, Schwindel, Gefühlsschwankungen und Verdauungsprobleme sei nichts bekannt, nichts über eine solche ungewollte Wirkung wie bei Affen und Hunden, denen zwar medikamentös beruhigt die Haare ausgefallen seien, sodass sie sich haarlos nackt irgendwie menschlich hätten wähnen können, aber diese Gefahr bestehe beim Menschen nicht, dessen Seele die Herrschaft über den Körper zurückgegeben werde, indem das Medikament Seele und Körper entkoppele, die sich wie der Affe in seinen Schwanz verbissen hätten, entweder kontrolliere die Psyche den Körper nicht gut genug, beeinflusse ihn ungehörig oder der Körper setze die handlungsunfähige Seele allzu sehr unter Druck.

Gerade hatte sich die Jägerin Gracchus noch gefragt, wie sie mit ihrer Barke in bewegtere, reißendere Gewässer gelangen könnte, um ihrer halblebigen Existenz zu entkommen, da stieg dichter Nebel auf, es wurde Nacht, und als wäre die Welt doch, wie sie sich vorgestellt hatte, überschwemmt worden, irrte sie in ihrem Kahn in Richtung Osten durch Wälder, vermutete, in Polen zu sein, als ihr strauchelndes Gefährt über Bahngleise schrammte, an denen es auf Grund zu laufen, sich zu verkeilen drohte, als sollte sie den Schienen folgen, jeder sterblichen Gemeinschaft beraubt trieb sie dahin, wie ein Gespenst ging sie um, wurde über Landesgrenzen getragen und fragte sich, welches Volk das ihre gewesen sei, welches sie im Stich gelassen habe, welches das ihre hätte sein können, wenn es nicht das polnische, deutsche, russische oder jüdische Volk gewesen war. Sie vermochte nicht genau zu sagen, in und auf welchem Element sie sich bewegte, ob sie rutschte, schwamm, flog oder tauchte, manchmal glitt sie in krachender Kälte über verschneites Eis, dann wieder schien Hitze ihren Kahn zu tragen, den Schlieren ziehende, zitternde Luft in die Höhe hob, ohne dass sie irgendeine Veränderung der Temperatur wahrnahm, oft erkannte sie nichts, was ihren Kahn hätte tragen können, der vor einer kahlen grauschwarzen Wand zum Stehen kam, die sie zunächst für eine Felsenwand gehalten hatte, dann aber als eine Ruinen- und Trümmerwand erkannte, die Feuer und Asche schwarz gefärbt hatten. Sie eilte durch eine vom Krieg zerstörte, verschneite Stadt, wurde über eine riesige, weite, kahle Fläche in einen zerbombten Wald abgetrieben, der im Krieg ganz und gar verwüstet worden war, drehte auf den zu Seen gewordenen Bombentrichtern zwischen Baumruinen ein paar Runden, bis sie in einen Strudel geriet und in die Gegenwart rutschte, um den Bombenkrater zu suchen, in den sie als Kind gestürzt

Dornige Hauhechel

(Ononis spinosa)

Fam: Leguminosen

18.9.15 In die Zelle
hereingeweht vom Wind
aus dem Lazarettho[f].
Rüster
(Ulmus)
Fam: Ulmace

war, ob sie sich nicht dort wieder hineinlegen und diesmal verenden könnte. Längst sei er zugeschüttet und die Kaserne geschlossen worden, dennoch wachse noch die *Hauhechel* dort, an deren Dornen sie sich als Kind verletzt habe, als sie auf dem Kasernengelände lagerten oder barfuß zu den Bombenkratern liefen, so wie sie sich blutig gestochen habe, als sie die Pflanze in der Nähe ihrer Wohnung in Berlin-Südende für ihr Herbarium gepflückt habe, in dem die Blüten ihre rosa Farbe verloren hätten. Immer wieder suchte sie den Ort ihrer Ermordung auf, als könnte von dort aus alles noch einmal anders verlaufen oder sie der Tod doch noch ereilen, sie kehrte an die Orte zurück, an denen sie inhaftiert und über Monate verharrt, aber ein Dach über dem Kopf und einen Schlafplatz gehabt hatte, sie war auf der Suche, ob es nicht Reste eines Gartens gab, den sie angelegt hatte und in dessen Erde sie versinken könnte, deswegen war sie auch hierher zurückgekehrt, war vor der *Ulme* gestanden, von der einmal der Wind ein Blatt in ihre Zelle wehte, die jetzt hoch gewachsenen *Blutpflaume*, die sie auch in ihr Herbarium geklebt hatte, hatte sie kaum wiedererkannt, während das Gemüse und die anderen Pflanzen aus dem Gefängnis- und Lazaretthof verschwunden waren, wo sie damals *Schottendotter*, *Hundsveilchen* und *Japanisches Goldröschen*, *Borretsch*, *Bohnenkraut* und *Radieschen*, *Schwarzen Nachtschatten*, *Roten Gänsefuß* und *Windenknöterich* gepflückt hatte. Vergeblich trieb sie sich an Trolls Arbeitsplatz herum, um einen Platz zwischen all den fremden Köpfen zu finden, unter denen der ihre kaum aufgefallen und eigentlich in würdiger Gesellschaft gewesen wäre, wenn sie ihn ihr nur ab- und nicht eingeschlagen hätten. Die Frau lachte und sagte, früher habe sie die eigene Schädeldecke, das Dach und den

Himmel darüber durchstoßen wollen, heute pfeife sie auf Überblick und Weitsicht und wünsche sich nur einen Sargdeckel über ihrem Kopf, immer wieder irre sie wie damals in ihrem Bilsenkrautdelirium über die Schlachtfelder der Welt, auf denen es aussichtslos, eher ein makaberer Zeitvertreib sei, ihren gefallenen Geliebten zu suchen, der es wenigstens hätte werden können, wenn sie nicht eingesperrt gewesen und er nicht im Ersten Weltkriegs gefallen wäre, irgendwo liegen müsse er doch, auch wenn seitdem zu viele gefallen seien, zu tief müsste sie, als sollte sie ihr gärtnerisches Talent zu Aufräumarbeiten von Schlachtfeldern nutzen, durch die ineinander verwesenden, in den Boden getretenen Kadaver graben, um sich zu ihm zu legen, in ihm zu vergehen. Sie werde rasend vor Rachedurst, wenn sie über die Toten hinwegeile und ihre Körper wende, drehe und zusammenzusetzen versuche, um den einen geliebten Körper zu finden. All das könnten, sagte die Jägerin Gracchus, auch Halluzinationen ihres übervollen Hirns sein, das in einem schwindelerregenden Kaleidoskop gleichzeitig sehe, was an verschiedenen Orten, zu verschiedenen Zeiten geschehe und geschehen sei, auch das vorhergehende Jahrhundert drehe sich noch um sie, dessen Bilder sich mit dem überlagerten, was sie jetzt auf dem Kahn liegend zu sehen bekomme, und manchmal erkenne sie auch die eine oder andere Person wieder, die ihr aus ihrem Leben, aus der Geschichte bekannt sei, sie sehe die Karriere ihrer Mörder, das Nachleben ihrer Parteigenossen und den gewaltsamen Tod vieler ihrer Freunde, aber das meiste, was sie sehe, sei ihr unbekannt und unverständlich und verstöre sie. Wie sollte sie sich auch in der Zeit zurechtfinden, wie vor den aus dem Boden gekratzten Geliebten hintreten, mit zerstörtem Gesicht und nur einem Schuh? Den anderen, den sie, als sie vor vielen Jahren niedergeschlagen wurde, verloren hatte, eignete sich jemand als Trophäe an, die sie nicht aufhörte zu suchen, um die Zeit totzuschlagen, als könnte er sie als magisches Schuhwerk ins Jenseits befördern.

Ein Wanderfalke war in den Hinterhof des Frauengefängnisses herabgestoßen und hatte sich auf dem Verschlag niedergelassen, Troll beobachtete aus dem Gebüsch der *Blutpflaumen*, wie der Raubvogel angriffslustig zu der *Ulme* hinaufblickte, in denen Amseln hohe Warnrufe ausstießen und zeterten, Spatzen unregelmäßig und verstört tschilpten und Elstern ihre Schnabelklingen aufeinanderschlugen, Troll hatte gesehen, dass Meisen, Finken, Rotkehlchen und Amseln gegen Elstern und Krähen aufflogen, um sie zu vertreiben und ihre Brut zu schützen, er hatte gesehen, dass sie die Angreifer verfolgten und über den Himmel trieben, jetzt warnten sie jedoch nur, ohne sich hervorzuwagen, ließen den Falken in Ruhe sitzen, der gleich auffliegen würde, um sich seine Beute zu holen, dachte Troll und wunderte sich, dass der Raubvogel so lange mit dem Angriff wartete, anstatt die Vögel zu überraschen, die bedroht nicht Reißaus nahmen. Der Falke verdrehte den vorgestreckten Kopf mit großen, gelbschwarz umringten Augen in alle Richtungen, als ob er sich sein Opfer noch aussuchen würde, was Trolls Vorstellung vom flügelschlagenden Raubvogel widersprach, der hoch oben in der Luft sein ahnungsloses Opfer unnötig lang anvisierte, als ob er es mit seinen Blicken hin- und herstieße und zu seiner Lust leiden ließe. Plötzlich würde er vom Himmel herniederschießen und im Sturzflug zuschlagen, seinem Beutetier in die Flügel greifen und es mit seinem Falkenzahn tödlich am Hinterschädel treffen, dann bliebe er stolz auf dem noch warmen Körper sitzen, anstatt von unten auffliegend ein Tauben- oder Elsternnest auszuräubern, was so gar nicht zu seinem kräftigen, langgestreckten Rumpf und sich schlangenhaft verdrehenden Hals, seiner hektischen, gierigen, Troll irgendwie bösartig erscheinenden Unruhe passte. Als der Greifvogel dann aufflog, sah er einen Schuh an seinen Klauen hängen, als hätte der Vogel anstatt einer genießbaren Beute ein Kleidungsstück gejagt, in dem Troll sofort den Halbschuh Rosa Luxemburgs zu erkennen glaubte, von dem die Jägerin Gracchus nicht aufhörte zu sprechen und auf dessen Suche sie war, sie hatte ihn verloren, als sie durch die aufgeschobene Drehtür des Hotels Eden gestoßen wurde und der erste Gewehrkolbenschlag ihren Kopf traf, sie stürzte zu Boden, aus der Platzwunde an der Stirn floss Blut und tropfte auf den liegengebliebenen Schuh, ein zweiter Schlag traf ihren Kopf, sie wurde hochgerissen und zum Auto geschleift, wo man ihr tödlich ins Gesicht schoss, während ein Soldat den Schuh an sich nahm, der in Trolls Traum der folgenden Nächte ein unheimliches Eigenleben zu führen begann, er war nicht unter Kontrolle zu bringen und irrte eigensinnig hinkend, ruhelos durch die Zeit. Troll, dem dieser weitergereichte Schuh heimlich zur Aufbewahrung übergeben worden war, versuchte, ihn nachts im Hinterhof des Frauengefängnisses hinter der *Ulme* zwischen den *Blutpflaumen* zu begraben, aber der wiederholte Versuch, sich dem Schuh der Gelynchten anzunehmen, ihn von seinem Zombiedasein zu erlösen und dem makaberen Aschenputtelspiel ein Ende zu bereiten, scheiterte. Der unheimliche, bläulich schimmernde Falke, der mit langen, spitzen Flügeln aufgeflogen war, schien sich des Schuhs angenommen zu haben und hätte ein die Zeiten durcheilender Bote sein können, der der Jägerin Gracchus den Schuh zurückzubringen versuchte, der, wie Troll plötzlich eingefallen war, auch einer anderen Insassin gehören konnte, die ihn zurücklassen musste, als sie zur Zentralen Hinrichtungsstelle Plötzensee oder in das Konzentrationslager Moringen, Fuhlsbüttel, Ravensbrück oder Auschwitz abtransportiert worden war, wohin auch Rosa Luxemburg, hätte sie noch gelebt, anstatt in ein polnisches Gefängnis verlegt zu werden, geschickt worden wäre, wenn man sie nicht direkt, ohne den Umweg über das Gefängnis, zur Hinrichtung weggeschafft hätte. Das geflügelte Tier kam jedoch weder aus der Vergangenheit noch aus einem Märchen angeflogen, denn Troll bemerkte, dass seine Augen ihn getäuscht hatten und der Vogel gar keinen Schuh gejagt hatte, an den Krallen des aufsteigenden Raubvogels hing eine bewegungslose Taube, von der kein Laut zu hören, nichts zu sehen gewesen war, Troll hatte an den gelben Falkenbeinen diesen überdimensional groß erscheinenden Vogel hängen sehen, der nur als schwarzer Schatten erkennbar war, in den sich die Tierleiche bereits verwandelt hatte, um von dem Raubvogel mit den schwarzen Streifen unter den Augen ins Reich der Toten überführt zu werden, was sich die Jägerin Gracchus so sehr wünschte. Troll zeigte Dunkel, wie die verwitwete Taube dann ab dem nächsten Morgen oben an der Blechkante der fensterlosen Seitenwand des Gefängnisflügels saß, von unten nur als mehr oder weniger kopfloser Schatten erkennbar, als wünschte sie, dass der grausame Falke auch sie holen oder einer der Sommergewitterblitze sie treffen würde, was offensichtlich nicht geschah, denn Troll wurde Zeuge, wie ein Täuberich sich der Taube, als sie gerade in die Ulmenäste hinuntergeflogen war, balzend näherte. Von da an saßen die beiden Vögel gemeinsam auf dem Hausdach und schienen, anstatt ein Nest zu bauen, anderweitig beschäftigt, ohne dass ihr erregt hektisches Treiben von unten irgendwie verständlich wurde, das so aussah, als ahmten sie die abgehackten Schritte einer Frau ohne Schuh nach, die schließlich doch in die Natur eingegangen wäre und die kleinliche Unzulänglichkeit des Menschen den Erdbewegungen und Gestaltungskräften anderen Maßstabs überantwortet hätte.

Seine Geschwindigkeit sei mangelhaft, ja ungenügend, er könne sich an das vorgeschriebene Tempo nicht anpassen, werfe man ihm vor, auch wenn sein Denken vielleicht von Hause aus langsam sei, vollziehe es sich nicht unbedingt sprunghaft und unkonzentriert, es auch noch mit Tabletten beruhigen zu wollen, sei Unsinn, denn Clemens werde erst nervös, wenn er der vorgeschriebenen Zeit hinterherhinke, je mehr der Druck steige, desto unruhiger, ja panischer werde er. Konzentration bedeute doch, dass er seine Aufmerksamkeit auf die Buchstaben richte, die er aufs Papier zu bringen habe, was ein Verlangsamen der Wahrnehmungs-, Denk- und Schreibgeschwindigkeit verlange, da er sich die Buchstaben einzeln vornehmen müsse, um den Fehlerteufel aus seinem Heft zu verbannen. Er sei ja sowieso schon langsamer als die anderen, die Worte lägen in seinem Kopf nicht auf Linien aufgereiht bereit, er müsse sie erst entwirren, wenn er sie hintereinander anordnen wolle, was mühsam sei und ihn manchmal zur Verzweiflung bringe, da sich Buchstaben und Wörter verhakten, sich nicht miteinander vertrügen, sich abstießen, sich übereinander schöben, purzelten und Satz- und Sinngefüge durcheinanderbrächten. Nach der Einnahme der

Tablette werde das Schreiben aber zu einer Sisyphusarbeit, er habe das Gefühl, er ziehe sich in die Breite und vervielfältige sich wie eine Comicfigur, die sich rasend beschleunige, er aber verlangsame sich dermaßen, dass jede der unzähligen Konturen, in die er sich auffächere, die folgende in Zeitlupe nach sich ziehe, jede dieser Scheiben, in die das sezierende Messer des chemischen Wirkstoffes seinen Körper zerschneide, müsse also einen Bruchteil des zu schreibenden Textes aufs Papier bringen, er habe das Gefühl, dass die Körperschnitte aber immer feiner, die auszuführenden Buchstabenbruchteile immer kleiner, ja mikroskopisch winzig würden, sodass der Weg, den der Stift zurückzulegen habe, immer länger würde. Während die übliche Schreibweise die Buchstaben im falschen Maßstab wiedergebe, müsse er sie im richtigen Verhältnis von 1:1 abbilden und wegen des winzigen Buchstabenausschnitts, das jedes Stück seiner zerschnittenen, aufgefächerten Gestalt zu schreiben habe, verliere er den Überblick, beginne zu zögern, versuche zu erahnen, wie der Schreibweg weitergehen, was auf eine mögliche Richtung hinweisen könnte, wo das nächste Buchstabenbruchstück anzusetzen und fortzuführen wäre. Er komme nicht nach, so sehr er sich der Wirkung des Medikaments auch widersetze, komme er nicht dagegen an, finde nicht zu seinem Rhythmus zurück, den das Arzneimittel zerstöre, anders als ärztlich angekündigt gerieten seine Denkprozesse außer Kontrolle, verlangsamten und beschleunigten sich im Wechsel, rasten plötzlich, bis sie erlahmten und stillständen, während ihn Stimmen und Blicke, die arrogante, brutale Gemeinheit der Erwachsenen unentwegt zur Eile antrieben, hektisch, als ob sie vor etwas Angst hätten. Er verstehe nicht, in welche Zeit, in welche Art der Zeitlupe man ihn zwingen wolle, um – ihn vivisezierend – jede

Hundertstelsekunde seines Verhaltens, jeder Reaktion seines Blickes und seiner Mimik zu isolieren und zu analysieren, während er selbst jede seiner Bewegungen als nicht endender, sich unendlich in die Länge ziehender Bruchteil einer Bewegung erlebe, die nie zum Abschluss gelange. Die Tablette ermögliche ihm nicht, sich zu spreizen und eine ausgreifende, ausladende Gestalt zu gewinnen, die sich mehr Wirklichkeit aneignen, mehr Rechte verschaffen und sich besser durchsetzen könne, sondern die sich vielmehr in Schattenrisse aufspalte, die kein Eigengewicht hätten und sich auflösten.

Als Troll beobachtete, dass sich in Irenes Verhalten, anfangs noch zurückhaltend, dann immer deutlicher neue Bewegungen und Gesten einschlichen, die er vorher nie bei ihr gesehen hatte, und ihn ihr veränderter Gesichtsausdruck überraschte, fragte er sich, ob dieses Theater etwas mit dem Gärtner zu tun habe, dem sie ihre Weltläufigkeit beweisen wollte, Troll dachte, sie sei vielleicht von ihrer Liebe zu diesem Mann beflügelt, den sie zu beeindrucken versuche, fühle sich jünger, wie ein Mädchen, das sich in ihren Körper hineinlebte, sich darin ausbreiten und ausleben wollte, vor Erregung nicht anders konnte, als die Arme auszuwerfen und die Welt zu umarmen, um sich Luft zu machen, seine Anspannung und Freude abzureagieren, auf ihren Liebhaber besonders elegant und ausgelassen, auffallend und anziehend zu wirken, was für Irene wirklich ein neues Leben bedeutete, denn so hatte sie sich, zumindest vor den Augen ihres Sohnes, nie benommen, aber als der Balz- und Werbungstanz ausartete, begriff er, dass das, was hier vorging, über seine Vorstellungen hinausging. Es sei ein Glück, meinte aber Rosa, dass Irene und der Gärtner sich gefunden hätten, der sie, anstatt sie zu noch größerer Ausgelassenheit zu verleiten, vor Schlimmerem bewahre, denn die Mutter benehme sich mittlerweile recht unkontrolliert, sie neige zu aggressivem Auftreten, werde ausfällig, greife andere Menschen tätlich an, ja gehe ihnen spaßhaft an die Gurgel, sie necke und zwicke sie, verübe kindische Streiche, spiele mit an den Kopf gelegten Zeigefingern Ziege, die andere in den Dreck stoße, entblöße sich und lasse sich nichts sagen. Es führe zu Missverständnissen und Anzüglichkeiten, wenn sie Dinge vertausche, kleine Diebstähle begehe und sich die Kleidung anderer Leute aneigne, die sie als stinkend entsorge oder als wohlriechend in ihr Gesicht presse und anziehe, dass sie gar nicht mehr zu erkennen sei, vor allem offizielle Kleidung, Uniformen von Feuerwehrleuten, Polizisten und Mitarbeitern des Ordnungsamtes, die gelegentlich beruflich oder privat ins Heim kämen, Arztkittel, das Gewand des Heimseelsorgers oder Ähnliches hätten es ihr angetan, wie auch Gegenstände, die bedrohlich, ungewöhnlich oder lustig aussähen, Alltägliches funktioniere sie um, mache es zu Waffen, Werkzeugen, Besteck und Untersuchungsgeräten, mit dem Sonnenschirm einer anderen Heimbewohnerin verschanze sie sich zum Beispiel hinter einem der Ohrensessel und ballere damit herum, mime plötzlich die elegante Dame, um dann mit einem Fallschirm den Absturz zu proben. Mit ernster, würdiger Mine werde eine Bürste zum Weihwasserwedel und die Bibel zum Bauchspeck, das Thermometer zum Taktstock, die Gurke zur Querflöte, das Messer zum Lidschattenpinsel und die Häubchen des Küchenpersonals kichernd zum Nachttopf, solches Verhalten kenne Troll ja von seinen Besuchen, auch wenn die Mutter sich ihm gegenüber offensichtlich noch zurückhalte. Der Gärtner aber könne sie beruhigen, er entschärfe solche Situationen, greife vermittelnd ein, bugsiere sie in ihr Zimmer zurück oder in den Garten und mache den anderen deutlich, dass diese Frau mit Nachsicht zu behandeln sei, nicht alle beisammen habe, aber es nicht so meine, wie es scheine, sie keine bösen Absichten verfolge und später alles bereue, wenn sie wieder zur Vernunft gekommen sei, sonst hätte sie wohl, auch wenn die meisten Bewohner des Heims sich zu verteidigen wüssten, mit Konsequenzen zu rechnen. In der Erregung dieser Trancezustände ließen immerhin ihre Schmerzen nach, seien meistens ganz verschwunden, je länger sie dann rede, desto flüssiger spreche ihr Mund wieder, und zur Ruhe komme sie immer mit dem Gärtner, der sie nach einem Anfall abhole, um mit ihr im Garten oder Aufenthaltsraum zu sitzen und zu plaudern, wo Irenes Verstand wieder die Oberhand gewinne. Als Troll Irene einmal auf ihre verwirrenden, beunruhigenden Zustände ansprach und ihr vorhielt, dass er sich nicht mehr auskenne, ihm das Zusammentreffen unerträglich werde, antwortete sie ihm kühl, er müsse sie ja nicht besuchen, wenn er nicht aufhören könne, mit ihr ins Gericht zu gehen, er immer genervt sei, als schlösse sie ihn extra aus ihrer Welt aus, zu der er selbstverständlich Zugang zu haben glaube, als hätte sie vorher alles mit ihm geteilt und kein Eigenleben gehabt. Er verweigere ihr, etwas anderes als Mutter und Tochter einer Mutter, etwas anderes als Gebär- und Aufzuchtspersonal zu sein, ihr Leben lang solle sie seine Amme sein, die ihm die Welt mit ihren Brüsten verstelle, über deren Rand er nichts als immer ihr Gesicht sehe, als wäre er ihr Fortsatz, der selbst nie das Geschlecht der eigenen Mutter verlassen hätte, selbst nie ein Mensch geworden wäre und sich für seine kindische Bedürftigkeit, seine unterentwickelten Bedürfnisse von Lust und Glück schämen müsste, als säße sie nicht selbst in Suppentöpfen kannibalischer Verhältnisse, in denen sie nach Rezepten von Rollen, Festlegungen und Zwängen eingekocht werde. Wenn Troll also angeblich Anspruch darauf habe, ihre Geheimnisse, ihre blinden Flecken zu erkunden, habe er sich zu vergegenwärtigen, dass seine Zuwendung und Anteilnahme, sein Verständnis, die nichts anderes als seine Art seien, ihr den Tod zu wünschen, ihren Zustand nur verschlimmerten, anstatt sie von der Mundfäule zu heilen. Beim Zerfleischen der eigenen und fremden Psyche, der eigenen und fremden Vergangenheit suche er doch nur Überlegenheit und Macht, er schaue sie nicht anders als einen der zähnebleckenden Köpfe an, die stumm in den Sälen des Museums stünden, in dem er arbeite, und von denen er ständig rede, und da wundere er sich, wenn sie in solche Zustände gerate. Wie ein Großwildjäger führe er sich auf, der sich minutiös, wissenschaftlich fundiert eine Erklärung zurechtlege, eine bestimmte Tierart auszurotten, nur wenn er andere wie sich selbst seziere, durchleuchte, richtend verletzte, verspüre er Lust. Wenn sie an Vergangenes denke, könne sie selbst nicht vergessen, selbst nicht verzeihen, da brauche sie nicht auch noch sein bedrohliches Allwisserauge, das sich angesichts seiner Erzeugerin seiner edlen Natur und seines überlegenen Urteils versichere, er könne sich dafür jemand anderes suchen, sie sei nicht mehr seine Mutter.

Die Richtigkeit und Brauchbarkeit ihrer Schriften würden vielleicht manche noch infrage stellen, aber sie zu verharmlosen oder gar zu verstümmeln wage wohl keiner mehr, die weltpolitische Entwicklung habe sich seit ihren Analysen verschärft, jedoch nicht grundsätzlich geändert, die Zeit sei über alles hinweggegangen und doch drehe sie sich im Kreis, versicherte die Jägerin Gracchus Troll, manches sei vielleicht heute anders, aber jetzt pfeife immerhin jeder Vogel von den Dächern, dass der Krieg Unsinn sei und nur dem Profit diene, und die kapitalistische Ausbeutung sei doch heute eine Binsenweisheit. Er wolle sie nicht enttäuschen, erwiderte Troll zögernd mit leicht ironischem Unterton, aber die Menschen hätten alle Hände voll zu tun, um sich und ihre Familie durchzubringen und ihr Leben in den Griff zu bekommen, sie seien heute eben auf andere Art angestrengt und beschäftigt als damals, was die Jägerin Gracchus nicht verstand, sie habe aber sehr wohl bemerkt, dass ihre Ankunft kein Aufsehen erregt habe, obwohl sie hier in keinem kleinen italienischen Nest, sondern in der deutschen Hauptstadt angelegt habe, in der sie nicht mal einen richtigen Hafen und keinen angemessenen Kai gefunden habe, wo sie hätte landen können. Insgeheim habe sie sich, schließlich jähre sich ihr gescheitertes Ableben zum hundertsten Mal, einen anderen Empfang, nicht vom Bürgermeister oder anderen Politikern, jedoch von den Menschen erwartet. Als ihre Barke beim Anlegen schwankte und sich drehte, überfiel sie Unruhe, ja Angst, die Drehtür des Hotels Eden begann sich wieder in ihrem Kopf zu drehen und sie stürzte von einem Gewehrkolben getroffen zu Boden, wo sie wieder das Geräusch der unruhigen, aufgebrachten Menschenmenge hörte, die gar nicht vor dem Hotel gestanden habe, wie es Gerüchte verbreitet hätten, niemand habe Hure geschrien, als man sie Blut überströmt aus dem Hotel und zum Auto geführt habe, dennoch höre sie immer diese Menschenmenge, als hätten ihre Henker deren Ängste und Alpträume beim Wort genommen, die Phantasien, ja den Willen des Volkes vollstreckt, das sich davor fürchtete, verführt zu werden. Wie sollten die Menschen sie auch in ihre Wirklichkeit einordnen können, sich in Nachrichten, Berichten, hetzenden, verleumdenden Artikeln über den Ersten Weltkrieg, über die russische und dann die in Deutschland bevorstehende, von enttäuschten Soldaten und Matrosen angezettelte Revolution und in kursierenden Warnungen und Drohungen zurechtfinden? Was stellten die Menschen sich denn vor, wenn die Zeitungen gegen die jüdische, blutige Ausländerin hetzten, sie mit Lenin verkuppelten und zur Handlangerin der Bolschewisten machten, stellten sie sich vor, sie wäre die Führerin des Zuges gewesen, in dem Lenin durch Deutschland nach Moskau fuhr, um dort die russische Revolution zu dirigieren, stellten sie sich vor, dass der quasselnde Ziegenbart und sie romantische Stunden im Führerstand mit Vorlesen und politischen Diskussionen verbracht hätten und er versucht hätte, wenn er sie schon nicht rumkriegte, sie von der Rolle der Partei zu überzeugen, was aussichtslos gewesen wäre, denn sie habe an die Spontaneität und Selbstbestimmung der Menschen geglaubt. Während Agitatoren, Kader, Funktionäre und Machthaber das Volk als eine Herde willenloser, apathischer Viecher ansähen, die es im eigenen Interesse zu motivieren, mobilisieren und kontrollieren gelte, habe sie nicht aufgehört, Reden zu halten, Artikel zu schreiben und Unterricht zu geben, um sich gegen die Kräfte zu wehren, die den sogenannten Massen die Verteilung von Macht und Besitz als moralische, ja göttliche Ordnung eingeimpft und zur Not mit Waffengewalt aufgezwungen hätten. Man solle die Menschen nicht unterschätzen, warnte die Jägerin Gracchus, als könnte sie Trolls Gedanken lesen, man solle nicht verachten, was sie dächten, wüssten und fühlten, nicht das, was sie zu hören und sehen vermöchten, nicht ihre unvorhersehbaren, spontanen Reaktionen in herausfordernden, unbekannten Situationen und Notlagen, wenn der Funken überspringe, von einem Menschen zum anderen, hörte Troll die Frau unter dem Blumentuch sagen, die so ganz anders als seine Mutter daherredete und sich von seinem skeptischen Grinsen nicht beirren ließ. Während man sie vom Auto fortschleppte, mischte sich das Rauschen der Menschenmenge, des Verkehrs und ihres Blutes schließlich mit dem des Wassers, in das sie die Männer warfen, anstatt jedoch unterzugehen, trug sie das Wasser, es kam ihr wenigstens so vor, als umspielten Strömungen, Strudel und Wellen aus verschiedenen Richtungen, in verschiedenen Geschwindigkeiten ihre Füße, unter denen sich die Wellen hoben, als nähmen sie sie in Empfang, brächten sie ihr Bewunderung entgegen. Offensichtlich ging sie über einen eigenwilligen, jedoch empfindsamen, ja denkenden Stoff, der auf ihre Gefühle, Gedanken und Worte reagierte und sie irgendwie verstand, sie fühlte sich von so viel Zuwendung geehrt und doch beschämt und fürchtete, die Wassermasse könnte trübe, dick- und zähflüssig werden, verklumpen, ins Stocken geraten und verlanden, sie war gleichzeitig darauf gefasst, dass die Masse in Aufruhr geraten und sich plötzlich reißend dahinwälzen würde, aber ihre Sorge schien unbegründet, das Wasser lag ruhig und glatt da, während sie darüber hinwegschritt, bis es hart, wohl zu Eis wurde. Sie versuchte, in die Tiefe zu blicken, die unter ihr bald kristallin dunkelgrün, fast schwarz glänzte, bald sich ehern trübte. Plötzlich bemerkte sie auf der Oberfläche regelmäßige Unebenheiten, dunkle Schuppen eines vorzeitlichen Reptils, die sich von den Rändern her kräuselten, haarig wölbten und wuchsen, als ginge sie über die Rücken einer Herde oder eines Wolfsrudels, da kam Bewegung in den trügerischen Untergrund, die Rücken zogen sich zusammen, rundeten und hoben sich und sie erkannte, dass sie über Menschenköpfe ging, deren Gesichter sich ihr jetzt zuwendeten, sie spürte Blicke, ohne Augen zu sehen, und fühlte sich begafft, mit Heiligenschein und einer Flinte zwischen den Beinen wie eine Jahrmarktsattrappe der schaumgeborenen Aphrodite, deren langen Locken sich bei Einwurf einer Münze von ihrem nackten Körper hoben. Phosphorgrünes Licht wie von einem Meteoriten beleuchtete die Gesichter und sie sah, wie die Absätze ihrer Schuhe in blutunterlaufene Augen, aufgerissene Münder, verdrehte Kiefer und Zahnreihen, verstümmelte Nasen und verschorfte Ohrstummel traten, Hälse drehten sich unter ihren Tritten nach oben und ihre Schuhspitzen rutschten in die Stümpfe, Blut und Hautfetzen klebten an ihrem Rock, dessen frisch reparierter Saum an gebrochenen Wirbeln und spitzen Knochen, die wie Bajonette ihre vor Schmerz fast tauben Füße durchstachen, hängenblieb und zerriss, sie knickte ein und sank mit jedem Schritt tiefer in die Masse und ging unter.

Seitdem Clemens erfahren hatte, dass ihm das Lippenbändchen durchtrennt werden sollte, hielt er beim Schreiben seine Oberlippe fester und zog sie nach unten, nach links und rechts, schob sie hin und her, als müsste er nicht bloß seine Schriftbewegung dirigieren, sondern seine Lippe in Zaum halten, damit sie sich nicht verzog, umstülpte und wie eine Affen- oder Pferdelippe Grimassen schnitt, es sah aus, als hielte er an seiner Lippe seine Gesichts- und Kopfhaut fest und rückte sie zurecht, damit sie ihm nicht über den Hinterkopf rutschte. Bei der Anstrengung, die Buchstaben auf das Papier und in die richtige Reihenfolge zu bringen, zerrte etwas an seinem Kopf, wollte sich seines Schädels bemächtigen, ihn skalpieren. Mit dem Durchtrennen des Lippenbändchens würde sich seine Kopfhaut samt Gesichtsknochen wie eine Faschingsmaske ablösen, dann könnte man in seinen Schädel greifen, um seinen Kopf einem Mindestmaß an Ordnung zu unterwerfen, seine Gehirnwindungen auf Linie zu bringen und sie mit Hängen und Würgen in konventionelle lateinische Buchstaben umzuwandeln. Er solle mal seine Zunge unter die Oberlippe schieben, hatte der Freund zu Troll gesagt, sein Lippenbändchen nachfahren und mit der Zungenspitze darüberstreichen, dann spüre er dieses fast schmerzhafte Ziehen, die Spannung dieses Hautstückes, das noch etwas anderes verbinden müsse als das Zahnfleisch mit der Oberlippe, was aber eben auch bei dem sehr blutigen Eingriff samt der darunterliegenden Muskulatur mit einem Skalpell durchtrennt werde und nicht wieder geflickt werden könne, wenn danach die Wundränder vernäht würden. Die Häufigkeit, mit der Clemens über die bevorstehende Operation sprach, war seinem Misstrauen und seiner Angst geschuldet, dass es um mehr gehe als eine Korrektur des Gebisses, also etwa eine Zahnlücke, die das Lippenbändchen verursacht hätte, einen Sprachfehler hatte er ebenfalls nicht, mit seiner stockenden, aber nie stotternden oder lispelnden Rede hatte dieses Hautstück zwischen Oberlippe und Zahnfleisch jedenfalls nichts zu tun, auch sonst hatte dieser Freund keine Zahnprobleme, die mit der Entfernung des Lippenbändchens hätten behoben werden müssen, weil es zu tief über den Schneidezähnen lag oder zu große Zugkraft auf den Oberkiefer ausübte. Ob diese Operation etwas mit dem Besuch bei der Psychologin zu tun hatte, wusste er nicht, aber es ängstigte ihn, dass das, was die Psychologin nicht oder nur unzureichend mit Tabletten zu beseitigen vermochte, jetzt chirurgisch behandelt, ihm mit dem Lippenbändchen etwas anderes durchgeschnitten, etwa das Band zwischen Mund und Gehirn, Körper und Seele gekappt werden sollte, während das beruhigende Medikament nur dazu diente, den eigentlichen Grund dieses folgenreichen, für ihn undurchschaubaren Eingriffs zu vertuschen, sodass er nicht mehr merken würde, wie sich sein Denken und Fühlen verändert hatte.

Troll erinnerte sich an vier Bilder in goldenen Rahmen, die in einer Reihe im Flur seines Elternhauses hingen, alte, kolorierte Stiche, auf denen je ein Reiter zu sehen war, dessen Pferd von einem Mann an einer Longe gehalten wurde, auf zwei Bildern war außerdem ein dritter Mann zu sehen, der mit einer langen, spitzen Gerte die Haltung des Pferdes korrigierte, dargestellt waren nämlich Übungen der Reitkunst, die Troll an Wettkämpfe im Dressurreiten erinnerten, die er im Fernsehen gesehen hatte und die ihn im Gegensatz zum Springreiten abstießen. Die jungen Männer, die auf den ersten Blick freundlich und vertrauenswürdig aussahen, trugen elegante Kleidung in leuchtenden Farben, in Rosa, schönem dunklen Grün und Blau, die weniger an eine Uniform als an traditionelle Kleidung eines Standes, einer Berufsgruppe oder eines Ausbildungsgrades erinnerte, mit Lederstiefeln bis über die Oberschenkel und breitkrempigen schwarzen Hüten, eine Mischung aus Piraten-, Cowboy- und Zimmermannshut, standen und saßen die Männer steif da, wirkten ausgestopft wie vornehm gekleidete Puppen, zeigten kein Gefühl, keine Aufregung und keinen Ehrgeiz, als ob sie etwas hinter ihrer Reglosigkeit versteckten. Sie erledigten ihren Auftrag, führten ein Ritual auf, dem das Pferd ausgeliefert war und das der Junge misstrauisch betrachtete, da jeder der Männer, egal ob zu Pferde oder auf dem Boden, einen spitz zulaufenden Stab in der Hand hielt, der, anstatt sich wie eine Reitgerte oder Peitsche zu biegen oder wenigstens leicht zu neigen, scharf in die Luft ragte. Wie die Kürze der Longierleinen machten diese harten Stangen stutzig, glichen weniger Dressurgeräten – der Junge hatte noch nie Reitwerkzeuge dieser Länge gesehen – als Waffen und Folterinstrumenten, die die Männer auf vollkommen unverständliche Weise auf die Pferde richteten, der Junge fragte sich, was sein Großvater, der Pferdespezialist, zu einer solchen Behandlung der Tiere gesagt hätte. Jedoch lag es wohl nur am Blickwinkel, dass einer dieser Spieße wirklich in das Hinterteil eines Pferdes eindrang, dessen aufgerissene Augen an der weißen Blesse vorbei starr geradeaus blickten, sein – wie bei allen vier Pferden – viel zu kleiner Kopf mit kleinen, spitzen Ohren schob sich unter einer wild zerzausten Mähne aus einem muskulösen Hals hervor, der zu lang, steif gebogen und fast geknickt war. Der Junge stellte sich vor, ein gewaltiges Meerestier wäre in den Bauch des Pferdes eingedrungen, um gleich durch dessen gedrungenen Hals aufzufahren, den Schädel des Reittieres abzustoßen, der dann wie eine zerfetzte Maske herunterhängen würde, und seinen eigenen Kopf an einem langen Hals aus dem fremden Körper herauszuschieben. Es musste eins der Seepferde Neptuns sein, die bald das Land erobern würden, um – wie der Junge auch auf *Der Alexanderschlacht* zu erkennen glaubte – das Reich des Meeresgottes auf das Festland auszuweiten, das dann zum Meeresgrund würde, wo das Landgetier unterginge, ertränke oder eben gezwungen wäre, eine ähnliche Verwandlung zu ertragen, wie sie den Pferden bevorstand, was die drei Männer nicht ganz ohne eine gewisse Genugtuung auf dem sandigen Platz zu betrachten schienen. Durch trübe, bräunliche Wolken fiel das Licht vom Himmel und ließ den Boden wie bei einer Sonnenfinsternis erbleichen, die Erde war in ein beunruhigendes Zwielicht getaucht, das trotz Tageslichts weniger von einer Sonne als von einem sich verdunkelnden Mond zu stammen schien, umso erstaunlicher waren die tiefschwarzen, scharf geschnittenen Schatten, die Pferde und Menschen unter einer offensichtlich hoch über ihnen stehenden Lichtquelle warfen, ohne dass in den Schattenbildern deren sichtbare Gestalt wiederzuerkennen war, die sich auf ein unheimliches, schwarzes Rund mit zwei Extremitäten verkürzte. Die Männer schrumpften auf Beine oder Stiefel zusammen und schoben diese dunklen Schatten vor sich her, in die sie sich aufzulösen, wie in Löcher oder Höhlen zu stürzen drohten, denn diese finsteren, unförmigen Flecken waren keine bloße Verdunkelung des Bodens, eher ließen sie noch an Brandflecken denken, in denen auch die Pferde ihre Form verloren, das eine wurde im Schattenriss zu einem aufgehängten Schlachttier mit herabhängenden Läufen, die anderen hatten ihre Gliedmaße zurückgebildet und waren zu gespenstischen Rundformen verschwommen, von denen der einen immerhin ein schwanzähnlicher Fortsatz abstand, während eine andere Schattenform ein spitzköpfiges, langhalsiges Mischwesen, aber auf keinen Fall ein Pferd darstellte. Der Junge fragte sich, ob die Schatten etwas über die Tiere und Menschen verrieten, was zu erahnen, aber nicht zu sehen war, und begann daran zu zweifeln, dass es sich wirklich um Tiere und nicht um eine Verkleidung, eine Falle handelte, etwa ein als Tier getarnter Gasballon, der als eine besondere Art des trojanischen Pferdes beim Platzen die feindliche Siedlung samt Frauen und Kindern vernichten würde, oder eine andere neu entwickelte Kriegstechnik, ein Gerät zum Ausspähen des Feindes, bestenfalls zur Erforschung von Naturphänomenen, vielleicht tierischen Lebens, ein Köder für die Jagd, eine Verkleidung für eine Hengste liebende Königin oder ein staatlich angeordnetes Spektakel zur Vergnügung des Volkes? Vielleicht wurden die Tiere wie Falken auf einer Festung abgerichtet, ohne dass der betrachtende Junge diese Dressur von Folter unterscheiden konnte, die ihm ganz und gar sinnlos erschien, denn von einem Tier konnten keine Geständnisse erpresst werden, es mussten also Darstellungen von ausgeklügelter, langsam sich steigernder Tierquälerei sein, die nicht mehr als Erziehung und Ausbildung der Tiere oder als Training zu Kriegszwecken zu erklären war. Zuschauer, die einem Turnier, einer Vorführung von Kunststücken beigewohnt hätten, waren nicht zu sehen, warum sollten die Männer aber allein diesem merkwürdigen Spiel nachgehen, auch ein Tanzbär mit Maulkorb, dem die kurze Kette das Kinn auf die Brust zog, den Hals verdrehte und dem ein Stab in die Seite gestoßen wurde, war dazu da, Geld einzuspielen, den Spott, die Schaulust und die Überlegenheitsgefühle des Publikums anzustacheln, das auf den Bildern fehlte, aber zugesehen hätte, wenn die Pferde zugeritten worden wären, wie Troll es in Western gesehen hatte, in denen Wildpferde gebrochen wurden und der Mensch, der gegen das Tier kämpfte, seine ganze Kraft zusammennehmen musste, um nicht abgeworfen zu werden, auch wenn es unmöglich schien, dass ein Mensch eine solche ungebändigte tierische Kraft, solchen ungestümen Widerstand überwinden konnte, ohne im Staub zu landen, wo das Pferd den Abgeworfenen nicht zertrampelte, sondern wenigstens zu flüchten versuchte, was die Pferde auf den Bildern nicht taten, sie wehrten sich nicht gegen die Behandlung, bäumten sich nicht auf, um zu entkommen. Nur in einer Szene, die im Gegensatz zu den drei anderen nicht vor offener Landschaft spielte, versuchte ein grauweißes Pferd, vielleicht ein Lipizzaner, ein Fliegenschimmel, mit feinen grauschwarzen Punkten und elegant geschwungenem, nicht gekürztem Schweif, Abstand zu dem Mann zu gewinnen, der ihm mit gezückter Gerte folgte, das Pferd sprang schräg auf eine Mauer aus riesigen Steinquadern zu, die den ganzen Hintergrund ausfüllte und wohl zu einer Stadt-, Burg- oder Kerkermauer gehörte, vor der dem Pferd eine spitze Gerte über dem Hinterteil und eine zweite unter den im Sprung angezogenen Vorderläufen Haltung, Höhe und Richtung vorschrieben. Auf die Frage, welchen Grund diese Menschen haben sollten, solche stolzen, gepflegten Tiere zu misshandeln, gaben auch die zweizeiligen, in Deutsch und Lateinisch verfassten Titel keine Antwort, die der Junge beide nicht verstand und die ihm auch nicht halfen, die Szenen zeitlich genauer als in eine unbestimmte Vergangenheit einzuordnen, auf die er von den Burgen und der Kleidung her geschlossen hatte.

Körperlich züchtigen werde man ihn, damit der Schmerz ihn wachhalten, er sich endlich konzentrieren könne, von wegen Behinderung und genetische Missbildung, gegen hinterhältige Faulheit komme man mit Sonderunterricht nicht an, sein Missverhältnis zu Schrift und Sprache müsse ihm aus dem Kopf herausgeschnitten und ihm

Disziplin eingeschrieben werden. Clemens wurde von Angstträumen geplagt, in denen das Lippenbändchen straff aus seinem Mund gezogen wurde und als Schreiblinie aus Fleisch und Blut diente, an der die Buchstaben endlich unverstümmelt, artgerecht aufgereiht wurden, häufig biss er sich im Schlaf auf die Zunge, wenn er darüber erschrak, dass er an dem Fleischbändchen wie an einer Leine festgebunden war, an der er auf die richtige Geschwindigkeit gebracht, in die verlangte Richtung gerissen und zur Aufmerksamkeit gezwungen wurde. Die so hochgezogene, verformte Lippe machte ihn vor den anderen lächerlich, mümmelnd wie ein Hase, Zähne bleckend wie ein Pferd, tonlos kreischend wie ein Affe, auf den die körpereigene Leine als Peitsche niederging, um in seinem Körper zu versinken und in unendlich viele Schreiblinien zu zerfasern, die jederzeit beschrieben, gelöscht und neu eingespeist werden konnten, das Lippenbändchen war in seinen Körper hineingewachsen und durchdrang ihn, um seine inneren und äußeren Bewegungen zu kontrollieren.

Die Jägerin Gracchus habe sich selbst gefragt, von welchen Gefühlen, Bildern und Gedanken ihre Entwicklung ausgegangen sei, welche ersten politischen Erfahrungen sie im besetzten Polen gemacht habe, wo ihr Widerstand bereits als Schülerin durch ein tiefes Gefühl der Ungerechtigkeit ausgelöst worden sei, sie habe nicht hinnehmen können, dass ihr etwas vorenthalten werde, worauf sie als Mensch das Recht habe, etwa die eigene Sprache zu sprechen, Nationalismus sei ihr jedoch schon damals unsinnig vorgekommen, als sie sich gegen die russische Besatzung gewehrt habe, sei es ihr von Anfang an nicht um die Selbstbestimmung eines einzelnen Volkes, sondern aller Menschen gegangen, die ihrem eigenen Denken folgen und das Leben führen sollten, das sie wollten, anstatt sich von fremden Machtinteressen bevormunden, sich vom Zar, diesem Würgeengel, dem Kaiser, diesem Hanswurst, den Sozialdemokraten, diesen verbeamteten Waschlappen, oder einer anderen Partei daran hindern zu lassen. Jetzt waren ihre Augäpfel nur noch schwärzliche Gewebereste, früher hatte sie immer eine feine und scharfe Beobachtungsgabe gehabt, nichts, von dem, was um sie herum vorging, was in der Luft lag und worüber gesprochen und geschwiegen wurde, sollte ihr entgehen, alles wollte sie durchschauen und in sich aufnehmen, schon als Jugendliche suchte sie verzweifelt nach Zusammenhängen und Überblick, den sie in der Schweiz zu gewinnen hoffte, wo Frauen gleichberechtigt studieren konnten, die, als sie nach ihrem Studium die politische Bühne betrat, weder wählen, noch im Parlament sitzen durften. Sie war deutsche Sozialdemokratin geworden, hatte erst in Polen, dann in Deutschland und schließlich in anderen Ländern auf Versammlungen, Kundgebungen und Konferenzen gesprochen und sich in Artikeln zu Wort gemeldet, als wäre sie eine natürliche Vertreterin des Volkes, aller Enteigneten, Entrechteten und Ausgebeuteten egal welchen Landes gewesen, an die sie sich ehrgeizig und eigensinnig wendete. Sie wurde für eine anmaßende, mutwillige Frau gehalten, ihre von Geistesschärfe gewetzte Zunge war gefürchtet, dieser kleinen Frau mit starker, gebogener Nase, breiten Hüten und weiten Röcken sagten ihre Feinde nach, sie spreche im Auftrag eines roten, sowjetischen Teufels oder des Satans selbst, und vielleicht hatten diejenigen ja Recht, die sie als Adler an den Himmel oder im Gegenteil in die Hölle, ins Grab unter die Erde oder ins stumme Land der

Nixen unter Wasser verbannen wollten, woher sie als rote Giftschlange stammen sollte, deren Verwandlung in Menschengestalt nicht ganz gelungen war. Nichts war leichter, als Indizien zu sammeln, die ihre Unmenschlichkeit bewiesen, zog sie doch, als ob sie silbern glänzende Schuppen unter ihren Rockschößen beim Gehen behinderten, ihr Bein nach, da sie seit ihrer Kindheit hinkte, als wäre ihr Fuß in einer anderen Gattung stecken geblieben, weder menschlich noch tierisch hätte man sie gerne mundtot gemacht und ihr die Zunge herausgeschnitten, die sie sich selbst dann nicht abbiss, als ihr der Gewehrkolben die Schädelbasis und einen Zahnfortsatz brach. Auch der kurze Zeit später abgefeuerte Schuss, bei dem die Kugel ihren Schädel von der linken Schläfe durch Gaumen und rechten Unterkiefer durchquerte, konnte ihrer Zunge nichts anhaben, die unbeschädigt hinter den gelockerten, teilweise fehlenden Zähnen lag.

Weder der Sonderunterricht noch die Gespräche bei der Psychologin, weder das von ihr verschriebene Medikament noch der Lippenbändchenschnitt klärten und beschleunigten seine Handschrift, die Lehrerin behandelte Clemens herablassend, aber nachsichtig wie einen Kranken, wenn auch nicht so hoffnungslos herabwürdigend wie den Ältesten der Klasse, einen Sitzenbleiber, dessen Vater, wie sich herumsprach, seinem Leben ein Ende gesetzt hatte, indem sich der Automechaniker in der geschlossenen Garage mit den Abgasen seines Autos vergiftete, die ein Schlauch vom Auspuff direkt in seinen Hals geleitet hatten, während die Tochter eines Kirchenvorstandsmitgliedes bevorzugt behandelt wurde, deren Vater sich erhängt hatte, was die Phantasie Trolls jahrelang beschäftigte, wo und mit welchem Seil er sich stranguliert hatte, ob er vom Klo nicht mehr zurückgekommen oder in den Wald gegangen war, um einen Ast der richtigen Stärke und Biegung zu suchen, an dem er sich dann die Luft- und Blutversorgung seines Kopfes abgeschnürt hatte. Eine Rechtschreibschwäche war ein anlagebedingter, erblicher Hirndefekt, eine umweltbedingte, neurotische Störung oder beides, sie war eine Denk- und Verhaltensschwäche, eine unzumutbare, irgendwie auch selbst verschuldete, menschliche Verfehlung, die den Freund im Wettkampf um Bildung aussortierte, seine Schreibschrift war das Gitter, das ihn von den schulisch beglaubigt intelligenten, fleißigen, jedenfalls den Ansprüchen gemäß funktionierenden Kindern trennte. Als hätte er eine ansteckende Krankheit, durfte sich Troll nicht neben seinen Freund setzen, mit dem er eine gemeinsame Flucht besessen ausphantasierte und plante, die an Trolls Feigheit scheiterte, während Clemens unbedingt dem Messer entgehen wollte, dem ihn seine Eltern, weil sie ihn liebten, auslieferten, um ihrer hilflosen Verantwortung gerecht zu werden, nachdem ihnen ein schlechtes Gewissen gemacht und sie stigmatisiert worden waren. Es war nicht nur der korrigierende Stift der Lehrerin, sondern der Blick, das Urteil, das Gericht der Schergen sogenannter Bildung, der anderen Eltern, der Ärzte und Psychologen, die Clemens alle versprochen hatten, ihm werde nicht der Kopf abgerissen, wenn er sich bemühe, aber er habe keinen guten Willen gezeigt, in seinem Heft sehe es weiterhin wie bei den *Hottentotten* aus, sogar die Affen könnten nachahmen und er sei minderwertiger als ein Tier, ein Affe, den die Mundoperation hätte menschlicher machen sollen, die aber misslungen war. Nicht Mensch, nicht Tier, musste er sich für seinen Ungehorsam schämen, der den menschlichen

Fortschritt behinderte, lebensunfähig, ein Aussätziger, eine Missgeburt, in deren Gesicht die vernarbte Wunde der Operation die Unterwerfung festschreiben würde, als sollte an ihm ein Exempel statuiert werden und sein Kopf, wie der des Piraten Klaus Störtebeker, den anderen Kindern zur Warnung in der Aula der Schule aufgespießt werden. Unterlegen, ausgeliefert und gedemütigt hatte der Feind ihm jede Möglichkeit zur Verteidigung genommen, selbst der Freitod war ihm versagt, denn es wäre nur Eingeständnis seiner Schwäche und seiner Schuld gewesen.

Ein Altersheimzimmer wäre das beschränkteste Zimmer der Welt, eine Abstellkammer, eine Sackgasse, hatte Troll gedacht, und da residierte Irene jetzt wie eine Königin, der Gärtner lächelte über Trolls Unruhe und sein Staunen, was mit der Mutter vor sich ging, wie sie sich von der ihm vertrauten Person entfernt hatte, die sie wohl nie gewesen war. Irene erkannte nach ihren Fieberzuständen Troll noch wieder und freute sich über seinen Besuch, während sie ihn, obwohl sie noch gut zu Fuß war, nie bei seiner Arbeit besuchte, über die sie sich lustig machte, immerhin kam er alle zwei oder drei Tage bei ihr hereingeschneit, wie sie es nannte, denn seine Besuche sollten möglichst unangekündigt, zu unerwarteten Zeiten stattfinden, zu denen sonst niemand Besuch bekam. Das Personal störte sich nicht daran, dass Troll kurz vor dem Mittagessen, ganz früh noch vor dem Frühstück oder spät, wenn die anderen Altersheimbewohner schon schliefen, mit seiner raschelnden Tüte voll Proviant durch die Gänge schlich. Irene war nicht vergesslich, schien sich im Gegenteil genauer als vorher an die Zeit ihres Lebens zu erinnern und einen neuen Zugang zur Vergangenheit zu gewinnen, von der sie selbst wenig erzählt bekommen hatte. Troll setzte sich zu ihr ans Bett oder sie gingen, da sich ihr Gesundheitszustand täglich besserte, in den Garten und dann sollte sie endlich erzählen, was in ihr vorgehe, was sie über die Vergangenheit erfahren und zu sagen habe, Irene machte ein überfordertes, hilfloses, aber wohlmeinendes Gesicht, tat wie bereits ihre jung gebliebene Mutter so, als wäre sie dreißig Jahre später, sogar nach ihrem Sohn Hermann zur Welt gekommen, ein Kind des Friedens, des geglückten Wiederaufbaus und des politischen und wirtschaftlichen Wiederaufstiegs der Bundesrepublik, als hätten deren Gründung und das sogenannte Wirtschaftswunder einen Prozess der allgemeinen und persönlichen Erholung und Entgiftung eingeleitet, eine Kur, bei der Schlacken und Rückstände gelöst, Unverdauliches ausgespült und den Menschen überhaupt etwas Gutes getan worden wäre, als hätte eine Zeit begonnen, die alle Wunden heilen würde, von der man sich umschließen und tragen lassen könnte, eine Zeit des Wohlstands, der Muße und der Freude, mit einer guten Arbeit, genug Geld und der technischen Ausstattung der Haushalte habe sich die Möglichkeit eines wohlgenährten, sicheren, angenehmen, von Kultur bereicherten Lebens aufgetan. Troll wollte Irene nicht glauben, hätte sie gern auf ihren delirierenden Ausflügen in die Vergangenheit begleitet, hatte er doch keine oder nur sehr beschränkte Vorstellungen davon, wie seine Vorfahren gelebt und gedacht hatten, in deren Folge er sich gern eingeordnet, in denen er sich gerne wiedererkannt oder zu irgendetwas bestärkt gefühlt hätte, um sich als Nachfahre, Erbe oder wenigstens als Produkt der Geschichte zu sehen. Sie wusste nichts zu sagen, nicht mehr als das Gestammel, Geschrei und Gerede, das sie im Delirium auf dem

Krankenbett von sich gegeben hatte, ihre Anekdoten, Familiengeschichtchen, kurzatmigen Beschreibungen und Andeutungen mit Zeitsprüngen ohne Zusammenhang und Erklärung konnten die Neugier Trolls nicht stillen, aber auch Irene verbarg, neben ihm auf der Bank im Garten sitzend, ihren Missmut, ja ihre bitterböse Enttäuschung nicht und machte ein Gesicht, als würde sie gleich ein langes Messer schärfen, um sich oder dem eigenen, hemmungslosen Kind die Schlagader aufzuschneiden, dann sah sie ihn belustigt, verständnislos an, hatte Mühe angesichts der allzu ernst eingeforderten Geständnisse nicht loszuprusten, die lebensgefährlich sein könnten, warnte sie und erzählte wieder von der Nachbarin, deren Mann sich nach seiner Rückkehr aus dem Krieg, als er erfuhr, dass sie sich mit einem amerikanischen Soldaten eingelassen hatte, vor einen Zug warf und angeblich sofort tot war. Was solle da bedeuten, fragte sie ihn, dass er aus der Geschichte lernen wolle, in seinem als Bescheidenheit getarnten Auftreten erkenne sie vor allem Voyeurismus, die Freude am Skandalösen, er werde vom Wunsch angetrieben, sich zu jemandem Besonderen oder eben Bemitleidenswerten zu machen, es sei der Versuch, die eigenen Schwächen, das eigene Versagen, die eigene Blindheit und Unfähigkeit zu Gemeinschaft zu entschuldigen, zu relativieren und die eigenen Fehlentscheidungen zu erklären, es sei der Versuch, sich aus der Verantwortung zu stehlen, die Weigerung, erwachsen zu werden und sich aus Abhängigkeiten und Einschränkungen zu lösen. Wenn seine Eltern stürben, dachte da Troll, wäre er endgültig kulturlos, im zeitlosen Raum würden nur noch die grauen Haare, die auf seinem Kopf wuchsen, das Vergehen der Zeit beweisen, seine Eltern garantierten als Letzte, dass seine Familie eine Vergangenheit hatte, mit ihnen würde er aus der Zeit gestoßen, jede Vorstellung von Werden, Entwicklung und Fortschritt verlieren, dann wäre es unmöglich, radikale, bahnbrechende Entscheidungen zu treffen, sei es in der Politik oder im eigenen Leben, wenn wirklich jedes Verantwortungsgefühl verloren ginge und er in naiven Kinderglauben zurückfallen würde, dass nicht einmal der Niedergang der Menschheit geschehen und der Ruin des Planeten vollendet werden könnte, weil solche Katastrophen in seinem selbstverliebten Spatzenhirn einfach nicht vorstellbar waren, die Sinne und der Denkapparat nicht mehr griffen, und alle Orte, an denen Geschichtliches hätte greifbar oder handhabbar werden können, in seinem Gehirn ausradiert waren. All das, was es zweifellos zu erfahren und wiedergutzumachen gegeben hätte und gebe, gestand schließlich Irene, all das stehe nicht in ihrer Macht, sie leide an verpassten Gelegenheiten und verwehrten Möglichkeiten der Liebe und des Glücks, jeder habe das Recht auf ein Leben ohne Angst und Entbehrung, ohne Schmerz, Verlust und Grauen. Nach einer Zeit, die über Körper und Seelen zermalmend hinweggegangen sei, müsste man es doch schaffen geliebt zu werden, nicht bloß die Aufmerksamkeit zu bekommen, die man verdiene, sondern derer man bedürfe, damit sich all die Wunden schlössen, sich die Angst verflüchtige, das Leben zu verlieren, kein Recht darauf zu haben, die Angst, dass jede Regung von Lust und Leben angekreidet würde, gegen einen verwendet werden könnte. Nicht nur Resignation, Mut- und Kraftlosigkeit, auch die zersetzende Unruhe übertrage sich von einer Generation auf die andere, schon dem Fötus marschierten die ausgebeuteten, gefallenen, vernichteten genauso wie die hysterisch siegenden Vorfahren durch das Herz, um es zu der Klinge zu stählen, die sie rächen und Vergeltung erkämpfen könnte, vor allem aber sollte seine Generation endlich hellsichtig genug werden, sich nicht opfern, sich nicht schlachten, sich nicht vor den Karren spannen zu lassen, dieser Herzschlag, der in ihr genauso wie in ihm trommele und auch im Herz ihrer Eltern getrommelt habe, treibe viele in den Wahnsinn, in übereilte Verausgabung der Kräfte, Selbstbefriedigung und angebliche Selbstverwirklichung, um sich zu beruhigen, hier sei Aufschub nötig, den Herzschlag zu takten.

Die Schrift bildete einen eigenen Körper, wurde unwiderlegbar lebendig und setzte zum Gegenangriff an, nicht zu zähmen verselbständigte sie sich, die Wörter wurden in ihrem Eigenleben erkennbar und entzogen sich der schriftlichen Fixierung, sie vertuschten und täuschten vor, verrieten, gaben preis und gestanden, belegten, fällten Urteile und befahlen, waren ebenso grausam, duckmäuserisch und hinterhältig wie an anderer Stelle lebensrettend, aufbegehrend und offenlegend, ihre Bedeutungen entstanden, veränderten und verdrehten sich in Mündern, die auf Buchstaben, Silben und Wörtern herumkauten, die in die Körper eingingen, bis sie wieder hochgewürgt wurden und verschwanden oder als ausgespuckte Gewöllbrocken auf dem Papier des Grundschülers Clemens landeten, der wie ein von Geschichts- und Naturmächten geschüttelter Schamane in Trance seinen Füller führte. Die sich verformenden Sprachgebilde troffen wie Geifer an den Stäben seiner Heftlinien herunter, an denen sich die Tinte mit dem über die Zähne herablaufenden Blut des zerschnittenen Lippenbändchens und Spucke mischte und zu Schriftbrocken gerann, um eine Geschichte hoher Verluste, Ängste, Zwänge, Verletzungen und Narben aufzuzeichnen, eine verzweifelte Knotenschrift der Misshandlung, des Unglücks, der Zerstörung und Auslöschung jeder Bedeutung, die Hoffnung auf Hilfe, Rettung und Erlösung bedeutet hätte. Troll war diese Art zu schreiben, die ihn immer wieder an die Bilder Paul Klees erinnerte, die er im Kunstunterricht zu Gesicht bekommen hatte, unheimlich, sie kam ihm ungehörig vor, mutig und verhext, lächerlich und armselig, manchmal peinlich und widerlich wie Erbrochenes. Diese in den Einzelheiten feine und zarte, als ganze gesehen grobschlächtige und brutale Schrift stellte die Verletzlichkeit und Unzulänglichkeit, die spontane Kraft, den Humor und die verträumte Empfindlichkeit seines besten Freundes Clemens zur Schau, den, obwohl er sonst ruhig, geduldig, ja sanftmütig war, manchmal eine Wut überkam, dass er Mitschüler in die Kniekehlen tretend zu Fall brachte, wenn sie ihn Clementine wie die Frau aus der Waschmittelwerbung nannten, die porentiefe Reinheit versprach.

Irene wieherte, sie wieherte immer wieder, als würde sie doch immer noch von ihrer Familiengeschichte im Zaum gehalten und verwirklichte den frommen Wunsch ihrer Mutter, deren nächstes Leben als Pferd Kraft, Freude und Beschaulichkeit erfüllen sollten, als hätte sie es sich, wenigstens durch ihren Gemahl, der sich dieser Tiere so sehr angenommen hatte, in ihrem letzten Erdenleben verdient, als Pferd wiedergeboren zu werden, sie hatte gesagt, es müsse wunderbar sein, nicht als wildes Herdentier, sondern domestiziert, einen umsichtigen Besitzer zu haben, der es gut mit einem meine, für genug Auslauf auf einer Koppel mit frischem Gras sorge, viel ausreite und auch an Jagden und Turnieren teilnehme. Wenn Irene wieherte, immer wieder wieherte, zu wiehern versuchte, ohne auch nur dem Wiehern eines Pferdes nahezukommen, schüttelte sie ihre kurzen Haare wie ein Mähne und grinste vor Freude über die Geräusche, die sie machte, die Luft, die sie wenigstens in ihrem Delirium ohne Schmerz aus Nüstern und Maul stieß, augenzwinkernd ging es mit ihr durch, ein Pferd, das nicht vergessen hatte, dass es nicht schon immer ein Reittier gewesen war, das plötzlich würgte und sich vor Ekel und Schmerzen schüttelnd wie ein Hund im Auto übergab, der zu bellen anfing und hohe Jagdtöne ausstieß, der Hasen verfolgte und sich schließlich Blut spuckend auf blendend hellen Terrassenplatten wand, aber Miauen wollte sie unter keinen Umständen, Miauen war nicht ihre Sache, Katzen gehörten nicht zu ihren Lieblingstieren, die die Nester der Vögel plünderten und Gärten und Parks zum Schweigen brachten. Sie schrie und tobte angesichts solcher Ungerechtigkeit, schlug um sich, zerstörte dies oder das, ohne großen Schaden anzurichten, ließ sich gehen, dass es krachte und der Kehlkopfdeckel klapperte, ihr getriebener Körper war eine zuckende Mechanik von schwungvoller, flackernder, dann wieder stockender Dynamik und der Geist die regenbogenfarbig schillernde Schmiere. Sie schüttelte sich das Fell aus, lachte fröhlich und flog als Eichelhäher empor, um in der Welt der Vögel für Ordnung zu sorgen, vor nesträubernden Elstern, Krähen und Eichhörnchen zu warnen, sie zurückzupfeifen und gegen Falken anzufliegen, aber die Tierwelt war nicht zu befrieden, da ließ sie sich zwitschernd auf ihrem Wellensittichkäfig nieder, schnäbelte mit dem Gestänge, hackte in die Luft und riss plötzlich den Schnabel auf, spreizte ihn so weit ab, dass das Nasenschild abzuspringen drohte und wehrte sich dagegen, erstickt zu werden, hackte in den Äther getränkten Lappen, schlug flatternd um sich, der Kopf stieß an einen Plastikdeckel, Schwanz und Flügel knickten an Metall ab, auf dem die Krallen kratzten, die auf der Ablage des Nachttischs hin- und herfuhren, über den sie sich warf, um dort zu verenden. Schwerfällig richtete sie sich auf, nach vorne gebeugt, noch in sich zusammengesunken plusterte sie sich auf, dass Troll zu sehen meinte, wie sich ihre Federn aufstellten und abspreizten, versteinert blieb sie stehen, mit geschlossenen Augen hörte sie wie der Vogel in sie zurücksackte, tiefer sank und sich in ihren Eingeweiden verlor, aus denen sie als Kröte zum Sprung ansetzte, sie drehte den Kopf und wollte sich die Beine von Sand und Staub reinigen, die ihrer Haut auf dem Kellerboden die Flüssigkeit entzogen, scharf kratzten, Feuchtigkeit konnte sie in dem dunklen Heizungsraum nicht finden, sich nicht verkriechen. Um nicht zu verenden, suchte sie als Hummel vergeblich nach Ritzen im Zement und Eingängen in Erdhöhlen, krümmte sich in der Kälte und fast hätte sie den Weg ins obere Stockwerk gefunden, wo eine Frau sie als Fruchtfliege ins Herz geschlossen und nicht erschlagen hätte, was aber misslang, sie kroch als Kellerassel durch das schräggestellte Fenster, und als sie das Gitter des Lichtschachtes erreichte, ging sie zur Kiemenatmung über und mimte im Meereswasser das Seepferdchen, das muschelähnlich mit einem Felsen verwuchs, aus dessen Spalten eine heiße Quelle hervorbrach, an deren Rand sich zuerst Bakterien und irgendwann mehrzellige Klumpen bildeten, die der Anfang des Lebens vor Jahrmillionen an kleinen Kratern auf einer unbewachsenen Erde hätte sein können, wenn es nicht die Löcher in ihrer Schleimhaut gewesen wären. Während Troll sich fragte, wo seine Phantasie anfing und das Einfühlungsvermögen der Mutter aufhörte, die erstarrt auf ihr Bett zurücksank und im Schlaf zerfiel, spürte er, wie sich ihm die Nackenhaare aufstellten, gleich einem Primaten, der angesichts bedrohlicher, unverständlicher Vorgänge nicht angriff, sondern zähnefletschend den Rückzug antrat und sich flüchtend die Möglichkeit des unvorhergesehenen Angriffs offenließ.

Das aggressive Wachstum der Flechte setzte dem Findling stark zu, ihre Säure hatte ihn so zersetzt, dass er weich und brüchig wurde, sie immer tiefer in ihn eingedrang und Trolls Arbeit immer schwieriger und aussichtsloser wurde, auch wenn er sein Messer vorsichtig ansetzte, glitt es in tonig mürbes Gestein, das von Pilzfäden durchsetzt war, stach er tiefer, wurde der Untergrund manchmal wieder härter und bot einen Widerstand, der sich eher wie steifes, unter Spannung stehendes organisches Material als wie Stein anfühlte, dann blieb das Messer plötzlich an Verwachsungen hängen, stieß kratzend auf horn- oder schorfähnliche Knoten, die die Klinge herausgerissen hätten, wenn Troll sie nicht vorsichtig darüber hinweggeführt hätte, um die Oberfläche nicht zu sehr zu verunstalten, was sich dennoch nicht vermeiden ließ, da sich in dem Irrblock neue, festere Strukturen bildeten. Meistens widerstanden solche härtere Schichten dem Messer aber noch nicht, das zersetzte Gestein gab wie morsch und verfault nach und abrutschend hinterließ die Klinge Wunden ähnliche Einschnitte, die Herausforderung war nicht mehr, einen gleichmäßig dünnen, durchscheinenden Hautstreifen abzutragen, sondern tief genug, aber nicht zu tief zu schneiden, um möglichst wenig, aber überhaupt etwas von der Flechte zu entfernen, die nicht mehr eindeutig von dem Findling zu trennen war. Die Grenze von Organischem und Anorganischem, oder woraus der Brocken auch immer bestand, war nicht mehr zu bestimmen, da die Flechtenhäute unterschiedlich tief in das darunterliegende Material eingewachsen, damit verwachsen und verklebt waren, riss Troll immer öfter Streifen des Irrblocks wie eine Grasnarbe samt Erdreich heraus, die sich nicht mehr klar der Flechte oder dem Stein zuordnen ließen, da sie sich durchdrungen hatten und ihre Gestalt anglichen, ja vertauschten. Das immer tiefer gehende Wachstum der Flechte nahm mineralische Formen an, als wäre der Findling mit versteinernden Flechten ausgestopft und präpariert worden, die in der Tiefe des Irrblocks zu einer zähen, faserigen Masse verschmolzen, während sich der flechtenfarbige Mantel an der Oberfläche verhärtete, bildeten sich gleichzeitig im Inneren skelettähnliche Strukturen, die Flechte, deren Säure die aufgeweichten Gesteinsschichten und -strukturen voneinander gelöst hatte, bildete Lagen von neuem Gewebe, das nicht mehr fleischig, sondern fleischlich, von rötlich durchscheinenden Adern durchzogen war, die den Körper versorgten. Troll kam mit dem Beschneiden des Irrblocks nicht mehr nach, mit Schrecken sah er, dass die Häute über Nacht so angewachsen und aufgequollen waren, dass er kaum noch wagte, in sie hineinzustechen, weil das Messer in dem gallertartigen, elastischen Gewebe stecken blieb, das, wenn es unter Spannung stand, aufplatzte, Troll beobachtete, wie sich längliche Schlitze in der Oberfläche bildeten, die feinen Härchen, Stifte und Stäbe der Flechte wuchsen und sich wie Gitter vor die Einschnitte legten, die sich als Ein- und Ausgänge eines immer gierigeren Organismus erwiesen, dessen neu gebildetes Gewebe sich in geschwollenen genoppten, pickligen und knospenden, gewellten, gezackten und gezahnten Ritzen, Falten und Lippen öffnete und sich ebenso bald wieder unter lederähnlicher Haut schließen konnte. In diesen Öffnungen fand Troll bald Tiere unterschiedlicher Größe, Insekten, Kröten, Mäuse und schließlich Ratten, und es schien wahrscheinlich, dass bald auch größere Säugetiere, wie Kaninchen, ja möglicherweise eines Tages ein Fuchs, in die von scharfen Blattspitzen vergitterten Spalten geraten würden, die sich schlossen, um die Beute zu verdauen. Auch wenn diese neue Form der Nahrungsaufnahme bisher nur unzureichend gelang und die anverdaute Beute nach Verwesung zu stinken begann, entwickelte sich der Irrblock offensichtlich zu einer fleischfressenden Spezies weiter, die mit ihren Fallen größere Tiere als die bisher bekannten Arten fing, in sein Inneres zog und verschlang, als wollte dieses eigenartige Ungetüm die Spekulationen über seine Kopfähnlichkeit beim Wort nehmen und dessen Gebaren annehmen. Bald würde es als ersten Menschen Troll verschlingen, der Irrblock, dieser mutierende Organismus aus Schlitzen und Spalten, der weiterhin Sporen und Bruchstücke seines verwilderten Körpers ausschied, um sich zu vermehren und auszubreiten, machte sich die Kräfte der Erde zunutze, deren Gewalt die durch den Menschen bewirkte Zerstörung des natürlichen Gleichgewichts provoziert hatte, die nicht mit Eruptionen des Erdinneren reagierten, sondern evolutionäre Prozesse beschleunigten, an deren Ende der Mensch aussortiert und aus dem Stammbaum des Lebens gelöscht sein würde.

Sie habe den Stillstand, die simulierte Fortbewegung ihres Fahrzeugs satt, die eine Veränderung ihres

Zustands nur vortäusche, wie lang müsse sie noch ruhen, wie lang noch stillsitzen, beschwerte sich die Jägerin Gracchus, schon zu Lebzeiten sei sie immer wieder ruhiggestellt, zu Ruhe und Ordnung gezwungen worden, bereits als Kind habe sie ein Jahr lang im Bett liegen müssen und sich selbst Lesen und Schreiben beigebracht, um sich bettlägerig nicht zu Tode zu langweilen, aber jenes langwierige, jedoch hoffnungsvolle Krankenlager sei mit der trostlosen Unruhe nicht zu vergleichen, zu der sie jetzt verflucht sei, die nichts wiedergutmache. Leblos glitt sie auf der Barke dahin, an deren Rand sie stundenlang saß, die Hände an ihren Kopf legte und ihn zusammenpresste, als wollte sie ihn zerdrücken. Nie hatte sie sich von der Erschöpfung ihres Erdenlebens erholt, sie hatte ihre Kräfte überschätzt, die nicht ausgereicht hatten, um das zu bewegen, was sie hatte bewegen wollen, ihr rutschte der Kopf durch die Hände, der fast auf dem Rand der Barke aufgeschlagen wäre und den sie so tief hängen ließ, dass er beinahe die Fluten streifte, in die sie nicht zu blicken wagte, die Vorahnung eines unerträglichen, sie um Sprache und Verstand bringenden Anblicks hielt sie davon ab, ins Wasser zu sehen, vielleicht war es ein merkwürdiger Geruch, der Unheilvolles ankündigte, während der Wind durch ihre Kleidung fuhr, fröstelnd, anmaßend über ihre Haut strich, als könnte er jederzeit ihr Fleisch von den Knochen lösen. Dann schaue sie zu den ihren Kahn umkreisenden Blaumeisen, Tauben, Krähen, Dohlen und Falken auf, die sie um ihre Flügel, ihr Gezwitscher und ihre emsige Geschicklichkeit beneide und mit denen sie zu sprechen begonnen habe, um für eine Zeit lang ihren Zustand zu vergessen, sagte sie hinter ihrem Blumentuch, während Troll durch den Spalt des Vorhangs sah, wie sich eine hahngroße Taube auf dem Balkonbalken des Altersheims niederließ. Sie habe genug von diesem Stillstand, fuhr Gracchus fort, auch hier habe sie lange genug herumgelegen, auch hier habe sie sich an keinem Ort, in keinem Menschen niederlassen können, es sei Zeit für sie, erneut aufzubrechen, diesmal in Richtung Osten, verhüllt in die von Frachtern aufgeschäumte Gischt werde sie die Spree hinaufschwimmen, über Spremberg, dem ehemaligen Mittelpunkt des Deutschen Reiches, und die in den Fünfzigerjahren errichtete Talsperre hinaus, den Fluss aufwärts, der sich vielfach verzweige, aus vielen Quellen speise, und weiter nach Osten. Raum und Zeit hatten für sie jeden heilsamen Grund verloren, nein, sie vermochte nicht zu sterben, keines der Elemente wollte sich ihrer annehmen, das Wasser hatte sie an Land getrieben, das ihre Aufnahme ebenfalls verweigerte, ihr Grab wurde geschändet und ihre Gebeine wurden zerstreut, um ihr Gedächtnis auszulöschen, eine letzte Ruhestätte hätte ihr auch die Luft nicht gewährt, höchstens wäre sie, wenn sie die Weimarer Republik überlebt hätte, vergast und verbrannt worden. Alle ihre Versuche, ein Menschenleben und einen Tod mit Leib und Seele zu erringen, waren gescheitert, sie existierte im Zwiespalt, weiterhin würde sie umherirren, ruhelos dahintreiben und die Schnittkurven der Elemente nachzeichnen.

Am Abend vorher hatte sich Troll noch über das Frühlingslicht im Park gewundert, in dem die Gläser der leuchtenden, milchigen Laternen in auffällig klarem Abstand zueinander zu schweben schienen, ohne dass ihre Masten zu sehen waren, wäre vor den Menschen, die auf der Parkallee entlanggingen, eine Kutsche hergefahren, hätte man glauben können, sie gehörten zusammen und bildeten einen Beerdigungszug. Am Morgen war Troll dann, ohne irgendeine Nachricht erhalten zu haben, davon überzeugt, dass seine Mutter gestorben sei, er bildete sich ein, bereits zu wissen, dass sie nicht mehr lebe und er nicht mehr über ihr Ableben informiert werden müsse, denn in der Nacht war er am Fenster gestanden und hatte hinausgeschaut, seine Augen waren von den hellen Wegen und Straßen geblendet gewesen, die jemand mit feinem grauweißen Staub bestreut haben musste, bis ihm klar wurde, dass Asche vom Himmel gefallen, in der Nacht ein Ascheregen niedergegangen sein musste, und da er seiner Mutter grundsätzlich keine metaphysischen Bedeutung zugestand, nicht daran glaubte, dass ihr Ableben ein Ereignis solchen Ausmaßes ausgelöst haben könnte, nicht einmal dachte, dass Himmel oder Erde irgendwie an ihrem Tod Anteil nähmen, da es in der Nähe in Nordeuropa weit und breit keinen Vulkan gab, der Asche ausspuckte, musste wohl der Wind aus Südeuropa Aschewolken nach Norden getrieben haben, deren Ladung in Trolls Wohngegend niedergegangen war. Er wusste, dass seine Mutter verbrannt werden wollte, auf keinen Fall sollte jemand in sie hineinfahren, wenn sie tot war, so wie es noch auf ihrem Sterbebett geschehen war, als sie sich mit immer größerer Geschwindigkeit Namen überzog, mit abwechselnd zuckendem, angespanntem, dann strahlendem, erregtem und wieder entspanntem Ausdruck schnitt ihr Gesicht Grimassen, als wollte sie ihre Kopfhaut zurechtrücken oder loswerden, wäre ihr Gesicht die Marionette anderer Gesichter, sie seufzte und stöhnte, als setzte der Mund an, Buchstaben zu artikulieren, und versuchten Mimik und Bewegungen von Kopf und Oberkörper, ihn dazu zu bewegen, etwas auszusprechen, als stünde Troll vor einem Orakel und erwartete die Antwort auf seine dringendste, geheimste Frage, und diese Laute gingen nicht in Wörter und Sätze, sondern in Schreie über, die ihn das Fenster schließen ließen, weil er die Schreie genau und klar, nicht von Außengeräuschen getrübt hören wollte, denn nie hatte er erwartet, so etwas von seiner im Leben so beherrschten Mutter zu hören, dass ihr Körper sich so Ausdruck verleihen könnte. Sie schrie, stieß langsam an- und abschwellende Schreie aus, die ihr, soweit sie noch bei Bewusstsein war, erleichternde Freude zu bereiten schienen und im Wechsel Lust und Schmerz, Sehnsucht und Reue, Wut und Angst, Hoffnung und Abschied ausdrückten, sie entwickelte einen verwirrenden, betörenden, fast unerträglichen Sterbegesang, vor ihrem Ableben ballten sich ihre Kräfte noch einmal zusammen, und sie, die behauptete, unmusikalisch zu sein, blies eigenwillig ebenso melodisch wie geräuschvoll ihr Leben aus, bis sie ruhig wurde und Stimme und Kopf einknickten. Troll kam erst, nachdem er lange auf die grelle Helligkeit in der Dämmerung gestarrt und eine Schneeflocke durch sein Gesichtsfeld geschwebt war, in den Sinn, dass es geschneit haben musste. Da klingelte sein Telefon, es war die Nummer des Altersheims, und als er sich meldete, antwortete ihm die Stimme Irenes, der er im ersten Augenblick kein Bild eines Körpers zuordnen konnte. Seit sie ihre Wohnsituation verändert hatte, aus dem Einfamilienhaus ausgezogen war und sich in das Altersheim begeben hatte, waren die Aphthen nach einigen Wochen schlagartig aus ihrem Mund verschwunden, ihr, die es geschafft hatte, diese Münder mundtot zu machen, war in diesem Alters- und Pflegeheim ein großes Glück widerfahren, was Troll mit ihrer unerwarteten Verliebtheit zu erklären versuchte, die aber als Begründung kaum ausreichte.

So musste sich ein herabfliegender Engel fühlen, der aber nicht durch die Luft, sondern die Erde herabstieg, deren Gestein seinem Flügelschlag keinen Widerstand entgegensetzte, seine Federn nicht zerfetzte oder verkohlte, während er den Untergrund, ohne ihn aufzusprengen oder aufzuwühlen, mehr wie Wasser durchschwamm als durchflog, als die Flügel schwer wie Rechen in die Erde griffen, drehte er den Kopf und sah, dass es seine abgespreizten Rippenflügel waren, die ihn auf- und niederschlagend durch das Erdreich trugen, auf dem Rücken liegend flog er, während seine vier Knochenbeine wackelnd ausschlugen, denn ein ungeschickt rücklings fliegendes Pferd war er, ein Pegasus, der den Kopf nach hinten gedreht, Hals über Kopf unterwegs war, was wenig Mühe machte, denn nur noch ein paar Sehnen hielten seine Knochen zusammen, die kein Wetter und kein Getier gereinigt und gebleicht hatten, sondern von Fleischfetzen verklebt glänzten und schaurig anzusehen waren, wenn sie sich streckten und rotierten, dass sein Gerippe eine schöne Marionette abgegeben hätte, wenn die richtigen Fäden zur Hand gewesen wären. Die schimmernden Perlenschnüre der Indianerinnen, von denen er sich gerne hätte tragen und führen lassen, häuften sich plötzlich, dass er sich hindurchgraben musste, hindurchgleitend streckte er, um die glatte, weiche Haut der Frauen zu berühren und sich an sie zu schmiegen, die Beine aus, so wie er nach dem Gestänge des Gerüsts gegriffen hatte, als ihm schwindlig geworden war, weil sich in dem Verschlag die Hitze, der strenge, trockene Geruch des Holzes und Erdbodens und der beißende Gestank des

Irrblocks und seiner halbverdauten Beute gestaut hatten. Troll erinnerte sich plötzlich daran, dass er Schwierigkeiten gehabt hatte, gleichmäßig zu atmen, die Luft möglichst stark einsog, als könnte er sie so reinigen und frischer machen, aber die Temperatur setzte ihm zu, ihm schwindelte, wenn er vom Gerüst hinabblickte, und seine Augen verkrampften sich, versuchten, etwas zu fixieren, und sahen den fallenden, abgetragenen Flechtenstreifen nach, die zu sich verheddernden Windungen verschwammen und sich aus Trolls Kopf abzuwickeln schienen, als ob der Irrblock sich seines Hirns bemächtigt hätte, das sich jetzt unter seinen Augen abrollte, seine Hirnschlingen liefen an ihm vorbei, als wären sie der Faden, der ihn aus dem Labyrinth seines Kopfes führen könnte. Als die Hitze, in der bereits am Morgen die Oberfläche des Irrblocks an manchen Stellen weich und schwammig geworden war, Troll das Bewusstsein zu rauben drohte, musste er aufpassen, sich nicht an dem Irrblock abzustützen, sein Körpergewicht mit schwindender Muskelkraft nicht auf das immer tiefer in die Haut des Irrblocks eindringende Messer zu verlagern, um nicht über die Brüstung zu stürzen, hatte er sich kniend zur Seite gedreht, durch den Spalt zwischen Metall und Holz in die Tiefe geblickt und versucht, den Boden zu erkennen. Als er sich mit dem Blick am Irrblock hinabtastete, geriet er ins Schwimmen, ging in die Knie und tauchte ab, mit dem Arm war er in die Unterhaut gerutscht und Hautlappen hatten ihm ins Gesicht geschlagen, als führe er unter das Blumentuch der Jägerin Gracchus, ohne erkennen zu können, an was für farbig Verschlungenem er vorbeiglitt, das zu nahe kam und sich zu schnell vor ihm drehte. Plötzlich fürchtete er sich davor, von einem der gierigen Münder des Irrblocks verschlungen zu werden, schon streckten sich ihm schwarz-rosa faltige Lefzen, schnappende, Zähne schlagende, Zungen kreisende Pferdemäuler entgegen, denen er so wenig wie dem Irrblock als Nahrung dienen wollte, und doch genoss er es, wie das blumig bunte Liniengewirr der sich windenden Flechten und warm und erdig Weiches sich um ihn legten und er sich in diese wachsende Fülle hineinstrecken konnte, während er dahinrutschte, windschief zu Stamm- und Lebensbäumen, deren Äste sich immer weiter teilten und zerfaserten. Vielleicht war es schon zu spät und er bereits verschluckt worden, dennoch erhob er sich aus roten, eitrigen Kratern, ließ sich wie Pegasus aus dem Halsstumpf der Mutter vierbeinig nach vorne kippen und stürzte, meinte im Flug sich aus Wunden windende Schlangen zu sehen, die nur das schillernde Geflecht des Blumentuchs sein konnten, das aber an ihm zog und riss, als würde es zubeißen oder wäre an ihm festgewachsen, wie Nabelschnüre oder Lippenbändchen, die wie Peitschen auf ihn niedergingen und nach denen er sich schnappend drehte. Er meinte Brandwunden an seinem Hals zu riechen und seine Flügel schlugen schneller, die sich hebenden und senkenden Rippenpaare, die gar nicht durch die Haut hatten brechen müssen, weil der Pferdekörper, von einem Schuss getroffen, auf den Asphalt gesunken war und die Leute sich Fleischstücke von seinem Brustkorb schnitten, dessen Rippenknochen er jetzt beim Fliegen verschränkte, als wollte er die Welt gesund beten, während er sich fragte, was ihn da streichelte und liebkoste, kitzelte und zwickte, juckte und kratzte, ob er seine Kleidung verloren hatte oder so durchweicht war, dass er den Stoff nicht mehr auf seiner Haut spürte, die ihn so warm und angenehm umgab, dass er dachte, das könne nicht seine eigene sein, sondern er hätte sich die

Arianas übergezogen, die aber nach Blut roch, nicht das Schwangerschaftskleid der Mutter, das Fell eines frisch gehäuteten Tieres hatte sich ihm übergezogen, wider Erwarten nicht das eines Affen, sondern eines verreckten Gauls, der von revolutionären Schüssen getroffen zu Boden gegangen war und dessen Haut und Fleisch mit geschickten Schnitten gelöst worden waren. Hier waren Profis bei der Arbeit gewesen, anders als bei getroffenen Artilleriepferden, von denen nur Matsch und Knochen übrigblieben, hatten ihn revolutionäre Schlächter zerlegt, die ordentlich zugriffen und nichts verkommen ließen, weil sie unerträglicher Hunger trieb, während andere sich vollstopften. Kein Grätenkörper, kein gewaltiger *Hecht* wälzte sich da auf der Straße und schlug um sich, um die ihn umzingelnden Menschen zu erstechen, seine Knochen waren bewegungslos, verklebt wie von einem zu süßen Kaubonbon, das ein Mädchen in den Rinnstein gespuckt hatte, als wollte sie ihn dahinein kleben. Er wollte aber nicht im Rinnstein der Geschichte als Gerippe der Revolution enden, über dessen Kopf sich die Hungrigen hergemacht hatten, und bevor der Großvater ihm den Schädel hatte abtrennen und zu didaktischen Zwecken konservieren können, schwang er sich auf, denn auch ihn trieb der Hunger, er schnappte in Warmes, Weiches, ohne zu wissen, wohin seine im Takt der Knochen klappernden Zähne schlugen, von wegen siegesgewiss, alles nur Beschiss, die Kugel hatte seinen Kopf getroffen und ihn zu Boden gestreckt, Opfer müssen sein, riefen ihm im eigenen Blut den Rinnstein hinunterrollende, zerrissene Köpfe zu, deren rotierende Lippenbändchen und geflickte Zungen den Takt schlugen, Opfer müssen sein, Opfer muss man bringen, die der Schlachter beiseiteschaffte, aber nicht die Schmerzen, an denen er selbst noch als Gerippe an der Schläfe litt, wo ihn die Kugel getroffen hatte, und nicht das Scheitern aller revolutionären Bestrebungen an Anmaßung und fehlender Herzensbildung. Seine Hufe schlugen auf Kopfsteinpflaster, um die Masse in Schach zu halten, in die Nebenstraßen abzudrängen und den Wagen zum Abtransport der Toten zu ziehen, auf deren Köpfe er trat, dass sie einbrachen, immer wilder trat er aus, dass er den Hütern von Ordnung und Sicherheit, von Form und Wirklichkeit die Hufeisen um Ohren, Herz und Hirn schlug, unser Glück, liebe Menschen, ob Polizist, Parlamentarier oder Anarchist, wieherte der Chor der Pferde, ist euer Tod, alles, was säugen, Eier legen und zu Fortpflanzung und Verwesung fähig war, ist und sein wird, stimmte in den Gesang ein, den er nur noch gedämpft hörte, denn er rutschte tiefer und tiefer, rutschte gleichzeitig und mehrfach, zog sich hinter sich her und schob sich an, wurde geschoben, trieb an und wurde von Ariana angetrieben, in der er sich, ohne ihr Gesicht hinter ihren dunklen, lockigen Haaren klar zu erkennen, auflöste, denn zwischen Schwanz und Hirn sitzt das Herz und wird von beiden rangenommen, während ihm das seine herausgeschnitten wurde, sah er die Gesichter der Männer, die ihn ausweideten und skelettierten und auf deren Hälsen die Köpfe des Museums saßen, die ruhig und ernst bei der Sache waren, keine Miene verzogen, nicht zuckten und zitterten, wenn sie sich Notizen machten, als wäre er Gegenstand einer Autopsie, von Forschung, stünde unter Verdacht, doch der Schmerz war ihm eine Lust, denn er befreite ihn von aller Unbeweglichkeit, Fühl- und Leblosigkeit, als würde er aus einem Luftschutzkeller ausgegraben, lagen sein Fleisch und Blut wie Schutt und Asche über ihm, aus denen er befreit werden musste, um sich davonzumachen und dem Rinnstein zu entkommen. Auf einem der Messer, das er in ungeheurer Geschwindigkeit ins Holz eines Schiffsbauches hineinstieß und herauszog, sah er sich aus eigener Kraft in Piratenmanier den Bug hinaufklettern, von dessen Spitze die kopflose Nike, die Göttin des Sieges, ins Meer stürzte, vom Wasser, nicht mehr vom Wind würde ihr dann das Gewand am Körper kleben, während sie heftig Blasen ausstoßend baden ginge. In der Brusttasche seines Hemdes spürte er den sich knickenden Karton der Postkarte, die Ariana ihm aus Athen geschickt hatte und auf der die geflügelte Siegesgöttin ohne Kopf abgebildet war, die eigentlich in Paris im Louvre ausgestellt wurde, und er fragte sich, ob Ariana wirklich nach Griechenland gefahren sei, die geschrieben hatte, dass sie nicht wisse, wo ihr der Kopf stehe, und sie sich wie diese zerstückelte Statue fühle, was Troll lächerlich fand, eine Ausrede, um länger als geplant fortzubleiben, sie brauche Abstand, um sich über einiges klarzuwerden, auch wenn ihr Vortrag auf dem dermatologischen Kongress über ihre Experimente der Züchtung menschlicher Haut sehr gut angekommen sei, und sie schlug vor, er solle sie besuchen, was seine Eifersucht auf ihren geschiedenen Mann, ebenfalls einen Wissenschaftler, der den Kongress besuchte, gemildert hatte, dennoch vermochte er nicht, sich an ihr Gesicht zu erinnern, immer drängte sich das der Bedienung Rosa vor, der Ariana eigentlich ganz und gar nicht ähnlich sah. Troll fragte sich, ob sein Geist seiner selbst mächtig oder wem er gefügig sei, welche Bilder und Vergleiche er habe, um sein Denken, seine Wahrnehmung der Welt, seine Art zu lieben und sein Habhaftwerden des Lebens abzubilden, und was solche Bilder und Vergleiche zutage brächten, was sie ihm erklärten und welche

Werkzeuge sie ihm an die Hand gäben, um sein Leben und die Welt zu verändern, er fragte sich, aus welcher seltsamen Mischung von Gesagtem, Gehörtem, Erlebtem und Phantasiertem sich Menschen in seinem Kopf zusammensetzten, warum er sich zu Ariana hingezogen fühlte, was er von ihr erwartete, was er von ihr wusste und was, je weiter sie sich von ihm entfernte, in seinem Kopf von ihr übrigblieb. In Gefühlen war er eisern und pflichtbewusst und ließ sich gehäutet endlos um das Grab seiner Liebe schleifen. Bereits als sie noch neben ihm gelegen hatte, als er sie hatte ansehen, anfassen und sich ihrer körperlich versichern können, stand ihr Bild in seinem Inneren keineswegs fest, es war ihm, als ob seine Sinnesorgane nicht unmittelbar Wesentliches träfen, immer wenn er jetzt Arianas Bild in seinem Kopf aufrufen wollte, waren ihm zuerst ihre Haare im Weg, die sich als auf der Netzhaut tanzende Formen herausstellten, schattenhaft hervortretend zu Figuren, Landschaften, Rastern und über- und mehrfach belichteten Bildern wurden, die Ariana nur verzerrt, zerstückelt oder unscharf zeigten und sich ständig änderten, in Bewegung kümmerten sie sich kaum um den vom Verstand erteilten Auftrag, Ariana in seinem Hirn nicht unbedingt möglichst realistisch, aber möglichst greifbar, hautnah erscheinen zu lassen, als könnte er mit dem Bild auch die Frau zu sich holen, die er sich im Gegensatz zu jedem Schädel der Kopfsammlung nicht klar vorstellen konnte, deren Anwesenheit wenigstens in der Vorstellung zu erzwingen scheiterte. Das Bild, das sie wirklich und klar gezeigt hätte, tauchte kurz auf, um sich ihm dann wieder zu entziehen, ihr trotziges Gesicht weigerte sich, Gestalt zu gewinnen, ständig verengten und weiteten sich ihre Umrisslinien und schrumpften schließlich auf die Größe eines sich krümmenden Engerlings, der sich aus enger Umgebung zu befreien, sich zu verwandeln suchte, der unruhige Kopfverschnitt sandte Konturen aus, die sich wie die konzentrische Maserung eines Steines aneinanderlagerten und Strukturen eines Gesichts bildeten, die wie gezeichnet, gekritzelt aussahen und nur zwischen Radier- und Wischspuren zu erkennen waren, als würde der Frauenkopf von diesen Streifen, Linien, Kratzern, Schrammen und anderen Spuren der Vergangenheit getragen und herumgestoßen, als wäre es gar nicht so leicht, zu einem menschlich anmutenden Gesicht zu kommen, das keineswegs ein lebendiges Abbild der Geliebten war, sondern das eines Stofftiers, dessen Gesicht einem Faden- und Fusselknäuel glich, einem Gewebe verschiedenartiger, geträumter, phantasierter, erinnerter und empfundener Bilder, die sich in- und übereinander schoben, um einen sich wandelnden Vorstellungskörper zu bilden, dessen Visage aufriss, sodass ihm alle die Liebe festsetzenden Vorstellungen abhandenkamen und er nicht mehr wusste, ob er auf ihr oder sie auf ihm saß, wer an wen sein Herz, seine Zeit, sein Leben verloren hatte. Die Weigerung, sich als Bild fixieren zu lassen, war nichts anderes als die Sturheit, Wankelmütigkeit und Bequemlichkeit der Liebenden und gleichzeitig die Leidenschaft und Freiheit, die die Liebe ausmachte, der er Beständigkeit verleihen wollte, deshalb rettete er sich zu einem Foto, auf dem Ariana mit Freunden vor einer toten Taube stand, das er klar vor Augen hatte, als wäre er dabei gewesen, obwohl er sie damals noch gar nicht gekannt hatte. Ariana ritt auf seinem vierbeinig geflügelten Knochengerüst mit einem solchen Forscherinnenehrgeiz, dass sie immer magerer wurde, nur noch Haut war, die sie als wissenschaftliches Präparat auf dem dermatologischen Kongress, zu dem sie gereist war, präsentieren wollte, aber ihr Fleisch umgab ihn, als sie sich auf ihn legte und er ihr Herz in sich schlagen, sein Hirn in ihr trommeln hörte, Schüsse, Schritte und der Takt von Marsch und Knochen, in dem er am Harnleiter der Mutter vorbeigedrückt wurde, mit haariger Halskrause von Flechten, die ihn vom Kinn bis zum Geschlecht hinunter kitzelten, ihm, von wegen frühreif, auf Oberlippe und Scham kleben blieben, er segelte den Baum des Lebens hinauf und hinunter, wippte ausgelassen auf dem der Erkenntnis des Guten und Bösen, von wegen, dem der Stuten und Mösen, plärrten die jungen Hengste im Chor, und er schwebte durch den Weltraum, schlängelte sich durch Schlingpflanzen, die aus der Erdkruste durch Wasser und Festland in den Himmel ragten und sich an den Sternen entzündeten, er bog, brach und knickte Gesträuch, Geflecht und Gewebe, das weicher wurde, immer weicher und wärmer, und drohte, das Bewusstsein zu verlieren, wenn er es nicht schon längst verloren hatte, er wusste nicht, wohin die Fahrt ging, aber es würde das Ende sein, da war er sich gewiss. Er hatte keinen Untersatz, auf dem er befördert wurde, keinen Kahn, Schlitten oder Sargdeckel, auf dem er über eine gefrorene, lavagetränkte Erdpiste durch die Unterwelt raste, dass auf dem Eis die Funken im Fahrtwind sprühten, mit dem er Atemluft in die Unterwelt zu bringen schien, er stattete dem Erdkern einen Besuch ab, an dem nicht Lava auf ihn niederregnete, sondern Rosen zu fallen begannen, ein Rosenregen, als hätte er die Unterwelt durchqueren müssen, um ins Paradies zu gelangen, und während er davon träumte, wer ihm dort Gesellschaft leisten würde, brach die Erde samt Rosenbett auf und er stürzte auf einen weichen, feuchten Flechtenteppich, den er selbst mit sich gerissen hatte, als er aus dem

Irrblock ans Licht der Welt vorgestoßen war. Weich gebettet würde er gleich abgeleckt werden, von oben bis unten, wie es einem Fohlen gebührt, irgend so ein Junges musste er doch wenigstens sein, denn auch ihm galten Sorge und Zuneigung, schwindelnd, um Atem ringend blickte er, Erdiges, Pflanzliches, Blutiges ausspuckend, ins Gesicht der Bedienung Rosa, die sich zu ihm so nahe herabbeugte, dass sich ihre Narbe seinem Mund wie Lippen entgegenstreckte, um ihm das Gesicht abzuwischen, während ihm der Portier seine Trappermütze unter den Kopf schob, mischte sich der Schweißgeruch mit dem der Rosen, deren Geruch nicht allein Körper und Gewand Rosas entströmen konnte, der er sagen wollte, er wolle nicht ihr Rossknecht, ihr Pferd wolle er sein, wenn er bei ihren Trapperspielen mitmachen dürfe, mit Schaum vor dem Maul werde seine Hengstzunge ihre Narbe so lange belecken, bis sie verschwinde, als könnte er jede Vergangenheit ungeschehen machen, wäre die leidenschaftliche Liebe heilsam, auch wenn sie die Zähne fletschte, spielte er sich auf, als liefe ihm Zeugungskraft aus der menschlich gescheitelten Mähne. Der Kustos hatte ihn zugedeckt und schob eine Art Bahre heran, auf die ihn die drei betten würden, während er daran dachte, dass unter dem Kreuz Jesu zwei Frauen und ein Mann getrauert hatten, sog er den Rosenduft der Bedienung ein, die er nur verschwommen erkennen konnte, er wollte sich greifend, berührend menschlicher Nähe versichern, erleichtert und verwundert, diese Menschen so missverstanden zu haben, wie sie sich jetzt so gemeinschaftlich um ihn sorgten, Hand anlegten und ihm zusicherten, sie würden sich seiner annehmen, während sich kein anderes Bild mehr in seinem Hirn einstellte als das, was er vor sich sah, das sommersprossige Gesicht der Bedienung, dank deren Geruch er sich an ihren Namen erinnert hatte. Als der Hausmeister ihm Schnaps einflößte, den ihm der Portier gereicht hatte, der sich mit besorgtem, etwas verwirrtem Gesichtsausdruck im Hintergrund hielt, legte ihm Rosa kühlend die Hand auf die Stirn, der Schein fallender Rosenblätter fiel rötlich auf ihr glänzendes Gesicht und ließ ihr Haar leuchten. Sie solle ihm, sagte sie, von Irene, die sie wie üblich beim Frühstück im Altersheim getroffen habe, ausrichten, dass sie ihm etwas mitzuteilen habe, wenn er denke, der Gärtner und sie würden heiraten, irre er sich, sie habe nicht vor, ihr neu gefundenes Glück schon jetzt in die Schranken zu weisen, es gehe um eine grundsätzlichere Veränderung, die auf dem Gelände der Verkehrsschule ihren Anfang nehmen, gefeiert werden solle, Dunkel, der von Heimatkunde und Verkehrserziehung genug habe, gebe außerdem seinen Abschied, mit Bewohnern des Altersheims und Nachbarn würden schon seit Tagen Vorbereitungen für das Fest getroffen, zu dem sich übrigens auch der Sammler angekündigt habe.

BILD- UND TEXTNACHWEISE:

S. 58 u. S. 337-342. Es handelt sich um vier kolorierte Stiche des Nürnberger Kupferstechers Peter Paul Troschel (um 1620 – nach 1667).

S. 226-229, S. 260-267 u. S. 351. Es handelt sich um die nach 1915 entstandenen Bilder Paul Klees (1879–1940), einschließlich der Ölpausen (z.B. Albertina Wien, Sammlung Berggruen Berlin, Paul Klee Zentrum Bern).

S. 255 f. Bei dem kursiv gesetzten Text handelt es sich um die drei Gedichte Klabunds (1890–1928): *Berliner Mittelstandsbegräbnis*, *Drei rote Husaren* und *Ich baumle mit de Beene.*

S. 278-282 u. S. 339. Es handelt sich um *Die Alexanderschlacht* von Albrecht Altdorfer (1480–1538) (Alte Pinakothek, München).

S. 297. Landesarchiv Berlin, F Rep. 290-09-01 Nr. 64-152, Foto: Schmidt, Eveline, 18. November 1970, Rosa-Luxemburg-Gedenkraum im Gefängnis in der Barnimstraße.

S. 298 f. Landesarchiv Berlin, F Rep. 290-09-01 Nr. 64-153, Foto: Schmidt, Eveline, 18. November 1970, Rosa-Luxemburg-Gedenkraum im Gefängnis in der Barnimstraße.

S. 300. Landesarchiv Berlin, F Rep. 290-09-01 Nr. 64-150, Foto: Schmidt, Eveline, 18. November 1970, Rosa-Luxemburg-Gedenkraum im Gefängnis in der Barnimstraße.

S. 313. Archiwum Akt Nowych, Warschau, Herbarium Rosa Luxemburg, Heft XIV (12. Juli 1918 – 2. September 18, Breslau Strafgefängnis): Schwarzes Bilsenkraut (*Hyoscyamus niger) Fam. Solanaceen, aus einem Feldstrauß von Schlichs Kindern, 28. Juli 18.*

S. 319. Archiwum Akt Nowych, Warschau, Herbarium Rosa Luxemburg, Heft VI (20. Juni – 28. Juni 1913): *Dornige Hauhechel (Ononis spinosa), Fam: Leguminosen.*

S. 320. Archiwum Akt Nowych, Warschau, Herbarium Rosa Luxemburg, Heft XII (24. Mai – 28. September 1915, Barnimstr. 20, Zelle 219): *Küster (Ulmus) Fam: Ulmaceen, in die Zelle hereingeweht vom Wind aus dem Lazaretthof, 18.9.15.*

AXEL RUOFF, geboren 1971 in München, studierte Literaturwissenschaft, Philosophie und Kunstgeschichte in Berlin und Aix-en-Provence. Seit 2005 lebt er, nach fast einem Jahrzehnt in Marseille, wieder in Berlin. Er schreibt Romane und Essays, dreht Filme und arbeitet als Lektor.

Sein Roman APATIT war 2016 für den Rauriser Literaturpreis nominiert und wurde 2018 mit dem Literaturpreis der A und A Kulturstiftung ausgezeichnet. 2020 war er als DAAD Writer in Residence an der Aston University in Birmingham.

Im *Verlag* Bibliothek der Provinz sind bereits erschienen:
APATIT. *Roman.*
SCHLANGEN SCHAUEN. *Anthologie des Arabesken.*

Verlag Bibliothek der Provinz

für Literatur, Kunst, Wissenschaft und Musikalien